中國語言文字研究輯刊

三　編
許　錟　輝　主編

第 11 冊
龍宇純之上古音研究

周晏菱　著

花木蘭文化出版社

國家圖書館出版品預行編目資料

龍宇純之上古音研究／周晏菱 著 — 初版 — 新北市：花木蘭
文化出版社，2012〔民 101〕

目 4+312 面；21×29.7 公分

（中國語言文字研究輯刊　三編；第 11 冊）

ISBN：978-986-322-056-5（精裝）

1. 古音　2. 研究考訂

802.08　　　　　　　　　　　　　　　　101015993

中國語言文字研究輯刊
三　編　　第十一冊　　　　　ISBN：978-986-322-056-5

龍宇純之上古音研究

作　　　者	周晏菱
主　　　編	許錟輝
總 編 輯	杜潔祥
出　　　版	花木蘭文化出版社
發 行 所	花木蘭文化出版社
發 行 人	高小娟
聯 絡 地 址	新北市永和區中正路五九五號七樓之三
	電話：02-2923-1455／傳眞：02-2923-1452
網　　　址	http://www.huamulan.tw 信箱 sut81518@gmil.com
印　　　刷	普羅文化出版廣告事業
初　　　版	2012 年 9 月
定　　　價	三編 18 冊（精裝）新台幣 40,000 元

龍宇純之上古音研究

周晏菱　著

作者簡介

周晏篔，臺灣台北人。目前就讀國立臺灣師範大學國文所博士班。主要研究領域爲傳統小學及語言學，並旁及漢語語法、語義、華語文教學之近義詞研究等。撰文範圍廣泛，除了主要研究領域外，對風俗文化、文學、小說戲曲亦有涉獵。主要代表著作爲碩士論文《龍宇純之上古音研究》、學報暨發表論文〈析論近義詞「表達」、「表現」、「表明」與「表示」之語法應用〉、〈北朝民歌用韻考〉、〈華語教材編寫研究——以「近義詞」爲探討對象〉、〈淺談近義詞「大約」與「大概」的使用區別〉、〈《老乞大》與《朴通事》中的民俗文化探究〉等。

提　　要

龍宇純爲小學界兼治文字與音韻的通才學者，尤其是對上古音系的研究特別不同於國內外眾家學者，他建立起音韻學與文字學的溝通橋樑，使用文字學知識輔以上古音系的討論，不僅注重古文字本身的諧聲、轉注及假借資料，更整理歸納古文獻中文字本身的通假、異讀和異文同源詞材料，亦不忘從《詩經》或《楚辭》等先秦韻文散文來整理叶韻歸部，由中古《切韻》音系與上古韻部、諧聲系統間的語音分合所表現的對應關係，證明上古音與中古音彼此間有相當影響等。這些研究方式都不同於歷來國內外音韻學者的治學觀點。因此，他對於上古音系的研究，甚至是整體音韻學，都是開闢一條新路的先鋒。

本論文在全面性地搜集關於龍宇純上古音系的相關資料後，發現尚未有全盤闡明龍宇純上古音系理論的專著，故特以龍宇純之上古音系統爲研究範圍，全文共分爲五個章節：第一章「緒論」，分爲四節，說明本論文的研究動機、研究範圍與方法、前人研究成果以及龍宇純之生平和著作目錄。第二章「龍宇純之上古聲母系統及其相關問題研究」，分爲四節，首先針對歷來學者對上古聲紐之看法做一論述，再依次說明龍宇純之上古單一聲母音類及音值擬定現象，最後採主題方式分別提出上古單一聲母相關問題討論。第三章「龍宇純之上古韻母系統及其相關問題研究」，分爲四節，首先針對歷來學者對上古韻母系統之看法做一總論，再依次介紹龍宇純古韻部的分類、關於韻母系統之擬測現象，最後採主題方式進行相關問題討論。第四章「龍宇純之上古聲調系統」，分爲四節，首先針對歷來學者對上古聲調之看法做一總述，再說明龍宇純上古聲調的看法和相關問題討論。第五章「結論」，總結各章的研究成果。文末並附錄龍宇純上古音系代表性的論著簡介及龍宇純之著作目錄。本論文冀能架構出龍宇純之上古音系統理論，梳理出他與各家之異同所在，並討論其觀點是否妥善，從中得出其承繼和創見，進而明白他在音韻研究史上的通才成就。

目次

第一章　緒　論

第一節　研究動機

　　音韻學相關學程在二十世紀初的二、三〇年代起，開始擺脫傳統小學的樊籬，進入現代音韻學的新階段。半個多世紀以來，音韻學相關學程已經積累了可觀的研究成果，特別是最近十多年來，許多領域在海內外又有了長足的發展，值得學者進一步的研究探討。

　　音韻學大致上可將其區分爲上古音系、中古音系及近現代音系三項大範圍，尤其是上古音系更是音韻學學程的起源，其研究內容主要包含上古漢語的語音系統、音節結構、聲韻母內部的組合結構、變化和變化功能，以及上古音系與《切韻》系統聯繫的語音演變規律和發生機制，乃至在方言與親屬語言音韻中的反映等。因此，研究上古音系，最主要的目的就是爲了更清楚明白漢語語音史的源頭狀況，以便了解與辨析上古文字和文獻中各種不易理解的語音現象及與語音相關的詞彙或語法規則；此外，研究上古音系也可以更進一步地知曉現代漢語普通話和方言中一些聯繫現象之來龍去脈，藉以將音韻學整體輪廓清晰完整地勾勒出來。

　　上古音系的研究不同於中古音系尚有各家各派韻學叢書、韻圖做爲參照依據，上古音系完全沒有任何韻書、韻圖可供對照，只能藉由上古時期留傳下來的韻文材料做爲主要研究對象，除了在韻文文字上相當程度地反映各地方言遺

跡外，還可以根據近年來發掘的出土文獻資料，通過內部、外部互證的方法來研究上古音系。

在歷來眾多國內外音韻學研究者中，雖然各自發展其理論觀點且對於音韻學界產生莫大貢獻，但研究重點多半是以音韻學對治音韻學，由音解音；然而，在這些歷來國內外音韻學研究者中，當以龍宇純較為特殊，他治音韻學，尤其是對上古音系的研究截然不同於國內外眾家學者，他兼善音韻學與文字學之長，使用文字學知識輔以上古音系的討論，不僅注重古文字本身的諧聲、轉注及假借資料，更整理歸納古文獻中文字本身的通假、異讀或異文同源詞資料，甚至不忘從《詩經》與《楚辭》等先秦韻文散文來整理韻部之叶韻歸部，再經由中古《切韻》音系同上古韻部、諧聲系統間的語音分合所表現的對應關係，證明上古音與中古音彼此間有相當的影響等。這些都是不同於歷來國內外音韻學者的研究方式，對於上古音系的研究，甚至是整體音韻學，都是開闢一條新路的先鋒。

龍宇純在大學求學過程中經由其音韻學導師——董同龢教授的指導，遂於大學三年級寒假完成《韻鏡校注》一書。從此書出版問世開始，即幫助許多音韻學研究者，得以藉由他對《韻鏡》精密地校注更清楚地了解其整體架構與中古音系。爾後，又出版《中國文字學》一書，龍宇純在書中不僅發揮文字學專長，將歷年所學的文字學知識作一統整論述外，更在相關章節中加入音韻學相關觀念，讓讀者研讀文字學的同時，也能一併理解箇中的音韻理論。除了文字學的斐然成就外，他在音韻學程中，尤其是上古音研究更是自成一家之言，其國學根底深厚，古文獻學與古文字學兼擅，凡立一說，必舉出大量例證加以考察，故一見其立說，當中精闢的考證歷歷可見。雖然，他的上古音相關著作僅有十篇論文問世，但此十篇論文卻包含其上古音韻學的紮實基礎，前修未密、後出轉精，師承董同龢卻不完全因襲，反而能從中開創新路，對於董同龢的理論能重新檢討，嚴謹的治學態度，對於上古音系研究極具貢獻，值得後學認真思考探索。

學術研究是需要長時期經營討論，先是有前賢的開路引導，再由後人依據其相關的研究基礎或改進缺失，才能得出正確無誤的定論，更能在研究的路途上有所斬獲。龍宇純在上古音系的研究成果自成一家之言，雖然同時代或後代

學者論及相關問題時較少引述，但其獨到的見解卻值得學者一探究竟。因此，本論文特以龍宇純之上古音系統爲研究範圍，冀能架構出龍宇純之上古音系統理論，藉此梳理出龍宇純與各家之異同所在，與詳細論述其獨到之論，從中看出龍宇純之承繼與創見，進而明白龍宇純在中國音韻學史上之貢獻與地位，以期後學者能藉此一窺小學界的通才——龍宇純的音韻學理論系統與其嚴謹的治學態度。

第二節　研究範圍與方法

一、研究範圍

　　本論文研究範圍是以龍宇純上古音方面的著作爲主，主要包含收入於《中上古漢語音韻論文集》中 7 篇單篇論文，及收入於《絲竹軒小學論集》中 3 篇單篇論文，並且搜集近代學者對於龍宇純學說的相關論述，如有引述龍宇純的研究成果亦或評論龍宇純的觀點等，綜合加以討論，力求研究內容之周延。本論文茲將龍宇純關於上古音方面的十篇單篇論文分項概要述說，並對《中上古漢語音韻論文集》和《絲竹軒小學論集》二部專著概述其要。以下先就專書部分介紹，再針對龍宇純上古音方面的十篇單篇論文述要：

（一）專　著

　　龍宇純之上古音著作方面，在專著部分有：《中上古漢語音韻論文集》（2002）、《絲竹軒小學論集》（2009）二本書。《中上古漢語音韻論文集》一書，是龍宇純在音韻方面的總結，主要分爲中古音和上古音兩部分，《絲竹軒小學論集》一書，是龍宇純在文字學、聲韻學及訓詁學三門小學學程的論著總結。以下茲就上述二本專書之內容概要述說：

1.《中上古漢語音韻論文集》（2002 年）

　　此書可稱爲是龍宇純聲韻學整體觀點之總集。全書搜羅了龍宇純歷年來對於聲韻學中的上古音及中古音所發表的相關論文，不論是研討會發表，還是學報期刊發表，此書皆完整集結，其中關於上古音方面的文章總計收有 7 篇，關於中古音方面的文章總計收有 13 篇，共 20 篇，詳觀更可以清楚明瞭龍宇純的聲韻學觀點，對上古音及中古音皆能有更進一步的認識。

2.《絲竹軒小學論集》（2009 年）

此書收入的文章包含龍宇純已發表而未及編入和新寫關於文字學、聲韻學及訓詁學小學三學程與其對於中國學術與京戲的相關見解等 26 篇單篇論文。此書在文字學部分共收入 11 篇單篇論文，當中所討論的問題，有些不見於龍宇純的文字學專書《中國文字學》，有些雖得見於《中國文字學》，但在這 11 篇單篇論文內，相關問題討論得較為深入詳細。因此，此 11 篇單篇論文與龍宇純文字學專書《中國文字學》，可謂「相為表裡、互為體用」。在聲韻學部分共收入 5 篇單篇論文，有《中上古漢語音韻論文集》沒有收入的三篇論文，還有《中上古漢語音韻論文集》未及收入的晚近發表之兩篇談論上古音的論文（案：此兩篇上古音論文為：〈上古音中二三事〉及〈古韻脂真為微變音說〉），對《中上古漢語音韻論文集》是重要的補充。在訓詁學方面共收入 8 篇單篇論文，龍宇純在訓詁學方面的論文亦有不少創見，雖然數量不多，卻散見在多種刊物和論文集中，很難找全，對於學者欲加研讀頗為困難。此書將龍宇純訓詁學單篇論文整體彙整，提供需要閱讀、參考這些文章的研究學者一條方便途徑。另外，此書外篇則收入龍宇純對於中國學術及京戲相關考究見地，在在反映了其極深極廣的學術造詣。

（二）單篇論文

龍宇純之上古音著作方面，在單篇論文部分按照發表年代排序有：〈先秦散文中的韻文〉（1962～1963）、〈上古清唇鼻音聲母說檢討〉（1978）、〈有關古韻分部內容的兩點意見〉（1978）、〈上古陰聲字具輔音韻尾說檢討〉（1979）、〈再論上古音-b 尾說〉（1985）、〈上古音芻議〉（1998）、〈古漢語曉匣二母與送氣聲母的送氣成分——從語文現象論全濁塞音及塞擦音為送氣讀法〉（1999）、〈上古漢語四聲三調說證〉（2000）、〈上古音中二三事〉（2002）、〈古韻脂真為微文變音說〉（2006）等篇章。以下茲就此十篇龍宇純上古音單篇論文概述其要，詳細內容請參照附錄一。

1.〈先秦散文中的韻文〉（1962～1963）

龍宇純在〈先秦散文中的韻文〉一文中，主要以清儒江晉三先生所集《先秦韻文》一書為研究對象，並深入探究這些先秦散文的用韻所顯示的各種現象或問題。文中舉出，辨認韻文除了由句數長短觀測外，還可以從文意的斷連、

語句結構或文句是否相同或平行相當及使用本證、旁證從本文上下文或他篇類似文句的比較來辨別韻文。此外，本文也針對三項特殊叶韻進行討論：（1）之文通叶、（2）脂緝、微緝與祭緝通叶、（3）魚脂借韻，皆有難得的見解。

2.〈上古清唇鼻音聲母說檢討〉（1978）

龍宇純在〈上古清唇鼻音聲母說檢討〉一文中主要針對清唇鼻音 [m̥] 進行申論。文中提出五家學者對於清唇鼻音 [m̥] 說的看法：（1）李方桂：以複輔音聲母解釋，並將清唇鼻音寫成 [hm]，認為所謂清鼻音可能原來有個詞頭，把鼻音清化了，爾後又依據「諧聲字」而有 [hn] 母和 [hŋ] 母的看法，將清唇鼻音視為古漢語研究的重大成就。（2）董同龢：受李方桂啟示，進一步將李說清唇鼻音 [hm] 寫成 [m̥]。（3）周法高：將清唇鼻音寫作 [xm]，說是讀同 [m̥]。（4）高本漢：將清唇鼻音寫作 [xm]，但並未表示任何意思。（5）陸志韋：說清唇鼻音為一「複輔音」，並評為「不顧全局的擬音」。龍宇純認為 [hn] 和 [hŋ] 本是 [m̥] 說的副產品，本身既沒有必要，又沒有如 [m̥] 說之有足夠諧聲材料為之扶持，不僅不足援以為 [m̥] 說的後盾，且適足以自毀 [m̥] 說的樊籬，因此，清唇鼻音 [m̥] 說實有商榷之必要。

3.〈有關古韻分部內容的兩點意見〉（1978）

龍宇純〈有關古韻分部內容的兩點意見〉一文中雖提出：（1）以古文字檢討分部內容、（2）論一字可以隸屬一個以上的韻部，兩點關於古韻分部的意見，實際上可以歸納由「古文字」的觀點出發來重新檢視討論古韻分部。龍宇純認為，古韻學家們的基本通病，就是只承認一個字在一個韻部的當然地位，然而經過上述說明可以得知，此種觀念顯然是有悖乎情實的。但如果說古詩中絕對沒有「通用」的現象，恐怕過於武斷且不合實際。因此，如何決定「本音」和「通用」，可以採用如下原則：（1）凡《詩經》押韻而《廣韻》並不同韻的，則假定其為「通用」、（2）若其《詩經》押韻而《廣韻》完全同韻或有同韻者，即定其為「本音」。龍宇純強調，為展示古韻分部內容，簡單的古韻諧聲表是不夠的，必須根據可靠的《詩》韻，下參《廣韻》，切實的把各字應有的各韻部的讀音一一填列，變古韻諧聲表為「上古韻書」，才能解決問題。

4.〈上古陰聲字具輔音韻尾說檢討〉（1979）

龍宇純在〈上古陰聲字具輔音韻尾說檢討〉一文中認為，所謂「上古陰聲

字具輔音韻尾說」，只是導源於對「中古音」的不正確了解所致。過去學者先誤認「中古入聲獨配陽聲」且「不配陰聲」，及見到上古入聲與陰聲有關，便以此為特殊現象，而又未能分辨此所謂「陰聲」其實多是「去聲」，涉及平上二聲者的為數甚少。因此，龍宇純提出自己對於「陰聲字具輔音韻尾說」的說法。他進一步認為，「『陰聲字具輔音韻尾說』並無任何屬於上古時代的直接證據，而中古入聲亦非獨配陽聲不配陰聲。」根據此說法，只要研究者能指明中古入聲獨配陽聲並非事實，其自始至終又配陰聲，與上古陰陽入三聲相配的情形並無二致，如此便可將「中古上古兩時期，陰入關係不同」的觀念導正，而「上古陰聲具輔音韻尾說」亦即自然解體。

5.〈再論上古音-b 尾說〉（1985）

龍宇純在〈再論上古音-b 尾說〉一文是針對〈上古陰聲字具輔音韻尾說檢討〉文中不足處引而申之而成，並著重探討上古音 [-b] 韻尾的說法。龍宇純認為，古漢語曾否有過 [-b] 尾的問題，渺遠難稽，無從回答。但如果從《說文》若干諧聲字為例，便表示諧聲時代有過 [-b] 尾，此說未免過於絕對，且一無憑證。龍宇純於此文末補充說明言之，已於另一篇文章〈上古音芻議〉中，證獲幽部與微、文兩部間四十餘組轉語例，大不利於 [-g] 和 [-d] 尾之說，是故 [-b] 尾之說要可以勿論。

6.〈上古音芻議〉（1998）

龍宇純在〈上古音芻議〉一文中完整呈現其對上古音的重要看法。龍宇純從介音入手開始討論上古單一聲母及擬音問題，但不論及有關複聲母相關問題，更從中古四個等韻來源加以思考，由中古重韻及重紐現象，進一步上推上古音中的相對洪細介音等相關問題，統一上古單一聲母為二十一類並定出其擬音，在上古韻部分面則認為當以劃分二十二部為恰當。

7.〈古漢語曉匣二母與送氣聲母的送氣成分──從語文現象論全濁塞音及塞擦音為送氣讀法〉（1999）

龍宇純在〈古漢語曉匣二母與送氣聲母的送氣成分──從語文現象論全濁塞音及塞擦音為送氣讀法〉一文中，分別從：（1）同字異音、（2）同源詞、（3）聯綿詞、（4）諧聲字等四方面詳加論述古漢語曉匣二母與送氣聲母的送氣成分之區別，並又從許慎《說文解字》「同部中義同義近字」來探知，送氣聲母的送

氣成分，並非僅止附著於塞音或塞擦音用以區別語音，在表達語音的功能上，送氣聲母的送氣成分當與「曉匣」二母同有其獨立特行的積極存在意義。

8.〈上古漢語四聲三調說證〉（2000）

龍宇純在〈上古漢語四聲三調說證〉一文中，認為上古聲調是具備四聲三調，無庸置疑。然而，此文特別針對學者所提出，關於上古聲調的取決重點在於「輔音韻尾」說，甚不認同。龍宇純認為，所謂「叶韻」，指的便是「韻母尾音的諧詁」。沒有韻尾的，韻母尾音便是主要元音；具有韻尾的，韻母尾音便是韻腹與韻尾的結合音，尤其韻尾相同的重要性更勝於韻腹，韻頭是完全不須計較的。由此，韻尾相同且韻腹相近是可以相叶；韻腹相同但韻尾相異者，則不可以假借。因此，《詩經》時代的四聲觀點，當不為學者們所論，是取決於「輔音韻尾」之說。

9.〈上古音中二三事〉（2002）

龍宇純在〈上古音中二三事〉一文中，特別針對其〈上古音芻議〉中的觀點進一步補充說明，分為三部分：（1）照三系音值問題、（2）喻四字音值問題、（3）輕唇音見於上古漢語的問題。可視為是〈上古音芻議〉的續論。

10.〈古韻脂真為微文變音說〉（2006）

龍宇純在〈古韻脂真為微文變音說〉一文中，特別針對古韻「脂」、「真」、「為」、「微」、「文」等五韻語音改變進行略述說明。龍宇純認為，凡是討論變音或韻部分部等問題時，凡有叶韻、假借、異文、轉語等直接資料可證的，當然必須根據這些資料，考慮各字韻部應該如何歸屬，如此才能得出較為準確的定論。

二、研究方法

常言道：「學必好問，問與學相輔而行。非學無以致疑，非問無以廣識。」研究是開啟學問的金庫鑰匙，子曰：「工欲善其事，必先利其器。」〔註1〕所謂「器」即是使用的工具，也就是開啟學問的這把金庫鑰匙，因此，研究的基礎，必須建立在完善的工具上。鑰匙合於匙孔、方法使用精良，很容易就能開啟金庫，也能使研究過程順利無礙，結果精準無慮。音韻學界日新又新，隨著時代

〔註 1〕阮元校勘：《十三經注疏・論語・衛靈公》（臺北：藝文印書館，1981 年），頁 138。

進步，亦開創許多研究法門。然而，對於傳統聲韻學，特別是上古音部分及單一學者的研究成果解析，使用傳統法則探究，才能精闢闡述其理。因此，本文採取以下三種傳統聲韻學研究方法，來做為論文研究主軸：

（一）整理歸納法

整理最主要的效用，是將搜集來的相關資料進行更詳進的編排分類，以便日後需要運用時才能立即取得；歸納則是藉由一字一句閱讀理解後，觀察個別事實，所得出來的總體結論。本文利用整理歸納法，將從《中上古漢語音韻論文集》及《絲竹軒小學論集》中關於龍宇純上古音方面的相關文章資料予以分類研究，共分為兩類：(1)龍宇純上古音系的觀點及其對於學他學者的評論；(2)其他學者對龍宇純上古音觀點的評述或引用。其次再按聲母、韻母、聲調三方面的資料加以整理，歸納出龍宇純上古音系的架構。

（二）分析比較法

分析是針對整理歸納出的結果，進行更細密與深入的研究；比較是把兩種或兩種以上同性質的事物，互相比較，以視其異同或優劣。本文利用分析比較法，將龍宇純歷年來對於上古音的不同觀點，加以比較討論，從中瞭解其觀點的修正與確立；在相關問題討論上，將其他學者關於上古音系之看法或評論加以深入研讀分析後，與龍宇純上古音系觀點加以對照，並從中比較龍宇純與其他學者在同一問題上看法的差異所在，繼而從歷史的角度瞭解龍宇純是否有所繼承某家說法，亦或有自己的新見解。

（三）統計法

統計法是運用數學方法將資料予以量化，以達到精確的分析效果。本文在說明龍宇純關於上古音相關問題，使用文字學觀點分析所得出的研究結果及對於上古聲母、韻母之音值擬測，加以統計表格化，藉以呈現龍宇純不同於其他學者以聲韻治聲韻的方法；在探討上古聲調方面，利用統計法將《集韻》中關於平入通叶、上入通叶、平上入通叶、平去入通叶、上去入通叶、平上去入通叶等七種現象表列分析，藉由統計數字，將龍宇純從《集韻》出發，證得上古聲調為四聲三調說為可用之說。

綜合言之，本文採用的三種研究方法，使得研究的過程更為具體化，它們之間彼此是環環相扣，相輔相成，以收達研究之目的。

第三節　前人研究成果

　　龍宇純在音韻學上的研究成果大致可分爲中古音和上古音兩方面。本論文主要研究龍宇純上古音系統理論，因此，以介紹前人針對龍宇純上古音部分的研究成果爲主。以下概要論述前人對於龍宇純上古音系統理論相關研究。

　　考察目前對龍宇純上古音的研究現況，包括有學位論文、專書和期刊論文。在學位論文方面，目前尚未出現前賢與後學研究者以龍宇純上古音或相關問題做爲論文研究，甚至在既有的資料中，前賢學者們零散地在個人專書或期刊論文中，介紹及評論到龍宇純上古音的觀點者，也在少數，僅有王力、陸志韋、李方桂、董同龢、潘悟云、鄭張尚芳等學者在其專書或文章內論述上古音聲、韻、調系統時，與龍宇純上古音系統十篇論文內所討論的問題相類似，但並未明確引用或論述龍宇純上古音系統理論做爲說明。因此，前人研究成果方面，僅茲引與龍宇純上古音系統十篇論文內，所討論的問題近似的相關文章以說明，以便研究者探察問題時，也能得知龍宇純也有提出看法。

（一）聲母部分

　　曾引述龍宇純聲母部分之「上古清唇鼻音聲母」及「全濁聲母送氣與否」觀點有：張師慧美《王力之上古音》。〔註 2〕其他談論相關議題但沒有明確引用龍宇純觀念的篇章有：周法高〈論上古音和切韻音〉〔註 3〕、張永言〈關於上古漢語的送氣流音聲母〉〔註 4〕、徐莉莉在〈論中古「明」、「曉」二母在上古的關係〉〔註 5〕、潘悟云在〈喉音考〉〔註 6〕、周法高〈論上古音〉〔註 7〕、喻世長〈用諧聲關係擬測上古聲母系統〉〔註 8〕、邵榮芬〈匣母字上古一分爲

〔註 2〕 張師慧美：《王力之上古音》（臺中：東海大學中國文學研究所博士論文，1996 年）。

〔註 3〕 周法高：〈論上古音和切韻音〉，收錄於周法高：《中國音韻學論文集》（香港：中文大學出版社，1984 年）。

〔註 4〕 張永言：〈關於上古漢語的送氣流音聲母〉，《音韻學研究》第 1 輯（1984 年）。

〔註 5〕 徐莉莉：〈論中古「明」、「曉」二母在上古的關係〉，《華東師範大學學報》哲社版（1992 年）。

〔註 6〕 潘悟云：〈喉音考〉，《民族語文》第 5 輯（1997 年）。

〔註 7〕 周法高：〈論上古音〉，收錄於周法高：《中國音韻學論文集》（香港：中文大學出版，1984 年）。

〔註 8〕 喻世長：〈用諧聲關係擬測上古聲母系統〉，《音韻學研究》第 1 輯（1984 年）。

二試析〉〔註9〕、鄭張尚芳〈切韻 j 聲母與 i 韻尾的來源問題〉〔註10〕、丁邦新〈上古漢語的 ＊g-、＊gw-、＊ɤ-、＊ɤw-〉〔註 11〕、張均〈壯侗語族塞擦音的產生和發展〉〔註12〕、俞敏〈後漢三國梵漢對音譜〉〔註13〕、邵榮芬〈試論上古音中的禪船兩聲母〉〔註14〕、梅祖麟〈跟見系諧聲的照三系字〉〔註15〕、潘悟云〈章昌禪母古讀考〉〔註 16〕、楊劍橋〈論端、知、照三系聲母的上古來源〉〔註17〕、潘悟云在〈非喻四歸定說〉。〔註18〕

（二）韻母部分

曾引述龍宇純韻母部分觀點有：張師慧美《王力之上古音》。〔註 19〕其他談論相關議題但沒有明確引用龍宇純觀念的篇章有：唐作藩〈對上古音構擬的幾點質疑〉〔註20〕、劉志成《漢語音韻學研究導論——傳統語言學研究導論》〔註21〕、鄭張尚芳〈上古韻母系統和四等、介音、聲調的發源問題〉〔註22〕、丁邦新〈漢

〔註 9〕 邵榮芬：〈匣母字上古一分爲二試析〉，《語言研究》第 1 輯（1991 年）。

〔註10〕 鄭張尚芳：〈切韻 j 聲母與 i 韻尾的來源問題〉《紀念王力先生九十誕辰研討討論文》（1990 年），後收錄於《山東教育出版社紀念文集》（1992 年）。

〔註11〕 丁邦新：〈上古漢語的 ＊g-、＊gw-、＊ɤ-、＊ɤw-〉一文在民國 62 年 9 月 19 日油印討論大綱，題目爲〈上古漢語的 ＊g-、＊gw-、＊ɤ-、＊ɤw-〉。又見於陳新雄：《古音研究》（臺北：五南圖書出版社，1999 年）。

〔註12〕 張均：〈壯侗語族塞擦音的產生和發展〉，《民族語文》第 1 輯（1983 年）。

〔註13〕 俞敏：〈後漢三國梵漢對音譜〉，收錄於《首屆漢語語言學國際學術研討會論文集》（中國：中國社會科學出版社，1998 年）。

〔註14〕 邵榮芬：〈試論上古音中的禪船兩聲母〉，收錄於《邵榮芬音韻學論文集》（北京：首都師範大學出版社，1997 年）。

〔註15〕 梅祖麟：〈跟見系諧聲的照三系字〉，《中國語言學報》第 1 輯（1982 年）。

〔註16〕 潘悟云：〈章昌禪母古讀考〉，《溫州師專學報》第 1 輯（1985 年）。

〔註17〕 楊劍橋：〈論端、知、照三系聲母的上古來源〉，《語言研究》第 1 輯（1986 年）。

〔註18〕 潘悟云：〈非喻四歸定說〉，《溫州師專學報・社會科學版》第 1 期（1984 年）。

〔註19〕 張師慧美：《王力之上古音》（臺中：東海大學中國文學研究所博士論文，1996 年）。

〔註20〕 唐作藩：〈對上古音構擬的幾點質疑〉，《語言學論叢》第 14 輯（北京：商務印書館出版，1984 年）。

〔註21〕 劉志成：《漢語音韻學研究導論——傳統語言學研究導論》（四川：八蜀書社，2004 年）。

〔註22〕 鄭張尚芳：〈上古韻母系統和四等、介音、聲調的發源問題〉，《溫州師院學報》（社

語上古音的元音問題〉。〔註23〕

（三）聲調部分

　　談論相關議題但沒有明確引用龍宇純觀念的篇章有：丁邦新〈漢語聲調源於韻尾說之檢討〉〔註24〕、徐通鏘〈聲母語音特徵的變化和聲調的起源〉〔註25〕、鄭鎮椌博士論文《上古漢語聲調研究》〔註26〕等。

　　經由上述分析整理相關研究篇章可得知，歷來學者探討上古音系理論，對於龍宇純觀點多半略而不述，雖然有討論相關議題，但引用其說者卻寥寥無幾。因此，本論文將在前人未闢之境開疆闢土，將龍宇純上古音系理論加以整理並系統化討論，藉此讓後學研究者能注意到龍宇純除了文字學外，在音韻學界的另一項成就。

第四節　龍宇純之生平及其著作目錄

一、龍宇純之生平

　　龍宇純，安徽省望江縣人，生於民國 17 年（西元 1928 年）10 月 26 日。來臺後先考入臺灣大學哲學系，於二年級時轉讀中國文學系，在民國 42 年（西元 1953 年）七月由中國文學系學士畢業。其在中國文學系就讀期間，師承董同龢教授學習聲韻學，並於大學三年級寒假即完成《韻鏡校注》，並以《韻鏡校注》一書榮獲中央研究院民國 42 年「紀念傅斯年先生人文科學獎金」，另外還以論文〈論重紐等韻及其相關問題〉榮獲臺灣科學委員會 1976 和 1977 兩年度傑出獎、〈也談《詩經》的興〉榮獲臺灣科學委員會 1981 和 1982 兩年度傑出獎。龍宇純除了在聲韻學領域以完成校注《韻鏡》及發表論文〈論重紐等韻及其相關問題〉

　　會科學版）第 4 期（1987 年）。

〔註23〕丁邦新在：〈漢語上古音的元音問題〉，收錄於丁邦新：《丁邦新語言學論文集》（北京：商務印書館，1998 年）。

〔註24〕丁邦新：〈漢語聲調源於韻尾說之檢討〉，收錄於丁邦新：《丁邦新語言學論文集》（北京：商務印書館，1998 年）。

〔註25〕徐通鏘：〈聲母語音特徵的變化和聲調的起源〉，《民族語文》第 1 期（1998 年）。

〔註26〕鄭鎮椌：《上古聲調研究》（臺北：國立政治大學中國文學研究所博士論文，1994 年）。

獲獎外，也以文學領域論文〈也談《詩經》的興〉獲獎，不僅如此，他更跨足文字學研究，於民國46年（西元1957年）六月以《說文讀若釋例》為其臺灣大學中國文學研究所碩士畢業論文。龍宇純主要學術研究領域為文字學、聲韻學及荀子學又旁及經學和京戲等，不論在何種學術研究領域，他都能秉持著嚴謹的治學態度，勤奮不懈，皓首窮經，撰述不輟，著作可說質優量豐。學術生涯期間除了擔任中央研究院史語所研究員提攜後進，並在國內外各大學培育許多優秀學者，指導無數碩博士論文，在學術界和教育界貢獻其心力。〔註27〕

　　龍宇純於民國61年（西元1972年）任臺灣大學中國文學系教授，年屆六十歲退休。期間曾兼任系所主任、中央研究院合聘為史語所研究員，又嘗借聘中山大學，創辦中國文學系。民國78年（西元1989年）自臺灣大學中國文學系退休後一年，便應私立東海大學中國文學研究所邀請任講座教授長達九年（民國79年起至民國88年止），其間開授「文字學」、「說文解字研究」、「漢語音韻研究」、「訓詁學專題研究」及「荀子研究」等專業課程，除此之外，於民國88年（西元1999年）秋天，應中國北京大學中國文學系禮聘講授「上古漢語音韻研究」課程一學期，並參與北京師範大學與韓國二十一屆中國學國際學術會議作專題講演，進行傳道、授業、解惑之功。由此見得，龍宇純不僅在文字學、聲韻學及訓詁學三門小學學程都具有很深的造詣和重要的建樹，就連經學思想學程領域，也都有長足涉獵，並因家學淵源，對京劇也頗有研究，除了在臺灣大學任教期間，鼓勵師生合力演出《四郎探母》一劇，龍宇純更親自粉墨登場扮演楊四郎，在執教之餘，亦不忘專心致力於京劇演唱，維護傳統文化不遺餘力，且龍宇純更將自己讀書齋命名為「絲竹軒」，「絲竹」乃是弦樂器及竹管樂器之總稱，亦可泛指音樂，是在京劇中常見的樂器。龍宇純本身即是京劇名票，專工余派老生，造詣深厚，採用「絲竹軒」作為書齋名，不僅反映其對京劇的熱愛，也反映了他對傳統藝術推廣的心力，真可謂學貫通達，淵博精深，這在現代語文學者中是非常罕見，可謂通儒也。〔註28〕

〔註27〕龍宇純著：《絲竹軒小學論集》作者簡歷（北京：中華書局，2009年），頁450、
　　　　姚榮松發行：《中華民國聲韻學學會廿週年紀念特刊：龍宇純先生專訪》（臺北：
　　　　中華民國聲韻學學會，2002年）及龍宇純先生七秩晉五壽慶論文集編輯委員會編：
　　　　《龍宇純先生七秩晉五壽慶論文集》集前序言（臺北：臺灣學生書局，2002年）。
〔註28〕姚榮松發行：《中華民國聲韻學學會廿週年紀念特刊：龍宇純先生專訪》（臺北：

　　龍宇純是一位享譽海峽兩岸漢語音韻學及古文字學界之研究先進，雖然在漢語音韻學領域師承董同龢，然而，綜觀龍宇純漢語音韻學相關專作，便可發現其治學態度並不侷限於董同龢的理論，而是能夠前修未密、後出轉精，在董同龢的理論基礎下，蒐集前人所未注意的研究材料加以分析、整理和歸納，或以前人研究結果中的盲點出發研究，一方面肯定前人成果，另一方面亦深思熟慮突破窠臼，提出創見理論，可見其治學理念與方法當爲後輩學者資鑑與典範。

　　龍宇純著作等身，研究成果累累，總計有專書 9 本（其中《韻鏡校注》一書於二處出版，《中國文字學》一書於三處出版，另有韓文翻譯本，《唐寫全本王仁昫刊謬補缺切韻校箋》，《王弼及其易學》一書爲龍宇純主編，《廣韻校記》一書未刊行，《說文讀記》一書仍撰作中，此處未將龍宇純碩士畢業論文《說文讀若釋例》視爲專書計入其中），期刊論文有 49 篇、文集論文有 24 篇，會議論文 3 篇。其中有一篇文章需特別說明，即是龍宇純關於京戲文學方面的文章——〈京劇尖團音淺說〉，連續刊登於《臺灣申報》第 876 及 877 二期，後收錄於《絲竹軒小學論集》書中，此篇文章乃雖然連續刊登於《臺灣申報》第 876 及 877 二期，在其文章屬同名同內容，因此仍以一篇計算；由此歸納可得知，其發表的論文總數共計有 76 篇之多，內容屬性包羅萬象。龍宇純如此豐富的研究成果，不僅在文字學、聲韻學及訓詁學等小學學程上站有一席之地，在經學思想方面亦有探論，更盡心於深根傳統京劇文化，實爲博學鴻達之通儒。〔註29〕

　　本論文茲將龍宇純生平區分爲「求學時期」和「學術生涯」兩部分概述。

（一）求學時期

　　龍宇純來臺求學前的詳細求學資料不見於撰述，因此略而不論，本部分僅針對來臺後的求學生涯說明。龍宇純來臺後先考入臺灣大學哲學系，於二年級時轉讀中國文學系，在中國文學系就讀期間，師從戴君仁、董同龢二教授修習文字、聲韻、訓詁之學；後又從董作賓、屈萬里、王叔岷諸師學習甲骨學及《詩

中華民國聲韻學學會，2002 年）及龍宇純先生七秩晉五壽慶論文集編輯委員會編：
《龍宇純先生七秩晉五壽慶論文集》集前序言（臺北：臺灣學生書局，2002 年）、
龍宇純絲竹軒個人網站：http://www.jingjulong.cn/longyuchun.htm。

〔註29〕龍宇純著：《絲竹軒小學論集》作者簡歷及著作目錄（北京：中華書局，2009 年），
頁 450～451。

經》、《尚書》、《莊子》等經學及思想學方面的學問。諸先生皆徑途正大，治學嚴謹，咸以其為難得之才，當中尤以董同龢甚為器重之，便跟從董同龢研習聲韻學及文字學，皆取得不凡成就。爾後於民國 46 年（西元 1957 年）六月從臺灣大學中國文學研究所畢業，開啓其浩瀚江河的學術生涯。〔註30〕

（二）學術生涯

龍宇純的求學時期和學術生涯時期適有重疊，其於民國 46 年（西元 1957 年）6 月從國立臺灣大學中國文學研究所畢業後，同年八月隨即進入中央研究院歷史語言研究所，所中人才濟濟且名家備出，龍宇純乃更加自我砥礪，遂見嶄露頭角。既而於民國 51 年（西元 1962 年）轉赴香港，執教崇基書院文學院中國語文學系，擔任副講師，隨後並升任講師，共歷時 11 年。在任教香港崇基書院期間，國立臺灣大學亦邀其返任中國文學系教授，嗣兼主任；中央研究院歷史語言所同時也合聘龍宇純為研究員。爾後，國立中山大學在臺復校，主事者殷慕其學術貢獻，請借聘創辦中國文學系。前後主持臺灣大學及中山大學兩校系務，盡心慎事，務求守正拓新，而不軼先範。在校講授學術之際，亦不忘撰著相關學術論文，聲譽日漸昌隆，連續四年（分別為 1976 年及 1977 年、1981 年及 1982 年）榮獲臺灣科學委員會傑出獎項，並受聘為該會人文組學術委員，尤見其治學嚴謹敷教，堪稱研究者的表率。〔註31〕

龍宇純對於學術及系務鞠躬盡瘁，事必躬親，治學態度實為後學典範，然而年事日高，思慕怡情林泉，遂於民國 78 年（西元 1989 年）8 月申請自臺灣大學退休，但學術界仍莫忘懷龍宇純對於學問精闢獨到的思維，相隔短短一年，東海大學楊承祖所長極力敦請龍宇純復出教學，其慨然同意擔任中文研究所講座教授職務。期間已有周法高、李孝定二教授先在東海大學中國文學系研究所內，分別主講音韻及文字二學門之研究課程。二先生皆前輩先賢，各以專門之學享名於當時，而年事俱高，均幸龍宇純能至所內分擔教學業務，以其學兼擅聲韻學與文字學兩家之長，於是東海大學一時竟成國內語文學之重鎮。其間同

〔註30〕龍宇純先生七秩晉五壽慶論文集編輯委員會編：《龍宇純先生七秩晉五壽慶論文集》集前序言（臺北：臺灣學生書局，2002 年）。

〔註31〕龍宇純先生七秩晉五壽慶論文集編輯委員會編：《龍宇純先生七秩晉五壽慶論文集》集前序言（臺北：臺灣學生書局，2002 年）。

時也持續兼任中央研究院歷史語言所研究員，即便屆齡期滿，所方仍讓他兼任研究員職務，繼續致力研究，除此之外，龍宇純在擔任教授期間，經其指導培育的後進無可計數，這些授學後進更在聲韻學及文字學界接續其理念教育有心從事此兩學科相關人才。年及七十許再度榮退，然北京大學仍復敦聘渡海講學，足見其爲學術教育界所欽重之地位。〔註32〕

龍宇純治小學三科，旁達精邃，無往而不深造自得，其所著文字學專著《中國文字學》，自立體系，論六書能揭新義，使學者往往始見而驚、繼讀之而疑惑，最終乃歘然歎服。其通講字學，因義立例，循理成綱，弗囿舊說，論見徹達。書凡三訂，暢行於臺，大陸亦請重印出版，以播廣遠。〔註33〕其治音韻，尤見根柢，所校《韻鏡》及《全本王仁昫刊謬補闕切韻》，行世數十年，學者是賴；而檢討音學，不論是上古音亦或中古音，舉凡切語條例、等韻源流、古音擬測，解義析疑等，皆莫不本原典則而洞察幽微。所撰音韻學論文廿篇，逾五十萬言，精極考辨，勝義析疑，輒出獨見，不避前賢，此廿篇單篇論文今已集結成《中上古漢語音韻論文集》，頃已出版問世，其餘仍有五篇單篇論文額外收入於另一本通學著作《絲竹小學論集》內，業已出版。除了博通小學外，龍宇純更仰仗其字學之深博，音理之精至，由此疏通毛鄭，發明孔陸，覈正清儒，駁別時彥，所爲解《詩》之論文及雜記，總歷年發表及新近撰作，又二十餘萬言，亦都爲一輯，世之治《詩經》者，當因其創獲而各有取焉。經學之外，更涉獵思想之學，嘗治荀卿書，著有《荀子論集》，久行於世。總其學術之成就，凡所結撰，莫不各造其微，實令學者歆歎而門人鑽仰無既也。〔註34〕

本論文茲據《絲竹軒小學論集》及《龍宇純先生七秩晉五壽慶論文集》二本專著中所錄，關於龍宇純求學時期及學術生涯相關資料加以彙整論述，以下將相關文字論述以表格方式呈現，將龍宇純求學時期資料列爲【表一】，學術生涯時期資料列爲【表二】，藉此讓研究者更能一目瞭然認識龍宇純。

〔註32〕龍宇純先生七秩晉五壽慶論文集編輯委員會編：《龍宇純先生七秩晉五壽慶論文集》集前序言（臺北：臺灣學生書局，2002 年）。

〔註33〕龍宇純著：《絲竹軒小學論集》集前裘錫圭所作序一（北京：中華書局，2009 年）。

〔註34〕姚榮松發行：《中華民國聲韻學學會廿週年紀念特刊：龍宇純先生專訪》（臺北：中華民國聲韻學學會，2002 年）及龍宇純先生七秩晉五壽慶論文集編輯委員會編：《龍宇純先生七秩晉五壽慶論文集》集前序言（臺北：臺灣學生書局，2002 年）。

【表一】龍宇純求學時期

學 校	就讀時間	著 作	備 註
國立臺灣大學中國文學系學士	1953.7		來臺就讀大學前之求學資料未見著錄
《韻鏡校注》榮獲中央研究院歷史語言所傅斯年獎學金	1954		《韻鏡校注》完成於龍宇純大學三年級寒假,此書亦是國立臺灣大學中國文學系碩士畢業論文選輯之一。
國立臺灣大學中國文學系碩士	1957.6		碩士求學階段（1955～1956）年間,龍宇純已在《學術月刊》發表〈墨子閒詁補正〉及《大陸雜誌》發表〈韓非子集解補正〉（上）、（下）,共三篇文章。

【表二】龍宇純學術生涯

單 位	職 稱	年 月	備 註
中央研究院歷史語言所	助理研究員	1957～1962	1957 年龍宇純剛從國立臺灣大學中國文學系研究所碩士畢業,同年在《民主評論》發表〈評「釋詩經中的士」〉一文。1958～1962 年間,分別在《幼獅學報》、《中央研究院歷史語言研究所集刊》、《大陸雜誌》、《中央研究院歷史語言研究所集刊外編》及《崇基學報》（香港中文大學）等處發表文章,篇名:〈造字時有通借證〉、〈說帥〉、〈說婚〉、〈說贏與嬴〉、〈說文古文子字考〉、〈釋夷居夷處〉、〈英倫藏敦煌《切韻殘卷》校記〉、〈先秦散文中的韻文(上)〉等 8 篇文章。
香港崇基學院文學院中國語文學系	副講師	1962～1966	
香港崇基學院文學院中國語文學系	講師	1966～1973	

國立臺灣大學文學院中國文學系	客座副教授	1968～1969	
國立臺灣大學文學院中國文學系	客座教授	1972～1973	
國立臺灣大學文學院中國文學系	教授兼系主任	1973.8.1	
中央研究院歷史語言研究所	合聘研究員	1973.9.1	
中央研究院歷史語言研究所 國立臺灣大學中國文學系	研究員 合聘教授	1979.8.1	龍宇純於 1979 年辭卸國立臺灣大學中國文學系所主任職務，專任中央研究院史語所研究員，仍擔任臺灣大學中國文學系教授一職。同年並在《中央研究院歷史語言研究所集刊》發表〈上古陰聲字具輔音韻尾說檢討〉一文，此文是龍宇純對聲韻學上古音方面的見解。
國立中山大學中國文學系	教授兼主任	1980～1983	
歸建中央研究院歷史語言研究所	研究員	1984.8.1	此時期除了擔任中研院史語所研究員外，仍是臺灣大學中國文學系之合聘教授。
國家科學委員會		1987	龍宇純以〈論重紐等韻及其相關問題〉一文榮獲國家科學委員會 76、77 兩年傑出獎。
國立臺灣大學退休		1989.8.1	
東海大學中國文學研究所	講座教授	1990.8.1	
國家科學委員會		1992	龍宇純以〈也談詩經的興〉一文榮獲國家科學委員會 81、82 兩年傑出獎。此為第二度榮獲殊榮。
中央研究院歷史語言研究所聘期屆齡期滿		1993.10	
中央研究院歷史語言研究所	兼任研究員	1994～迄今	
東海大學聘期屆滿		1999.2	

北京大學中文研究所	講授上古漢語音韻一學期	1999.8	
		2000	龍宇純於中央研究院第三屆國際漢學會議文字學組發表講演論文〈從兩個層面談漢字的形構〉一文。
		2001	龍宇純於韓國第廿一屆中國學國際學術會議基調講演論文〈中國學與國家〉一文。

二、龍宇純之著作目錄

　　龍宇純從求學生涯時期即已開始學術研究，著述宏富碩實，研究範圍廣泛，博學通達。關於其著作，龍宇純自己並未在相關專著中附錄自篇著作目錄，此後陸續僅有集龍宇純文字、聲韻、訓詁及京戲學術相關論文《絲竹軒小學論集》，及《龍宇純七秩晉五壽慶論文集》中有將其歷來發表的期刊論文與會議論文作一年代詳目條例。本文根據這部分的資料加以分類整理，將龍宇純的著作成果分為：（一）專書（二）單篇論文兩大主題，及（1）文字（2）聲韻（3）訓詁（4）京戲文學（5）經學思想（6）詩文學類（7）其他等七小類，按其發表年代先後排序，並以表格方式呈現之。

　　（一）「專書」部分：分為文字、聲韻、經學與思想等四類，包括龍宇純已撰作但未刊行之專書。

　　（二）「單篇論文」部分：分為文字、聲韻、訓詁、經學思想、詩文學類、京戲文學及其他等七類。

　　茲將龍宇純之著作分類統計表列如下【表三】。（詳細著作目錄，參見本論文附錄二）

【表三】龍宇純的著作目錄分類統計表

類　　別	一	二	三
	專書	單篇論文	未刊行專書
文字	1	19	1
聲韻	3	29	1
訓詁		12	

經學思想	3	7	
詩文學類	1	7	
京戲文學		1	
其他	1	1	
總計	9	76	2

第二章 龍宇純之上古聲母系統及其相關問題研究

　　前述提及，研究聲韻學，特別是傳統聲韻學之上古音階段，且又是單一學者的研究成果解析時，其使用的方法不外乎有三：第一爲整理歸納法，整理蒐集來的相關資料，編排分類，以便日後在運用時可立即取得；歸納是藉由閱讀資料後，觀察個別事實，所得出的結論。第二爲分析比較法，分析是針對整理歸納出的結果，進行更細密與深入的研究；比較是把兩種或兩種以上同性質的事物，互相比較，以視其異同或優劣。第三爲統計法，運用數學方法將資料予以量化，以達到精確的分析效果。

　　詳觀龍宇純對上古聲母的研究即是充分運用此三種方法，從文字學的角度如同字異音、同源詞、聯綿詞及諧聲字的資料著手進行上古音研究，以期建立一套完整的語音系統。

　　本章節擬介紹龍宇純上古聲母系統，第一節先針對歷來學者對上古聲母的研究成果進行概述，以便讓研究者，對上古聲母的整體演進，有清楚的脈落架構後，才能進一步深入主題探討。第二節探討龍宇純對上古單一聲母的音類和音值的擬定，第三節採主題方式對龍宇純所提出的上古單一聲母相關問題加以詳細討論，內容包含諸家學者的理論及龍宇純對諸家學者的看法及其所提出的觀點，均將作綜合討論。

第一節　歷來學者對上古聲紐之看法

　　歷來對於上古聲紐的看法以清代最為重要，各家學者如雨後春筍般不斷提出影響後世研究者的關鍵理論，使後世學者能在前人的腳步上更上層樓進行研究。而前輩先賢對於歷來學者上古聲紐的看法說明，多以「人」為單位來說明其理論，而本部分論述方式不以「人」為單位，為符合龍宇純〈上古音芻議〉一文第一部分論述上古聲母部分以「唇」、「舌」、「牙喉」、「齒」之發音部位為論述基準，故本部分的述明方式亦以「唇」、「舌」、「牙喉」、「齒」之發音部位為類型進行說明，在此之前，必須先就清代之前的相關研究加以論述。

　　歷來學者對於上古聲紐之看法，如顧炎武之輩的考證專家，也未有研究聲紐之專篇傳世；如江永之輩的審音先鋒，仍然篤守三十六字母之論，以為「不可增減，不可移易」，雖然略論輕重唇音理論，但還未明確闡明箇中哲理。〔註1〕因此，關於上古聲紐的研究，在錢大昕之前，都還是呈現混沌未明的萌芽狀態。

　　首先在《廣韻》各卷末附有〈新添類隔今更音和切〉一條，新添若干切語，其韻內為類隔者，卷末概更為音和，此實古今聲類變遷不同之跡。〔註2〕蓋凡《廣韻》新更音和之字，原多以輕唇切重唇，或舌上切舌頭，古人輕唇原讀重唇，舌上原讀舌頭，至新添者始覺輕唇重唇有別，舌上舌頭殊讀，《廣韻》原以輕唇切重唇者，其在古人本非輕唇也。原以舌上切舌頭者，其在古人亦非舌上也。至後來始重唇變輕唇，舌頭變舌上，新添者乃以為不類，遂謂之類隔，而為之更音和切，其為類隔者，非古人原意，乃後世之音變也，新添者既著其異附之卷末，則古今音變之跡由此正足以尋其端倪。〔註3〕除了《廣韻》卷末外，在《切韻指掌圖檢例》中言及字母之通轉，有類隔二十六字圖，茲錄如下【表四】：

〔註1〕〔清〕江永：《四聲切韻表》，見嚴式海：《音韻學叢書》第 33 冊（四川：四川人民出版社，1957 年，頁 1。

〔註2〕曾運乾：〈等韻門法駁議〉，載於中國語言文學部編之《語言文學專刊》1 卷 2 期（1936 年），頁 291。

〔註3〕陳新雄：《古音學發微》（臺北：文史哲出版社，1983 年），頁 579～580。

【表四】《切韻指掌圖檢例》之類隔二十六字圖〔註4〕

重唇	幫	滂	並	明	
輕唇	非	敷	奉	微	
舌頭	端	透	定	泥	
舌上	知	徹	澄	娘	
齒音	精	清	從	心	斜〔註5〕
正齒	照	穿	牀	審	禪

　　《切韻指掌圖》雖列類隔二十六字圖，然於類隔之說，理猶未明，據其〈檢例〉亦僅知同為唇音、同為舌音，或同為齒音者，雖聲類相隔，如重唇之與輕唇，舌頭之與舌上，齒頭之與正齒，皆可互相為切，至其所以如此通用之故，則尚不能明也。故可謂《切韻指掌圖》已察及其相通之現象，而於其所以相通之故，猶未能明言其理也，然其所著之現象，已足示後人窺究古聲以一顯明之脈絡。《四聲等子》及劉鑑《經史正音切韻指南》中針對類隔皆有謂：「取唇重唇輕，舌頭舌上，齒頭正齒三音中清濁同者，謂之類隔。」〔註6〕此即是等韻門法中所定名之類隔門、輕重交互門與精照互用門諸門法，其定義亦同於《切韻指掌圖》中所論，皆能察其相通之現象，提示後人研究古聲類之線索。〔註7〕接下來以唇、舌、牙喉、齒之發音部位為類型進行說明。

（一）唇　音

　　關於唇音聲母，有三位學者提出看法：

1. 江　永

　　江永在《四聲切韻表・凡例》中提出「福、服」二字，今音輕唇，古音重唇。如職韻之「逼、愎」也。〔註8〕

〔註4〕　〔宋〕司馬光：《宋本切韻指掌圖》（北京：中華書局，1986年），頁19、陳新雄：《古音研究》（臺北：五南圖書出版有限公司，1999年），頁530。

〔註5〕　齒音「斜」，當為今之「邪」。

〔註6〕　〔元〕劉鑑：《經史正音切韻指南》，收錄於黃肇沂輯刊：《芋園叢書本》經部第26冊（南海黃氏據舊印匯印本，1935年），頁51～52。

〔註7〕　陳新雄：《古音研究》（臺北：五南圖書出版公司，1999年），頁530。

〔註8〕　〔清〕江永：《四聲切韻表》，見嚴式海《音韻學叢書》第33冊（四川：四川人民出版社，1957年），頁9。

2. 錢大昕

錢大昕在《潛研堂文集・卷十五》中提出「古無輕脣音」之論，認爲《廣韻》平聲五十七部，有輕脣者僅九部，去其無字者，僅二十餘紐。以經典，皆可讀重脣，如：「伏羲」即「庖羲」、「士魴」即「士彭」、「扶服」即「匍匐」、「密諸」即「孟諸」⋯⋯等。這些字例以今語讀之爲輕脣，但漢魏以前皆讀重脣，由此可知輕脣音並非古時即有之音。此外，錢大昕並認爲輕脣之名，大約出於齊梁以後，而陸法言《切韻》因之，相承至今。然而，「非」和「敷」兩母之卒無可分，亦可知其不出於自然矣。〔註9〕

3. 黃 侃

黃侃在《黃侃論學雜著・音略三》中對古脣音有以下說明：

脣音

邦（幫） 本聲

　　逋（博孤切。）（古今同）

　　靶（必駕切。）（聲同韻異，古亦讀如逋）

　　非　此邦之變聲。

　　甫（方矩切。）（聲韻並異，古亦讀如逋）

滂　本聲

　　鋪（普胡切。）（古今同）

　　帊（普駕切。）（聲同韻異，古亦讀如鋪）

　　敷　此滂之變聲。

　　敷（芳無切。）（聲韻並異，古亦讀如鋪）

並　本聲

　　蒲（蒲乎切。）（古今同）

　　帊（蒲巴切。）（聲同韻異，古亦讀如蒲）

　　奉　此並之變聲

〔註9〕 〔清〕錢大昕：《潛研堂文集》（商務印書館編，四部叢刊初編集部縮本）（臺北：臺灣商務印書館，1965 年），頁 18。

扶（防無切。）（聲韻並異，古亦讀如蒲）

明　本聲

謨（莫胡切。）（古今同）

蟆（莫遐切。）（聲同韻異，古亦讀如謨）

微　此明之變聲

無（武扶切。）（聲韻並異，古亦讀如謨）

右唇音，古音四類。〔註10〕

由上表可知，黃侃將「邦（幫）」、「滂」、「並」、「明」四聲列屬本聲，也就是古音。除了上述三位學者外，顧炎武不僅在古韻分部上有開創之舉外，他對古聲紐也有立說。顧炎武初悟「古無輕唇」理論，雖然在其古音學著作中並沒有明確提出相關論點，然而，細查《音學五書》中確有一些與「古無輕唇」不無聯繫的例說。如：《儀禮・鄉射禮》言「君國中射則皮樹中，今文皮爲繁。」又如《漢書》「御史大夫繁延壽，繁音婆。按此則鄱、番、蕃、繁四字皆得與皮通，以皮字音婆故也。」〔註11〕由顧炎武的這些例說，再結合其他材料可引出「古無輕唇說」，但他重韻不重聲，僅止於悟，未能深究，深究之功則有待錢大昕。此外，陳澧補苴前賢諸說，同樣持論古無輕唇音，使得古無輕唇音之論更加確信於世，無可置疑。

（二）舌　音

關於舌音聲母，有六位學者提出看法：

1. 焦　竑

焦竑在《焦氏筆乘・卷一》中論及「濁」古音「獨」。其言：

《孟子》「滄浪之水濁兮」，濁音獨，與足，《史・律書》「濁者，觸也」，《白虎通》「讀者，濁也」，《漢書》「潁水濁，灌氏族」，《古樂府》「獨漉獨漉，水深泥濁」，張君祖詩「風來詠愈清，鱗萃洲不濁，斯乃元中子，所以矯逸足」，又俗謂不明曰口濁，以酒爲喻。或作骰

〔註10〕　〔清〕黃侃：《黃侃論學雜著》（上海：上海古籍出版社，1980 年），頁 75～77。

〔註11〕　〔清〕顧炎武：《音學五書》（北京：中華書局，1982 年），頁 1～10。

突，或作糊涂，並非。〔註12〕

焦竑只簡單地針對「濁」字古音說明，仍未明確指出「濁」字讀爲「獨」的原由。

2. 錢大昕

錢大昕在《十駕齋養新錄・卷五・舌音類隔之說不可信》中有言：

> 古無舌頭舌上之分。「知」、「徹」、「澄」三母，以今音讀之，與「照」、「穿」、「牀」無別也。求之古音，則與「端」、「透」、「定」無異。
>
> 〔註13〕

另外，錢氏又舉出字例以證明其說，如古音「中」如「得」、古音「陟」如「得」、古音「趙」如「掉」、古音「直」如「特」、古音「竹」如「篤」……等。除了古無舌頭舌上之分條例外，錢氏又論及古人多舌音，他提出古人多舌音，後代多變爲齒音，不獨「知」、「徹」、「澄」三母爲然也。並說明今人以「舟」、「周」屬照母，「輖」、「啁」屬知母，謂有齒舌之分，此不識古音者也。錢大昕於《十駕齋養新錄》中列舉許多例證說明其發現並非全無考據，他舉《禮記・考工記》中的二則例字加以詳述。

第一例：

> 《考工記》：「玉瑵雕矢」注：「故書『雕』或爲『舟』」。是「舟」有「雕」音。《詩》：「何以舟之。」傳云：「舟，帶也。」古讀「舟」如「雕」，故與「帶」聲相近。「彫」、「雕」、「琱」、「鵰」，皆「周」聲，「調」亦以「周」聲，是古讀「周」亦如「雕」也。〔註14〕

第二例：

> 《考工記》：「大車車轅摯。」注：「摯，輖也。」《釋文》：「輖音周，一音弔，或竹二反。」陸氏於「輖」字兼收三音：「弔」與「雕」有輕重之分，而同爲舌音；「周」與「摯」聲相近，故又轉爲「竹二反」。今分「周」爲「照」母，「竹」爲「知」母，非古音之正矣。〔註15〕

〔註12〕 〔明〕焦竑：《焦氏筆乘》（北京：商務印書館國學基本叢書版，1937年），頁25。

〔註13〕 〔清〕錢大昕：《十駕齋養新錄》（北京：商務印書館，1957年），頁111～116。

〔註14〕 〔清〕錢大昕：《十駕齋養新錄》（北京：商務印書館，1957年），頁116～117。

〔註15〕 〔清〕錢大昕：《十駕齋養新錄》（北京：商務印書館，1957年），頁116～117。

由此說可知，錢氏認爲「照」母和「知」母並非古音，而原知因讀爲舌音。然而，錢大昕「古舌音之說不可信」之「古無舌上音」條例並非其首創，早在十七、十八世紀間學者徐用錫已提出「舌上古讀舌頭」之說。徐用錫在其著作《字學音韻辨》中有言：「等韻古音端透定泥，是矣。知徹澄娘不與照穿等同乎？曰：『此古今異耳。』今惟娘字尚有古音……知古讀低，今讀若支；徹古讀若鐵，今讀若赤折切；澄讀若登之下平，今讀若懲：故曰舌上音……今閩音尚於知徹澄一如古乎。」由此可知，徐用錫主張知紐古音同端組，時音如照穿，此爲古今之別，且引方音證古讀，不失爲舌上古讀舌頭說之權輿。徐用錫「舌上古讀舌頭」之說可謂承自其師李光地，李光地熟知閩廣方音，所著《等韻辨疑》有言：「知徹澄娘四字，今音惟娘字入舌音泥字內，知徹澄三字俱混在照穿牀齒音內，據等韻諸書，俱當作舌音。但端透定泥吐在舌尖，而知徹澄娘收在舌上耳。今閩廣人知徹澄猶作舌音也。」因此，錢大昕「古舌音之說不可信」之「古無舌上音」條例，可謂在李光地及徐用錫理論的基礎上更加完善詳論。〔註16〕除上述學者之外，陳澧同樣也在前賢學說的架構上持論古無舌上音，使得古無舌上音之論更加確實。

3. 錢 坫

錢坫爲錢大昕從子。依據《詩經》連字、對字以求古聲，著有《詩音表》。《詩音表・序》言：「《詩》音正，凡音之道皆正矣。我以爲求三代之雅樂者，必始於此。」〔註17〕雅樂即雅音，即雅正音。由此可知，錢坫可謂繼承了錢大昕雅正音系觀。

錢坫將三十六字母合爲二十一類，錢大昕「古舌音之說不可信」之「古無舌上音」條例，並未涉及泥娘讀音歸屬，錢坫將端透定泥與知徹澄娘一一對應相配，但錢坫並未跟從錢大昕「齒音多讀舌音」之說，而是將精組與照組合併，此理論間接影響章炳麟以精組爲照組之副音之理論產生。〔註18〕此外，錢坫又

〔註16〕 李葆嘉：《當代中國音韻學》（廣東：廣東教育出版社，1998年），頁159。

〔註17〕 〔清〕錢坫：《詩音表》，收錄於嚴一萍選輯：《百部叢書集成續編・錢氏四種・蛾術堂系》（臺北：藝文印書館，1970年），頁1～2。

〔註18〕 〔清〕錢坫：《詩音表》，收錄於嚴一萍選輯：《百部叢書集成續編・錢氏四種・蛾術堂系》（臺北：藝文印書館，1970年），頁7。

提出「喻母與匣母合併」〔註19〕之論，及發現來紐可與眾多聲紐配成雙音詞語的特徵，並稱居於雙音詞語前的來紐字爲來首聲；但於雙音詞語後的來紐字爲來歸聲，此亦是先前學者所未發之論，較爲可惜的是，錢坫並未對其來紐理論有相關論述。〔註20〕

4. 劉禧延

劉禧延在《中州切音譜贅論》中有談論「讀日母作泥母在昔已然」一條，可視爲章炳麟「娘日之紐於古皆泥紐」論之先導。劉禧延言：

> 吳下土音，日母實作泥母乎。但呼泥母齊齒字一如疑母，故日母之作泥母，與疑母一無分別耳。按韻書日母字多有轉音入泥母者。「穊」音茸，而轉音濃，「瓤」音穰，而轉音孃，「肜」音而，而轉音耐，……其他以文字偏旁而轉音如此者，尤不可枚舉。然則如吳音之讀日母作泥母，在昔已然矣。〔註21〕

劉禧延雖然提出「讀日母作泥母在昔已然」理論，但他是從吳下方言的角度觀察，可見「讀日母作泥母」之論業已存在於方言內。

5. 章炳麟

章炳麟在《國故論衡》中論及「娘日之紐於古皆泥紐」條，提出：「古音有舌頭泥紐，其後支別，則舌上有娘紐，半舌半齒有日紐，於古皆泥紐也。」理論，並藉由提問者與應答者的對談進一步將其「娘日之紐於古皆泥紐」理論深述闡發：

> 問曰：「聲音者，本乎水土，中乎同律，發乎唇舌，節族自然。今曰古無娘日，將迫之使不言耶？其故闕也。」答曰：「凡語言者，所以爲別，日紐之音，進而呼之則近來，退而呼之則近禪；娘紐之音，浮氣呼之則近影，按氣呼之則近疑。古音高朗而徹，不相疑似，故

〔註19〕〔清〕錢坫：《詩音表》，收錄於嚴一萍選輯：《百部叢書集成續編·錢氏四種·蛾術堂系》（臺北：藝文印書館，1970年），頁24～26。

〔註20〕李葆嘉：《當代中國音韻學》（廣東：廣東教育出版社，1998年），頁165。

〔註21〕〔清〕劉禧延：《中州切音譜贅論》，見任仲敏編《新曲苑》第30種（北京：中華書局聚珍仿宋印本第6冊，1940年），頁1～2。

無日娘二紐也。今閩廣人亦不能作日紐也。」[註22]

由文末的問答可知，章炳麟與劉禧延的入門處極為相似，二人皆有從方言的角度來觀察「娘」和「日」二紐的讀音歸屬。

6. 黃　侃

黃侃在《黃侃論學雜著・音略三》中對古舌音有以下說明：

舌音

端　本聲

　　單（都寒切。）（古今同）

　　驒（都年切。）（聲同韻異，古音亦讀如單）

　　知　此端之變聲。

　　（張連切。）（聲韻俱變，古音當讀如亶平聲，亦即讀如單）

　　照　此亦端之變聲

透　本聲

　　嘽（他干切。）（古今同）

　　觍（他典切。）（聲同韻異，古音亦讀如嘽）

　　徹　此透之變聲。

　　（丑善切。）（聲韻俱變，古音讀如嘽）

　　穿　此亦透之變聲

　　闡（昌善切。）（聲韻俱變，古亦讀如嘽）

審　此亦透之變聲

　　燀（式連切。）（聲韻俱變，古亦當讀如嘽）

定　本聲

　　沱（徒何切。）（古今同）

　　地（徒四切。）（聲同韻變，古亦讀如沱）

澄　此定之變聲

馳（直高切。）（聲韻俱變，古亦讀如沱）

神　此亦定之變聲

蛇（食遮切。）（此即它之重文，聲韻俱變，古亦讀如沱）

禪　此亦定之變聲

垂（是爲切。）（聲韻俱變，古音當讀惰平聲）

泥　本聲

奴（乃都切。）（古今同）

變韻無泥母（除上去聲）

娘　此泥之變聲

挐（女余切。）（聲韻俱變，古亦讀如奴）

日　此亦泥之變聲

如（人諸切。）（聲韻俱變，古亦讀如奴）

來　本聲

羅（魯何切。）（古今同）

㦝（呂支切。）（聲同韻變，即羅之後出字，則古只有羅音也）

右舌音，古音五類。〔註23〕

由黃侃此段文字述說可知，古舌音當爲：端、透、定、泥、來五類音。

（三）牙　音

關於牙音聲母，有一位學者提出看法：

1. 黃　侃

黃侃在《黃侃論學雜著・音略三》中對古牙音有以下說明：

牙音

見　本聲

歌（古俄切。）（古今同）

畸（古宜切。）（聲同韻變，古亦讀如歌：畸，从奇聲）

〔註23〕〔清〕黃侃：《黃侃論學雜著》（上海：上海古籍出版社，1980年），頁71～74。

溪　本聲

　　看（苦寒切。）（古今同）

　　褰（去虔切。）（聲同韻變，古亦讀如看：褰，从寒省聲）

　　群　此溪之變聲。（今音讀群者，求古音皆當改入溪類）

　　蘄（渠支切。）（渠變聲，支變韻，古當讀苦痕切；蘄當从斤得
　　　　聲，又蘄之義，與芹亦通）

疑　本聲

　　俄（五何切。）（古今同）

　　宜（魚羈切。）（聲同韻變，以宜从多省求之，知古亦讀如俄；
　　　　俄，从我聲，讀五禾切；儀亦从我得聲，而讀魚羈，儀即宜同切
　　　　字也，以此互證，宜之當讀俄益明）

　　右牙音，古音三類。〔註24〕

由黃侃此段文字述說可知，屬於古牙音者僅見、溪、疑三音而已。

（四）喉　音

關於喉音聲母，有三位學者提出看法：

1. 錢大昕

錢大昕在《潛研堂文集‧十五》中提出論曉匣影喻之古音論，又可稱之為
「牙喉雙聲說」：

　　問：古音於曉匣影喻，似不分別。

　　答：凡影母之字，引而長之，即為喻母；曉母之字，引長之，稍濁，
　　即為匣母；匣母三四等字輕讀，亦有似喻母者。故古人於此四母者，
　　不甚區別。〔註25〕

錢大昕除了提出「牙喉雙聲說」理論外，更舉出例證加以說明：

　　如「榮懷」與「杌隉」均為雙聲，今人則有匣喻之分矣。「噫嘻」、「於

〔註24〕　〔清〕黃侃：《黃侃論學雜著》（上海：上海古籍出版社，1980 年），頁 70～71。

〔註25〕　〔清〕錢大昕：《潛研堂文集》（商務印書館編，四部叢刊初編集部縮本）（臺北：
　　　　　臺灣商務印書館，1965 年），頁 18～19。

戲」、「於乎」、「嗚呼」，皆疊韻兼雙聲。今則以「噫於嗚」屬影母，「嘻戲呼」屬曉母，「乎」屬匣母矣，「于」、「於」同聲亦同義，今則以「于」屬喻母，「於」屬影母矣。此等分別，大約始於東晉。〔註26〕

錢大昕此段文字著重說明古喉音「曉匣影喻」四母，古音甚為相似，不易區分，他認為「曉匣影喻」四母之古音江南至今行此分別，而河北混同一音，雖依古讀，不可行於今也；並更進一步認為顏之推之時並無「影喻」兩母之分。由此論點，錢大昕主張：「喻為」兩母當從「影」母變出。然而，錢大昕此觀點遂被後世學者黃侃所吸收採納。

2. 黃　侃

黃侃在《黃侃論學雜著·音略三》中對古喉音有以下說明：

喉音

影　此本聲。（凡本聲古、今無變，譬如今日字古影母，古音亦讀影紐也）

阿（烏何切。）（烏，影類字，古同；此在本韻，故古音與今全同）

猗（于离切。）（于，影類字，古同；此屬變韻，故古聲與今同，而韻不同；若以猗字從奇聲求之，古音亦在歌韻，猗仍讀如阿；猗那或作阿儺，即其證也）

喻　此影之變聲，今音讀喻省，古音皆讀影。（凡見反切改讀古音：若變聲，則上一字當改本聲類字；若本聲，則上一字不須改）

移（弋支切。）（弋，喻類字，古音當改影類；屬變韻，故此字古與今聲韻並不同；若以移字從多聲求之，古音亦在歌韻，讀若阿；黟，亦從多聲，而讀于脂切，即其證也）

為　此亦影之變聲

為（遠支切。）（此支字，借開口切合口，非常法；遠，為類字，古音當改影類；屬變韻，以古詩用韻求之，為，當在歌韻，讀如

〔註26〕〔清〕錢大昕：《潛研堂文集》（商務印書館編，四部叢刊初編集部縮本）（臺北：臺灣商務印書館，1965年），頁18～19。

倭；逶之重文作蝸，即其證也）

曉　本聲

河（虎何切。）（古今同）

義（許羈切。）（聲同韻變，古音亦當讀如河；義，从義聲，即
其證）

匣　本聲。

寒（胡安切。）（古今同）

閑（戶閑切。）（聲同韻異，古亦讀如寒；以古詩用韻求之，得
悉）

右喉音，古音三類。〔註27〕

由黃侃之論可知，古喉音只有影、曉、匣三母，而今日喉音「影、曉、匣、為、
喻」中的「為喻」兩母當從「影」母之**變聲**，此論是接受錢大昕理論而來。

3. 曾運乾

曾運乾論古喉音專門談論喻母的古讀，其條例有二：其一為喻母三等字古
隸牙聲匣母；其二為喻母四等字古隸舌聲定母。原文中並舉出許多例證以證明
其理論，曾運乾讚同並再度定論古韻之說，導源於顧亭林；古紐之說，導源於
錢大昕。而錢氏言古無舌上音及輕唇音。近世章太炎複本其例作〈古音娘日二
紐歸泥說〉，其言既信而有征矣。然而，曾運乾在認同前人理論的同時，又提出
不同看法：

> 為錢章所未暇舉正音者，如喉聲影母獨立，本世界制字審音之通則，
> 喻于二母（近人分喻母三等為于母）本非影母濁聲；于母古牙聲匣
> 母，喻母古舌聲定母。部件秩然，不相陵犯。等韻家強之與影母清
> 濁相配。所謂非我族類，其心必異者也。〔註28〕

針對喻母三等的古讀，曾運乾舉出了四十五條例證，說明上古的喻三（案：喻
三又稱為云母、于母或為母，如「羽、雲、雨、王、永、遠」等字皆是）和匣

〔註27〕〔清〕黃侃：《黃侃論學雜著》（上海：上海古籍出版社，1980 年），頁 71～74。

〔註28〕曾運乾：〈喻母古讀考〉，參自於楊樹達輯錄：《古聲韻討論集》（臺北：臺灣學生
書局，1965 年），頁 39～72。

母本屬同一個聲母系統。例如：

①《詩·皇矣》：「無然畔援（喻三）」，《漢書·敘傳》注引作「畔換（匣母）」。

②《周禮·考工記》：「弓人弓而羽（喻三）殺」，注「羽讀爲扈（匣母）」。

③玄應《一切經音義》：「豁（匣母）旦，即于（喻三）闐也」。

④《易·說卦》：「易六位（喻三）而成章」，〈士冠禮〉注引作「六畫（匣母）」。〔註29〕

關於喻三古歸匣的問題，除了曾運乾的研究條件外，還有其他學者也同樣提出相同的看法。例如葛毅卿〈喻三入匣再證〉、黃焯之〈古音爲紐歸匣說〉、羅常培〈經典釋文和原本玉篇反切中的匣于兩紐〉、董同龢《上古音韻表稿》書中更進一步地確定了喻三古歸匣紐的古音現象。〔註30〕周祖謨所考〈萬象名義（日僧空海據原本《玉篇》作）中的原本玉篇音系〉列出幾匣于不分的反切，如：「尹，胡准切」、「越，胡厥切」、「爲，胡嬀切」。〔註31〕另外，在竺家寧《聲韻學》書中舉出羅常培所列出的兩首有趣雙聲詩爲例加以說明曾運乾〈喻三古歸匣〉條例：

①南齊·王融

園蘅眩紅虆，湖荇燁黃花。鶴橫淮翰，遠越合雲霞。〔註32〕

這首詩中的「園、遠、越、雲」四字都是喻三，其他大部分字都是匣母。另一首是北周庾信的作品：

②北周·庾信

形骸違學宦，狹巷幸爲閑。虹或有雨，雲合又含寒。

〔註29〕曾運乾：〈喻母古讀考〉，參自於楊樹達輯錄：《古聲韻討論集》（臺北：臺灣學生書局，1965年），頁39〜72。

〔註30〕董同龢：《上古音韻表稿》（臺北：中央研究院歷史語言研究所，1967年），頁28〜32。

〔註31〕竺家寧：《聲韻學》（臺灣：五南圖書出版股份有限公司，2008年），頁564。

〔註32〕竺家寧：《聲韻學》（臺灣：五南圖書出版股份有限公司，2008年），頁565。

横湖韻鶴下，迴溪狹猿還。懷賢爲榮衛，和緩惠綺紈。〔註33〕

這首詩中的「違、爲、有、雨、雲、又、韻、猿、榮、衛」等字都是喻三，其他大部分字都是匣母。在上述二例雙聲詩例證中，作者既然都將匣紐和喻對紐視爲雙聲，可見此兩紐到了第五世紀末葉仍是同類的聲母，仍未分化爲二。由此可知，此條例證在古音研究上產生重大影響。

針對喻母四等的古讀，曾運乾舉出了五十三條例證說明上古的喻四（案：喻四又稱爲以母、或喻母，如「余、夷、羊、與、移、悅」等字皆是）在上古時代和定母發音相近。例如：

①《管子・戒篇》：「易（喻四）牙」，《大戴記・保傅篇》作「狄（定母）牙」。

②《老子》：「亭之毒（定母）之」，《釋文》：「毒本作育（喻四）」。

③《書・洛誥》：「史迭（徒結反，徒：定母）」，《逸周書・去殷篇》作「史逸（喻四）」。

④《詩經・山有樞》：「他人是愉（喻四）」箋「讀曰偷（透母，與定母聲轉可通）」。〔註34〕

另外從諧聲資料也可發現喻母四等的古讀和定母近似，例如：

舀（羊朱切：喻四）：稻（定母）。

攸（喻四）：條（定母）。

（羊至切：喻四）：逮（定母）〔註35〕

曾運乾「喻四古歸定」理論對音韻學界產生重大影響，並且在擬音上形成諸多探討。

（五）齒　音

關於齒音聲母，有四位學者提出看法：

〔註33〕竺家寧：《聲韻學》（臺灣：五南圖書出版股份有限公司，2008年），頁567。

〔註34〕曾運乾：〈喻母古讀考〉，參自於楊樹達輯錄：《古聲韻討論集》（臺北：臺灣學生書局，1965年），頁39～72。

〔註35〕曾運乾：〈喻母古讀考〉，參自於楊樹達輯錄：《古聲韻討論集》（臺北：臺灣學生書局，1965年），頁39～72。

1. 錢大昕

錢大昕言古無心、審之別，然三十六字母審母，《廣韻》切語上字分爲二類，一爲審類，一爲疏類，其疏類字古音正讀同心。

2. 夏　燮

夏燮在《述韻・七・論正齒當分二支》文中談論古齒音認爲齒音當分爲二支，其齒音理論有二：其一爲照系三等字古讀舌頭音；其二爲照系二等字古讀齒頭音。夏燮認爲正齒與舌上最易牽混。夏燮有言：「呼正齒者，必令其音自齒出，不自舌出；呼如上者，必令其音自舌出，不自齒出，而二部之音定矣。唐人分舌上、正齒爲二，析音最精，第其分配之字，頗多不合。檢《廣韻》、《玉篇》、《集韻》、《韻會》諸書，有一字而彼收舌上、此收正齒，彼收正齒、此收舌上者。亦有一家之書而舌上、正齒兩收者。……細審唐人分配十部之音，牙與喉之偏旁大半吻合，舌頭之與舌上、重唇之與輕唇亦然。惟正齒之字，半與齒頭合，半與舌上合，此當如亭林所論支韻尤韻之當分爲二支。檢正齒之字與齒頭同偏旁者，則爲正齒之本音，其與舌頭、舌上同偏旁者，則改歸舌上。」〔註36〕因此，其更逐一檢視混淆之誤，以下擇其精要分列三點論述。

第一：

> 正齒誤，而半齒之字亦與俱誤矣。半齒之字，有與正齒同偏旁者，有與舌上同偏旁者。而其同偏旁之字，皆在舌上之娘母，而不與知徹澄相涉，以娘之與日易混也。〔註37〕

第二：

> 照母之偏旁多混於知，穿母之偏旁多混於徹，母之偏旁多混於澄，其禪之混者十之二而已，審之混則十之一也。照與知近，穿與徹近，與澄近，禪雖疑於，而一次濁一最濁，位不同也。審則自爲一類，與齒頭之心母相對，當位清，舌上無此一位，故不得而混也。〔註38〕

第三：

> 舌上之偏旁，不混於齒頭而混於正齒；正齒之偏旁，不混於舌頭而

〔註36〕〔清〕夏燮：《述韻》（北京：北平富晉書社，1930 年），頁 3～6。

〔註37〕〔清〕夏燮：《述韻》（北京：北平富晉書社，1930 年），頁 3～6。

〔註38〕〔清〕夏燮：《述韻》（北京：北平富晉書社，1930 年），頁 3～6。

混於舌上；舌頭之偏旁，與舌上合而不與齒頭合；齒頭之偏旁，與

正齒合而不與舌上合。此舌齒兩部分別之界限也。〔註39〕

夏燮照系三等字古讀舌頭音和照系二等字古讀齒頭音二條條例，後被黃侃所採
納，夏燮照系三等字古讀舌頭音之例，如竺家寧《聲韻學》書中所舉：

①《春秋‧桓十一年》：「公會宋公于于鍾」，《公羊》作「夫童」。

②《易‧咸九四》：「憧憧往來」，《釋文》：「憧，昌容切，又音童」。

③《左傳‧僖七年》：「堵叔」，《釋文》：「堵，丁古反，又音者」。

④《書‧禹貢》：「被孟豬」，《釋文》：「豬，張魚反（知母），又音諸
（章母）」。〔註40〕

夏燮照系三等字古讀舌頭音之說與錢大昕「古人多舌音，後代多變齒音」理
論的看法是一致的，他們都同樣認為照系三等字在上古和端、知系字讀為一
類。夏燮另一條照系二等字古讀齒頭音理論之例，如竺家寧《聲韻學》書中
所舉：

①《漢書》：「席用苴」，如淳讀「苴（正齒音）」為「租（齒頭音）」。

②《周禮‧遂人》：「鄭大夫云：耡（正齒音）讀為藉（齒頭音）」。

③《周禮‧考工記弓人》：「則莫能以速中」注：「故書速（齒頭音）
為數（正齒音）」。〔註41〕

夏燮的照系三等字古讀舌頭音和照系二等字古讀齒頭音的理論，在古音學上都
可確立，且成定論，然而，照系二等字古讀齒頭音之論又可稱之為「精莊同源」，
在中古類隔切種類中則形成「齒音類隔」。此外，關於照系三等字的古讀，還有
近代學者周祖謨於1941年所著〈審母古音考〉和〈禪母古音考〉二篇文章，專
門就照系三等字中的審母和禪母進行古讀歸類考證。例如：

第一條〈審母古音考〉提出：審母古讀近舌頭音

①「說、稅」均從「兌」聲。《易‧蒙卦》：「用說桎梏」，《釋文》「說，
吐活反」。

〔註39〕〔清〕夏燮：《述韻》（北京：北平富晉書社，1930年），頁3～6。

〔註40〕竺家寧：《聲韻學》（臺灣：五南圖書出版股份有限公司，2008年），頁561。

〔註41〕竺家寧：《聲韻學》（臺灣：五南圖書出版股份有限公司，2008年），頁561。

②《左傳·文公十三年》:「大室屋壞」,《公羊》「大室」作「世室」。

③《詩·采菽》箋云:「菽,大豆也」,菽、豆一語。〔註42〕

周祖謨歸納經籍異文和諧聲偏旁等資料發現,審母三等字在上古的發音一定和舌尖塞音的「端、透、定」三母接近,因此才會在經籍中留下相通的痕跡。

第二條〈禪母古音考〉提出:禪母古讀近定母

①禪:單:撣(市連切,又徒干切)

②遄:瑞(是偽切):耑(多官切)

③《呂氏春秋·審時篇》:「辟米不得恃定熟」,高注「恃或作待」。

〔註43〕

周祖謨經由整理歸納經籍異文資料及諧聲偏旁所得出的結論即是:禪母與定母之關係密切。

3. 黃 侃

黃侃在《黃侃論學雜著·音略三》中對古齒音有以下說明:

齒音

精　本聲

　　租(則吾切。)(古今同)

　　且(子余切。)(聲同韻變,古亦讀如租)

　　莊　此精之變聲

　　菹(側余切。)(聲韻俱變,古亦讀如租)

清　本聲

　　粗(倉胡切。)(古今同)

　　䴝(七余切。)(聲同韻變,古亦讀如粗)

　　初　此清之變聲

　　初(楚吾切。)(聲韻俱變,古亦讀如粗:初且一義,亦一聲也。

　　且,又七也切,古音亦倉胡切)

〔註42〕周祖謨:《問學集》(北京:中華書局,1981年),頁120～138。

〔註43〕周祖謨:《問學集》(北京:中華書局,1981年),頁139～161。

從　本聲

　　徂（昨胡切。）（古今同）

　　咀（慈呂切。）（聲同韻變，古亦讀如徂）

　　牀　此從之變聲

　　鉏（士魚切）（聲韻俱變，古亦讀如徂）

心　本聲

　　蘇（素孤切。）（古今同）

　　胥（相居切。）（聲同韻變，古亦讀如蘇）

　　邪　此心之變聲

　　徐（似余切。）（聲韻俱變，古亦讀如蘇）

疏　此亦心之變聲

　　疋（所葅切。）（聲韻俱變，古亦讀如蘇）

　　右齒音，古音四類。〔註44〕

由黃侃之論可知，古齒音只有精、清、從、心四母，而莊、初、牀、疏及邪五母皆從古齒音所變出。究此，黃侃並總結吸收前人古聲紐之說法，進一步提出古聲十九紐之說如【表五】所示：

【表五】黃侃古聲十九紐說明表〔註45〕

	喉音	牙音	舌音	齒音	唇音
正聲十九紐	匣曉影	疑溪見	來泥定透端	心從清精	明並滂幫

〔註44〕〔清〕黃侃：《黃侃論學雜著》（上海：上海古籍出版社，1980 年），頁 74～75。

〔註45〕〔清〕黃侃：《黃侃論學雜著》（上海：上海古籍出版社，1980 年），頁 100、竺家寧：《聲韻學》（臺灣：五南圖書出版股份有限公司，2008 年），頁 562～563。

變聲二十二紐	喻爲	群	娘澄徹知 日神穿照 禪審	疏牀初莊 邪	微奉敷非
黃侃接受的學說	錢大昕：喻爲二母由影母出	戴震：群母由溪母出	錢大昕：舌音類隔之說不可信 夏燮：照系三等字古讀舌頭音 章太炎：娘日二紐歸泥說	夏燮：照系二等字古讀齒頭音 戴震：邪母由心母出	錢大昕：古無輕唇音
演變情形	清濁相變	清濁相變	輕重相變	輕重相變 （心邪二紐屬清濁相變）	輕重相變

4. 錢玄同

　　錢玄同在〈古音無邪紐證〉一文中提出「邪紐古歸定紐」之理論，他認爲見端精幫四紐古歸群定從並四紐。曉匣二紐古歸溪群二紐，並私擬古音凡十四紐，又闡明所謂唐宋聲紐，但依黃侃所說，應當增三十六字母爲四十一聲紐。若更精密言聲紐數類，實爲四十七紐，然普通稱說，盡可括爲四十一紐即可。錢玄同並將其說列表說明：

喉門阻	影				
舌根阻	溪（曉）	群（見匣云）	疑		
舌尖阻	透（徹昌書）	定（端澄知船章禪以邪）	泥（娘日）	來	
舌葉阻	清（初）	從（精崇莊）	心（生）		
兩唇阻	滂（敷）	並（幫奉非）	明（微）		

　　依上表所列，凡在端澄知船章禪以諸者即認爲古在定紐，在見匣云諸紐者即認爲古在群紐。又，聲紐變遷，同阻之旁紐尤易轉入，如定轉透來等，群轉溪疑等（群亦易轉影）是也。〔註46〕

　　錢玄同並舉形聲字爲例以佐證其理論，如：寺：特：待；徐：途；隋：墮；序：杼（澄母）……等。後來錢玄同弟子戴君仁再從異文及讀若的資料進一步

〔註46〕錢玄同：〈古音無邪紐證〉，見於《師大國學叢刊》第 1 卷第 3 期（1970 年），118-127。

考訂，寫成〈古音無邪紐補證〉一文。〈古音無邪紐證〉之例子如下：

①《易・困卦九四》「來徐徐」，《釋文》「子夏作來荼荼」。

②《左傳・莊八年》「治兵」，《公羊》作「祠兵」。

③《詩・桑桑》「大風有隧」、《禮記・曲禮》「出入不當門隧」、《左傳・襄十八年》「連大車以塞隧」，「隧」字傳注皆訓「道也」。〔註47〕

經由以上例證又可以再深入強調邪母字在上古的發音和定母字是相當近似，所以能在文字上和經籍資料內表現出相通的痕跡。

除了上述學者關於上古聲紐相關理論外，需要特別提出說明者為鄒漢勛。鄒漢勛音韻學著作為《五均論》，書中明確說明其古音體係主張古聲二十紐及古韻十五部。鄒漢勛在古聲紐理論方面的研究多承襲錢大昕，他提出「泥娘日一聲」、「喻當併匣」、「析曉為二，即曰曉和許，又將曉合於審」及「合許於邪」等論點均較前儒深入，也啓發後儒針對此更加深入研究。〔註48〕其他如古音學家戴震也提出「邪母由心母出，且心和邪兩紐為清濁相變」及「群母由溪母出」兩條理論；李元《音切譜》也提出正齒音之古音歸屬理論，為結合錢大昕及夏燮觀點而成，李元藉由歸納整理古籍異文和形聲偏旁，再一次證明正齒音「照穿牀」與舌頭音「端透定」及舌上音「知徹澄」彼此互通，不僅如此，正齒音「照穿牀」與齒頭音「精清從」亦可以互通；現代學者陳新雄也提出「群母古歸匣」之論，皆對上古聲紐開展出清楚的架構。

以上即是針對歷來學者對上古聲紐理論概述。

第二節　上古單一聲母系統

一、上古單一聲母的音類

龍宇純對於上古聲母的分類主要根據中古四個等韻〔註49〕的來源加以思考

〔註47〕錢玄同：〈古音無邪紐證〉，見於《師大國學叢刊》第1卷第3期（1970年），118-127、竺家寧：《聲韻學》（臺灣：五南圖書出版股份有限公司，2008年），頁567。

〔註48〕〔清〕鄒漢勛：《五均論・廿聲四十論》，收錄於《新化鄒氏學藝齋遺書之二》（臺北：藝文印書館，1970年），頁32～33、李葆嘉：《當代中國音韻學》（廣東：廣東教育出版社，1998年），頁169～171。

〔註49〕龍宇純在〈上古音芻議〉一文中分為二個部分討論：第一部分主論單一聲母和介

研究，得出上古單一聲母共計有二十一聲紐，且四類韻俱全，大致以宋人三十六字母爲論述基礎，其中舌音部分較爲繁雜，當中的照系三等字「照、穿、牀」三母之二等出於「精、清、從」，而「照、穿、牀」三母之三等絕大部分出於帶 s 或 z 的複母或詞頭的「端、透、定」，小部分亦出於「精、清、從」；至於「審和禪」二母則無論是二等還是三等，均分別出於「心和邪」二母；「日」母出於帶 s 複母或詞頭的「泥」母，「喻四」（案：喻四又稱爲喻母或以母）則本讀*zɦ。茲將龍宇純上古單一聲母的分類及其音値列爲【表六】，並將龍宇純上古單一聲母音値與各家所擬相互對照列爲【表七】：

【表六】龍宇純上古單一聲母的分類與音值表

發音方法		發音部位／音值	雙唇	舌音（舌尖前）	舌音（舌尖中）	牙音（舌根）	喉音
塞音	清	不送氣	P（幫）/（非）		t（端）/（知）/（照）	k（見）	ʔ（影）
	清	送氣	ph（滂）/（敷）		th（透）/（徹）/（穿）	kh（溪）	
	濁	送氣	bh（並）/（奉）		dh（定）/（澄）/（禪）	gh（群）	
鼻音			m（明）/（微）		n（泥）/（娘、日）	ŋ（疑）	
邊音					l（來）		

音：第二部分主論上古韻部及擬音。但是，龍文在第一部分論述聲母時，是以聲母結合韻類分配狀況探討，然而，依實際聲、韻、調分類而言，介音及韻類當屬於韻部方面的討論，因此，本部分有述及韻類部分者，當一律統一至「第三章 龍宇純之上古韻母系統」部分討論。

				ts （精）/ （莊）			
塞擦音	清	不送氣		ts （精）/ （莊）			
		送氣		tsh （清）/ （初）			
	濁	送氣		dzh （從）/ （崇）			
擦音	清			s （心）/ （生）			h （曉）
	濁			z/zɦ （邪、俟） /（喻三）			ɦ/zɦ （匣、喻四）

【表七】龍宇純上古單一聲母音值與各家對照表〔註50〕

聲類	中古聲紐	王力	李方桂	龍宇純
幫組	幫	p（幫非）	p	P
	滂	p'（滂敷）	ph	ph
	並	b（並奉）	b	bh
	明	m（明微）	hm/m	m
端組	端	t	t	t
	透	t'	th	th
	定	d	d	dh
	泥	n	hn/n	n
	來	l	ml/bl/hl/l/ŋl/gl	l
知組	知	t	tr	t
	徹	t'	th/thr/hnr	th

〔註50〕龍宇純上古單一聲母音值與各家對照表，龍宇純擬音整理錄自〈上古音芻議〉；王力和李方桂音值擬測對照則參考自竺家寧：《聲韻學》（臺北：五南圖書出版股份有限公司，2008 年），頁 582、584～585、及鄭張尚芳：《上古音系》（上海：上海教育出版社，2003 年），頁 225～230，加以綜合整理而成，並將二書擬測音值並行列舉出。

	澄	d	dr	dh
	娘	n	nr/n	n
精組	精	ts	ts	ts
	清	ts'	tsh/sth/skh	tsh
	從	dz	dz/sd/sg	dzh
	心	s	s/sk/sm/sn/st	s
	邪	z	sg（w，j）/rj/sdj	z/zɦ
莊組	莊	tʃ	tsr	ts
	初	tʃ'	tshr/sthr	tsh
	崇	dʒ（牀）	dzr	dzh
	生	ʃ（山）	sr，sl/skr	s
	俟	ʒ	dzr	z
章組	章	ȶ（照）	krj, tj/ȶ	t
	昌	ȶ'（穿）	khrj, thj	th
	船	ȡ（神）	grj, dj	dh
	書	ɕ（審）	hrj, hŋrj	th
	禪	ʑ	grj, dj	dh
	日	ȵ	ŋrj, nj	n
見組	見	k	k	k
	溪	k'	kh	kh
	群	g	g	gh
	疑	ŋ	ŋ	ŋ
影組	影	○	ʔ	ʔ
	曉	x	hŋ, h/hm	h
	匣	ɣ（喻三）	g	ɦ
	云	ɣ（喻三）	gw，gwr	z/zɦ
	以	ʎ（喻四，邊音）	grj, r/ŋr	zɦ

二、上古聲母音值的擬定

　　龍宇純將上古單一聲母依脣、舌、牙喉及齒之發音部位分爲四組：p 組、t

組、k 組（包含喉音 ʔ 組）〔註51〕、ts 組，還有章系（含日母）以 s、z 和 s、z 加舌音表示，喻四擬作 zɦ。以下分別就龍宇純〈上古音芻議〉一文中以唇、舌、牙喉及齒之發音部位分別論述其擬音狀況。

（一）唇　音

龍宇純將唇音 p 組，特別指重唇四母音值擬為：*p、*ph、*bh、*m，〔註52〕洪細四類韻俱全，且開口合口無辨義作用。〔註53〕其中的丙類字習慣上形成介音 j 後接 u 與不接 u 兩類不同讀音，其接 u 者，即三十六字母中輕唇四母（案：非、敷、奉、微）之所由出。舉*p 以例*ph、*bh、*m，示其韻類之分配及與中古音關係如下【表八】：

【表八】唇音之韻類分配及其擬測音值

韻類別	上古擬測音值	中古擬測音值	等第
甲類韻	*pɸ	pɸ	一等
乙類韻	*pr	pe	二等
丙類韻	*pj/pju	pj/f〔註54〕	三等
丁類韻	*pi	pi	四等

（二）舌　音

所謂的舌音包括舌尖塞音、鼻音及邊音而言，換成三十六字母而言，則是中古端、透、定、泥、知、徹、澄、娘、日、來各母，及部分三等照、穿、牀三母之字。知系四母及日母分別出於端、透、定、泥，三等照、穿、牀三母也分別出於端、透、定，這些已成定論，但小部分三等「照、穿、牀」三母之字亦出於「精、清、從」三母；審和禪二母則無論二等亦或三等，都從心和邪二母分別變化而來，至於審和禪二母與端系的關係，涉及 t、th、dh 帶 s 或 z 複母

〔註51〕據統計龍宇純〈上古音芻議〉一文所論述，其喉音除了〔ʔ〕外，另有〔h〕和〔ɦ〕。

〔註52〕擬測音值中的〔h〕表示送氣音，關於各發音部位全濁塞音及塞擦音之送氣問題，請見「第三節　上古單一聲母之相關問題討論」，內有列點單獨論述。

〔註53〕龍宇純：〈上古音芻議〉，收錄於龍宇純：《中上古漢語音韻論文集》（臺北：五四書店，2002 年），頁 387。

〔註54〕唇音丙類韻在〔j〕後加〔u〕者，表示由重唇音轉化出唇齒音的輕唇四韻，故擬測音值以〔f〕表示。

或詞頭的問題，視情況或以端系字帶 s 或 z，或以審母禪母字帶 s 或 z。是故舌音但有端、透、定、泥、來五母，龍宇純分別擬舌音 t 組爲：*t、*th、*dh、*n、*l。然而在擬音方面，龍宇純認爲知系二等和三等上古有所不同，並以 r 和 j 介音做爲擬音的區別。舉*t 以例*th、*dh、*n、*l，示其韻類分配及演變如下【表九】：

【表九】舌音之韻類分配及其擬測音值

韻類別	上古擬測音值	中古擬測音值	等第
甲類韻	*tϕ	tϕ	一等
乙類韻	*tr	te	二等
丙類韻	*tj	tj	三等
丁類韻	*ti	ti	四等

至於照、穿、牀、日四母，龍宇純認爲此四母出於舌音，則擬其音爲帶 s 或 z 複母或詞頭的 t、th、dh、n，在介音 j 的影響下所出現的變化；因 s 及 z 爲齒音，故皆變爲齒音，情形與帶 s 或 z 複母或詞頭的牙音變爲照三系字相同。例如：胝、絺、緻與脂、鴟、示，分別是*tj-、*thj-、*dhj-與*stj-、*sthj-、*zdhj-的不同；女孃與汝穰並是*nj-與*znj-的差異（案：孃穰从襄爲聲，可擬襄字爲*sn-），照、穿、牀、日四母原都不屬單一聲母範圍。

（三）牙喉音

三十六字母中以見、溪、群、疑爲牙音，影、曉、匣、喻爲喉音，除喻母爲零聲母誤認作喉音，而喻三原本爲匣母外，見、溪、群、疑又稱爲舌根音，影、曉則屬喉音，發音部位不同而相近，無論爲同源詞，爲異文假借，爲諧聲，莫不渾然一體，不可分割。龍宇純分別擬牙喉音 k 組爲：（1）牙音見等四母*k、*kh、*gh、*ŋ；（2）喉音影、曉、匣三母*ʔ、*h、*ɦ。喻三上古爲匣母的丙類音，*ɦ 下接介音 j，與甲、乙、丁類之*ɦϕ、*ɦr、*ɦi 四等俱足。喻四則上古爲複母*zɦ。

由此可知，龍宇純認爲上古牙喉音爲見、溪、群、疑、影、曉、匣七音，並甲、乙、丙、丁四類韻俱全。與*k 以賅其餘，示其韻類之分配及演變情況如下【表十】：

【表十】牙喉音之韻類分配及其擬測音值

韻類別	上古擬測音值	中古擬測音值	等第
甲類韻	*kø	kø	一等
乙類韻	*kr	ke	二等
丙類韻	*kj	kj	三等
丁類韻	*ki	ki	四等

另外，關於匣母的丙類韻音擬作*ɦj，是因爲全濁擦音緊接半元音的介音，使得摩擦系數增強，至於使聲母消失，變而爲喻母出現於三等的部分，以 j-起首，與另一部分由*zɦ演變而來以 i-起首者對立，便是喻三及喻四之分別。

（四）齒　音

齒音中古有齒頭及正齒之分。齒頭音爲精、清、從、心、邪五母，正齒音爲照、穿、牀、審、禪五母。正齒音五母又各具兩類不相系聯的反切上字，即所謂照二和照三的區分，有學者將照二和照三之分另立名稱表之，屬照二系的稱莊、初、崇、生、俟，屬照三系的稱章、昌、船、書、禪，於是中古齒音有三系不同讀音。然照二的源頭爲齒頭音已成定論，其照二系諸母中古擬測音值爲：tʃe-、tʃhe-、dʒhe-、ʃe-、ʒe-，上古音值則擬測爲：*tsr-、*tshr-、*dzhr-、*sr-、*zr。照三系雖出於舌頭音，但並非全然如此，也有小部分照三系字出於齒頭音的精、清、從、心、邪，其中審和禪二母，更全部分別爲心與邪的變音，即使同時與舌頭音發生關聯，如禪字從單聲，單之一字有端和禪二音，可擬爲帶心母或邪母的複母或詞頭現象，與趙從肖聲、褥從尋聲、綏從妥聲等情形相同，應不得爲審禪二母出於舌頭的法；塞音的端、透、定、泥，也必然不能產生擦音的審母或禪母。而部分照三系聲母源出於精系，表現在諧聲字、同源詞以及異文假借中，皆能獲得例證。

中古照三系聲母與照二系同爲 tʃ、tʃh、dʒh、ʃ、ʒ 五音，其中三等 tʃ、tʃh、dʒh 三者各有兩個來源，絕大部分來自具 s 或 z 成分的*t、*th、*dh，小部分來自*ts、*tsh、*dzh，都是受介音 j 影響的結果；ʃ、ʒ 兩音，則全由*s、*z 分別變出，原因仍爲介音 j 引致的分化。由於秦以前都是籠統的上古音時代，更由於漢語的歷史悠久，使用的地域廣闊，不同的時空層面，有不同的上古音面貌，中古時期的正齒音，有的已在上古音中出現，正齒音的化成，並非都是上古音

之後的事，而由具 s 或 z 成分的舌頭音變出的正齒音，其時代竟還早過自齒頭音所變出者。

關於照三系字中的牀三和禪三兩母的擬音，李方桂將牀三和禪三兩母之音擬作 *dj-，但並未對牀三和禪三如何分化爲二，有一番詳細演變論述。龍宇純認爲，三十字母中有禪無牀，以《切韻》韻目觀察，其「支紙寘」爲合口，「之止志」、「虞麌遇」、「宵小笑」、「陽養漾藥」、「尤有宥」及「鹽琰艷葉」各韻有禪無牀，又偶有如「準稕質術」及「禡韻」之有牀無禪，呈現出互補狀態，很可以形成「牀禪」原本同一聲母的看法，此即是李方桂擬牀禪上古同爲 *dj-的根據。然而，龍宇純卻認爲，李方桂所持論的原則並非一定如此，龍宇純以《廣韻》觀察，如神臣、脣純、船遄、繩承、葹氏、紓野、示嗜……等十三韻是「牀禪」並見，古韻且是同部字，無法確切說明牀禪二母分化的條件，若以部分韻各自互補的現象即謂牀禪二母上古同聲，爲免不妥。因此，龍宇純認爲，牀禪二母在上古時期仍屬兩分，而非李方桂所言爲同一聲母。

由此探究可以得知，龍宇純認爲中古精、清、從、心、邪五母，上古與中古完全相同，並分別擬齒音 ts 組爲：*ts、*tsh、*dzh、*s、*z 五音，且並甲、乙、丙、丁四類韻俱全。舉 *ts 以賅其餘，示其分配狀況及演變情形如下【表十一】：

【表十一】齒音之韻類分配及其擬測音值

韻類別	上古擬測音值	中古擬測音值	等第
甲類韻	*tsɸ	tsɸ	一等
乙類韻	*tsr	tʃe	二等
丙類韻	*tsj	tʃj	三等
丁類韻	*tsi	tsi	四等

龍宇純論及照三系字時，特別舉出董同龢發現部分照三系字與見系字有諧聲關係，如赤、赦：郝，支、枝：岐，臣：叚，示：祁，旨：稽、耆，區：樞，耆：嗜，叚：腎，咸、感：鍼。這幾種字幾乎全與舌頭音無關，除了貙從區聲外。針對此說法，龍宇純提出看法，他認爲其師董同龢爲部分照三系字與見系字諧聲的現象擬構一套舌根前塞音及擦音，作其上古源頭。李方桂則全用帶 s 詞頭之法取代，如支聲庋居綺切爲 *sk-，跂去智切爲 *skh-，岐巨支切爲 *sg-，

魚倚切爲*sŋ-。然而，此類部分照三系字與見系字諧聲的現象，其數量不多，實無專立聲母的必要；且部分諧聲現象或屬於文字學問題，送氣音的成分可以構成「赤赫至葩花」的同源詞，也可以產生不同發音部位的諧聲行爲。他在〈上古音芻議〉一文中有言：

> 凡當是齒頭音，除貙字外既都與舌音無關，貙從區聲又係因同送氣音關係，則此等字原是齒頭音，必要時自當於見系字加舌尖擦音爲詞頭，但不得如方桂先生所擬一律加 s，如𦣞從臣聲，腎又從𦣞聲，顯然應於𦣞字加 z 詞頭作*zkh-。其演變與帶 s 或 z 成分的端系字變爲正齒音相同。〔註55〕

然而，龍宇純針對董同龢提出「部分照三系字與見系字有諧聲關係」的問題，其認爲雖然李方桂在〈幾個上古聲母問題〉一文中，將與照三系諧聲的見系字改擬爲*krj-、*khrj-等音以配喻四的*grj-，因而放棄原先將此類諧聲字擬作*sk-、*skh-等的辦法，並說*brj-所以不見相配的清音，是因爲圓唇成分在很早期就把-rj-的-r-成分排斥掉了。龍宇純認爲，*grj-和*brj-的擬音本來就沒有堅不可拔的理由，-rj-介音的構擬更是師出無名，與 r、j 分別相當於中古二、三等介音的理念不能相容。因此，針對董同龢所提出「部分照三系字與見系字有諧聲關係」的問題，龍宇純認爲，還是依照李方桂原初理論：「部分照三系字與見系字有諧聲關係，爲其與端系字受 s、z 詞頭的影響而變爲照三」較爲妥當適切。

第三節　上古單一聲母之相關問題討論

本節將針對龍宇純上古單一聲母系統中的若干問題進行討論，其中包含其他學者對龍宇純之單一聲母說法的引述或評論，亦或龍宇純有別於其他學者上古單一聲母的觀點。下文茲將分爲六個問題來討論：（1）上古清唇鼻音聲母的問題；（2）全濁聲母送氣與否的問題，並從同字異音、同源詞、聯綿詞和諧聲字觀察；（3）群、匣和喻三三聲紐音值的問題；（4）照三系音值的問題；（5）邪紐與喻四音值的問題；（6）輕唇音見於上古漢語的問題。

〔註55〕龍宇純：〈上古音芻議〉，收錄於龍宇純：《中上古漢語音韻論文集》（臺北：五四書店，2002 年），頁 409。

一、上古清脣鼻音聲母的問題

上古清脣鼻音聲母又可稱之爲清鼻流音，此問題之所以會被提出討論，是因爲在諧聲系統中雙脣鼻音 m 常和舌根擦音 x 有相諧的現象。根據研究上古音的學者發現，諧聲字中頗多「明」、「曉」兩母互諧的現象，這些與「明母」互諧的「曉母」字，並不同時又與「見系」其他聲母（案：包括見系的見、溪、群、疑和影系的影、匣及喻三）字諧聲。經過一段時期的醞釀，最後認定這些「曉母」字，其上古聲母爲清脣鼻音。由此可知，目前音韻學界對於此問題的討論焦點在於：有無必要爲「明」、「曉」兩紐諧聲現象構擬出清脣鼻音。整理歷來說法可知，對於此問題的研究大致可以分成二派：第一派爲主張上古有清鼻音者，如董同龢、蒲立本、李方桂、周法高、鄭張尙芳、張永言、陳新雄、徐莉莉、竺家寧、雅洪托夫等人；第二派爲主張上古無清鼻音者，如陸志韋、王力、王顯及龍宇純等人。其中屬於第二派主張上古無清鼻音說之龍宇純較爲特別，他起初是認同其師董同龢的說法，同意上古有清鼻音，但經由仔細研究並注意到「合口介音及圓脣主要元音」二現象是構成「明母」與「曉母」諧聲的關鍵所在後，龍宇純遂改變初衷，將學說理論轉向爲主張上古無清鼻音。以下先針對各家說法進行論述後，再聚焦於龍宇純觀點加以說明。

歷來針對上古清脣鼻音問題提出相關論點者，茲分述如下：

（一）主張上古有清脣鼻音

1. 高本漢

高本漢將這類與「明紐」諧聲的「曉紐」字擬作複輔音 *xm-，卻沒有說明他爲何要將此擬爲複輔音 *xm-的原因，然而高本漢卻將「透紐」和「泥紐」互諧的現象擬爲 *t'n-。〔註56〕此外，鄭張尙芳認爲高本漢針對清脣鼻音系統，特地爲「黑、悔」設立了 xm-、爲「慝、嘆」設立了 thn-，但都不成系統。〔註57〕雅洪托夫則將高本漢所擬的 xm-和 thn-系統合一，並假設此兩類都來自 s-頭的鼻流音，如 xm-來自 sm-、thn-來自 sn-再加 ɕn-＜sn̩-、xŋ-＜sŋ̩-、ʂl-＜sl̩-，成爲

〔註56〕龍宇純：〈上古清脣鼻音聲母說檢討〉，收錄於龍宇純：《中上古漢語音韻論文集》
　　　　（臺北：五四書店，2002 年），頁 289。

〔註57〕鄭張尙芳：《上古音系》（上海：上海教育出版社，2003 年），頁 45。

清鼻流音系列。

2. 李方桂

李方桂針對清鼻音聲母問題，是採用了外國學者富勵士於 1967 年提出成套的 m̥、n̥、ɲ̥、ŋ̥、l̥、r̥ 理論，更指出苗語 n̥ 聽起來很像 n̥th-，所以中間不是 thn-而是 hnth-，由此建立一套清鼻流音系統，以 hm-、hn-（hnj-）、hŋ-、hl-來表示 m̥、n̥、n̥、ŋ̥、l̥等，更指出 hl-是「獺、寵」等，其擬音近於蒲立本所擬 lh-，而與雅洪托夫擬音 sl-有異。李方桂又在其《上古音研究》一書中提到：關於清鼻音聲母問題，董同龢已開其端，他把中古「曉母」字與唇音「明母」互諧，都認為是從上古的清鼻音 *hm-來的。李方桂將這類音寫作 *hm-，並說明是為了印刷方便及疑心所謂清鼻音可能原來有個詞頭，把鼻音清化了。排除清鼻音原先可能有個詞頭將其清化，李方桂認為董同龢提出清鼻音聲母的證據十分充足，如「每 muai：悔 xuai」，「勿 mjuət：忽 xuət」，「民 mjiěn：昏 xuən」等，大體看起來 *hm-似乎變成中古「曉母」合口 xw-（xu-）等，但是也有少數變成開口的，如「海 xai」，「黑 xək」（參看墨 mək）等。〔註58〕

鄭張尚芳於其《上古音系》一書中提出二點批評李方桂理論的演變規則不一致：（1）變擦音 h-、ç-的－hm-、hŋ-、hnj-；（2）變送氣塞音 th-的－hn-、hl-。尤其 hn-、hnj-聲同為 [n]　，而李方桂無法解釋其變化方向差異之大的原因，是其理論缺失。〔註59〕

3. 董同龢

董同龢受到李方桂和張琨所得出在苗傜語和臺語方言中有清鼻音存在的影響，而構擬出清唇鼻音 [m̥]　。他在其《上古音韻表稿》一書中提到：中古 [m] 母字，在形聲字中總是自成一類，例如：「面：緬」、「米：糜」等，所以它們上古也是 [m]　，可是有一些 [m] 母字卻常和 [x] 母字諧聲，他並舉出了八組例子說明，例如：「每 m：悔晦誨 x」；「黑 x：墨默 m」；「無 m：憮 x」；「民 m：昏 x、緡 m」等。由此認為，上古這些字如果也唸作 [m] 和 [x] 的話，它們必然不能諧聲，因為發音部位和發音方法都相差很遠。所以董同龢認為，這樣的 [x] 母字是從上古的雙唇清鼻音 [m̥] 變來的。如此一來，每 [m]

〔註58〕李方桂：《上古音研究》（北京：商務印書館，1982 年），頁 18〜19。

〔註59〕鄭張尚芳：《上古音系》（上海：上海教育出版社，2003 年），頁 46。

和誨 [m̥] 諧聲則是很合理的。〔註60〕

然而，董同龢的論點卻受到林燾批評，他認爲董同龢給上古音擬出了一個清的唇鼻音 m̥，可是並沒有 m̥、l̥、n̥ 這一類音跟 m̥ 相配，如按照一般語言的習慣來說，此種現象似乎過於特殊。林燾在〈上古音韻表稿書評〉文中進一步詳述道：

> 現在董先生擬 m̥ 的旁證是因爲李方桂先生所調查的貴州苗語裏有 m̥。這些材料還沒有發表，可是據我所知道，李先生所調查的苗瑤語裏，只要是有 m̥ 的，一定也有 l̥ 和 n̥ 之類的音，這是不違背一般語言的習慣的；跟上古僅僅有一個 m̥ 很不相同。〔註61〕

林燾的說法指出了董同龢論點的缺失。此外，鄭張尚芳也同樣認爲董同龢改高本漢的擬音 xm- 爲清鼻音 m̥，雖然很有見地，但仍然不能成爲系統，因爲董同龢的缺點即是：其他清的鼻音皆表現爲空檔（案：即說明沒有 m̥、l̥、n̥ 這一類音跟 m̥ 相配的狀況）。〔註62〕

4. 周法高

周法高在〈論上古音和切韻音〉一文中提到：「曉紐」和「明紐」諧聲上的關係是因爲有一部分「曉紐」字（大部分是合口字）用「明紐」字作聲符，高本漢擬作*xm-，董同龢擬作 [m̥]（m 的清聲），李方桂擬作*hm-（[m̥]），在此基礎之下，周法高遂將此部分字寫作*xm-，並讀爲 [m̥]。〔註63〕

5. 蒲立本

蒲立本在其《上古漢語的輔音系統》一書中將這類與「明紐」諧聲的「曉紐」字構擬出一套送氣鼻流音 mh-、nh-、ŋh-、lh-。〔註64〕李方桂也在其《上古

〔註60〕董同龢：《上古音韻表稿》（臺北：中央研究院歷史語言研究所，1967 年），頁 11～14。

〔註61〕林燾：〈上古音韻表稿書評〉。此處參見於陳雅婷：《周法高之上古音研究》（彰化：國立彰化師範大學國文研究所碩士論文，2009 年），頁 82。

〔註62〕鄭張尚芳：《上古音系》（上海：上海教育出版社，2003 年），頁 45。

〔註63〕周法高：〈論上古音和切韻音〉，收錄於周法高：《中國音韻學論文集》（香港：中文大學出版社，1984 年），頁 133。

〔註64〕蒲立本著，潘悟云、徐文堪譯：《上古漢語的輔音系統》（北京：中華書局，1992 年），頁 36。

音研究》一書中針對蒲立本的說法加以解釋，認爲這類與「明紐」諧聲的「曉紐」字起初可能有個詞頭把鼻音清化，故改寫作＊hm-，並構擬出一套清鼻流音hm-、hn-、hnj-、hŋ-、hl-。〔註65〕

6. 張永言

張永言在〈關於上古漢語的送氣流音聲母〉一文中認爲：《說文》諧聲字裏跟 h 通諧的流音聲母除 m 以外，還有 n、ȵ、ŋ、l；既然可以根據 m～h 的現象構擬出 m̥，那麼原則上也就可以從 n～h 的現象構擬出 n̥等。這就是說，上古漢語的清化流音聲母不僅有 m̥，而且有 n̥、ȵ̥、ŋ̥、l̥ 跟它相配，形成一個完整的系統，如同苗瑤語一樣，並不違背一般語言的習慣。然而這類聲母屬於送氣兼清化的音值，在發音上主要以送氣爲主，若寫作 mh-、nh-等更能表現出它們的特點。〔註66〕

7. 鄭張尚芳

鄭張尚芳在其《上古音系》一書中認爲高本漢所擬的＊xm-和＊t'n-都不成系統，同時也針對李方桂這套清鼻流音之演變規律不一提出評論：

> 李方桂擬了成套的清鼻流音系統，這就對了。但李氏所擬變化不整齊，hm-、hngw->xw，hng、hr->x 都變擦音曉母，而 hn-、hl-洪音則變送氣塞音透母、徹母，細音 hnj-、hrj-又變擦音書母，使人難以理解其變化機制。〔註67〕

由此可知，鄭張尚芳並不反對李方桂所擬的一套清鼻流音，但他認爲應將「明曉」諧聲現象和「泥娘日」與「透徹」的諧聲現象分開來看，於是他主張清鼻流音應分爲兩套：一套爲送氣 mh-、nh-、ŋh-、lh-、rh-等變爲塞音；另一套爲帶 h 冠音的 hm-、hn-、hŋ-、hl-、hr-等變爲擦音。前者（案：送氣 mh-、nh-、ŋh-、lh-、rh-)爲單聲母，表示一套獨立的送氣清鼻流音聲母 [m̥ʰ]、[n̥ʰ]、[ŋ̥ʰ]、[l̥ʰ]、[r̥ʰ]；後者（案：hm-、hn-、hŋ-、hl-、hr-）屬於帶喉冠音 h 的複聲母，冠音吞沒後面的濁聲母，變成擦音 h。（案：[h]爲送氣擦音）〔註68〕

〔註65〕 李方桂：《上古音研究》（北京：商務印書館，1982 年），頁 19～20。

〔註66〕 張永言：〈關於上古漢語的送氣流音聲母〉，《音韻學研究》第 1 輯（1984 年），頁 256。

〔註67〕 鄭張尚芳：《上古音系》（上海：上海教育出版社，2003 年），頁 109。

〔註68〕 鄭張尚芳：《上古音系》（上海：上海教育出版社，2003 年），頁 109。

8. 陳新雄

陳新雄在其《古音學發微》一書中提到他同意董同龢的說法，認爲這類與「明紐」諧聲的「曉紐」字在上古爲鼻清音 m̥。陳新雄不僅同意董同龢的說法，另一方面也同意李方桂論點，認爲清鼻一類之音，不似上古原有之音，可能係後起者，因此將此類音寫作 hm-，即在唇鼻音前加上一「清音音首」，這是沒有疑問。〔註69〕

9. 徐莉莉

徐莉莉在〈論中古「明」、「曉」二母在上古的關係〉一文中認爲，現今所見諸多談及「明」、「曉」相通現象的文章中，多數意見認爲上古在「明」、「曉」之間存在一個送氣清音 [m̥]，除了是一個獨立音位外，在相關歷史語音材料中也會反映出較整齊的對應關係，但依照目前現有的語音材料顯示可知，這種「明」、「曉」相通的現象，只是反映較個別且局部的情況，由此推論「明」、「曉」相通很可能只是上古存在於局部地區的方音轉換。此外，徐莉莉文中更以「幫」、「滂」、「並」母與「曉」母的通轉在現代方音裏仍可找到不少例證來輔助其理論，經他研究發現在粵方言、閩南方言和客家方言等方音材料中可看出「幫」、「滂」、「並」與「明」母的區分在有些地區並不嚴格而時有轉換，「明母」則有轉換爲送氣音如 [ɸ] [h] 的情況。因此可以推測，在上古某些方言區曾產生「明」、「曉」互轉而以 [ɸ] 爲渡音的情況，造成了兩者的互通。他進一步認爲「明母」和「曉母」的互通不如「幫」、「滂」、「並」三母與「曉母」互通那麼規整，隨著時代推移，「明母」和「曉母」實際音值的差距遂逐漸增大。〔註70〕究此他又深入言之：

> 在保存古音的部分方言區，必定要造出一個新的切語來區分它們，
> 這就是舊韻書存有一定數量的同字明、曉異切現象的原因。這種方
> 音轉換也在形聲字諧聲關係乃至經典異文、通假及謎語等材料中留
> 下了相應的痕跡。〔註71〕

〔註69〕陳新雄：《古音學發微》（臺北：文史哲出版社，1983 年），頁 1234。

〔註70〕徐莉莉：〈論中古「明」、「曉」二母在上古的關係〉，《華東師範大學學報》哲社版，1992 年，頁 60～61。

〔註71〕徐莉莉：〈論中古「明」、「曉」二母在上古的關係〉，《華東師範大學學報》哲社版，

徐莉莉並認為「明母」和「曉母」相通的時代，可以追溯到較遠的上古時期，但其所謂的上古時期是以何為明確畫分，其文中並未明言。

除了上述學者主張上古有清唇鼻音外，竺家寧也同意此說，也將這類與「明紐」諧聲的「曉紐」字擬作 m̥。了解各家主張上古有清唇鼻音學者的相關理論後，以下將就主張上古無清唇鼻音說之學者理論進行相關說明。

（二）主張上古無清唇鼻音

1. 陸志韋

陸志韋在其《古音說略》一書中批評高本漢主張有 *xm- 複輔音是不顧全局的擬音。陸志韋將 [x] 通 [m] 的現象看成是「唇化喉牙音」在上古方言裏的假借或異讀，換言之，上古的這類 [x] 經過唇化作用後變成雙唇清擦音 [φ]（f），於是可以跟 [m] 相通了。〔註72〕

2. 王力

王力在其《漢語語音史》一書中說到：

> 董同龢提出，上古應該有一個聲母 [m̥]（m 的清音），這也是從諧
> 聲偏旁推測出來的。例如「悔」從每聲，「墨」從黑聲，「昏」從民
> 聲等。高本漢對於這一類字的聲母則定為複輔音 xm。上文說過，諧
> 聲偏旁不足為上古聲母的確證，所以我們不採用董說或高說。〔註73〕

由此段引言可知，王力不同意高本漢及董同龢的說法，故他並不主張上古具有清唇鼻音。

3. 龍宇純

龍宇純在〈上古清唇鼻音聲母說檢討〉一文中針對主張上古有「m̥」之說加以檢討：

> 因為這個問題（案：上古有無清唇鼻音）並不在單方面能找出多少
> 曉母與明母有關的實例；更重要的是，這些與明母有關的曉母字是
> 否又同時確然與見系無關？假定是有的話，便表示這個曉母仍然是

1992 年，頁 60～61。

〔註72〕陸志韋：《古音說略》（北京：中華書局，1979 年），頁 300～301。

〔註73〕王力：《漢語語音史》（北京：中國社會科學出版社，1997 年），頁 20。

個不折不扣的 h（或 x），它與明母的關係就必須另謀解釋；而並非
說它是個「m̥」，便以爲得到了眞相。〔註74〕

上述列出反對上古有清唇鼻音學者的看法，以下將針對龍宇純的論點進行探討。

關於清唇鼻音的問題，龍宇純在〈上古清唇鼻音聲母說檢討〉一文中有言：

我自己以前學習的是這個學說（案：同意董同龢先生所提出「上古
有清唇鼻音聲母 [m̥] 論」）。近年來因爲注意到另一些現象，使我對
於這一學說失去了信心。〔註75〕

龍宇純認爲，儘管有數量不算少的諧聲字，甚至諧聲字中同一字的或體，如：蟁
與蚊、蟲同字，脗與吻同字，其一面是「曉母」，一面是「明母」；或是「明、
曉」二母的間接接觸，如：「里」良士切，來母；「埋」莫皆切，明母；「堇」，
許竹切，曉母、同一字有明曉二讀，如：「脢」字呼回切，又音莫杯切；及古文
獻中的異文假借，如：甲骨卜辭之「其每」即「其悔」爲例證，但 [m̥] 聲母學
說能否確立不移，仍然值得深思。龍宇純進一步說到，上古有無清唇鼻音的問
題並不在單方面能找出多少「曉母」與「明母」有關的實例；更重要的是，這
些與「明母」有關的「曉母」字是否又同時確然與「見系」無關？假定是有的
話，便表示這個「曉母」仍然是個不折不扣的 h（或 x），它與「明母」的關係
就必須另謀解釋；而並非說它是個「m̥」，便以爲得到了眞相。何以見得？龍宇
純在文中討論了「悔、脢、勘、鰓、摩、徽、沫、忽、荒、黑、蒿、釁……」
等二十九個與「明母」互諧的「曉母」字，發現其中僅有「耗、薨、滅」三字
不與「見系」有關，於是認爲古有「m̥」說並不妥當。同時，龍宇純整理歸納
韻字後發現，中古屬開口或無任何圓唇元音成分的「曉母」字不算少，以《說
文解字》一書大約計之，醯、儗、欯、娭……共百二十餘字，沒有「明、曉」
二母互諧的狀況發生。這一現象，當與「明、曉」二母互諧之必然涉及到合口
或類似合口成分者，形成了極端的對立。此原因在於，過去學者並非沒有發現
到「明、曉」二母互諧的狀況，差不多牽涉到「曉母」字的合口成分，可能由

〔註74〕龍宇純：〈上古清唇鼻音聲母說檢討〉，收錄於龍宇純：《中上古漢語音韻論文集》
（臺北：五四書店，2002 年），頁 292。

〔註75〕龍宇純：〈上古清唇鼻音聲母說檢討〉，收錄於龍宇純：《中上古漢語音韻論文集》
（臺北：五四書店，2002 年），頁 289。

於少數字如「海」、「黑」、「礐」的擾亂（案：此三字龍宇純認為原屬合口字），而影響到對此的特別注意。又或因為各家學者看法的不同，如董同龢在《上古音韻表稿》一書中只把這合口成分視為由 [m̥] 變 [x] 的因素，以致妨礙了把它看作兩者互諧的主因。〔註76〕由此，龍宇純得出：「凡與明母互諧的曉母字，在中古可以說都是合口的」的結論（案：例如原本為合口者「妹」、「門」等字，經語音演變而丟失 [u] 音），並言：

> 由今看來，與明母互諧的曉母字既同時又多與見系字連繫，並不以明母為局限；此等曉母字在中古復有一共同特色，其韻母必含圓唇元音成分，而凡不含圓唇元音成分的曉母字又絕不與明母諧聲。前者說明此等字不得不為 h，後者亦正足以闡釋明、曉所以互諧之理。〔註77〕

由此可知，龍宇純由最初承襲其師董同龢教授的論點，主張上古有清唇鼻音說，至後來持反對意見，認為上古本無清唇鼻音說的關鍵，即是發現這類「明、曉」二母互諧現象的可能性，是由於「曉母有合口性質或是類似合口的圓唇元音成分」所造成，不僅如此，龍宇純更提出反對上古有清唇鼻音的新觀點，他首先認為：

> 凡是與曉母互諧的明母字本是個 hm，不過這個 hm 不是清唇鼻音，而是個複聲母。〔註78〕

隨後又進一步說明其所持論的理由：

> 因 hm 與合口的曉母 hw 或 hu 音近，所以 hw 或 hu 一方面與 hm 諧聲，一方面又與見系字發生諧聲、異文、假借等行為；其後 hm 同化於 m，這便是大家所談的明曉兩母互諧的現象。至於開口的曉母 h 因為與 hm 音遠，所以不與 hm 相諧。……但也無法不承認終是個寄情於虛無縹緲之間的音標遊戲。〔註79〕

〔註76〕龍宇純：〈上古清唇鼻音聲母說檢討〉，收錄於龍宇純：《中上古漢語音韻論文集》（臺北：五四書店，2002 年），頁 300～302。

〔註77〕龍宇純：〈上古清唇鼻音聲母說檢討〉，收錄於龍宇純：《中上古漢語音韻論文集》（臺北：五四書店，2002 年），頁 302。

〔註78〕龍宇純：〈上古清唇鼻音聲母說檢討〉，收錄於龍宇純：《中上古漢語音韻論文集》（臺北：五四書店，2002 年），頁 302。

〔註79〕龍宇純：〈上古清唇鼻音聲母說檢討〉，收錄於龍宇純：《中上古漢語音韻論文集》

經由上述種種材料的分析與論證，筆者傾向於龍宇純先生所說的上古並無 [m̥] 聲母的結論。因爲確實有「合口介音及圓唇主要元音爲曉母與明母諧聲的關鍵所在，如耗、蒿之字，固然成了例外；視合口介音爲 [m̥] 變 x 的因素，也無法解釋何以耗、蒿亦變讀曉母」，且「合口或類似合口的圓唇元音成分並不等於明母，卻是個最接近明母的音素」現象，才是筆者贊同龍宇純推翻董同龢理論的理由，至於近代學者王力持論「諧聲偏旁不足爲上古聲母的確證」，進而反對董同龢教授從諧聲偏旁推測出來的 [m̥] 聲母的說法，經由龍宇純〈上古清唇鼻音聲母說檢討〉一文中列舉文字資料佐證顯示，並不足以形成反對的強力論證。

二、全濁聲母送氣與否的問題

上古全濁聲母送氣與否（案：全濁聲母以四十一聲類爲主，指稱「並、定、澄、神、禪、牀、從、群、奉、邪、匣等」，整理歷來學者對此說提出的相關理論，大致上可以區分爲二派主張：第一派主張全濁聲母送氣的學者如高本漢、董同龢、陳新雄、龍宇純、竺家寧、喻世長等人；第二派主張全濁聲母不送氣者如李榮、陸志韋、李方桂、王力、周法高、俞敏、何九盈等人。這些學者皆從中古全濁聲母送不送氣之觀點上溯至上古全濁聲母的送氣與否。

龍宇純在〈古漢語曉匣二母與送氣聲母的送氣成分——從語文現象論全濁塞音及塞擦音爲送氣讀法〉一文中指出，外國音韻學者高本漢針對此問題是主張「《切韻》系統的濁塞音和塞擦音應爲送氣」，董同龢在其《漢語音韻學》一書書中則認爲，送氣消失而變不送氣總比原本不送氣而後加送氣來得好些，因此和高本漢相同，都將全濁聲母擬爲送氣成分。另外，竺家寧在其博士論文《古漢語複聲母研究》書中則是從整個語音系統的整齊性來觀察，認爲上古濁塞音應該有完整的一套，即 g'、d'、b'和 g、d、b〔註80〕之語音系統。

龍宇純在〈古漢語曉匣二母與送氣聲母的送氣成分——從語文現象論全濁塞音及塞擦音爲送氣讀法〉一文中又再度指出，李榮《切韻音系》〔註81〕將高本漢支持全濁聲母送氣的理由歸納爲五點理由一一破解，並提出梵文字母對

（臺北：五四書店，2002 年），頁 302。

〔註80〕竺家寧：《古漢語複聲母研究》（臺北：中國文化大學中國文學研究所博士論文，1981 年），頁 408。

〔註81〕李榮：《切韻音系》（臺北：鼎文書局，1971 年），頁 116～124。

音、龍州僮語漢語借字及廣西傜歌，證明全濁聲母不送氣。陸志韋在其《古音說略》一書中則認為古濁音為不送氣，並列舉出四條推論。

第一點：

> 所當注意的，一則在《切韻》時代，每一個方言裏只有一套濁音，有了不送氣的，就沒有送氣的。〔註82〕

第二點：

> 二則憑諧聲的材料，我們不能從中古的任何方言的一套濁音，推考出任何古方言的兩套濁音來。〔註83〕

第三點：

> 三則上古方言混合起來所產生的諧聲字明明顯出濁音近乎不送氣的清音，最不近乎送氣的清音。至少在大多數古方言裏，那些濁音是不送氣的。在少數方言裏，他們可能是送氣的。〔註84〕

第四點：

> 四則假若為上古音選擇符號，也像推訂《切韻》音一樣，必得為濁音選一套最有代表性的符號，就不得不採取不送氣的，斷不能採取送氣的。〔註85〕

對於陸志韋的四點推論說法，張師慧美《王力之上古音》文中曾加以評論，認為陸志韋列舉的第一、二點所言屬實，但是第三、四點則非絕對，他說：

> 經查《廣韻聲系》發現諧聲偏旁為並紐的字，同時有諧幫、滂兩母的字。其餘如諧聲偏旁為定、群等濁母字之情況亦然。因此用一種並非絕對的比例數字來判定「濁音近乎不送氣的清音，最不近乎送氣的清音」，仍有待商榷。〔註86〕

〔註82〕陸志韋：《古音說略》（北京：中華書局，1947年），頁275。

〔註83〕陸志韋：《古音說略》（北京：中華書局，1947年），頁275。

〔註84〕陸志韋：《古音說略》（北京：中華書局，1947年），頁275。

〔註85〕陸志韋：《古音說略》（北京：中華書局，1947年），頁275。

〔註86〕參見張師慧美：《王力之上古音》（臺中：東海大學中國文學研究所博士論文，1996年），頁119～120。

張師另又從「諧聲」和「一字兩讀」來觀察，認爲濁母字送氣較爲合理，他認爲如「跋扈」相當於《詩經》裏的「畔換」，而二字之間聲韻母不具任何音韻關係，如擬「跋」爲送氣的〔b〕，其送氣成分受全濁聲母的影響，變爲濁的氣流，便具有與匣母「扈」相同的成分而成爲聲母「部分重疊」的「雙聲詞」。又如諧聲方面：訓（曉母）從川聲（穿三），烹（滂母）從亨（曉母）聲，饎（穿三）從喜（曉母）聲，郝（曉母）從赤（穿三）聲，它們聲母的發音部位並不相近卻能諧聲，是否就因爲兩者都有送氣成分？再如一字兩讀方面，龍宇純舉了「落魄」、「土苴」兩個例子，其中「魄」與「土」皆有「ph、th」兩讀，其中〔p〕、〔t〕的發音部位一個唇音，一個是舌音，並不相近，但是它們卻有一個相同點，就是都有送氣成分。因此，對於陸志韋與李榮的說法，似乎也還無法加以肯定。〔註87〕由此可知，陸志韋與李榮等學者認爲古濁音爲不送氣的說法較無法被學界認同，多數學者仍然持論古濁音當爲送氣成分。

李方桂在其《上古音研究》一書中認爲，在《切韻》時代只有一套全濁聲母，所以送氣與否並沒有重要的差別，因而主張全濁聲母應屬不送氣。〔註88〕王力在其《漢語語音史》一書中也認爲漢語裏濁母字送氣與不送氣是互換音位所致（案：「音位」具「辨義」作用），因此對濁母字一律不加送氣符號。〔註89〕周法高在〈古音中的三等韻兼論古音的寫法〉〔註90〕一文中認爲唐中葉使用 b、d、g 和 mb、nd、ŋg 兩套音來對應梵文的送氣與不送氣的濁音，是因爲這兩套音有些微的差別，所以可以如此應用，但在寫法上可以不必這樣麻煩，一律都寫作不送氣的音值即可，爾後，他又在〈論上古音和切韻音〉〔註91〕中主張以辨義的觀點認爲全濁聲母不送氣。由此二篇文章的說明可知，周法高是主張上古全濁聲母爲不送氣。

〔註87〕 參見張師慧美：《王力之上古音》（臺中：東海大學中國文學研究所博士論文，1996年），頁 120～121。

〔註88〕 李方桂：《上古音研究》（北京：商務印書館，1980年），頁 6。

〔註89〕 王力：《漢語語音史》（北京：中國社會科學出版社，1985年），頁 19。

〔註90〕 周法高：〈古音中的三等韻兼論古音的寫法〉，收錄於周法高：《中國音韻學論文集》（香港：中文大學出版社，1984年），頁 146～147。

〔註91〕 周法高：〈論上古音和切韻音〉，收錄於周法高：《中國音韻學論文集》（香港：中文大學出版社，1984年），頁 102。

龍宇純則從不同角度展開論述，他從同源詞、聯綿詞、諧聲字以及同字異音等古漢語語文中進行觀察，發現發音部位不同的兩音往往會產生關聯性，而其一為曉母，其一為其他部位的次清聲母，或兩者都為不同部位的次清音，顯然其中「次清聲母」的送氣成分，便是這些現象所由構成的要素。因為送氣成分彼此固無不同，與「曉母」亦同為一音。此外，龍宇純又從古漢語語文中發現送氣成分可以顯示其獨立存在，與以「曉母」或其他部位次清聲母起首的另一音產生某種特殊關係，而這種現象少數也可以見之於「曉母」與全濁塞音及塞擦音之間，或塞音及塞擦音之次清音及全濁音之音。由此可知，全濁音的送氣成分自與次清相同，但受濁母影響，[h] 濁化為 [ɦ]，[ɦ] 便是與「曉母」相對的「匣母」讀音（案：「曉」和「匣」二母同為喉擦音，但一為清音，一為濁音），所以與其產生語文關係的正是「匣母」。因此，龍宇純以「清濁送氣音本是同一音位」來解釋上古全濁聲母送氣與否的問題，並從同源詞、聯綿詞、諧聲字以及同字異音等古漢語語文中舉出例證輔佐其論點，茲概述如下：〔註92〕

（一）同源詞

同源詞的認定，除了意義必須相同，還須具有語音關係。具有語音關係者通常認為可以包括三種情況：一聲韻俱近，二雙聲，三疊韻，另外還有一種「疊韻相迆」的現象，龍宇純文中特別說明此現象的產生有兩點：其一是「疊韻相迆」的現象本由複聲母發展而來，如命與令，來與麥，或蘇與礜，其先分別為ml-、sŋ-複母，從一音節演化而為單一聲母之二音節；其二是「疊韻相迆」的現象之例字其中一字為送氣聲母，另一字為「曉母」或「匣母」，或二者並為送氣讀音。而龍宇純文中使用同源詞解釋上古全濁聲母送氣與否的問題，即是以第二種情形為述說重點。

（二）聯綿詞

連綿詞分雙聲及疊韻兩類，此兩類是構成聯綿詞的要素，自然便是聲母的雙聲或韻母的疊韻條件，且聯綿詞的兩音節出於一音節的敷衍，也是聲母上 h 或 ɦ 音素的重疊，此即是構成聯綿詞上不可缺少的重要因素。

〔註92〕龍宇純：〈古漢語曉匣二母與送氣聲母的送氣成分──從語文現象論全濁塞音及塞擦音為送氣讀法〉，收錄於龍宇純：《中上古漢語音韻論文集》（臺北：五四書店，2002 年），頁 473～499。

（三）諧聲字

所謂「諧聲」者是說聲符與所諧之字，不必聲韻母完全相同，但既然是音的譬況，亦自不得聲母或韻母兩方有任何一方的絕對遠隔，而必須是兩方兼顧。且從諧聲字的角度觀察，全濁塞音及塞擦音之爲送氣讀法，其聲母方面的譬況，即憑恃 h 或 ɦ 的相同相近之表達。

（四）同字異音

同字異音通常在詞性、意義的變化或者文字的假借爲用，甚至有因諧聲偏旁引起的誤，都在聲、韻相近的範圍內；至於同爲一字，意義略無不同或韻母相同但不同而明爲音轉，其聲母則發音部位絕無關係，若此時的字一者爲送氣音，一者爲曉母或匣母，或兩者同爲送氣音，並大抵清濁相副，然則其送氣音的送氣成分，必是兩音所由形成的主軸。

經由上述可知，承如龍宇純在文中所言，雖然《說文》中自有發音部位無干，且無關於「曉」、「匣」二母及送氣音；或雖含「曉」、「匣」二母或送氣音而並不能以之說解的諧聲字例，但筆者認爲，龍宇純從文字學中的同源詞、聯綿詞、諧聲字以及同字異音四方面，並兼用「曉」、「匣」二母或送氣音作爲聲母聯繫，及以清濁送氣音本是同一音位三點的理論來解釋上古全濁聲母送氣與否的問題，皆較談論過此問題的眾家學者更能證明上古全濁聲母爲送氣成分確實可信。

三、群、匣和喻三三聲紐音值的問題

龍宇純探討群、匣和喻三三個聲紐在上古的關係及其音值爲何之問題，主要是針對李方桂的意見而進行闡發。然而，此問題歷來也有許多學者提出不同的看法並加以討論。茲將各家看法分述如下，再就龍宇純的論點詳加說明。

黃侃以影、曉、匣三紐爲古本聲（案：即位居韻圖第一和第四等位置上），認爲「古今同」。但卻形成眾家學者無限的討論空間：

1. 高本漢

高本漢將喉音四紐「影、曉、匣、喻三」分別擬音爲：ʔ-、x-、gh-、g-，並將匣紐和群紐合併並將二紐擬爲 *gʻ，喻三（案：又稱云紐或爲紐）紐擬爲 *g。其理由是：（1）匣紐在中古出現在一、二、四等，群紐只出現在三等，兩者可互補；（2）諧聲字中 k 常跟 ɣ 構成諧聲，而少與 x 諧聲，故認爲匣紐

在上古必爲塞音。〔註93〕

　　關於高本漢的說法，董同龢在其《上古音韻表稿》一書中提出反駁：

　　　　差不多的人都信從高本漢的說法，以爲 γ-跟*gˈ-在上古都是一個
　　　　gˈ-。……γ-在略於《切韻》的時代實在是四等俱全而不缺三等音
　　　　的。……我覺得他用了 gˈ 非但是沒有可靠的憑藉，而且也有背古代
　　　　送氣濁塞音演變的通例。既有*bˈ➡bˈ；*dˈ➡dˈ……何以*gˈ-只三等
　　　　變 gˈ 而一二四等卻變 γ-呢！〔註94〕

由上述引文的說明可以得知，董同龢不同意高本漢的擬音原則。

　　2. 董同龢

　　董同龢將匣紐和喻三紐相配擬爲*γ，而群紐另有來源擬爲*gˈ。其根據的理
由是：（1）中古匣紐只出現於一、二、四等韻，而喻三紐只出現在三等韻，兩
者可互補空缺；（2）經曾運乾〈切韻五聲五十一紐考〉、羅常培〈經典釋文和原
本玉篇反切中的匣喻兩紐〉和葛毅卿〈喻三入匣再證〉之研究，得知匣紐和喻
三紐在《切韻》前是不分，換言之，在六世紀初年，喻三紐和匣紐是爲一體。
其演變情形如下所示：

$$γ（六世紀初）\begin{cases} 一、二、四等韻 \to γ（《切韻》匣母）\\ \\ 一、三等韻 \to j（《切韻》喻三母）\end{cases}$$

　　董同龢認爲，由上列演變情形可以確認中古匣紐所以獨缺三等音的緣由，
並且更進一步的得知喻三紐在變 j-之前還經過了一個 γ（i̯）-的階段。曾運乾〈喻
母古讀考〉中說，喻三紐和匣紐二紐在上古還是同屬一個體系，但某些學者認
爲曾氏的證據只能證明喻三紐在上古是一個舌根音，並不足以確定喻三紐古讀
仍與匣紐一樣。從六世紀初的 γ（i̯）-向上推求，推實上只有將其古讀還原訂作

─────────────

〔註93〕高本漢著、聶鴻音譯：《中上古漢語音韻綱要》（濟南：齊魯書社，1987 年），頁
　　　　96。

〔註94〕董同龢：《上古音韻表稿》（臺北：中央研究院歷史語言研究所，1967 年），頁 34
　　　　～35。

ɣ（i̯）-。因爲在上古的舌根音聲母中，已經有 k-k'-ng-x-是四個等的音都全的，g-與 g'-又一樣的是三等音，除 ɣ（i̯）-之外就再沒有別的可能了。因此，ɣ（i̯）-跟 k-k'-ng-x-諧聲自然是不會發生的問題。〔註 95〕

3. 羅常培

羅常培的說法在董同龢《上古音韻表稿》書中有引用說明，羅氏在其〈經典釋文和原本玉篇反切中的匣喻兩紐〉一文中有引用李方桂一個非正式的說法，以爲匣類字有兩個上古的來源：（1）和 k-、k'-諧聲或互讀的是 ˙g'；（2）和 x-諧聲的是 ˙ɣ'。〔註 96〕羅常培此兩項論點，董同龢認爲若沒有可靠的證據，是無法成立。董同龢提出的理由是：（1）諧聲中絕少純粹 ɣ-與 x-互諧的事實足以支持羅常培所言「和 x-諧聲的是 ˙ɣ'」的說法。ɣ-與 x-固然常諧，可是總有百分之九十以上兼及 k-、k'-等，如：曷 ɣât：歇 i̯et－匃 kâi－渴 k'ât－謁 i̯et。由此可知，董同龢認爲要將匣紐和喻三紐兩種來源徹底區分出來，是不容易的；（2）由送氣濁塞音演化的通例來看，也不利羅常培所言「和 k-、k'-諧聲或互讀的是 ˙g'」之論。〔註 97〕

羅常培所言匣類字有兩個上古的來源：（1）和 k-、k'-諧聲或互讀的是 ˙g'；（2）和 x-諧聲的是 ˙ɣ' 之兩項假設。外國學者蒲立本早就提出匣母要分爲 ˙g-和 ˙ɦ 二音，近代學者如喻世長在〈用諧聲關係擬測上古聲母系統〉一文中所提出的意見與羅常培論點相仿，但無詳細論證。〔註 98〕邵榮芬在〈匣母字上古一分爲二試析〉一文中依據諧聲、梵文對音和方言，提出匣母上古應分爲 g-和 ɣ-兩類，分別相當於群紐和喻三二紐的洪音。〔註 99〕鄭張尙芳在〈切韻 j 聲母與 i 韻尾的來源問題〉一文中也分匣母爲二類：g、gw 及 ɦ（乎、兮、協、號）、ɦw（華、緩、葷），後者 ɦw 與喻三紐互補相配。〔註 100〕鄭張尙芳對於匣母擬音有

〔註 95〕董同龢：《上古音韻表稿》（臺北：中央研究院歷史語言研究所，1967 年），頁 33。

〔註 96〕羅常培：〈經典釋文和原本玉篇反切中的匣喻兩紐〉，《史語所集刊》第 8 本第 1 分（1937 年），頁 89。

〔註 97〕董同龢：《上古音韻表稿》（臺北：中央研究院歷史語言研究所，1967 年），頁 38。

〔註 98〕喻世長：〈用諧聲關係擬測上古聲母系統〉，《音韻學研究》第 1 輯（1984 年）。

〔註 99〕邵榮芬：〈匣母字上古一分爲二試析〉，《語言研究》第 1 輯（1991 年）。

〔註 100〕鄭張尙芳：〈切韻 j 聲母與 i 韻尾的來源問題〉《紀念王力先生九十誕辰研討討論文》（1990 年），後收錄於《山東教育出版社紀念文集》（1992 年）。

ɦw'並認爲與喻三紐互補相配。據此觀點，外國學者雅洪托夫及斯塔羅斯金則主張喻三紐應該擬作單 w，但鄭張尚芳表示，若依據雅洪托夫及斯塔羅斯金將喻三擬作單 w，是無法解釋東漢譯音以「于、越、曰、云」對 h-、閩南方言「雨、云、遠、圓」、湘南土話、畲話及越南音「有」讀 h-的事實。〔註101〕

4. 潘悟云

潘悟云在〈喉音考〉一文中提出喉音「影、曉、喻三」三母應來自上古小舌塞音 q-、qh-、G-。潘悟云的喉音「影、曉、喻三」三母應來自上古小舌塞音 q-、qh-、G-理論，可以適當地解釋喻三既與群母糾纏又有區別的問題，也解釋了「熊」字朝鮮語借作 [kom]，「右」字泰文作 [khua] 之類喻三對應塞音的現象，G-後期擦化爲 ɦ-又可以解釋梵譯及方言念 h-的現象。〔註102〕

5. 李方桂

李方桂在其《上古音研究》一書中進一步將匣、群和喻三三紐合而爲一，並擬作*g。他更否定高本漢和董同龢的說法，認爲既然肯定上古音系中沒有分辨濁母吐氣或不吐氣（案：即送氣或不送氣）的必要，因此，高本漢和董同龢的擬測說法不容易被學界接受。李方桂認爲，此問題最值得注意的是喻母三等多數是合口字（其中少數的開口字可以暫時保留另有解釋），由此可以認爲喻母三等是從圓唇舌根濁音*gw+j-來的，群母是不圓唇的舌根濁音*g+j-來的，或者是*gw+j+i-來的，開口的喻母三等字常見的爲「矣 ji」，「焉 jän」都是語助詞，語助詞在音韻的演變上往往有失去合口成分的例外情況，其他喻三開口字也多數可以用唇音異化作用去解釋。由此，李方桂得出一套演變規律如下所示：

上古*g+j-（三等）＞中古群母 g+j-

上古*g+（一、二、四等韻母）->中古匣母 ɤ-

上古*gw+j->中古喻三 jw-

上古*gw+j+i->中古群母 g+j+w-

上古*g w+（一、二、四等韻母）->中古匣母 ɤ+w-〔註103〕

〔註101〕鄭張尚芳：《上古音系》（上海：上海教育出版社，2003 年），頁 44。

〔註102〕潘悟云：〈喉音考〉，《民族語文》第 5 輯（1997 年）。

〔註103〕李方桂：《上古音研究》（北京：商務印書館，1980 年），頁 18。

關於李方桂將匣、群和喻三三紐合而為一的看法，周法高雖同意李方桂將匣紐和群紐合併擬為＊g，但對於其將喻三紐也同樣擬為舌根濁塞音則不表認同，周法高在〈論上古音〉一文中認為李方桂把匣紐、喻三紐、群紐都擬為＊g，匣紐字出現在一二四等韻，則喻三紐百分之九十九出現在三等韻的合口。針對此論點，其進一步說明：

> 群紐一部分出現在三等韻的開口。但群紐字出現在合口的時候，比
> 喻三紐多出一個 i 來，例如：雲＊gʷjən＞jiwən；群＊gʷjən＞gjiwən。
> 但是遇到主要元音是 i 的時候，就沒有辦法了，例如：榮＊
> gʷjing→jiwäng（庚三合）；瓊＊gʷjing→gjiwänh（？）（清合）。〔註104〕

周法高認為若依據李方桂的擬音，則群紐合口的音值只比喻三紐合口的音值多了一個 i，如果說遇到後面接的韻母有元音 i 的話，那麼群紐和喻三紐就無法分辨了，此即是李方桂論點的缺失。龍宇純則從三點面項指出李方桂論點的矛盾處：（1）喉音之有曉有匣，與唇音之有滂有並，舌音之有透有定，牙音之有溪有群，以及齒音之有清有從、有心有邪，並以清與濁相儷，生態相同。今若合匣於群，則喉音獨缺其相當的濁音。（2）合匣於群，無疑因通常的了解，群母但見於三等韻，而匣母獨缺三等音，兩者形成互補狀態。然而，喻三本是匣母的三等音，而群母但有三等音說本是誤解，如支、脂等韻韻圖列四等的重紐群母字，便是群母的四等音。此外，由《集韻》內的隊韻字觀察可知群母原並非僅具三等音，故匣與群兩個本來四等俱全的聲母，原就沒有任何可以合併的理由存在。（3）由李方桂所擬的音律演變定律（案：李方桂音律演變定律參見上述 5.李方桂理論說明部分），產生二點問題：第一是古漢語中曾否出現過 ji 介音的問題；第二是喻三既從匣母變出，匣母開合俱全，理不當喻三僅有合口音，不能因為＊gj-已經給了群母，便不考慮開口喻三的可存在的事實。另外，李方桂的演變定律：＊g+j-（三等）＞中古群母 g+j-一條，完全剝奪了喻三的生存空間，此是完全不合理的現象。由此可知，匣群二母中古既是兩個不同發音部位的實體，若要強說二者在上古的源頭只有一個，必須要有大量的語音資料加以佐證，或是要在分化條件上說得圓融無礙，但反觀李方桂的理論及演變定律，

〔註104〕周法高：〈論上古音〉，收錄於周法高：《中國音韻學論文集》（香港：中文大學出版，1984年），頁55。

沒有任何證據且頗有爭議，因此，龍宇純主張：匣母決不得與群母併而爲一，
應當有其獨立地位。〔註105〕

　　李方桂的說法除了周法高和龍宇純外，陳新雄也對其說法提出反駁，陳新雄
雖然認爲李方桂將匣、群和喻三三紐彼此間的關係解釋得甚爲精當，但還是存在
一個待解的問題。陳新雄在《聲韻學》書中指出，李方桂雖然主張古無濁擦音，
且認爲 g->ɤ-是合於語音演變的通則，然而卻無法信服於研究此問題的學者，如
董同龢。陳新雄認爲在李方桂所擬的古聲母系統中，幾乎所有的單純聲母，在一
四等韻前，都保持它們原來的形式不變，在三等韻前則多半變成別的聲母，然則
何以*g-跟*gw-卻正好相反呢？針對此疑問，他進一步說明其原因爲：

> 通常我們認爲三等韻的特徵，最足以影響聲母的變化，而今卻維持
> 原來的形式不變，一四等韻，特別是一等韻，因爲沒有任何介音，
> 聲母不易起變化，而卻變成了別的音。這實在是一個值得深思的問
> 題。〔註106〕

由上述觀點可以得知，李方桂的說法仍有值得再探討的地方。

6. 丁邦新

　　丁邦新在〈上古漢語的*g-、*gw-、*ɤ-、*ɤw-〉一文中也是針對李方桂的擬
定方法加以改進，新增 ɤ-和 ɤw-兩個音位，將匣紐和喻三紐合成一類，統一擬爲
*ɤ-，而群紐另擬爲*g-。丁邦新改良李方桂理論所得出的演變定律如下所示：

　　　上古 g+j-（三等韻）＞中古群母 gj-

　　　上古 gw+j-（三等韻）＞中古群母 gju-

　　　上古 ɤ+j-（三等韻）＞中古喻三 j-

　　　上古 ɤw+j（三等韻）＞中古喻三 ju-

　　　上古 ɤ+（一、二、四等韻母）＞中古匣母 ɤ-

　　　上古 ɤw+（一、二、四等韻母）＞中古匣母 ɤu-〔註107〕

〔註105〕龍宇純：〈上古音芻議〉，收錄於龍宇純：《中上古漢語音韻論文集》（臺北：五四
　　　　書店，2002 年），頁 302。

〔註106〕陳新雄：《聲韻學》（臺北：文史哲出版社，2004 年），頁 649。

〔註107〕丁邦新：〈上古漢語的 *g-、*gw-、*ɤ-、*ɤw-〉一文在民國 62 年 9 月 19 日油

陳新雄認爲丁邦新的構擬正好可以解釋李方桂將少數喻三紐開口字視爲例外的情形，而且對於丁邦新承認上古漢語有濁擦音成分是值得參考的理論根據。〔註108〕此外，余迺永在其《上古音系研究》一書中也同意丁邦新的看法，不同點在於：余迺永將丁邦新所擬構的ɤ-音值改爲ɦ音位，但理論主旨不變。〔註109〕

7. 陳新雄

陳新雄在〈群母古讀考〉一文中已證出群匣同源。其後根據包擬古的研究，得出早在《釋名》時代就有ɤ（i̯），所以將ɤ（i̯）的時間往前推到《釋名》的時代。在寫法上爲了區別，將喻三紐寫作ɤj-，以便在上古和匣群紐的ɤ配爲一個聲紐。其演變情形如下【表十二】所示：

【表十二】陳新雄匣、群及喻三紐演變情形表〔註110〕

上古	《釋名》	六世紀初	《切韻》
*ɤ	ɤ-	+非 i̯ 韻母 ➔ ɤ-	匣母 ɤ-
		+i̯ 韻母 ➔ g'-	群母 g'-
	ɤj	+i̯ ➔ j-	喻三母 j-

關於群、匣和喻三的問題，多數學者皆重視其擬音的問題，僅有周法高和龍宇純有注意到群、匣和喻三三母能否合併的問題。龍宇純認爲，匣群二母中古既是兩個不同發音部位的實體，因此主張匣母決不得與群母併而爲一，應當有其獨立地位。然而，周法高在〈論上古音〉一文中卻認爲匣紐當與群紐相配，而不與喻三紐相配，其所持論的理由有二：第一是由中古音觀察。匣紐和群紐的中古音皆出現在「重紐」位置上，也就是兩紐都出現在韻圖的三等和四等位上，而喻三紐僅出現在韻圖三等的位置而沒有重紐狀況；第二是根據文獻資料及前人研究成果觀察。依據陸志韋「廣韻五十一聲母在說文諧聲通轉的次數」看出匣紐和舌根塞音關係密切，喻三紐則和舌根擦音曉紐的關係較密切，此外，

印討論大綱，題目爲〈上古漢語的＊g-、＊gw-、＊ɤ-、＊ɤw-〉。此處參見於陳新雄：《古音研究》（臺北：五南圖書出版社，1999年），頁629。

〔註108〕陳新雄：《聲韻學》（臺北：文史哲出版社，2004年），頁987。

〔註109〕余迺永：《上古音系研究》（香港：中文大學出版社，1985年），頁272。

〔註110〕陳新雄：《聲韻學》（臺北：文史哲出版社，2004年），頁988～989。

又根據藏緬語和漢語對應的例子來證明匣紐和群紐與藏緬語 g 對應關係密切，
更於〈論上古音和切韻音〉一文中表示李榮用十三個例字「擱、寒、汗、猴、
厚、摜、鯁、咬、衛、懸、懷、隉、環」證明《切韻》時代群母除了出現於三
等外，也出現於一、二、四等的觀點，認為是不足據為典要。〔註111〕

　　然而，周法高的說法卻與龍宇純相為抵觸，龍宇純發現《集韻》隊韻䫻䪼二
字巨內切，代韻隑字巨代切，很韻頦字其懇切，勘韻銜字其闇切，是為群母的
一等音；蟹韻筊拐二字狂買切，怪韻譮字渠介切，刪韻趄㩡㩡三字巨班切，山
韻䃆字渠鯇切，諫韻趄㩡㩡㩡四字求患切，麥韻趰䀘二字求獲切，是為群母的
二等音。其中䪼、䫻、頦、銜、㩡、趄六字見於《說文》，前四者《集韻》的音
切更有陸德明《周禮・儀禮音義》的根據，而筊、拐、䃆、趰四字亦已見收於
《廣韻》，音與《集韻》不異，可見群母原並非僅具三等音，而匣與群兩個本來
四等俱全的聲母，自然沒有可以合併的理由。〔註112〕

　　經由統合上述眾家理論，筆者認同龍宇純「匣與群兩母不應合併」的說法，
若匣與群兩母應當合併，為何在韻書資料中卻顯示兩者是分開的證據？依周法
高的重紐理論來看，重紐出現在「幫、滂、並、明、見、溪、群、疑、影、曉」
十個聲紐內，並不見於匣紐，如此以重紐立論，為免缺少證據，且周法高又從
諧聲關係指出匣群二母必出同源，同樣也是犯了缺少文獻資料佐證的缺失，而
不如龍宇純以匣群二母是兩個不同的發音部位實體及韻書內部資料立論，說明
匣與群二母本不該合併為一較為妥當。

四、照三系音值的問題

　　照三系源出於端系，是從清代以來學者的共識。龍宇純在〈上古音芻議〉
一文中認為這種概念過於籠統。他認為實際上是照、穿、牀三者分別源於端、
透、定，其原因是帶 s 或 z 複母或詞頭的端等三母受介音 j 影響的結果；且並
非全部如此，也有少數分別來自精、清、從，更有少數來自帶 s 或 z 的見、溪、
群。審、禪二母則全部是心或邪的變音。因此，照三系字上古的讀音，即是學

〔註111〕參見陳雅婷：《周法高之上古音研究》（彰化：國立彰化師範大學國文研究所碩士
　　　　論文，2009 年），頁 43。

〔註112〕龍宇純：〈上古音芻議〉，收錄於龍宇純：《中上古漢語音韻論文集》（臺北：五四
　　　　書店，2002 年），頁 390。

者所擬中古照二系的舌尖面塞擦音及擦音，至於中古音照二和照三的分別，是因介音 e 與 j 的差異，聲母本自相同，所以字母家各自只有一個字母。而舌尖面塞擦音和擦音的出現於漢語，屬於照三的比照二且爲時尚早，《切韻》系韻書，直到《廣韻》還保留了齒音類隔的現象，表示精變照二至此猶未完成，此即是最好的例證。〔註113〕

關於照三系音值的問題，可分爲三點進行討論說明：

（一）精系與照三系之間當是 ts 與 tʃ 等的不同，而非中古的 tɕ 系之音

高本漢將照三組上古擬音作ȶ，李方桂將高本漢的擬音改爲 tj- 等，邪母改爲 rj-，這樣可以說明爲何它們只出現於三等的原因，這是李方桂將 i 介音改爲 j 相推來的，而三等韻裡 j 介音的出現就沒邊際了。鄭張尚芳提出取消三等韻裡的 i 或 j 介音，認爲那是短元音渢生軟化來的，而保留照三章組 tj- 的構擬，並改李方桂的 rj- 爲 lj，krj- 爲 klj-。這樣 j 出現的條件就很明確：（1）章組：tj-、klj-、kj- 等都因 j 顎化爲章組；（2）邪母及麻三、昔三韻的章、精組字，這些都由 lj- 或帶 -lj- 而形成。〔註114〕

歷來學者都認爲中古塞擦音章組 tɕ- 爲後起，而精組 ts- 好像自古就有，因爲藏文也有，因此黃侃也把精組列爲古本聲。張均在〈壯侗語族塞擦音的產生和發展〉一文中則證明臺語 ts- 組爲後起之說可信〔註115〕；李方桂在 1976 年論證了精組有些字是從 s- 加塞音變來，包擬古也舉了不少例證。鄭張尚芳則指出精／莊組是上古後期才增加的，〔註116〕甚至俞敏在〈後漢三國梵漢對音譜〉一文中也指出後漢三國時期的語音也還缺乏精、清、從三母，除 s- 冠塞音外，精組主要由心母及 sl-、sr- 後的 l、r 塞化，加清濁喉音作用而形成。〔註117〕另外，斯塔羅斯金用 c、ch、з 表示 ts- 組，上加「ʼ」號表示 tɕ- 組，而認爲 ts- 組來自 tɕ

〔註113〕龍宇純：〈上古音芻議〉，收錄於龍宇純：《中上古漢語音韻論文集》（臺北：五四書店，2002 年），頁 401～402。

〔註114〕鄭張尚芳：《上古音系》（上海：上海教育出版社，2003 年），頁 49。

〔註115〕張均：〈壯侗語族塞擦音的產生和發展〉，《民族語文》第 1 輯（1983 年）。

〔註116〕鄭張尚芳：《上古音系》（上海：上海教育出版社，2003 年），頁 45。

〔註117〕俞敏：〈後漢三國梵漢對音譜〉，收錄於《首屆漢語語言學國際學術研討會論文集》（中國：中國社會科學出版社，1998 年）。

組。而此種 ts-組來自 tɕ 組的說法，不被龍宇純認同。

　　龍宇純對照三系（含日母）的音值擬測是以 s、z 和 s、z 加舌音表示，而中古照三系聲母與照二系同為 tʃ、tʃh、dʒh、ʃ、ʒ 五音，其中三等 tʃ、tʃh、dʒh 三者各有兩個來源，絕大部分來自具 s 或 z 成分的*t、*th、*dh，小部分來自*ts、*tsh、*dzh，都是受有介音 j 所影響的結果；ʃ、ʒ 兩音則全由*s、*z 分別變出，原因仍為介音 j 引致的分化。除此之外，龍宇純又舉經籍異文中之假借例證和一字二音的現象來加以證明，各舉一例如下：

經籍異文中之假借例證：

　　《易‧繫辭》：「引而伸之」。《釋文》：「伸，本又作信，音身。」又
　　「往者屈也，來者信也。」《釋文》：「信，本又作伸，同音申。」案：
　　信字息晉切，伸字失人切，古韻同真部，一心母，一審三。又信圭
　　字亦讀同身，見《周禮‧大宗伯》「侯執信圭」鄭康成注。〔註118〕

一字二音之例：

　　《周禮‧內司服》：「凡內具之物。」鄭注：「內具，紛帨線纊繫袟之
　　屬」，《釋文》：「帨，始銳反，佩巾，徐音歲。」案：兩音一審三，
　　一心母。《集韻》又見此芮切，義同，則為清母。〔註119〕

龍宇純根據經籍異文中的假借例證和一字二音的現象表示，自聲母而言，此些例證都往來於精系與照三系之間，兩者當是 ts 與 tʃ 等的不同，如果照三系是如學者所擬中古的 tɕ 系之音，必不能產生如此的交互現象。

（二）關於李方桂將「船禪二母並而不分」的問題

　　關於李方桂將「船禪二母並而不分」的問題。章組中，舊說以船母為塞音，以禪母為擦音，這不合上古諧聲通轉的表現及梵漢對音。對此，陸志韋首先提出船母和禪母為「地位顛倒」了，應定「牀三」為純擦音。邵榮芬除在其《切韻研究》一書中認為是互換之因外，還寫有〈試論上古音中的禪船兩聲母〉一文，從通假字、異文、讀若及直音等資料來討論此問題，認為「船禪」兩母在

〔註118〕龍宇純：〈上古音中二三事〉，收錄於龍宇純：《絲竹軒小學論集》（北京：中華書局，2009 年），頁 296～300。

〔註119〕龍宇純：〈上古音中二三事〉，收錄於龍宇純：《絲竹軒小學論集》（北京：中華書局，2009 年），頁 296～300。

上古時期當屬兩個獨立聲母，在發音方法上而言，船母屬擦音、禪母屬塞音。〔註120〕李方桂的擬音則認爲船禪兩母並而不分，此論點亦受到龍宇純的反對，除了龍宇純外，鄭張尙芳也不同意李方桂將船禪兩母並而不分之論，鄭張尙芳依聲符改禪母爲 dj- 或 gj、glj-，而將異讀多念喻四的船母擬爲更近喻四的 ɦlj-，這樣還可與非鼻音來源的書母 hlj-清濁相對。白一平也寫禪母爲 dj-、gj-，而寫船母爲 L-（白一平是以大小寫來與其喻四擬音 l-作視覺而非聽覺的區別），如此一來，反跟其書母 hlj-不大相配。〔註121〕由此可知，李方桂「船禪二母並而不分」之論實爲不妥。

（三）董同龢提出「部分照三系字與見系字有諧聲關係」的問題

龍宇純認爲「部分照三系字與見系字有諧聲關係」的問題，還是依照李方桂原初理論：部分照三系字與見系字有諧聲關係，爲其與端系字受 s、z 詞頭的影響而變爲照三爲妥當。而梅祖麟在〈跟見系諧聲的照三系字〉一文中，支持李方桂針對此問題所提出的 krj-型的音值構擬，而說它們有 krj->kj 和 krj->trj->tj->tɕ-兩種變化。〔註122〕但梅祖麟也懷疑其中間過程將會與知系合流，而鄭張尙芳認爲，李方桂 krj-變章而 trj-變知不變章，同一-rj-的變化規則不一，因此，指出中古見系字上古無 j，只有章系字帶 j 才有 kj/klj->tj->tɕ-變化，如此便能解決梅祖麟的疑慮。此外，如潘悟云〈章昌禪母古讀考〉〔註123〕、楊劍橋〈論端、知、照三系聲母的上古來源〉〔註124〕等人的文章中皆通過 kl->t-的變化，論證章組大都來自 klj-等，說明章組內見系來源字比一般想象要多得多。而潘悟云和楊劍橋，雖與龍宇純同樣認同李方桂所持論「部分照三系字與見系字有諧聲關係」，但彼此所根據的出發點不同，潘楊二人是以李方桂後期理論爲論述點（案：即 krj-型音值構擬理論），龍宇純則是以李方桂前期理論爲論述點。

由上述可知，龍宇純對於照三系音值有三點主張：（1）照三系（含日母）

〔註120〕邵榮芬：〈試論上古音中的禪船兩聲母〉，收錄於《邵榮芬音韻學論文集》（北京：首都師範大學出版社，1997 年），頁 20。

〔註121〕鄭張尙芳：《上古音系》（上海：上海教育出版社，2003 年），頁 49。

〔註122〕梅祖麟：〈跟見系諧聲的照三系字〉，《中國語言學報》第 1 輯（1982 年）。

〔註123〕潘悟云：〈章昌禪母古讀考〉，《溫州師專學報》第 1 輯（1985 年）。

〔註124〕楊劍橋：〈論端、知、照三系聲母的上古來源〉，《語言研究》第 1 輯（1986 年）。

的音值擬測是以 s、z 和 s、z 加舌音表示，而中古照三系聲母與照二系同為 tʃ、
tʃh、dʒh、ʃ、ʒ 五音，其中三等 tʃ、tʃh、dʒh 三者各有兩個來源，絕大部分來自
具 s 或 z 成分的*t、*th、*dh，小部分來自*ts、*tsh、*dzh，都是受有介音 j
所影響的結果；ʃ、ʒ 兩音則全由*s、*z 分別變出，原因仍為介音 j 引致的分化。
　（2）以《廣韻》韻字觀察，如神臣、唇純、船遄、繩承、踢氏、紓野、示嗜……
等十三韻是牀禪並見，古韻且是同部字，無法確切說明牀禪二母分化的條件，
若以部分韻各自互補的現象即謂牀禪二母上古同聲，為免不妥。因此，龍宇純
不認同李方桂言「船禪二母當並而為一」。（3）同意「部分照三系字與見系字有
諧聲關係」，且須依照李方桂原初理論：部分照三系字與見系字有諧聲關係，為
其與端系字受 s、z 詞頭的影響而變為照三為妥當。

五、邪紐與喻四音值的問題

　　龍宇純於〈上古音芻議〉一文中指出，中古邪母通常被認為只見於三等韻，
這一觀念不僅誤解了中古音，更使上古聲母的認知受到嚴重影響。韻圖邪母一
貫列在四等地位，便是邪母中古為四等讀音的證明。「齊、先、蕭、青、添」五
個獨立四等韻所以不見邪母字，可能因為此五韻分別與「祭、仙、宵、清、鹽」
五韻的四等音極為接近，由於實際語音的化繁就簡，或者《切韻》作者得整齊
劃一，所以出現此種現象。至於上古音方面，丙類韻的邪母字因受介音 j 的影
響而變為三等的禪母，乙類韻的邪母字又因介音 r 的影響，變為二等的禪母。
中古禪母有二等字是董同龢先生所創，李榮在其《切韻音系》一書中也與董同
龢持相同意見。〔註125〕茲分邪紐音值、喻四音值及邪紐與喻四音值的關聯三部
分論述，並就龍宇純觀點加以說明。

（一）邪紐音值

　　高本漢用一套不送氣濁塞類音（案：包含塞音和塞擦音）表示邪和喻四兩
母，如以 g-表喻三，d-、b-和 z-表喻四，dz-為邪紐，另外還有禪ḍ-，但是這套
音只拼細音，洪音全成空檔。王力保留高本漢擬音中的 d-而取消 b-、g-、dz-
和ḍ-，這樣就出現了不送氣濁聲母的問題，因此，王力後期便改用 ʎ 來表示喻

〔註125〕龍宇純：〈上古音芻議〉，收錄於龍宇純：《中上古漢語音韻論文集》（臺北：五四
　　　　書店，2002 年），頁 403。

四的擬音。李方桂指出，邪和喻四當為閃音，故改用 r-表示喻四、rj-表示邪紐，而其演變定律為：（1）上古＊r->中古 ji-（喻四等）；（2）上古＊r+j->中古 zj-（邪）。〔註126〕另外，蒲立本擬喻四為 ð-，來母為 l-，並指出從漢藏對應上看，喻四多對 l-，來母多對 r-〔註127〕；薛斯勒則肯定喻四 l->j-，來母 r->l-；雅洪托夫、包擬古、梅祖麟、鄭張尚芳、龔煌城等人都論證且肯定蒲立本的擬音，梅祖麟更認為喻四應改為 l-，邪母應改為 lj-，也就是說：李方桂擬音中的閃音 r-與 l-的擬音應互換。〔註128〕龍宇純則認為，過去學者多同意邪母上古與中古相同，其音為＊z，與心母為＊s 兩者清濁擦音相對，正如喉音之有曉有匣。今李方桂先生以邪母為＊r，既與心母不相副，也與喉音之有兩擦音生態不平衡。此外，龍宇純更從切語觀察舉出舌音具心母成分者如：亶（多旱切）聲擅字式連切，其聲母順序為：＊st-、＊sth-、＊sdh-及＊sn；舌音具邪母成分者如：丁（當經切）聲成字「是征切」，其聲母順序為：＊zt-、＊zth-、＊zdh-及＊zn。牙音具邪母成分者如：谷（古祿切）聲俗字「似足切」，其聲母順序為：＊zk-、＊zkh-、＊zgh-及＊zŋ。由此論證，李方桂將邪紐擬其音值為閃音＊r 並不適當，邪母必須拾回擬＊z 為恰當。另外，張師也認為，由李方桂兩條定律觀察可知，其是用介音 j 來做為＊r 到了中古分化為喻四與邪之條件，確實無法說明它們到了中古是如何分化的。因為從李方桂的第一條演變定律觀之，上古＊r 無 j，到了中古如何演變出 j 的音來，此點李方桂並沒有做出完整的說明，因此李方桂的演變定律表面上雖有分化的條件，但並不合理。〔註129〕

（二）喻四音值

關於喻四音值的擬定，歷來學界有諸多看法。最早黃侃提出喻四紐是影紐的變聲，但為什麼會是變聲則未提出進一步的詳細說明。（案：更早錢大昕亦提出「為喻二紐由影母出」，但此說不如黃侃之說受到討論）〔註130〕曾運乾透過經籍

〔註126〕李方桂：《上古音研究》（北京：商務印書館，1980 年），頁 14。

〔註127〕蒲立本著，潘悟云、徐文堪譯：《上古漢語的輔音系統》（北京：中華書局，1992 年），頁 70～72。

〔註128〕鄭張尚芳：《上古音系》（上海：上海教育出版社，2003 年），頁 43。

〔註129〕參見張師慧美：《王力之上古音》（臺中：東海大學中國文學研究所博士論文，1996 年），頁 102。

〔註130〕陳新雄：《古音研究》（臺北：五南圖書出版社，1999 年），頁 553。

異文和諧聲等資料觀察，提出「喻四古歸定」學說，曾氏雖未擬訂喻四紐的音值，然卻對喻四紐聲類的認定有所突破。依照曾氏的理論來看，喻四紐和定紐關係相當密切，認定兩者在上古同爲*d，但是，「知徹澄」古讀「端透定」，定紐出現在韻圖中的一等和四等位置上，澄紐僅出現在韻圖中的二等和三等位置上，而喻四紐會在三等的位置和澄紐發生衝突，因此，曾氏「喻四古歸定」的理論未必勞不可破。龍宇純在〈上古音芻議〉一文中指出，曾氏「喻四古歸定」的理論，無法闡釋後來喻四和定紐演變的不同，且即便以送氣與否加以區別，也與唇音牙音僅有一全濁塞音不同，而無法實行「喻四古歸定」理論，〔註131〕龍宇純認爲，喻四音值可以同時與齒音及牙喉音發生密切關係，因此擬喻四音值爲z複母，兩個成分分別與邪匣同音，以解決喻四音值可以同時與齒音及牙喉音發生密切關係的問題。〔註132〕究竟上古喻四音值爲何？是否與定紐讀如同音，亦會只是讀音相近而已？其音值擬定以何者爲是？以下茲就各家說法加以闡述。

1. 高本漢

高本漢依諧聲關係認爲喻四紐在上古有三個來源：（1）喻四紐和舌頭音有關，故擬爲*d；（2）喻四紐和舌根音有關，故擬爲*g；（3）喻四紐和齒頭音有關，故擬爲*z。高本漢的喻四紐三來源論，董同龢僅同意擬喻四音值爲*d和*g，反對擬爲*z。董同龢認爲，有一部分喻四的字確是專門和舌頭音字相諧，又有一部分專門和舌根音相諧，因此將喻四音值擬爲*d和*g是不會有很大的問題。然而，喻四和齒頭音之間雖不乏相諧之例，但實際觀察會發現，與喻四相諧的齒頭音其同時還是有舌頭音成分夾雜在內，例如：異〔i〕：廙〔si〕：𧼧〔ȶiek〕。除了與喻四相諧的齒頭音，其同時還是有舌頭音成分夾雜在內外，更有兼諧舌根音者，例如：羊〔i̯ang〕：祥〔z̯iang〕：姜〔ki̯ang〕。若要找喻四單純僅與齒頭音相諧者，僅只有四例而已。由此可知，雖說喻四與齒頭音有相諧的情形，但其中不乏仍有舌頭音的成分，若將*d和*z並存，兩者界限則難以分辨。此外，董同龢從又音與通假之例認爲，喻四紐和舌尖音與舌根音的雙重關係是值得注意，若假

〔註131〕龍宇純：〈上古音芻議〉，收錄於龍宇純：《中上古漢語音韻論文集》（臺北：五四書店，2002年），頁406。

〔註132〕龍宇純：〈上古音中二三事〉，收錄於龍宇純：《絲竹軒小學論集》（臺北：五四書店，2002年），頁301。

定喻四紐在古代是單音 d-或 g-都無法得到滿意的解釋，最好的解決方法即是假定喻四紐音值在上古可能是複聲母 gd-或 gz-。〔註133〕

高本漢認為喻四的三個上古來源：舌頭音、舌根音及齒頭音的理論，近人尋仲臣〈喻四來的再探索〉文中也有相同論點。他使用諧聲、反切異文的又讀資料及經籍異文等內部資料，探察喻四的來源主要與舌頭音（上古端系）、舌根音（上古曉、見系二系）及齒頭音（上古精系，特別是心母）之聲相通，由此顯示高本漢之論可得到佐證。〔註134〕

2. 王力

王力在其《中國語言學史》一書中認為不是「喻四古歸定」，只能說喻四在上古接近定母。王力對喻四音值擬測有三次改變：（1）第一次認為喻四音值應擬為＊d，因為從諧聲系統觀之，喻四紐絕大部分和舌頭音「端透定」相諧；（2）第二次認為喻四音值應擬為＊j，因為喻四紐音讀難以確切認定，故以此代表一個未定的輔音；（3）第三次認為喻四音值應擬為＊ʎ，認為喻四紐是三等韻字，故理應同照三系字同源，便擬為一個與照三系同部位的舌面邊音。〔註135〕關於王力將喻四音值擬為＊ʎ 的說法，外國學者富勵士於 1964 及 1967 二年在《通報》發刊〈高本漢上古聲母商榷〉一文中，也同王力將喻四音值擬為＊ʎ，與來母 l-相對，後來又設 rj-，認為「涌」rj-與「凇」r̥j-同源。除了富勵士外，鄭張尚芳也同於王力將喻四音值擬為＊ʎ 的設想，但又認為＊ʎ 應為上古後期之音，其演變情形為：l->ʎ->j-，-ʎ(<-l) 音變之後便可解釋東漢譯經中，喻四紐對應梵文清濁硬顎擦音 ç、j 的現象。斯塔羅斯金認為喻四有部分字應當擬構為 ʒ [dʒ]，鄭張尚芳認為此擬音也是對喻四音值產生音變現象後的反映，不是最早的喻四音值。〔註136〕然而潘悟云在〈非喻四歸定說〉一文中卻認為，若依照王力說法將喻四紐擬為舌面邊音，便難以釋此種舌面邊音和塞音的定、透、徹等母諧聲聲的現象，故潘悟云設想王力

〔註133〕董同龢：《上古音韻表稿》（臺北：中央研究院歷史語言研究所，1967 年），頁 28～33。

〔註134〕參見張師慧美：《王力之上古音》（臺中：東海大學中國文學研究所博士論文，1996年），頁 91～93。

〔註135〕參見張師慧美：《王力之上古音》（臺中：東海大學中國文學研究所博士論文，1996年），頁 89～93。

〔註136〕鄭張尚芳：《上古音系》（上海：上海教育出版社，2003 年），頁 44。

將喻四音值擬測爲*ʎ，應當屬於漢代時的音值。〔註137〕

3. 外國學者

外國學者如蒲立本提出以 ð-（1973 年以後改以 l-）表示喻四及定紐、船紐的擬測音值，其他如雅洪托夫等外國學者，也在蒲立本的立論基礎下認爲：l-在一、四等位置時變爲定母，在三等帶-j-時則變爲喻四。〔註138〕但雅洪托夫等人所言的此項分化條件，在親屬語言比較上並無充分證據可證明，因此只能算是推論。

4. 李方桂

李方桂在《上古音研究》書中針對高本漢的擬音進行說明。李方桂認爲，高本漢將與舌頭音有相諧關係的喻四紐擬其音值爲*d，並認爲*d 是從上古*d 及*z 分化而來，但此說並不被認同。因此，李方桂將喻四設想爲上古時代的舌尖前音，並與舌尖前塞音互諧，並從古代臺語用*r 來代替酉 jiðu 字的聲母，漢代使用「烏弋山離」譯 Alexandria，即是使用「弋 jiək」來對譯第二音節 lek，就此可以推測喻四很近 r 或 l 音值，又因爲喻四常和舌尖塞音諧聲，也可以說：喻四除了近 r 或 l 外，也很接近 d 音值，故暫且將之擬作*r。〔註139〕

李方桂的說法獲竺家寧認同，認爲如此一來在上古時期便俱有一對流音 [l-] 和 [r-] 系統，喻四紐在和其他聲母接觸時皆可以構擬成複聲母，如*br＞r。〔註140〕此外，周法高對李方桂的看法也表認同，但又有所改易。周法高對於喻四音值的擬測有兩次變化：首先擬喻四音值爲*rj，再擬其音值爲*ri。周法高同於李方桂之處，是兩人皆將上古喻四紐視爲獨立聲紐，擬成舌尖流音 r，但李方桂並沒有替喻四音值擬定出一個介音-j-，而周法高卻認爲喻四紐既出現在三等韻內，理應給予一個介音-j-較爲適切，直到〈論上古音和切韻音〉中更加確信其先前理論，爲了將喻四紐和邪紐的*r（j）加以區分，於是

〔註137〕潘悟云：〈非喻四歸定說〉，《溫州師專學報・社會科學版》第 1 期（1984 年），頁 115。

〔註138〕蒲立本著，潘悟云、徐文堪譯：《上古漢語的輔音系統》（北京：中華書局，1992 年），頁 70～72。

〔註139〕李方桂：《上古音研究》（北京：商務印書館，1980 年），頁 13～14。

〔註140〕竺家寧：《聲韻學》（臺北：五南圖書出版股份有限公司，2008 年），頁 645。

將喻四紐改擬作＊r（i），如此將喻四紐和邪紐區分開來，也可解釋＊r-因有二等介音而產生顎化變爲中古擦音的原因。〔註141〕

李方桂認爲，r 的音值與來母的 l 音十分接近，並以 r 爲上古二等韻介音，同時又以 r 表示複聲母的來母成分之理論，雖然多數學者皆持正面肯定。但是，龍宇純卻認爲，從喻四、邪母與來母之間的諧聲行爲來看，喻四與來母的交往僅有：鄙、藥、櫟、翊、昱、攎、律等七字，邪母與來母之間則找不到相諧之例，喻四字每與牙音諧聲，疑母因發音方式特殊，於牙音四母中大致自成一類，但《說文》釾从牙聲以遮切；又云厄从厂聲，厂字餘制切，厄字五禾、五果二切，又駼字从矣聲音五駭切，《廣韻》矣字雖音于紀切，其先實讀喻四，亦喻四諧疑母之一例；再者，邪从牙聲又音似嗟切，情形又差堪與駼字比較。因此，藥櫟二字所以从樂爲聲，或竟是因爲樂字又讀疑母的關係，律字則未必非會意。然則邪與來全不見諧聲，喻四與來的往還也十分稀少，以 r 與 l 音值近及，加以喻四及來母字之多見，依照實際字例觀之，並非如此。是故，龍宇純認爲，依李方桂所言理論擬音實屬不妥。〔註142〕

因此，龍宇純認爲喻四音值當擬作＊zɦ。他從《說文》內的諧聲資料來觀察，認爲其中的喻四與精系、見系、影系及端系中的透定二母具有相互諧聲的現象。龍宇純認爲，因爲凡與精系字的諧聲，有 z 的成分聯繫；凡與見系字、影系字的諧聲，有匣母 ɦ 的成分聯繫。至於喻四與舌頭音透、定兩母的往還，則因透定並送氣音，清聲母送氣成分本同曉母，與 ɦ 相近；全濁聲母送氣成分又因受濁流影響，變同於 ɦ，所以往往與喻四諧聲者，當以與全濁聲母送氣成分因受濁流影響而變同於 ɦ 的情形爲多見。不僅如此，從諧聲資料中顯示的喻四與邪、禪二母的關係、喻四與精系和照三系之間的關係皆可證明喻四音值當擬爲＊zɦ。

（三）邪紐與喻四的音值關聯

龍宇純從同源詞資料說明喻四的讀音（案：龍宇純將喻四音值擬爲＊zɦ），

〔註141〕參見陳雅婷：《周法高之上古音研究》（彰化：國立彰化師範大學國文研究所碩士論文，2009 年），頁 54。

〔註142〕龍宇純：〈上古音芻議〉，收錄於龍宇純：《中上古漢語音韻論文集》（臺北：五四書店，2002 年），頁 406。

其中的 ɦ 應是同於喻三的成分。並舉《說文》內的例字說明。如《說文》言永字：「永，水長也。《詩》曰：江之永矣。」又：「羕，水長也。《詩》曰：江之羕矣。」案：江之永矣，見《周南‧漢廣》，為毛氏古文本；永作羕者，出於韓嬰所傳。二者既本是一字，不得永字于憬切、羕字余亮切聲母上一無關係。今以喻四音為 *zɦ，後一成分（案：ɦ）與永字同聲，等於作了最好的解釋。〔註143〕

　　龍宇純認為，邪紐與喻四紐若依李方桂所擬之分化條件而合為一音，如羊與祥，上古分別讀 *raŋ 及 *rjaŋ。羊 *raŋ 屬於甲類韻形態，其音最洪，時至中古則羊祥同入陽韻，韻圖且同置於四等位，兩者韻母不得相異；即便如李方桂將兩者之擬音有 jiaŋ 與 zjaŋ 之別，也同為細音，如何得知羊字在上古和中古時期其語音變化有洪細的不同？李方桂將喻四擬作 *ji-，其中 j 應是 *r（案：李方桂先擬喻四音值為 *r，後改擬為 *ji）的音變，i 代表的是四等介音。但同一 *r，在可變 j 的情況下，竟至不受其下介音 i 的影響，又與之合為 j 音，而變為 z，實充滿矛盾，且喻四與邪紐在韻圖中同見於四等，又從何得知其上古有接不接介音-j-的差別，中古是否也有接不接介音-i-的不同？這些都是李方桂擬音的缺點。〔註144〕

　　筆者認為，關於邪紐、喻四紐及其二者音值擬測問題，上述各家說法皆有其立論標準，而龍宇純明確從諧聲資料方向指出李方桂理論的不足處，並從高本漢喻四三來源中的與齒頭音相諧之擬音 *z 著手展開設想，認為既然邪母當擬測作 *z，而喻四與齒頭音特別是邪母的關係極為密切，因此也當擬作 *z，又喻四與舌頭音透、定兩母的往還，則因透定並送氣音，清聲母送氣成分本同曉母，與 ɦ 相近；全濁聲母送氣成分又因受濁流影響，變同於 ɦ。是故，喻四紐的音值擬測既為 *z，又具有 ɦ，擬測為 *zɦ 或許較為妥當；此外，龍宇純在〈上古音中二三事〉一文中說到，他以自己故鄉安徽望江的實際方言為證據，舉當地謂潛行水中為泅水，泅音同囚，泅潛二字為一語之轉，且《說文》中泅與汓同字，邪母本與喻四音值相近，又以古文字加以比對永即泳字，表示人在水下行

〔註143〕龍宇純：〈上古音中二三事〉，收錄於龍宇純：《絲竹軒小學論集》（臺北：五四書店，2002 年），頁 302。

〔註144〕龍宇純：〈上古音芻議〉，收錄於龍宇純：《中上古漢語音韻論文集》（臺北：五四書店，2002 年），頁 405。

進之形，而汙字象人浮行水面，或許永/泳和汙二者義本不同，所以其字形也各自有別，也可能因字形不得不別，而致望文生訓進而影響了二字的訓釋。洇汙同字，洇的聲母爲 z，汙泳如是一語之轉，泳的聲母爲 ɦ，等於說喻四原當讀爲 *zɦ 複母。〔註145〕如此一來，更讓筆者認爲，既有漢語內部方言資料及諧聲資料加強佐證的情況下，喻四音值擬測爲 *zɦ 或許較歷來各家學者所擬測的音值更能取信世。

然而，龍宇純在論上古音部分的文章中，僅對喻四音值做「複聲母」型之構擬，雖然，學界對喻四音值外的其他類型複聲母多有討論，但龍宇純在文章中卻沒有專章討論複聲母，此即爲其較不足之處。

六、輕唇音見於上古漢語的問題

上古無輕唇音，從清儒錢大昕提出之後，已成定論，然而錢大昕只是證明輕、重兩類唇音上古合爲一類，而沒有證明上古唇音聲母究竟讀如重唇還是讀如輕唇，也就是說，錢大昕只證明了音類而沒有證明其音值。因此造成不少學者懷疑錢大昕「上古無輕唇音」理論的確實性。例如符定一《聯綿字典》書中就曾針對「上古無輕唇音」理論提出反駁，主張「古有輕唇音」，王健庵〈「古無輕唇音」之說不可信〉及敖小平〈「古無輕唇音不可信」補證〉二位學者的文章皆強調「古無輕唇音」理論不可信，而提出「古無重唇音」之論。〔註146〕然而此些論點只能算是曇花一現，不足以撼動「古無輕唇音」的事實。

龍宇純在〈上古音中二三事〉一文中特別指出輕唇音見於上古漢語的問題，起因於王念孫對《廣雅・釋詁》：「方、撫，有也。」一句所做的解釋。龍宇純並進一步針對王念孫所言加以說明，他認爲王念孫《廣雅疏證》中言之：「方者，《召南・鵲巢》篇『維鳩方之』，毛傳云：方，有之也。撫者，《爾雅》：憮、敉，撫也。又云：矜憐，撫掩之也。撫爲相親有，故或謂之撫有。」《左傳・昭公元年》：「君辱貺寡大夫圍，謂圍將使豐氏撫有而室。」《左傳・昭公三年》：「若惠顧敝邑，撫有晉國，賜之內主。皆是也。撫又爲奄有之有。」《左傳・成公十一

〔註145〕龍宇純：〈上古音中二三事〉，收錄於龍宇純：《絲竹軒小學論集》（臺北：五四書店，2002 年），頁 302。

〔註146〕楊劍橋：《漢語現代音韻學》（上海：復旦大學，1998 年），頁 140。

年》：「使諸侯撫封。杜注云：各撫有其封內之地。」《文王世子》：「西方有九國
焉，君王其終撫諸。鄭注云：撫，猶有也。撫方一聲之轉。方之言荒，撫之言
幠也」。《爾雅》：「幠，有也。」郭注引《詩》「逐幠大東。」今本幠作荒，毛傳
云：「荒，有也」。〔註147〕

　　經由龍宇純所解釋的此段文字可知，王念孫不僅明了方和撫有奄有的意
思，更從語源指出「方與荒」和「撫與幠」之間的關係。方字府良切，荒字
呼光切，撫字芳武切，幠字荒烏切。荒與幠具備嚴格的雙聲對轉條件，所以
出現《閟宮》荒與幠的異文。府良與呼光，或者府良與芳武，其間雖有三等
一等，或全清次清的不同，在重唇音變讀為輕唇音的方言裡，這種差異是並
不存在或者可以被忽略的。然而，方、荒、撫、幠四字不僅具有語言關係，
也是一語之轉。何以見得？龍宇純認為，從現代漢語方言觀之，輕唇音 f 方
言有讀同曉母的，如廈門、潮州、福州、雙峰，合口曉母也有讀同輕唇音 f
的，如廣州、梅縣、長沙，但此種合口曉母讀同輕唇音 f 的現象，卻絕不見
有重唇音讀成 f，也不見有合口曉母讀成重唇音的現象，如此說明這可以是方
言將方、撫讀成了荒、幠，也可以是方言將荒、幠讀成了方、撫。依照王念
孫所言，「方之言荒，撫之言幠」，意思當然是由荒、幠而產生方、撫。也就
是說，輕唇音的方、撫，是從喉音變來，與重唇音變讀輕唇音無關。由於方
字在任何方言地區，原與旁、閟等字同屬重唇音系統；撫字亦不得不本讀重
唇音，若非方言早已變讀輕唇，便不可能用以對應合口曉母的荒、幠讀法；
重唇的方、撫，當然也不可能產生合口曉母荒、幠的讀法，或者產生以合口
曉母荒、幠為語音對應的行為。因此，龍宇純認為，在《詩經》的上古音時
代，方言中已發生了三等重唇音變讀輕唇音的現象。而王念孫能發現方荒、
撫幠之間的語音轉換，即是說明上古輕唇音和喉音間的關係，此在漢語音韻
史上具有重要意義。〔註148〕

　　重唇音演變為輕唇音的過程以【圖一】所示如下：

〔註147〕龍宇純：〈上古音中二三事〉，收錄於龍宇純：《絲竹軒小學論集》（臺北：五四書
　　　　店，2002 年），頁 304。

〔註148〕龍宇純：〈上古音中二三事〉，收錄於龍宇純：《絲竹軒小學論集》（臺北：五四書
　　　　店，2002 年），頁 304～305。

【圖一】重唇音演變為輕唇音過程圖〔註149〕

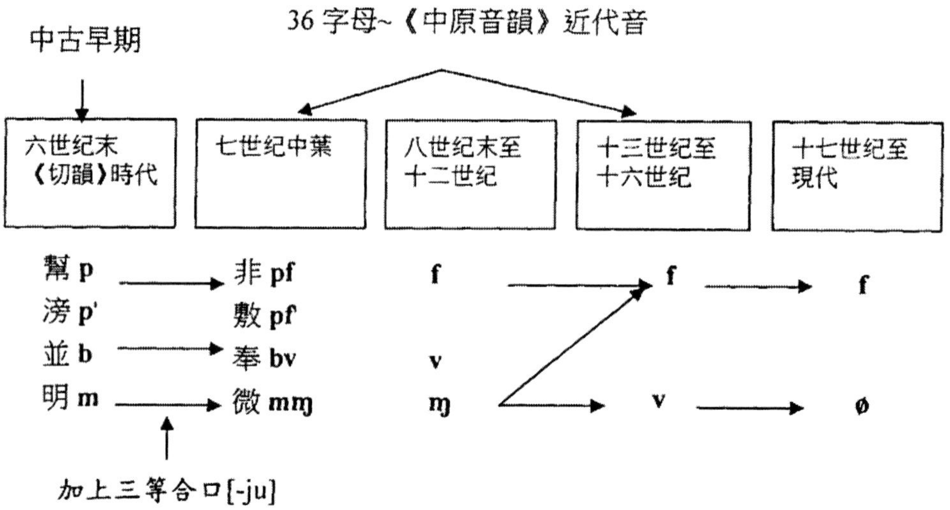

筆者認為，龍宇純〈上古音中二三事〉一文中特別指出歷來較少為人所重視的問題，即是上古輕唇音和喉音間的關係，此問題或許可以推求三等重唇音在何時演變為輕唇音，可能如同龍宇純所推論，早在上古《詩經》時代即已發生重唇音變讀為輕唇音的現象，但此說法又會產生疑問，為何早在《詩經》時代已變讀完成的語音現象，錢大昕還要提出「古無輕唇音」的理論？且歷來學者為何沒有針對此問題進行研究？此些問題目前都還有待繼續開發討論。若在將來，龍宇純在〈上古音中二三事〉的推論能夠得到證實，那麼傳統認為輕唇音從唐寫本《守溫韻學殘卷》中的三十字母到早期韻圖如《韻鏡》中三十六字母的這段時間所產生之說法，或許要重新改寫。

第四節　上古聲母小結

本章節介紹龍宇純之上古聲母系統，主要分唇、舌、牙喉及齒音四點論述單一聲母音類及音值擬測問題。其次再分別以主題方式，對龍宇純之上古單聲母部分所延伸出的相關問題進行深入討論。今綜合前說，茲就龍宇純上古單聲母系統整理如下：

一、上古單一聲母部分

龍宇純將上古單一聲母分為二十一聲紐，並四類韻俱全，大致以宋人三十

〔註149〕楊劍橋：《漢語現代音韻學》（上海：復旦大學，1998年），頁145。

六字母爲論述基礎。(見【表六】)

【表六】龍宇純上古單一聲母的分類與音值表

發音方法 \ 音值 \ 發音部位			雙唇	舌音 (舌尖前)	舌音 (舌尖中)	牙音 (舌根)	喉音
塞音	清	不送氣	P (幫) / (非)		t (端) / (知) / (照)	k (見)	ʔ (影)
		送氣	ph (滂) / (敷)		th (透) / (徹) / (穿)	kh (溪)	
	濁	送氣	bh (並) / (奉)		dh (定) / (澄) / (禪)	gh (群)	
鼻音			m (明) / (微)		n (泥) / (娘、日)	ŋ (疑)	
邊音					l (來)		
塞擦音	清	不送氣		ts (精) / (莊)			
		送氣		tsh (清) / (初)			
	濁	送氣		dzh (從) / (崇)			
擦音	清			s (心) / (生)			h (曉)
	濁			z/zɦ (邪、俟) / (喻三)			ɦ/zɦ (匣、喻四)

二、上古單一聲母之相關問題討論

1. 上古清唇鼻音聲母的問題

龍宇純在〈上古清唇鼻音聲母說檢討〉一文中舉出並討論了「悔、脢、勖、鄊、摩、徽、沫、忽、荒、黑、蒿、釁……」等二十九個與明母互諧的曉母字，發現其中僅有「耗、薨、滅」三字不與見系有關，於是認爲古有「m̥」說並不妥當。同時，龍宇純整理歸納韻字後發現，「凡與明母互諧的曉母字，在中古可以說都是合口的」。龍宇純發現此理論後，便由最初承襲其師董同龢先生論點，主張上古有清唇鼻音說，轉而持反對意見，認爲上古本無清唇鼻音說。其主要的轉變關鍵，即是發現這類明曉互諧現象的可能性，是由於「曉母有合口性質或是類似合口的圓唇元音成分」所造成。

2. 全濁聲母送氣與否的問題

龍宇純觀察同源詞、聯綿詞、諧聲字以及同字異音等古漢語語文中，發現其發音部位不同的兩音往往產生關聯，而其一爲曉母，其一爲他部位的次清聲母，或兩者都爲不同部位的次清音，顯然其中次清聲母的送氣成分，便是這些現象所由構成的要素。因爲送氣成分彼此固無不同，與曉母亦同爲一音。此外，龍宇純又從古漢語語文中發現送氣成分可以顯示其獨立存在，與以曉母或其他部位次清聲母起首的另一音產生某種特殊關係，而這種現象少數也可以見之於曉母與全濁塞音及塞擦音之間，或塞音及塞擦音之次清音及全濁音之音。由此可知，全濁音的送氣成分自與次清相同，但受濁母影響，h濁化爲 ɦ，ɦ 便是與曉母相對的匣母讀音，所以與其產生語文關係的正是匣母。因此，龍宇純以「清濁送氣音本是同一音位」來解釋上古全濁聲母送氣與否的問題，並從同源詞、聯綿詞、諧聲字以及同字異音等古漢語語文中舉出例證輔佐其論點。

3. 群、匣和喻三三聲紐音值的問題

龍宇純探討群、匣和喻三三個聲紐在上古的關係及其音值爲何之問題，主要是針對李方桂的意見而進行闡發，更注意到學者少討論的群、匣和喻三紐三者的合併問題。龍宇純認爲，匣群二母中古既是兩個不同發音部位的實體，因此主張匣母決不得與群母併而爲一，應當有其獨立地位，並從韻書中的韻字歸納佐證其說的可行性。

4. 照三系音值的問題

龍宇純對於照三系音值有三點主張：（1）照三系（含日母）的音值擬測是以 s、z 和 s、z 加舌音表示，而中古照三系聲母與照二系同爲 tʃ、tʃh、dʒh、ʃ、ʒ 五音，其中三等 tʃ、tʃh、dʒh 三者各有兩個來源，絕大部分來自具 s 或 z 成分的*t、*th、*dh，小部分來自*ts、*tsh、*dzh，都是受有介音 j 所影響的結果；ʃ、ʒ 兩音則全由*s、*z 分別變出，原因仍爲介音 j 引致的分化。（2）以《廣韻》韻字觀察，如神臣、脣純、船遄、繩承、碭氏、紓野、示嗜……等十三韻是牀禪並見，古韻且是同部字，無法確切說明牀禪二母分化的條件，若以部分韻各自互補的現象即謂牀禪二母上古同聲，爲免不妥，因此，龍宇純不認同李方桂言「船禪二母當並而爲一」。（3）同意「部分照三系字與見系字有諧聲關係」，且須依照李方桂原初理論：部分照三系字與見系字有諧聲關係，爲其與端系字受 s、z 詞頭的影響而變爲照三爲妥當。

5. 邪紐與喻四音值的問題

關於此問題可分爲三點討論：

（1）邪紐音值

龍宇純認爲過去學者多同意邪母上古與中古相同，其音爲*z，與心母爲*s 兩者清濁擦音相對，正如喉音之有曉有匣。今李方桂先生以邪母爲*r，既與心母不相副，也與喉音之有兩擦音生態不平衡。此外，龍宇純更從切語觀察舉出舌音具心母成分者如：亶（多旱切）聲擅字式連切，其聲母順序爲：*st-、*sth-、*sdh-及*sn；舌音具邪母成分者如：丁（當經切）聲成字是征切，其聲母順序爲：*zt-、*zth-、*zdh-及*zn。牙音具邪母成分者如：谷（古祿切）聲俗字似足切，其聲母順序爲：*zk-、*zkh-、*zgh-及*zŋ。由此論證，李方桂將邪紐擬其音值爲閃音*r 並不適當，邪母必須拾回擬*z 爲恰當。

（2）喻四音值

龍宇純認爲喻四音值當擬作*zɦ。他從《說文》內的諧聲資料來觀察，認爲其中的喻四與精系、見系、影系及端系中的透定二母具有相互諧聲的現象。龍宇純認爲，因爲凡與精系字的諧聲，有 z 的成分聯繫；凡與見系字、影系字的諧聲，有匣母 ɦ 的成分聯繫。至於喻四與舌頭音透、定兩母的往還，則因透定並送氣音，清聲母送氣成分本同曉母，與 ɦ 相近；全濁聲母送氣成分

又因受濁流影響，變同於 ɦ，所以往往與喻四諧聲者，當以與全濁聲母送氣成分因受濁流影響而變同於 ɦ 的情形爲多見。不僅如此，從諧聲資料中顯示的喻四與邪、禪二母的關係、喻四與精系和照三系之間的關係，皆可證明喻四音值當擬爲*zɦ。

（3）邪紐與喻四的音值關聯

龍宇純從同源詞資料說明喻四的讀音（案：龍宇純將喻四音值擬爲*zɦ），其中的 ɦ 應是同於喻三的成分，z 則同於邪紐擬音。

6. 輕唇音見於上古漢語的問題

龍宇純提出輕唇音見於上古漢語的問題，並不同於有些學者是從懷疑「古無輕唇音」理論而進行新的觀點闡述。龍宇純從王念孫《廣雅疏證》文字進行探討，發現從現代漢語方言可以找出，輕唇音 f 方言有讀同喉音曉母者，不僅如此，合口喉音曉母也同樣有讀同如輕唇音 f 者，可見得輕唇音與合口喉音曉母之間或許有語音關聯，然此種關聯只出現在輕唇音與合口喉音曉母之間，重唇音讀成輕唇音 f 及合口曉母讀成重唇音的現象則不見於漢語方言內。因此龍宇純推論，早在《詩經》的上古音時代，方言中應該已經發生了三等重唇音變讀爲輕唇音，但此推論還有待開發討論。

第三章　龍宇純之上古韻母系統及其相關問題研究

龍宇純主要在〈有關古韻分部內容的兩點意見〉、〈上古陰聲字具輔音韻尾說檢討〉、〈再論上古音-b尾說〉、〈上古音芻議〉、〈先秦散文中的韻文〉及〈古韻脂眞爲微文變音說〉等六篇文章中詳論其上古韻母分類系統相關見解、韻部分部準則、判斷韻文並尋求叶韻字的方式及各類叶韻問題。於此，再一次概述龍宇純關於上古韻母說之各篇章的主要重點，方便下文相關議題探討：

1.〈有關古韻分部內容的兩點意見〉

龍宇純在本篇文章著重提出古韻分部的兩點中肯意見，可做爲研究者新興研究方向：（1）不贊同盡信《說文》諧聲字。龍宇純提出凡《說文》諧聲與古韻分部不合者，宜從文字學觀點剖析，進一步利用古文字資料糾正許愼誤說；（2）一字可兼分兩韻部。龍宇純認爲上古時期的周代，必有其時之古今音變及方言音異，同一字不必侷限僅見一個韻部，如有明確例證，同一字兼收兩韻部亦無不可，藉此便可減少通韻、合韻或借韻之說，以防止產生古韻研究初期所產生的缺點。

2.〈上古陰聲字具輔音韻尾說檢討〉和〈再論上古音-b尾說〉

這兩篇文章是龍宇純針對學界對上古音陰聲韻構擬現象所提出的理論。學界對上古音陰聲韻構擬現象，主要分爲二派：一派主張上古音陰聲韻具有輔音

韻尾；另一派主張上古音陰聲韻不具有輔音韻尾。龍宇純讚同上古音陰聲韻是不具有輔音韻尾的現象，意即否定上古音陰聲韻尾有-b、-d、-g 的存在。

3.〈上古音芻議〉

〈上古音芻議〉是龍宇純上古音學理論的精華，其論述基礎主要是根據李方桂《上古音研究》的各項說法提出商榷意見，同時也提出了自成一家的獨特說法。主要觀點有：（1）整體韻部方面：主張當從古韻二十二部分類為適宜。（2）介音部分：取消圓唇聲母，仍以開合兩分；又據中古四個等，區分上古音為甲、乙、丙、丁四韻類，甲類無介音，其餘三韻類分別具 r、j、i 介音，並取消李方桂所擬 rj 複合介音的構擬，並認為 r 後來變為 e，以調和李方桂和王力之說。（3）主要元音：立四元音，定「之蒸侵」三部為 ə；「魚陽談元歌」五部為 a；「佳耕真」為 e，「侯東」為 u。此四元音又可拼合為「幽」部 əu、əuk，「中」部 əuŋ；「宵」部 ɑu、ɑuk；「脂」部為 ei-et；「微」部為 əi-ət；「祭」部為 ɑi-ɑt，此都是收-i 跟收-t 合部，只有歌部收-r。（4）韻尾：陰聲字不具塞音尾；宵部陰聲原是談部的陰聲，其後脫離了陰陽關係，其入聲亦自葉部分出；侵緝原亦有陰聲，今則混入了幽部。隨後又舉出了四十餘組幽部轉讀入微文部字例，證實上古音本不具-b、-d、-g 韻尾。

4.〈先秦散文中的韻文〉及〈古韻脂真為微文變音說〉

〈先秦散文中的韻文〉主要論述判別韻文的標準方法，及幾種叶韻關係；〈古韻脂真為微文變音說〉主要論述「脂真微文」四韻部的演變關係。

經由以上的概述說明可知，龍宇純研究上古音，除了傳統《詩經》材料外，更突破以往學者研究限制，強調從古文字學觀點入手討論古音韻，兩者相互配合研究，才能對上古音韻有比以往更加深入的精辟見解。

本章節擬介紹龍宇純上古韻母的系統。韻部系統較之聲母系統，又更加複雜多變。因此，第一節先針對歷來學者研究上古韻部分類成果進行說明以便讓研究者對其演變具有先備知識，隨後再就龍宇純所提出的兩點古韻分部的獨到意見加以說明，最後即論述龍宇純之上古韻部的分類，如此才能對韻部發展一目瞭然。第二節則針對其構擬之介音、主要元音和韻尾系統探討。第三節則採主題式對龍宇純上古韻母的相關問題進行深入詳述，內容包含諸家學者的相關論點，及龍宇純的評論和其主張，均將一併綜合討論。

第一節　上古韻部的分類

一、歷來學者之古韻分部概說

　　龍宇純認為，究竟古韻應該分幾部，當從以《詩經》韻爲主的周代古音開始論述，並以爲古韻當劃分爲二十二部爲適當。此二十二部爲：之、幽、宵、侯、魚、佳、脂、微、祭、歌、元、文、眞、耕、陽、東、中、蒸、侵、談、葉、緝。古韻二十二部當是在歷來學者的研究下，前修未密、後出轉精而成。因此，在論述龍宇純古韻二十二部相關問題前，本節先就前輩先賢針對古韻部研究成果進行說明，說明方式採用竺家寧《聲韻學》[註1]書中的時代區分爲標準論述，有鑑於行文論述所需，文中針對各家韻部名稱皆分項完整列出，各家相關引言則擇要說明。

（一）六朝至宋代

　　六朝至宋代的學者還尚未有明確的古音觀念。此時期又可分爲三階段說明：

1. 漢　儒

　　漢儒雖尚未對古韻部有任何解釋，但已始明古今音之異。因爲解經需要，逐漸明析古音與今音之不同。

2. 六　朝

　　六朝時代因佛教傳入後轉譯佛經的需要，及音韻學知識在印度文化隨著佛教進入中國所產生的影響，都讓當時學者對此新興學問形成一股研究熱潮。這時的古韻研究有如下情形：

（1）改讀字音

　　改讀字音又有「協句」、「協韻」、「取韻」、「合韻」等稱呼。漢代以後的學者，不明古音之理，遇今音之不同於古音者，遂以協句、協韻、取韻、合韻諸說解之。例如：沈重稱此爲協句，並將《毛詩音》中將《詩經・邶風燕燕》首章中之「野」字改讀成「時預反」。

　　　燕燕于飛，差池其羽。(虞韻王矩切)

　　　之子于歸，遠送于野。(馬韻羊者切)：沈重改爲「時預反」，稱爲「協
　　　句」。

[註 1] 竺家寧：《聲韻學》（臺北：五南圖書出版公司，2008 年），頁 467。

瞻望弗及，泣涕如雨。（虞韻王矩切）〔註2〕

又如徐邈則改稱爲取韻，並將將《詩經‧召南‧行露》三章之「訟」改讀「才容反」，配合平聲「墉」押韻。

誰謂鼠無牙，何以穿我墉？誰謂女無家，何以速我訟？〔註3〕

第一句「墉」字爲鍾韻、餘封切，第二句訟字爲用韻、似用切，徐邈認爲與「墉」字韻不合，故改爲「才容反」藉以和上古平聲「墉」字押韻。其他又如陸德明《經典釋文》稱爲協韻，〔註4〕顏師古《漢書》注則稱爲合韻，名稱雖異，但改讀字音的基本內容相同。

（2）古人韻緩

陸德明《經典釋文‧卷五‧毛詩音義‧上》言之「古人韻緩，不煩改字」，意即指古人用韻，不如後世苛細。〔註5〕

（3）改動經書

改動經書意即指改經之陋習。歷來改動經書最有名的例子即是唐玄宗開元十三年下詔，將《尚書‧洪範》中「無偏無頗（果韻），遵王之義」之「頗」改爲「陂（支韻）」之改經例。〔註6〕其他改經之例如：

①范諤昌改《易經‧漸上九》卦中「鴻漸于陸，其羽可用爲儀」。當中「陸」改字「逵」。

②孫奕改《易經‧雜》卦中「傳晉晝也，明夷誅也」。當中「誅」改字「昧」。〔註7〕

〔註2〕十三經注疏小組編、國立編譯館主編、周何分段標點：《十三經注疏分段標注‧毛詩正義》（臺北：新文豐出版公司，2001年），頁211。

〔註3〕十三經注疏小組編、國立編譯館主編、周何分段標點：《十三經注疏分段標注‧毛詩正義》（臺北：新文豐出版公司，2001年），頁153。

〔註4〕〔唐〕陸德明：《經典釋文》（北京：中華書局，1983年），頁56。

〔註5〕〔唐〕陸德明：《經典釋文》（北京：中華書局，1983年），頁57。

〔註6〕唐玄宗改動《尚書‧洪範》篇中的文句說法可查見於〔清〕顧炎武：《音學五書‧答李子德書》（北京：中華書局，1982年），頁5。

〔註7〕〔清〕顧炎武：《音學五書‧答李子德書》（北京：中華書局，1982年），頁5～7、竺家寧：《聲韻學》（臺北：五南圖書出版公司，2008年），頁471。

以上三例即是改動經書之例。不論是改讀字音、認為古人用韻寬緩，今人用韻嚴密或是改動經書固有文字之舉，都是前人在未了解古韻整體情形時的過渡作法，不足以形成一家之言，但這些對後世學者古韻研究之途，不能說沒有任何貢獻與啓發。

3. 宋　代

古韻研究至宋代仍留存前代兩項陋習：其一是改讀字音的方式仍存在；其二是韻緩之說至宋代仍然深植人心。

（1）宋代改讀字音說

宋代改讀字音說最有名之例即為宋儒朱熹的《詩集傳》。全書採用改讀方式來處理以中古音唸上古韻語所產生的不叶韻現象。以《詩經・召南行露》二章為例說明如下：

> 誰謂雀無角（覺韻古岳切，朱熹盧谷反：谷為入聲）
>
> 何以穿我屋（屋韻烏谷切：谷為入聲）
>
> 誰謂女無家（麻韻古牙切，朱熹音谷）
>
> 何以速我獄
>
> 雖速我獄（燭韻魚欲切：欲為入聲）
>
> 室家不足（燭韻即玉切：玉為入聲）〔註8〕

詩句中的「角」和「家」二字，朱熹改使用自身語音方言讀之，認為此二字無法和他字相押韻，因此特別將之注明「改讀」，又稱之為「叶音」。但此作法也是不被認同。

（2）宋代韻緩之說

韻緩之說至宋代仍存在，吳棫古韻九部及鄭庠古韻六部皆屬韻緩的產物。

①吳棫：吳才老。古音學著作有《詩補音》和《韻補》二書。《詩補音》已亡佚，《韻補》引例下至宋代歐陽修、蘇軾、蘇轍，為後人所詬病，其實吳棫引用宋代人之例是為了說明時代宋代還是有人沿用古韻。吳棫並按照「韻緩」觀念，將他自身認為可以「通轉」的韻一一注明，所謂「古通某」、「古

〔註 8〕十三經注疏小組編、國立編譯館主編、周何分段標點：《十三經注疏分段標注・毛詩正義》（臺北：新文豐出版公司，2001 年），頁 150。

轉聲通某」、「古通某或轉入某」等語，正是表明上古用韻寬緩，所以相通轉的韻很多之意。依其《韻補》歸納，古韻可分爲九部，以下詳細列出其古韻九部目：

東冬鍾（江或轉入）

支脂之微齊灰（佳皆咍轉聲通）

魚虞模

眞諄臻殷痕庚耕清青蒸登侵（文元魂轉聲通）

先儒鹽添嚴凡（寒桓刪山覃談咸銜轉聲通）

蕭宵肴豪

歌戈（麻轉聲通）

江陽唐（庚耕清或轉入）

尤侯幽〔註9〕

②鄭庠：著有《古音辨》，書已亡佚。鄭庠的古韻分部見於熊朋來《熊先生經說》。鄭庠分古韻爲六部，以下詳細列出其古韻六部目：

支脂部　包括支脂之微齊佳皆灰咍九韻

魚模部　包括魚虞模歌戈麻六韻

尤侯部　包括蕭宵肴豪尤侯幽七韻

先儒部　包括眞諄臻文欣元魂痕寒桓刪山先儒十四韻

陽唐部　包括東冬鍾江陽唐庚耕清青蒸登十二韻

侵　部　包括侵覃談鹽添咸銜凡九韻〔註10〕

③程迴：著有《音式》。其書不傳，雖未針對古韻有任何韻部分類說解，但

〔註 9〕〔宋〕吳棫：《韻補》。收錄於清楊尚文校刊、嚴一萍選輯：《百部叢書集成·連筠簃叢書》（臺北：藝文印書館，1966 年），頁 1～27。

〔註10〕〔宋〕鄭庠：《古音辨》。本書已亡佚，經查閱清·永瑢、紀昀等編纂：《四庫全書總目提要》及《續修四庫全書》等皆無收錄，因行文所需，此處不得不轉引自劉錫五：《魏晉以上古音學》（出版地、出版社及年份不詳），頁 7，以做爲說明需要。

他也是宋代除了吳棫及鄭庠外的古音學家，其提出「三聲通用（平上去三聲不分）、雙聲互轉」之說。〔註11〕

④項安世：項安世亦立韻例，以「青先貞」三韻爲一例，「東蒸」爲一例，「東蕭尤」爲一例，「東灰蒸」爲一例，「東侵」爲一例，「虞尤豪」爲一例，「虞麻」爲一例，此其韻部分韻大略。〔註12〕

（二）元代及明代

元代至明代是古音觀念確立時期。在宋代學者研究基礎下進行研究：

（1）戴侗：南宋末年至元朝古音學者。著有《六書故》。提出「行、慶、野、下」四字的上古唸法，肯定此爲古之正音，並非合韻亦非臨時改讀的叶韻。戴侗云：「書傳『行』皆戶郎切，《易》與《詩》雖有合韻者，然『行』未嘗有協庚韻者；『慶』皆去羊切，未嘗有協映韻者；如『野』之上與切，『下』之後五切，皆古正音，與合異，非叶韻也。」〔註13〕

（2）焦竑：著名古音學著作《焦氏筆乘》。在《焦氏筆乘・卷三》中提出「古詩無叶音說」以駁斥叶音說之謬誤。舉出「下、澤、降、服」四字以明辨其上古音讀。焦竑云：「『下』今在禡韻，而古皆作『虎』音；『澤』今在陌韻，而古皆作『鐸』音；『降』今在絳韻，而古皆作『攻』音；『服』今在屋韻，而古皆作『迫』音。」焦竑並提出古韻不等同於今韻的說法，亦是影響後世研究者的重要觀念。〔註14〕

（3）楊愼：明代古音學家。著有《轉注古音略》、《古音叢目》、《古音略例》

〔註11〕〔宋〕程迥：《音式》。本書已亡佚，經查閱〔清〕永瑢、紀昀等編纂：《四庫全書總目提要》及《續修四庫全書》等皆無收錄，因行文所需，此處不得不轉引自張世祿：《中國古音學》（臺北：先知出版社，1972年），頁23。

〔註12〕〔宋〕項安世說法查閱整理自劉錫五：《魏晉以上古音學》（出版地、出版社及年份均不詳），頁7。

〔註13〕〔元〕戴侗：《六書故》。收錄於王雲五主編：《四庫全書珍本・經部10・小學類》（臺北：臺灣商務出版社，出版年份不詳），頁1～24。戴侗說法亦可見於戴震：《聲類考・卷八・古音》，見於嚴式海：《音韻學叢書》第34冊（四川：四川人民出版社，1957年），頁1。

〔註14〕〔明〕焦竑：《焦氏筆乘》。收錄於王雲五主編：《人人文庫叢書》（臺北：臺灣商務出版社，1971年），頁63。

諸書，蓋以增補吳棫《韻補》等書之未備而已。〔註15〕

（4）桑紹良：著有《文韻考衷六聲會編》十二卷。併舊韻爲東、江、侵、覃、庚、陽、眞、元、歌、麻、遮、皆、灰、支、模、魚、尤、蕭十八部。〔註16〕

（5）陳第：字季立。著有《毛詩古音考》、《屈宋古音義》、《讀詩拙言》等書。最重要者爲其在 1606 年完成之《毛詩古音考》，其中有段古音宣言「蓋時有古今，地有南北，字有更革，音有轉移，亦勢所必至。故以今之音讀古之作，不免乖刺而不入于是悉委之叶」。〔註17〕陳第這段話已成爲古韻研究標的，其意義是指：古音本來就不同於今音，凡今人所謂協韻，其實都是古人的本音，而並非臨時改讀，輾轉遷就。清代永瑢及紀昀等人共同編纂之《四庫全書總目提要‧卷四十二‧經部小學類三》中評論陳第《毛詩古音考》有言：

> 言古韻者自吳棫；然《韻補》一書龐雜割裂，謬種流傳，古韻乃以
> 益亂。國朝顧炎武作《詩本音》，江永作《古韻標準》，以經證經，
> 始郭清妄論；而開除先路，則此書實爲首功。……所列四百四十四
> 字，言必有徵，典必探本，視他家執今韻部分，妄以通轉古音者，
> 相去蓋萬萬矣！〔註18〕

陳第在《毛詩古音考》中收錄了 496 字，皆後世音讀與古不同者，一一考訂其上古音讀，每字皆列出其本證（案：詩自相證者）和旁證（案：采之他書者）。陳第客觀及講求證據的科學研究古音的方法，爲清儒的古音學研究開闢途徑，其成就不能因其研究缺失而否定貢獻。

（三）清　代

清代學者在前人研究根基之下如雨後春筍般提出許多建設性理論，可視爲古韻部系統化歸納的開始，雖然清代研究的缺點是仍只限於韻部分類，但其承

〔註15〕〔明〕楊慎資料查閱整理自劉錫五：《魏晉以上古音學》（出版地、出版社及年份均不詳），頁 8～9。

〔註16〕〔明〕桑紹良：《文韻考衷六聲會編》。收錄於四庫全書存目叢書編纂委員會編：《四庫全書存目叢書》經部 216 小學類（臺南：莊嚴出版社，1997 年），頁 479。

〔註17〕〔明〕陳第：《毛詩古音考》（臺北：廣文書局，1966 年），頁 5。

〔註18〕〔清〕永瑢、紀昀等編纂：《四庫全書總目提要》（臺北：臺灣商務出版社，1965 年），頁 879。

先啓後的關鍵仍不容忽視。

清代研究古韻的方法爲考訂整個語音系統，看看所有的字能畫分幾種韻類；其研究者大致可劃分爲考古派及審音派二類，茲就考古派及審音派的分類概述如下：

1. 考古派

（1）顧炎武：古韻十部。

顧炎武爲清代古音學之奠基者，其代表著作爲《音學五書》，其五本著作分別是：〈音論〉、〈詩本音〉、〈易音〉、〈唐韻正〉、〈古音表〉。顧炎武的《音學五書‧古音表》是其古音學的總結，在宋代鄭庠古韻六部的研究基礎上再以《詩經》爲主，客觀歸納其韻字而成，並細分古韻爲十部。以下詳列出其十部目（舉平以眩上去入）：

東冬鍾江第一。

支脂之微齊佳皆灰咍第二。

魚虞模侯第三。

眞諄臻文殷元魂痕寒桓刪山先仙第四。

蕭宵肴豪幽第五。

歌戈麻第六。

陽唐第七。

耕清青第八。

蒸登第九。

侵覃談鹽添咸銜嚴凡第十。〔註19〕

顧炎武重要的音韻論點有：古人韻緩，不煩改字、古詩無叶音（韻）、古人四聲一貫、入爲閏聲、證明上古入聲實配陰聲不配陽聲等論。此外，顧炎武析唐韻求其分，即離析俗韻返之唐韻，且變更唐韻入聲之分配和入聲配陰聲但尚未有入聲獨立成部的情形爲其古韻研究的優點，但其缺點爲以古非今、將研究範圍設定太寬，造成分韻仍不夠細密，但其實事求是的離析韻部作法，實爲爾後學

〔註19〕〔清〕顧炎武：《音學五書‧古音表》（北京：中華書局，1982 年），頁 32～33。

者開闢一條明確的研究路徑。〔註20〕

此外，與顧炎武同時的另位古音學者李因篤，依顧炎武書另著《古今韻會》四卷，李因篤古韻分部及名稱皆同於顧炎武十部。毛奇齡則反對顧炎武《音學五書》，毛奇齡將韻部分爲五部：「東多江陽庚青蒸」爲一部，「支微齊佳灰」爲一部，「魚虞歌麻蕭肴豪尤」爲一部，「眞文尤寒刪先」爲一部，「侵覃鹽咸」爲一部。〔註21〕

（2）江永：古韻十三部

江永在清代古音學家中較難以明確畫分爲考古派還是審音派。因其論古音兼具考古與審音之功，或可視爲審音派之先導者，江永的古韻說解主要針對顧炎武說法加以申論進展。代表著作有《古韻標準》四卷，是書論述先秦古韻，主要是《詩經》韻部，共收入韻字一千九百多個，另收先秦兩漢音之近古者若干字，稱爲「補考」，另有《音學辨微》、《四聲切韻表》等著作，並精通等韻學。

江永古韻分類以平上去聲各分爲十三部又另分入聲八部，茲先列舉出平上去聲十三部如下所示：

平聲第一部：一東、二冬、三鍾、四江。

平聲第二部：分五支、六脂、七之、八微、十二齊、十三佳、十四皆、十五灰、十六咍、分十八尤、（別收）二十三魂、（別收）八戈、（別收）去聲八未、（別收）去聲十六怪。

平聲第三部：九魚、分十虞、十一模、分九麻。

平聲第四部：十七眞、十八諄、十九臻、二十文、二十一般、二十三魂、二十四痕、分一先、（別收）二仙、（別收）二十八山、（別收）八微、（別收）十二齊、（別收）十五青、（別收）十六蒸、（別收）上聲十六軫、（別收）去聲三十二霰。

平聲第五部：二十二元、二十五寒、二十六桓、二十七刪、二十八山、一先、二仙、（別收）去聲二十五願

平聲第六部：分三蕭、四宵、分五肴、分六豪。

〔註20〕 王力：《清代古音學》（北京：中華書局，1992年），頁34～36。

〔註21〕 劉錫五：《魏晉以上古音學》（出版地、出版社及年份均不詳），頁13～15。

平聲第七部：七歌、八戈、分九麻、五支、（別收）上聲四紙、（別收）去聲五寘。

平聲第八部：十陽、十一唐、分十二庚、（別收）上聲三十六養、（別收）去聲四十一漾、（別收）去聲四十二宕、（別收）去聲四十三映。

平聲第九部：分十二庚、十三耕、十四清、十五青。

平聲第十部：十六蒸、十七登、（別收）一東。

平聲十一部：十八尤、十九侯、二十幽、分十虞、分三蕭、分四宵、分五肴、分六豪、（別收）上聲四十五厚。

平聲十二部：二十一侵、分二十二覃、分二十三談、分二十四鹽、（別收）一東、（別收）去聲五十六木忝

平聲十三部：分二十二覃、分二十三談、分二十四鹽、二十五添、二十六嚴、二十七咸、二十八銜、二十九凡。

江永另分入聲八部爲：

屋：分沃、燭、分覺、別收錫、別收去聲候也。

質、術、櫛、物、迄、沒：分屑、分薛、別收職也。

月、曷、末、黠、轄：分屑、薛也。

藥、鐸：分沃、分覺、分陌、分麥、分昔、分錫、別收去聲御、別收去聲禡也。

分麥、分昔、分錫：別收燭也。

分麥、職、德：別收屋、別收去聲志、別收去聲怪、別收去聲隊、別收去聲代、別收平聲哈、別收沃也。

緝：分合、分葉、分洽也。

分合、盍：分葉、帖、業、分洽、狎、乏也。〔註22〕

江永較之顧炎武在古韻分部上的優點爲：以斂（弇）侈說區分眞元和侵談、尤

〔註22〕〔清〕江永：《古韻標準》（北京：中華書局，1982年），頁13～47。

部獨立、提出異平同入之說及分出入聲八部。不但考古之功多，審音之功亦多，且分出入聲八部實已肇陰陽對轉之端，在離析唐韻上更能「析唐韻求其分」，其分虞韻、先韻爲兩部及分覃談鹽各爲兩部。然而，江永雖然分部上有創舉，但還是有不足之處，如：「支脂之」三部仍未區分、入聲分部仍不妥當、「異平同入」之說只分於「陰陽同入」，如有三韻共一入的情形產生，其說即出現問題，且江永將「藥鐸」混爲一部，故使平入相配混亂。這些也使後學能根據其缺失加以分析，進而得出更完善之理論。〔註23〕

（3）段玉裁：古韻十七部

段玉裁師事戴震，在清代古韻學研究上實屬居功第一。在《說文解字注》後附有《六書音均表》五表，分別爲：〈今韻古分十七部表〉將《廣韻》二百六韻分成十七個上古韻部，列爲一表，即古韻與今韻的對應；〈古十七部諧聲表〉在上古音裡，凡形聲字聲符相同者，必屬同韻部，所謂一聲可諧萬字，萬字而必同部，同聲必同部；〈古十七部合用類分表〉將十七部依「音近」關係分爲六類。（案：音近意爲合韻次數多寡）；〈《詩經》韻分十七部表〉此即《詩經》韻譜，把《詩經》韻腳字系聯起來，分成十七部；〈群經韻分十七部表〉此表可視爲是第四表的補充。然而，將〈今韻古分十七部表〉和〈古十七部合用類分表〉合併而論，即是段玉裁的古韻六類十七部之論。茲將段玉裁古韻分部列【表十三】如下所示：〔註24〕

【表十三】段玉裁古韻六類十七部韻目表

分部類別	平　聲	上　聲	去　聲	入　聲
第一部：之	之咍	止海	志代	職德
第二部：宵	蕭宵肴豪	篠小巧皓	嘯笑效號	
第三部：尤	尤幽	有黝	宥幼	屋沃燭覺
第四部：侯	侯	厚	候	
第五部：魚	魚虞模	語麌姥	御遇暮	藥鐸

〔註23〕 竺家寧：《聲韻學》（臺北：五南圖書出版公司，2008 年），頁 483～485、王力：《清代古音學》（北京：中華書局，1992 年），頁 63。

〔註24〕 〔清〕段玉裁：《說文解字注‧六書音均表》（上海：上海古籍書版社，1981 年），頁 807～809。

第六部：蒸	蒸登	拯等	證嶝	
第七部：侵	侵鹽添	寢琰忝	沁艷㮇	緝葉怗
第八部：談	覃談咸銜嚴凡	感敢豏檻儼范	勘闞陷鑑釅梵	合盍洽狎葉乏
第九部：東	東冬鍾江	董腫講	送宋用絳	
第十部：陽	陽唐	養蕩	漾宕	
第十一部：耕	庚耕清青	梗耿靜迥	映淨勁徑	
第十二部：眞	眞臻先	軫銑	震霰	質櫛屑
第十三部：諄	諄文欣魂痕	準吻隱混很	稕問焮慁恨	
第十四部：元	元寒桓刪山仙	阮旱緩潸產獮	願翰換諫襉線	
第十五部：脂	脂微齊皆灰	旨尾薺駭賄	至未霽祭泰	術物迄月沒
第十六部：支	支佳	紙蟹	寘卦	陌麥昔錫
第十七部：歌	歌戈麻	哿果馬	箇過禡	

　　段玉裁古韻分部的特點有：第一支脂之分部：支部分出「脂」與「之」兩部，雖為創舉，但此部後世學者認為仍未詳細分類，以致於討論甚切。第二眞諄（文）分部：眞部由顧炎武承繼鄭庠眞部，至江永分眞部為元部，再到段玉裁眞諄（文）元分部，成為定論。第三侯部獨立：侯部由顧炎武原附於蕭部，至江永分出尤部並合尤侯幽為一，再到段玉裁從江永尤部分出侯部，成為定論。第四數韻同一入，異平同入平入混觀念，江永亦有此觀念產生，段玉裁更加進一步深論。段玉裁古韻六類十七部，至晚年又有所增補改易，若增加其晚年修正的韻部分類，如：東冬分立、物月分立等，則可增為十九部，又或將入聲十一韻獨立視之，則段玉裁古韻數目可達二十九部之多，略具審音派之貌。〔註25〕

　　（4）孔廣森：古韻陰陽十八部

　　孔廣森古音學著作有《詩聲類》，書名即取詩韻之意，並仿照三國‧魏李登《聲類》而來。其古韻陰陽十八部如下：

原類陽聲第一　　　　　　　歌類陰聲第十

丁類第二（辰通用）　　　　支類第十一（脂通用）

辰類第三　　　　　　　　　脂類第十二

陽類第四　　　　　　　　　魚類第十三

〔註25〕竺家寧：《聲韻學》（臺北：五南圖書出版公司，2008 年），頁 486～492、王力：《清代古音學》（北京：中華書局，1992 年），頁 129。

‧99‧

東類第五　　　　　　　　　侯類第十四

冬類第六（侵蒸通用）　　　幽類第十五（宵之通用）

侵類第七　　　　　　　　　宵類第十六

蒸類第八　　　　　　　　　之類第十七

談類第九　　　　　　　　　合類第十八〔註26〕

孔廣森古韻特點爲：第一東冬分部即冬部獨立。第二合部獨立即將收雙唇塞音韻尾 [-p] 的九韻入聲韻獨立成一部稱之。第三不承認段玉裁眞文分部說：將眞文合併爲眞部，重回江永的古韻說法，但此說並不被認同。第四倡陰陽對轉說：理論啓示得自於師戴震，但名稱確立則始自孔氏。其十八部正好是陰聲九部（案：孔廣森將入聲合部歸入陰聲）、陽聲九部，認爲陰陽兩類之間正好對轉，以入聲爲樞紐。「陰陽對轉」是指陰聲部的字和陽聲部的字通押或諧聲而言，能對轉的兩部應該有個類似的主要元音。〔註27〕其古韻十八部的對轉情形爲：

原類陽聲第一與歌類陰聲第十對轉

丁類第二（辰通用）與支類第十一（脂通用）對轉

辰類第三與脂類第十二對轉

陽類第四與魚類第十三對轉

東類第五與侯類第十四對轉

冬類第六（侵蒸通用）與幽類第十五（宵之通用）對轉

侵類第七與宵類第十六對轉

蒸類第八與之類第十七對轉

談類第九與合類第十八對轉

（5）張敍：古韻十部

張敍著有《詩貫》一書，也兼論古韻。其有言：「古韻甚寬，第翻轉於唇舌齒鼻間，而成宮商角徵羽五音。雖其中字音亦有參差，然其音之元本，自一氣所生，用以歌曲，其收聲必同，故部以五音，而韻自諧，無所謂叶也。……故

〔註26〕〔清〕孔廣森：《詩聲類》（北京：中華書局，1983 年），頁 2。

〔註27〕竺家寧：《聲韻學》（臺北：五南圖書出版公司，2008 年），頁 494～496。

今分部，只以五音爲綱，獨以角音析，而爲三者，以此。」由此段言論可知，張敦的古韻分部是以「宮、商、角、徵、羽」五音爲部次將《廣韻》二百六韻加以分類至所屬的五音部次內，而入聲則分散於平、上、去三聲之中。〔註28〕

（6）莊述祖：古韻十七部

莊述祖著有《古音考》一書，其古韻分部是繼承段玉裁的分類方式而無任何改易。〔註29〕

（7）王念孫：初分古韻爲二十一部，晚年更訂爲二十二部

王念孫受業於戴震，精音韻、文字、訓詁之學。王念孫音韻學理論見於〈與李方伯書〉，載於其子王引之《經義述聞》卷三十一。另有《詩經群經楚辭韻譜》，見於羅振玉所輯之《高郵王氏遺書》中，又有《韻譜》及《合韻譜》，但未刊行，後來渭南嚴式誨刻《音韻學叢書初編》中也收錄了《詩經群經楚辭韻譜》，名之爲《古韻譜》二卷。茲將王念孫古韻分部列【表十四】如下所示：〔註30〕

【表十四】王念孫古韻分部韻目表

東第一	平	上	去	
蒸第二	平	上	去	
侵第三	平	上	去	
談第四	平	上	去	
陽第五	平	上	去	
耕第六	平	上	去	
眞第七	平	上	去	
諄第八	平	上	去	
元第九	平	上	去	
歌第十	平	上	去	
支第十一	平	上	去	入

〔註28〕〔清〕張敦：《詩貫》，收錄於四庫全書存目叢書編纂委員會編：《四庫全書存目叢書·經部78·詩類》（臺南：莊嚴出版社，1997年），頁29～31。

〔註29〕〔清〕莊述祖資料查閱整理自劉錫五：《魏晉以上古音學》（出版地、出版社及年份均不詳），頁26。

〔註30〕〔清〕王念孫：《古韻譜》。參見嚴式海：《音韻學叢書》第41冊（四川：四川人民出版社，1957年），頁1～2。

至第十二			去	入
脂第十三	平	上	去	入
祭第十四			去	入
盍第十五				入
緝第十六				入
之第十七	平	上	去	入
魚第十八	平	上	去	入
侯第十九	平	上	去	入
幽第二十	平	上	去	入
宵第二十一	平	上	去	入

　　王念孫晚年接受孔廣森古韻「東冬」分部說，而多增「冬部」，成爲二十二部。其古韻分部特點有：第一眞至分立即至部獨立論。所謂「至部」，包含了去聲「至霽」兩韻及入聲「質櫛屑點薛」五韻的一部分字。王念孫認爲此些字「皆以去入同用，而不與平上同用，固非脂部之入聲亦非眞部之入聲。」因此該獨立成一部。第二脂祭分立即祭部獨立論。此論和江有誥有言相同。祭部包含去聲「祭泰夬廢」和入聲「月曷末點鎋薛」，在上古韻語中其本身互相押韻，而不與別韻互押，因此獨立爲一部（案：將祭和月部合併爲一）。第三侵緝分立即緝部獨立。第四談盍分立即盍部獨立（案：緝部和盍部獨立，是將收雙唇塞音 [-p] 的入聲字和收雙唇鼻音 [-m] 的陽聲字獨立分離，和江有誥的分類亦是不謀而合）。第五侯部有入聲：段玉裁認爲侯部無入聲，但王念孫從古韻語客觀歸納得出認爲「屋沃燭覺」四韻字，凡從「屋谷木卜族鹿……」等得聲之字，即爲侯部的入聲。第六冬部獨立：晚年又完成一部《合韻譜》，接受孔廣森「東冬分部」理論，至此時王念孫古韻最終定論爲二十二部。第七接受段玉裁「支脂之分部」、「眞諄分部」及「侯部獨立說」（案：王念孫和段玉裁侯部獨立說的差別在於入聲之有無）。第八陰入合併：魚鐸合併、之職合併、侯屋合併、幽藥合併、支錫合併、祭月合併。〔註31〕

　　此外，嘗從王念孫遊之學者宋保和丁履恒，二人古音學皆得王念孫之傳。宋保究心文字聲音訓詁之學，作《諧聲補逸》十四卷。其言古韻分部本於王念

〔註31〕竺家寧：《聲韻學》（臺北：五南圖書出版公司，2008 年），頁 502～503、王力：《清代古音學》（北京：中華書局，1992 年），頁 192～199。

孫早年古韻二十一部分類，可與王念孫古韻學互爲表裏。丁履恒著有《形聲類篇》五卷，其說多採王念孫之理論而成。丁履恒分古韻爲十九部，其古韻十九部是依據鄭庠、顧炎武、江永、段玉裁、孔廣森、張惠言六家之書與王念孫觀點綜合而成。其古韻十九部並統之以十幹爲：甲部上東、甲部下東、乙部上侵、乙部下談、丙部蒸、丁部上陽、丁部下耕、戊部上眞、戊部中文、戊部下元、己部上脂、己部下祭、庚部上支、庚部下歌、辛部之、壬部上幽、壬部下宵、癸部上侯、癸部下魚。〔註32〕

（8）江有誥：初分古韻二十部，後增補爲古韻二十一部

江有誥古音學著作爲《音學十書》，但目前僅刊行七種：《詩經韻讀》、《群經韻讀》、《楚辭韻讀》、《先秦韻讀》、《諧聲表》、《入聲表》及《唐韻四聲正》。

江有誥初分古韻二十部，後來見孔廣森《詩聲類》，對孔氏「東冬分部」甚表贊同，於是加以採納，成爲古韻二十一部（案：王念孫亦接受東冬分部理論）。然而，江有誥將孔廣森之「冬」部更名爲「中」部，所持理由爲：「冬部甚窄，故用中字標目」。此外，江有誥音韻學又得力於「等韻之學」（案：江永亦精通等韻學），不如段玉裁和孔廣森只鑽研考古而不懂審音。段孔二氏之師戴震雖能審音，但其等韻學並不高明，反觀江有誥審音之精還略勝江永，其考古之功又不亞於段孔，故江有誥實爲清代古音學之巨星。〔註33〕

江有誥在《音學十書・古韻凡例》中論及古韻分部之說時認爲，戴氏十六部次第，以歌爲首，談爲終。段氏十七部次第，以之爲首，歌爲終，孔氏十八部次第，以元爲首，緝爲終。以鄙見論之，當以之第一、幽第二、宵第三，蓋之部間通幽，幽部成通宵，而之、宵通者少，是幽者，之宵之分界也。幽又通侯，則侯次四，侯近魚，魚之半入於麻，麻之半通於歌，則當以魚次五，歌次六。歌之半入於支，支之一與脂通，則當以支次七，脂次八。脂與祭合，則祭次九。祭音近元，《說文》諧聲多互借，則元次十。元間與元通，眞者，文之類，則當以文十一，眞十二。眞與耕通，則耕次十三。耕或通陽，則陽次十四。晚周秦漢多東陽互用，則當以東十五。中者，東之類，次十六。中間與蒸侵通，則當以蒸十七，侵十八。蒸通侵而不通談，談通侵而不通蒸，是侵者，蒸、談

〔註32〕陳新雄：《古音學發微》（臺北：文史哲出版社，1983年），頁361～362。

〔註33〕王力：《清代古音學》（北京：中華書局，1992年），頁208。

之分界也。則當以談十九，葉者，談之類，次二十。緝間與之通，終而復始者也，故以緝爲殿焉。如此專以古音聯絡，而不用後人分配入聲爲組合，似更有條理。〔註34〕

由此可知江有誥古韻分部特點有：第一祭部獨立：由戴震最先提出，隨後王念孫、江有誥不約而同提出相同理論，主要是針對段玉裁古韻六類七十部中的第十五部「脂部」作出再詳細的分部理論。第二葉緝獨立：古韻學者常受有中古音影響而將收 [-p] 類入聲與 [-m] 類九韻相配，甚爲不妥。江有誥認爲「平入分配，必以《詩》、《騷》爲據」，考求發現其中無一處是 [-p] 、 [-m] 兩類韻合用，再考求諧聲偏旁亦然，因此將 [-p] 類字獨立成爲「葉和緝」兩部。此外，將收 [-p] 類的入聲韻獨立，戴震、王念孫與江有誥也是不謀而合的。第三侯部有入聲：同孔廣森、王念孫之見，段玉裁晚年也同意此論。第四中部獨立：接受孔廣森「東冬分部」說，並更「冬」爲「中」。第五入聲分配：《入聲表》是江有誥古音學最精采的部分。因其精於字母呼等之等韻學，因此對於陰聲和入聲的對應瞭若指掌（案：即依《說文》諧聲偏旁及《詩經》用韻決定），江永《四聲切韻表》也是入聲和陰聲對應（案：同時也和陽聲對應），但江永《四聲切韻表》在入聲和陰聲的對應上，還有待江有誥來修正其誤。〔註35〕

（9）姚文田：古韻十七部，並分入聲九部

姚文田長於《說文》之學，著有《說文聲系》、《說文校議》、《古音譜》等書，其分古韻爲十七部及入聲九部，並使用諧聲偏旁做爲韻目名稱。分部概況如下：

平上去聲十七部：

一東　二侵　三登　四之　五齊

六支　七眞　八文　九寒　十青

十一麻　十二魚　十三侯　十四幽　十五爻

十六庚　十七炎

〔註34〕〔清〕江有誥：《音學十書》。參見嚴式海：《音韻學叢書》第 43 冊（四川：四川人民出版社，1957 年），頁 5～6。

〔註35〕竺家寧：《聲韻學》（臺北：五南圖書出版公司，2008 年），頁 498～500、王力：《清代古音學》（北京：中華書局，1992 年），頁 208～221。

入聲九部：

　　一職　二月　三易　四　　五昔

　　六屋　七菊　八樂　九合〔註36〕

姚文田古韻分部在韻部數目上與段玉裁相同皆爲十七部，且部居也完全相同，但仔細對照仍有相異之處：第一在聲調方面，姚文田有去聲，段玉裁則是主張上古聲調無去聲；第二關於入聲字歸屬方面，段玉裁認爲是入聲的字，姚文田卻將其歸入去聲韻內；第三孔廣森在入聲韻併合方面，雖然分出合/緝部，但未分出盍部，然而姚文田沿用孔廣森之說，又進一步將緝盍韻併爲一部，又沿用段玉裁「月物不分」之誤做爲理論觀點。〔註37〕

　　（10）嚴可均：古韻十六部

　　嚴可均精通文字音韻之學，著有《說文聲類》、《聲文校議》等書，分古韻爲十六部如下：

　　之類第一（對轉）蒸類第九

　　支類第二（對轉）耕類第十

　　脂類第三（對轉）眞類第十一

　　歌類第四（對轉）元類第十二

　　魚類第五（對轉）陽類第十三

　　侯類第六（對轉）東類第十四

　　幽類第七（對轉）侵類第十五

　　宵類第八（對轉）談類第十六〔註38〕

嚴可均的古韻分部學說特徵是採用孔廣森「陰陽對轉」之說，以爲之蒸對轉、

〔註36〕〔清〕姚文田：《說文聲系》。收錄於清伍崇曜校刊、嚴一萍選輯：《百部叢書集成・粵雅堂叢書》（臺北：藝文印書館，1965 年）。姚文田韻部系統參閱自王力：《清代古音學》（北京：中華書局，1992 年），頁 222。

〔註37〕王力：《清代古音學》（北京：中華書局，1992 年），頁 223。

〔註38〕〔清〕嚴可均：《說文聲類》。參見嚴式海：《音韻學叢書》第 52 冊（四川：四川人民出版社，1957 年），頁 1～2。

支耕對轉、脂眞對轉、歌元對轉、魚陽對轉、侯東對轉、幽侵對轉、宵談對轉。其中的「幽侵對轉」實為「幽東對轉」，由於嚴可均「併冬於侵」，故云「幽侵對轉」；但其所言「宵談對轉」證據不足，無法定論。

今以嚴可均古韻十六部與段玉裁古韻六類十七部相比可知，嚴可均缺少的一個韻部即為段玉裁「眞諄（文）分部」，嚴可均在此部的分類上同於孔廣森是不分為二部；再者，孔廣森古韻十八部，嚴可均則是改孔廣森「冬部獨立」為「冬侵合併」，改孔廣森「合部獨立」為「談合合併」，因此較孔廣森十八部少了二部。由此可知嚴可均古韻分部的優點為：併冬部於侵部，其云「冬即侵也，不應分為兩類」，其缺點則為「祭和至」兩部未獨立分出。〔註39〕

（11）張惠言、張成孫父子：張惠言初分古韻二十部，張成孫增為二十一
　　　　部

張成孫通小學、明算術，著有《諧聲譜》。《諧聲譜》原名《說文諧聲譜》，是其父張惠言所著，分為二十卷，張成孫擴充為五十卷，改稱《諧聲譜》。張氏父子古韻分部如下：

第一部中　第二部僮　第三部薨　第四部林

第五部嚴　第六部筐　第七部縈　第八部蓁

第九部說　第十部干　第十一部葽　第十二部肆

第十三部揖　第十四部支　第十五部皮　第十六部絲

第十七部鳩　第十八部芼　第十九部蔞　第二十部岨〔註40〕

張氏父子的古韻分部名稱是以《詩經》始見入韻字為韻目名。以原初古韻二十部與段玉裁古韻十七部相較之差異點即為分出「冬」、「泰」、「緝」三韻。張惠言云：「金壇段玉裁作《六書音均表》，又於江永十三部分之脂與支為三，諄與眞為二，侯部別出為一，是謂十七部，於是古韻略備矣。莊述祖語言曰：『冬一部也，泰一部也，冬有平去而無上入，泰有去入而無平上，當得十九部。』予以三百篇《繫辭》、《離騷》求之，其說足信。又得無平上之部一（即揖=緝），

〔註39〕王力：《清代古音學》（北京：中華書局，1992年），頁225～227。

〔註40〕〔清〕張成孫：《諧聲譜》。收錄於清阮元注：《皇清經解續編》第10冊（臺北：藝文印書館，出版年份不詳），頁7104～7162。

合之凡二十部焉。」爾後其子張成孫認爲，當採王念孫「至部獨立」說，遂從「菱」部分出「至」部，將古韻從原初二十部增爲二十一部。〔註41〕

（12）朱駿聲：古韻十八部

朱駿聲著有《說文通訓定聲》一書，但他並沒有古音學專著。其《說文通訓定聲》是按照古韻部分卷，分古韻爲十八部，採用《易經》卦名作爲韻部名稱，又分入聲十部，受段玉裁及王念孫影響，雖分入聲十部，但並未將入聲獨立成部視之，而是以「分部」稱之，隸屬於陰聲韻部之下，既表示「分部」有其相對的獨立性，也可表示入聲分部與陰聲及陽聲的關係。茲將朱駿聲古韻分部列【表十五】如下所示：〔註42〕

【表十五】朱駿聲古韻十八部及入聲十部韻目表

朱駿聲韻部名	轉爲《廣韻》韻目	分部解析	入聲十部
豐部第一	東	分部同孚需，轉升臨	
升部第二	蒸	分部同頤，轉臨謙	
臨部第三	侵	分部習，臨轉謙，習轉頤孚	入聲習爲緝
謙部第四	談	分部嗑，嗑轉頤孚	入聲嗑爲盍
頤部第五	之	分部革，轉孚小需豫	入聲革爲職
孚部第六	幽	分部復，轉小需豫	入聲復爲覺
小部第七	宵	分部犖，轉需豫	入聲犖爲藥
需部第八	侯	分部剝，轉豫隨解	入聲剝爲屋
豫部第九	魚	分部澤，轉隨解履	入聲澤爲鐸
隨部第十	歌	分部同豫，轉解履乾	
解部第十一	支	分部益，轉履泰乾	入聲益爲錫
履部第十二	脂	分部日，轉泰乾屯	入聲日爲質
泰部第十三	祭	分部月，轉乾屯	入聲月爲月
乾部第十四	元	分部同泰，轉屯坤壯	
屯部第十五	文	分部同履泰，轉坤鼎壯	
坤部第十六	眞	分部同履，轉鼎壯豐	
鼎部第十七	耕	分部同解，轉壯豐	
壯部第十八	陽	分部同小，轉豐升	

〔註41〕王力：《清代古音學》（北京：中華書局，1992年），頁229。

〔註42〕〔清〕朱駿聲：《說文通訓定聲》（臺北：京華出版社，1970年），頁1。

　　將朱駿聲古韻十八部與段玉裁古韻六類十七部相較，其差異是多了第十三部「泰」部，以《廣韻》部名而言屬「祭」部，即從段玉裁疑問韻部第十五部「脂」部分出，此部畫分當受有王念孫理論影響。觀察朱駿聲韻部說解中的「轉」字，意即「轉韻」，「轉韻」是使用「諧聲偏旁」來決定鄰韻通轉，也決定了韻部次序。表十五中第四欄位即是朱駿聲入聲十部部名，若將入聲十部與平上去聲十八部合併，則朱駿聲古韻則分為二十八部，與審音派初祖戴震古韻九類二十五部相比較，可以發現朱駿聲韻部多分出了「眞文分立」、「侯幽分立」、「屋覺分立」，且其古韻二十八部又近於黃侃早年的古韻二十八部分類，與黃侃晚年三十部分類則少了二類。〔註43〕

　　（13）夏炘：論《詩》古韻二十二部

　　夏炘古音學著作為《詩古韻表二十二部集說》。書名定「集說」，意指集顧炎武、江永、段玉裁、王念孫、江有誥五家之說，而以王念孫及江有誥兩家之說為主要理論重心。由此可知，夏炘的古韻分部當從王江兩家之常，而分為二十二部及入聲十一部。夏炘在《詩古韻表二十二部集說·卷上》說他的古韻二十二部是集昆山顧氏亭林、婺源江氏愼修、金壇段氏茂堂、高郵王氏懷祖、歙江君晉三五先生之說也。自宋鄭庠分《唐韻》為《詩》六部，粗具梗概而已。顧氏博考群編，釐正《唐韻》，譔《音學五書》，遂為言韻者之大宗。嗣後江氏、段氏精益求精，並補顧說之所未備。至王、江兩先生出，集韻學之大成矣。王氏與江君未相見，而持論往往不謀而合，故分部皆二十有一。在前人的分部基礎上，夏炘進一步說：

> 王氏不分東中，未為無見，然細繹經文，終以分之之說為是，而至部之分，則王氏之所獨見，而江君未之能從者也。今王氏已歸道山，而江君與炘風契，爰斟酌兩先生之說，定為二十二部。竊意增之無可復增，減之亦不能復減。凡自別乎五先生之說者，皆異說也。〔註44〕

由此引文可知，夏炘的古韻分部當為總結前人說法而成，而非其自身研究所得。

〔註43〕 王力：《清代古音學》（北京：中華書局，1992 年），頁 231～232。

〔註44〕 〔清〕夏炘：《詩古韻表二十二部集說》，參見於嚴式海：《音韻學叢書》第 51 冊（四川：四川人民出版社，1957 年），頁 1。

（14）龐大坤：古韻十八部

龐大坤在《龐氏音學遺書四種》之〈形聲輯略說〉章，自言其古韻學說源由爲承襲顧炎武、江永、戴震及段玉裁的古韻分部系統，並認爲戴震的古韻分部才是集大成之作。因此，龐大坤自敘其古韻分部基礎如下：

取《說文》九千餘字，從戴氏十六部之說，鱗次最之，而從高郵王氏別出緝盍，爲十八部，準之徐氏所引《唐韻》：

第一部歌戈麻分支佳。

第二部魚虞模分麻，其入聲鐸陌分覺藥昔。

第三部蒸登分耕。

第四部之咍分皆灰尤，其入聲職德分屋麥。

第五部東冬鍾江。

第六部尤侯幽分虞蕭宵肴豪，其入聲藥分屋沃燭覺分錫。

第七部陽唐庚。

第八部蕭宵肴豪，其入聲藥分屋沃覺鐸麥錫。

第九部耕清青分庚。

第十部支佳分齊，其入聲麥錫分昔。

第十一部眞諄臻文殷魂痕先分山刪仙。

第十二部脂微齊皆灰分咍祭，其入聲質術術物迄沒黠屑分薛。

第十三部元寒桓刪山仙分先。

第十四部祭泰夬廢分霽怪，其入聲月曷末轄薛分黠屑。

第十五部侵覃添咸凡分鹽。

第十六部緝合帖洽乏分葉。

第十七部談鹽銜嚴。

第十八部盍葉狎業分帖。〔註45〕

龐氏又將其古韻十八部分別與「宮、商、角、徵、羽、變宮、變徵」七音相配，

〔註45〕　〔清〕龐大坤：《龐氏音學遺書四種》，（常熟龐氏景印版，1953 年），頁 5～6。

先論述古韻十八部與「宮、商、角、徵、羽、變宮、變徵」七音搭配現象：

> 第一部宮也，第二部變宮也，聲相比，故同入也。第三、第五、第
> 七、第九部角也，第四、第六、第八、第十部變徵也，聲相比，故
> 同入也。第十一、第十三部商也，第十二、第十四部徵也，聲相生，
> 故同入也。第十五、第十六、第十七、第十八部羽也。〔註46〕

因此，龐大坤認爲七音之律，宮最長，商角次之，故爲陽；變徵、徵最短，故爲陰，徵又短於變徵，故祭無平上聲。羽又短於徵，故緝盍無平上去聲，即爲侵談之陰聲。變宮又短於羽，故爲宮之陰聲；商徵各兩部同音，皆前弇後侈；角與變徵各四部、同音、蒸耕相爲弇侈，東陽相爲弇侈，之支相爲弇侈，尤蕭相爲弇侈；羽亦四部同音，侵談相爲弇侈，緝盍相爲弇侈。〔註47〕由理論中的「弇侈」說解遂不難發現龐大坤古韻理論受有江永理論影響之跡。

（15）江沅：古韻十七部

江沅著有《說文解字音均表》，附於《皇清經解續編》內。其分古韻爲十七部如下：

> 絲部第一　毛部第二　九部第三　妻部第四　且部第五
> 曾部第六　咸部第七　部第八　中部第九　王部第十
> 熒部第十一　秦部第十二　先部第十三　專部第十四
> 飛部第十五　支部第十六　它部第十七〔註48〕

（16）傅壽彤：古韻十五部

傅壽彤著有《古韻類表》九卷，定五聲、三統、十五部之法，以求合於天地人自然之數。類以統一十有五之部，部以統二百有六之韻，韻以統十千二百七十有四之聲，聲以統九千三百四十有六之字。字使歸聲，聲使歸韻，韻使歸部，部使歸統，統使歸類。何謂五聲？宮、商、角、徵、羽也。何謂三統？天、地、人也。其古韻十五部如下：

〔註46〕〔清〕龐大坤：《龐氏音學遺書四種》，（常熟龐氏景印版，1953 年），頁 6～7。

〔註47〕〔清〕龐大坤：《龐氏音學遺書四種》，（常熟龐氏景印版，1953 年），頁 7。

〔註48〕〔清〕江沅：《說文解字音均表》。收錄於〔清〕阮元注：《皇清經解續編》第 10
　　　　冊（臺北：藝文印書館，出版年份不詳），頁 7423～7431。

東冬鍾江第一，以宮類天統也。

陽唐庚第二，以宮類人統也。

耕清青第三，以宮類地統也；

侵鹽添第三，此第一部之附聲；

覃談咸銜嚴凡第三，此第二部之附聲

眞臻先第四，以商類天統也。

諄文欣魂痕第五，以商類人統也。

元寒桓刪山仙第六，以商類地統也。

脂微齊皆灰第七，以微類天統也。

之咍第八，以微類人統也。

支佳第九，以微類地統也。

蒸登第九，爲第八部之附聲。

歌戈麻第十，以角類天統也。

魚模第十一，以角類人統也。

虞第十二，以角類地統也。

侯類第十三，以羽類天統也。

尤幽第十四，以羽類人統也。

蕭宵肴豪第十五，以羽類地統也。〔註49〕

（17）苗夔：古韻七部

苗夔著有《說文聲訂》二卷和《說文聲讀表》七卷。其訂定古韻爲七部如下：

第一部：東冬鍾江耕清青蒸登也。

第二部：支脂之微齊佳皆灰咍歌戈也。

第三部：魚虞模侯也。

〔註49〕　〔清〕傅壽彤：《古韻類表》，收錄於《續修四庫全書・經部・小學類》（北京：中華書局，1993年），頁1253。傅壽彤韻部整理表參錄於劉錫五：《魏晉以上古音學》（出版地、出版社及年份均不詳），頁41～42。

第四部：眞諄臻文欣元魂痕寒桓刪山先仙也。

第五部：蕭宵肴豪幽也。

第六部：陽唐庚也。

第七部：侵覃談鹽添嚴咸銜凡也。〔註50〕

（18）龍啓瑞：古韻二十部

龍啓瑞著有《古韻通說》二十卷。其古韻二十部如下：

冬部第一　東部第二　支部第三　脂部第四　質部第五

之部第六　歌部第七　眞部第八　諄部第九　元部第十

魚部第十一　侯部第十二　幽部第十三　宵部第十四

陽部第十五　耕部第十六　蒸部第十七　侵部第十八

談部第十九　緝部第二十〔註51〕

（19）張行孚：分古韻八部及入聲三部

張行孚著有《說文發疑》六卷和《說文審音》十六卷。其古韻八部如下：

第一部：東冬鍾江也。

第二部：支脂之微魚虞模齊佳皆灰咍也

第三部：眞諄臻文欣魂痕先耕清青蒸登侵也。

第四部：元寒桓刪山仙覃談鹽添咸銜嚴凡也。

第五部：蕭宵肴豪也。

第六部：歌戈麻也。

第七部：陽庚唐也。

第八部：尤侯幽也。〔註52〕

〔註50〕〔清〕苗夔：《說文聲讀表》。收錄於清王懿榮校刊、嚴一萍選輯：《百部叢書集成‧許學叢書》（臺北：藝文印書館，1967年）。苗夔韻部整理表參錄於劉錫五：《魏晉以上古音學》（出版地、出版社及年份均不詳），頁47～48。

〔註51〕〔清〕龍啓瑞：《古韻通說》，收錄於《續修四庫全書‧經部‧小學類》（北京：中華書局，1993年），頁1256。龍啓瑞韻部整理表參錄於劉錫五：《魏晉以上古音學》（出版地、出版社及年份均不詳），頁49～51。

張行孚後又考入聲當自分三部，不得分隸平上去三聲，此入聲三部如下：

入聲第一部：質術櫛物迄沒黠屑職德緝合盍葉帖洽狎業乏十九韻是
也。

入聲第二部：屋沃燭覺四韻是也。

入聲第三部：月過末薛麥錫藥鐸陌昔十一韻是也。〔註53〕

（20）章炳麟：古韻二十三部

章炳麟古音學的理論，主要見於《文始》及《國故論衡》中，此兩部書皆
收於《章氏叢書》內。章炳麟古韻二十三部是採用王念孫晚年古韻二十二部定
論，再加上依己意所分之「隊」部，成二十三部。其古韻二十三部以〈成均圖〉
列圖如下【圖二】：〔註54〕

【圖二】章炳麟古韻二十三部與〈成均圖〉

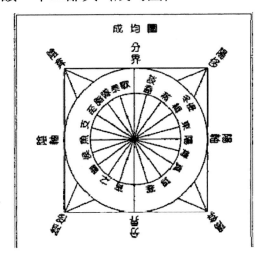

章炳麟的古韻特點是將段玉裁分部疑問較大的第十五部「脂部」，加以區分
出「隊部」，並在晚年認同嚴可均已提出之「冬侵合併」即併冬於侵之論。

〔註52〕　〔清〕張行孚：《說文審音》。收錄於清袁昶輯刊、嚴一萍選輯：《百部叢書集成・
浙西村舍叢刊》（臺北：藝文印書館，1970年）。張行孚韻部整理表參錄於劉錫五：
《魏晉以上古音學》（出版地、出版社及年份均不詳），頁52～53。

〔註53〕　〔清〕張行孚：《說文審音》。收錄於清袁昶輯刊、嚴一萍選輯：《百部叢書集成・
浙西村舍叢刊》（臺北：藝文印書館，1970年）。張行孚韻部整理表參錄於劉錫五：
《魏晉以上古音學》（出版地、出版社及年份均不詳），頁52～53。

〔註54〕　〔清〕章炳麟：《國故論衡》（臺北：廣文書局，1977年），頁6～7。

（二）審音派

（1）戴震：初分古韻七類二十部，後改分古韻爲九類二十五部

戴震古音學著作有《聲韻考》、《聲類表》、《轉語》、〈答段若膺論韻〉等。清代著名音韻學者如段玉裁、孔廣森、王念孫等人皆是戴震學生，但是，戴震的古音學卻受有江永及段玉裁的影響頗多。其初分古韻七類二十部及入聲七部爲：

第一類：眞臻諄般文痕先仙元刪山寒桓與脂微灰齊擡廢皆夬泰（「開」分十六咍來屬），其入聲質術迄物沒屑薛月黠轄曷末是也。

第二類：蒸登與咍尤（「荄」分十四皆，「杯」分十五灰來屬），其入聲職德（「服」分一屋來屬）是也。

第三類：東冬鍾江與幽侯蕭（「禺」分十虞來屬），其入聲屋燭（「篤」分二沃，「角」分四覺，「戚」分二十三錫來屬）是也。

第四類：陽唐庚與宵肴豪，其入聲藥覺沃（「禚」分十九鐸，「翟」分二十陌二十一麥，二十三錫來屬）是也。

第五類：清青庚與支佳（「圭」分十二齊來屬），其入聲昔（改脊）錫麥（改檗）是也。

第六類：歌戈麻（「儀」分五支，「禍」分十三佳來屬）與魚虞模（「家」分九麻來屬），其入聲鐸陌（「若」分十八藥來屬）是也。

第七類：侵覃談鹽添咸銜嚴凡，其入聲緝合盍葉帖洽狎業乏是也。

〔註55〕

又戴震後改古韻七類二十部爲九類二十五部，且入聲九部獨立。其九類二十五部之說如下：

①阿第一、烏第二、堊第三，此三部者皆收喉音。

②膺第四、噫第五、億第六、翁第七、謳第八、屋第九、央第十，天第十一、約第十二、嬰第十三、娃第十四、第十五，此十二部皆收鼻音。

〔註55〕〔清〕戴震：《聲韻考》，參見嚴式海：《音韻學叢書》第 34 冊（四川：四川人民出版社，1957 年），頁 9。

③殷第十六、衣第十七、乙第十八、安第十九、靄第二十，過第二十一，此六部皆收舌齒音。

④音第二十二、邑第二十三、醃第二十四、讘第二十五，此四部皆收唇音。〔註56〕

戴震又對其九類二十五部中的發音方式加以說明，他認爲：

收喉音者，其音引喉；收鼻音者，其音引喉穿鼻；收舌齒音者，其音舒舌而沖齒；收唇音者，其音斂唇。以此爲次，似幾於自然。〔註57〕

然而，其入聲九部分爲：「鐸」、「職德」、「屋沃燭覺」、「藥」、「陌麥昔錫」、「質術櫛物迄沒屑」、「月曷末黠鎋薛」、「緝」、「合盍葉帖洽狎業乏」。

戴震古韻特點爲：第一接受段玉裁「支脂之分部說」，但不接受段氏「眞文分部」及「侯部獨立說」，戴震並將僅有去聲的「祭泰夬廢」四韻獨立成部。第二開審音派分部之先：先以入聲爲樞紐初分古韻七類二十部，後增爲九類二十五部爲定論，並使用零聲母影母字另立部名。第三祭部獨立：戴震獨創之見。段玉裁因爲他的上古聲調理論「古無去聲」之故，所以不立祭部；而戴震因爲唐韻「祭泰夬廢」四韻不承平上，自成系統，進而體悟出祭部獨立之見，但戴震唯一缺點即是將「祭曷分立」且誤認「祭」部爲陰聲，實際而論，祭曷皆屬入聲，差別在於長入及短入之別。第四陰陽入三分、陰陽對轉：江永已有「數韻同一入之異平同入」的觀點，至段玉裁「異平同入平入混」，戴震提出陰陽入三分及陰陽對轉理論，即兩兩相配，以入聲爲相配之樞紐，至孔廣森才將「陰陽入三分、陰陽對轉」理論加以發揚。〔註58〕

（2）劉逢祿：古韻二十六部

劉逢祿古音學著作爲《詩聲衍》，惜未成書，惟《劉禮部集》中載有《詩聲衍序》、《詩聲衍條例》、《四聲通轉略例》、《詩聲衍表》四篇，可以推見劉氏古音學之大概。其自言：「於顧江段孔莊（述祖）張（惠言，成孫）諸家而外，酌

〔註56〕〔清〕戴震：〈答段若膺論韻〉，見於戴震：《戴東原集》（上海：商務印書館縮印經韻樓刊本），頁47。

〔註57〕〔清〕戴震：〈答段若膺論韻〉，見於戴震：《戴東原集》（上海：商務印書館縮印經韻樓刊本），頁47。

〔註58〕竺家寧：《聲韻學》（臺北：五南，1957年），頁9。

古沿今，定爲二十六部，爲長編二十六卷，蓋非特以考存古音，而兼以審辨今音者也。」茲將劉逢祿古韻分部列【表十六】如下所示：〔註59〕

【表十六】劉逢祿古韻二十六部韻目表

韻目	平	上	去	入
冬第一	東冬江		送宋絳	
東第二	東冬江	董腫講	送宋絳	音轉入屋 古不同用
蒸第三	東蒸庚	古無	徑	音轉入職 古不同用
侵第四	東覃侵鹽咸	感寢儉豏	送勘沁艷陷	入在緝 古不同用
鹽第五	覃鹽咸	豏儉感	艷	入在緝 古不同用
陽第六	庚陽	梗養	敬漾	古無
青第七	庚青	梗迥	徑敬	古無
眞第八	先眞	銑軫	震	古無
文第九	元文眞先	銑吻軫	震問願	古無
元第十	寒元刪先	旱阮潸銑	翰願諫霰	古無
支第十一	齊支佳	薺紙蟹	霽寘卦	入在錫 古同用異部
錫第十二				錫：支之入 古同用異部 陌
歌第十三	支歌麻	紙哿	宥箇	無
灰第十四	支灰尤	紙賄蟹有	卦寘宥	入在職古同用
職第十五				職：灰之入 古同用異部 屋、陌
蕭第十六	蕭肴豪尤	巧篠皓	效嘯號	入在屋古同用
屋第十七				屋：蕭覺同入 古同用異部 沃、覺、藥

〔註59〕〔清〕劉逢祿：《詩聲衍》。（湖南：思賢書局刊本，1896 年），頁 23～24。

肴第十八	肴豪蕭	篠巧皓	號效嘯	入在藥 古同用異部
藥第十九				藥：肴之入 古同用異部 沃、覺
魚第二十	虞魚	麌語馬	過御禡	入在陌 古同用異部
陌第二十一				陌：魚之入 古同用異部 藥
愚第二十二	虞尤	麌有	過宥	入與蕭同在屋 古同用異部
微第二十三	齊微佳灰	薺尾紙蟹賄	入聲在未 古同聲異用	入聲在未 古同聲異用
未第二十四			霽未卦泰隊	月物曷
質第二十五				質古獨用 黠屑併
緝第二十六				緝古獨用 合葉洽併

　　劉逢祿的古韻二十六部與戴震古韻定論九類二十五部比較，可知劉逢祿的
古韻分部是併戴震「泰曷」兩部成第二十四「未」部；且戴震韻部合一不分者
如「東多」、「眞諄（文）」、「蕭肴」等部，劉逢祿皆分爲二部。此外，並讚同段
玉裁所提之「異平同入之合韻」理論，認爲「以入聲分配，可假借於他部」。劉
逢祿實屬兼善考古與審音之功。〔註60〕

　　（3）黃侃：早年分古韻爲二十八部，晚年改訂爲三十部，後又增爲三十二
　　　　　部

　　章炳麟弟子，清代古音學殿軍。在古音學方面著有《音略》、《聲韻通例》、
《與友人論小學書》、《集韻聲類表》等書。黃侃古韻分部以章炳麟的二十三部
爲基礎，又受戴震陰陽入三分法的影響，於是分出古韻爲二十八部，其韻部是
從《廣韻》二百六韻中整理出來，時至黃侃晚年又再分出「談韻」和「盍韻」，
成爲古韻三十韻定論。茲將黃侃古韻分部列【表十七】如下所示：〔註61〕

〔註60〕張世祿：《中國古音學》（臺北：先知出版社，1972年），頁128～130。

〔註61〕黃侃：《黃侃論學雜著‧音略》（上海：上海古籍出版社，1980年），頁87～90。

【表十七】黃侃古韻分部表

陰　　　聲	入　　　聲	陽　　　聲
	屑（開合——細）	先（開合——細）
灰（合——洪）	沒（合——洪）	痕 魂
歌 戈　　（開合一洪）	曷 末　　（開合一洪）	寒 桓　　（開合一洪）
齊（開合——洪）	錫（開合——細）	青（開合——洪）
模（合——洪）	鐸（開合——洪）	唐（開合——洪）
侯（開——洪）	屋（合——洪）	東（合洪）
蕭（開——細）		
豪（開——洪）	沃（合——洪）	冬（合——洪）
咍（開——洪）	德（開合——洪）	登（開合——洪）
	合（洪）	覃（細）
	帖（細）	添（細）
	盍（洪）（晚年分）	談（洪）（晚年分）

（四）近現代

近現代學者大致上在清代學者研究基礎上再進一步闡發其不足處。此部分列舉幾家加以說明。

（1）陸志韋：古韻二十二部

陸志韋古音學著作爲《古音說略》，認爲周秦古韻當可分爲二十二部，且《切韻》的陰聲跟入聲-p、-t、-k、陽聲-m、-n、-ŋ 相對待。在中古音他們是開音綴，反觀上古音則大多數可以配入聲，那就應當是-b、-d、-g 了。由此可知，陸志韋同意上古具有輔音韻尾-b、-d、-g。其古韻二十二部及擬音如下：

侵 əm	談 am（ɑm）	
元 an	文 ə̣n	眞 en
東 oŋ	中 ɯg	陽 ɑŋ
耕 ɐŋ	蒸 ə̣ŋ	
葉 ap	緝 əp	
至 ed	祭 Iad	

之 əg　　　　　　　幽 ɯg　　　　　　　宵 ʌŋ

侯 og　　　　　　　魚 ɑg

支 æd　　　　　　　脂 ed　　　　　　　歌 ad〔註62〕

（2）曾運乾：古韻三十攝

　　曾運乾於聲韻之學創獲甚眾，如：〈切韻五聲五十一類考〉、〈喻母古讀考〉等皆著於世，其分古韻為三十部，未見正式發表，公之於世。其古韻三十攝（部）是以黃侃古韻二十八部為基礎，將《廣韻》齊韻一分為二而成。茲將曾運乾古韻三十攝與段玉裁古韻六類十七部相較如下表十八所示：〔註63〕

【表十八】曾運乾、段玉裁古韻分部對照表

段玉裁古韻十七部	曾運乾古音三十攝
第一部	陰聲噫攝第一。入聲噫攝第二
第二部	陰聲夭攝第廿五。入聲夭攝第廿六
第三部	入聲謳攝第二十。陰聲幽攝第二十二。入聲幽攝第廿三。
第四部	陰聲謳攝第十九。
第五部	陰聲烏攝第十六。入聲烏攝第十七。
第六部	陽聲應攝第三。
第七部	入聲音攝第廿七。陽聲音攝第廿八。
第八部	入聲奄攝第廿九。陽聲奄攝第三十。
第九部	陽聲邕攝第廿一。陽聲宮攝第廿四。
第十部	陽聲央攝第十八。
第十一部	陽聲嬰攝第六。
第十二部	入聲衣攝第十四。陽聲因攝第十五。
第十三部	陽聲㬎攝第十二。
第十四部	陽聲安攝第九。
第十五部	入聲阿攝第八。陰聲威攝第十。入聲威攝第十一。陰聲衣攝第十三。

〔註62〕陸志韋：《古音說略》（臺北：學生書局，1979 年），頁 87。

〔註63〕「曾運乾與段玉裁古韻分部對照表」參錄自蔡信發：《說文答問》（臺北：臺灣學生書局有限公司，2006 年），頁 213～214。

第十六部	陰聲益攝第四。入聲益攝第五。
第十七部	陰聲阿攝第七。

（3）羅常培、周祖謨：古韻三十一部

羅常培、周祖謨在其共同著作《漢魏晉南北朝韻部演變研究》一書中，主張分上古韻部爲三十一部。此三十一部是在王念孫晚年的古韻二十二部定論的研究基礎上，把入聲字從「之、幽、宵、侯、魚、支、祭」七部陰聲韻中分出來，獨立爲「職、沃、藥、屋、鐸、錫、月」七部，再採用王力的主張，將「脂部」中分出「微部」，使之與入聲韻「術部」相承。茲將羅常培、周祖謨之古韻分部列【表十九】如下所示：〔註64〕

【表十九】羅常培、周祖謨古韻分部表

陰聲韻	陽聲韻	入聲韻
1. 之	11. 蒸	21. 職
2. 幽	12. 冬	22. 沃
3. 宵		23. 藥
4. 侯	13. 東	24. 屋
5. 魚	14. 陽	25. 鐸
6. 歌		
7. 支	15. 耕	26. 錫
8. 脂	16. 眞	27. 質
9. 微	17. 諄	28. 術
10. 祭	18. 元	29. 月
	19. 談	30. 盍
	20. 侵	31. 緝

（4）魏建功：古韻四十七部

魏建功於 1930 年撰寫〈古陰陽入三聲考〉一文，提出周秦古韻當分爲四十七部如下：

古純韻七部：止、尾、語、歌、有、旨、厚。

〔註64〕羅常培、周祖謨：《漢魏晉南北朝韻部演變研究》第一分冊（北京：科學出版社，1958 年），頁 11～12。

古陰聲韻八部：灰、脂、之、支、魚、宵、幽、侯。

古陽聲韻十五部：眞、寒、諄、添、侵、咸、鹽、覃、談、蒸、青、陽、江、冬、東。

古入聲韻十七部：至、祭、月、壹、勿、帖、緝、硤、葉、合、盍、弋、益、亦、龠、昱、玉。〔註65〕

魏建功的觀點是古陰陽入三聲都是附聲隨韻，它們都是由古純韻加附聲隨而成的，如加鼻聲聲隨的就是古陽聲，加通擦聲聲隨的就是古陰聲，加塞音或通聲聲隨的就是古入聲。因此，魏建功的古韻分部有四十七部之多，或許是歷來古韻分部韻數最多的一家學說。

（5）嚴學宭：古韻三十一部

嚴學宭在〈周秦古音結構體系〉一文中，將古韻分作七系、十一類、三十一韻部，並對古韻三十一部作了相關構擬，其內容如下：

第一部：ə系

①之職蒸類　1. 之部 əg　　2. 職部 ək　　3. 蒸部 əŋ

②侵緝類　　　　　　　　4. 緝部 əp　　5. 侵部 əm

③微諄術類　6. 微部 əd　7. 術部 ət　　8. 諄部 ən

第二部 i 系

④脂質眞類　9. 脂部 ĭd　10. 質部 ĭt　11. 眞部 ĭn

第三部：e 系

⑤支錫耕類　12. 支部 ěd　13. 錫部 ěk　14. 耕部 ěŋ

第四部：a 系

⑥歌月祭元類15. 歌部 a　16. 月部 at　17. 祭部 ad

　　　　　　18. 元部 ăn

⑦盍談類　　19. 盍部 ap　20. 談部 am

⑧魚鐸陽類　21. 魚部 ag　22. 鐸部 ak　23. 陽部 an

〔註65〕魏建功：〈古陰陽入三聲考〉。收錄於魏建功：《魏建功文集》第 3 冊（南京：江蘇教育出版社，2001 年），頁 176～274。

第五部：o 系

⑨幽沃冬類　　24. 幽部 og　　25. 沃部 ok　　26. 冬部 oŋ

第六部：ɔ 系

⑩宵藥類　　27. 宵部 ɔg　　28. 藥部 ɔk

第七部：u 系

⑪侯屋東類　　29. 侯部 ug　　30. 屋部 uk　　31. 東部 uŋ〔註66〕

嚴學窘的古韻分類是採用周祖謨的意見，在構擬音值時，嚴學窘同意陰聲韻韻尾具有輔音-b、-d、-g 的存在，以與入聲韻韻尾的-p、-t、-k 相配。換言之，嚴學窘認爲周秦古音音節結構是屬於：輔音+元音+輔音，即 c+v+c 的類型。

（6）董同龢、龍宇純：古韻二十二部

董同龢在《漢語音韻學》一書中分周秦古韻二十二部並擬定其音值如下：

之部與蒸部：有 ə 類主要元音，陰聲字有韻尾-g，入聲字有韻尾-k，陽聲字有韻尾-ŋ。

幽部與中部：有 o 類主要元音，韻尾有-g、-k、-ŋ。

宵部：主要元音是 ŋ 類，韻尾有-g、-k。

侯部與東部：主要元音是 u 類，韻尾有-g、-k、-ŋ。

魚部與陽部：主要元音是 a 類，韻尾有-g、-k、-ŋ。

佳韻與耕部：主要元音是 e 類，韻尾有-g、-k、-ŋ。

歌部：主要元音是 a 類，無韻尾。

脂部與眞部：主要元音是 e 類，韻尾有-d、-r、-t、-n。

微韻與文部：主要元音是 ə 類，韻尾有-d、-r、-t、-n。

祭部與元部：主要元音是 a 類，韻尾有-d、-t、-n。

葉部與談部：主要元音是 a 類，韻尾有-p、-m。

緝部與侵部：主要元音是 ə 類，韻尾有-p、-m。〔註67〕

〔註66〕嚴學窘：〈周秦古音結構體系〉，收錄於《音韻學研究》第 1 輯（北京：中華書局，1984 年），頁 92～93。

〔註67〕董同龢：《漢語音韻學》（臺北：文史哲出版社，2007 年），頁 272～286。

董同龢認為，上古陰聲字除了具有輔音韻尾-b、-d、-g 外，古韻語裡邊還有一個舌尖韻尾的痕跡，並將此訂作-r。龍宇純承襲董同龢古韻二十二部之分類，但其主張的分部準則不同於董同龢所論。

（7）周法高：古韻三十一部

周法高在〈論上古音〉一文中明白指出其古韻分部數為三十一部。他說：

> 羅師的三十一部，比王力多了冬部，又因為不主張去聲歸入聲的説法，比王力多了祭部，這樣就得到三十一部。我在本文中，也是主張三十一部的。〔註68〕

由此可知，周法高的古韻分部系統亦是採用羅常培古韻三十一部之說並加以增修而成。例如周法高的古韻安排方式以陰聲韻、入聲韻、陽聲韻相配成組，每組之間依韻尾相同者排列，其中僅有陰聲韻「歌部」沒有與之相承的入聲韻和陽聲韻、「宵部」和「藥部」則沒有與之相承的陽聲韻、「緝部」和「侵部」沒有與之相承的陰聲韻、「葉部」和「談部」沒有與之相承的陰聲韻。此外，在韻部使用的名稱方面，周法高所使用的韻部名稱「中、物、痕（文）、覺、葉」等五部則相當於羅常培所使用的「冬、術、諄、沃、盍」等五部名稱。〔註69〕

（8）陳新雄：古韻三十二部

陳新雄在《古音學發微》一書中分古韻為三十二部，成為上古韻部分類之最後定論。陳新雄古韻三十二部是採用黃侃晚年的古韻三十部定論，加上黃永鎮的「肅部」，後改稱覺部，再加上王力的「脂微分部」說而成。茲將陳新雄古韻分部列表二十如下所示：

【表二十】陳新雄古韻分部表〔註70〕

陰	歌	脂	微	支	魚	侯	幽	之	○	○	○
入	月-t	質-t	沒-t	錫-k	鐸-k	屋-k	藥-k	職-k	緝-p	怗-p	盍-p
陽	元-n	眞-n	諄-n	耕-ŋ	陽-ŋ	東-ŋ	○	蒸-ŋ	侵-m	添-m	談-m

〔註68〕周法高：〈論上古音〉收錄於周法高：《中國音韻學論文集》（香港：中文大學出版社，1984 年），頁 35。

〔註69〕周法高：〈論上古音〉收錄於周法高：《中國音韻學論文集》（香港：中文大學出版社，1984 年），頁 26、35。

〔註70〕陳新雄：《古韻研究》（臺北：五南圖書出版有限公司，1999 年），頁 305～306。

此外，還有高本漢分古韻爲三十五部、王力分古韻爲二十九部等，因近現代學者論述古韻分部所著重焦點多在於音值擬測部分，故不多加敘述。以上即是歷來各朝代各家學者針對上古韻部分類研究概況。

二、析論龍宇純古韻分部之法

龍宇純特別以專文論述古韻分部的方法，認爲古韻分部從明末顧炎武開始發展至今，雖然在分部數目多寡上還是頗有爭議，但實際上只是陰聲部的入聲字是否獨立的差別，這也是從清代研究古韻分部以來，所謂考古派與審音派的區別。然而，考古派與審音派的劃分已不是目前古韻研究的主要焦點，目前古韻研究主要在音值擬測方面，除了董同龢對高本漢擬音的修正，李方桂再對高本漢及董同龢的擬測進行去蕪存菁的檢討，甚至於王力的擬測，龍宇純認爲這些學者的音值擬測或同或異，皆是各家研究的成果，無法對此認定孰是孰非。

因此，龍宇純認爲對於漢語上古音的研究，除了依據《詩經》內部有限的韻語來歸納韻部外，東漢時代文字學家許慎《說文解字》書中所收錄之諧聲字資料，不失爲《詩經》以降可用來勾勒古音脈絡的瑰寶。善用《詩經》韻語及《說文解字》內的諧聲字，可使非韻語之先秦文字亦得系統地收入古韻各部，爲漢語上古音研究再創高闊視野，立下鮮明里程碑，並爲後世學者奠下基礎。然而，各家研究結果及實際內容往往無法相合，其關鍵就在於研究者彼此間對個別字形之解構存有主觀認知差異，如此便會產生同字卻歸入不同部的困境。究此，龍宇純在〈有關古韻分部內容的兩點意見〉一文中，針對古韻分部問題提出兩點開創性的見解：（1）從文字學中的古文字角度檢討古韻分部。認爲凡與《說文》諧聲與古韻分部不合者，宜從文字學觀點，利用古文字資料糾正許慎誤說；（2）論一字可以隸屬一個以上的韻部。認爲周代亦必有其時之古今音變及方言音異，同一字不必僅見一個韻部，如有確証，即可兩部兼收，以減少通韻、合韻、借韻之說。本節將就這兩點意見進行說明。

（一）從文字學中的古文字角度檢討古韻分部

龍宇純認爲古韻分部最先是依據古代的韻語以離合《廣韻》，古代的韻語則以《詩經》一書爲其重心所在。但是，《詩經》內部出現於韻語的字畢竟有限，

若以《詩經》來離合《廣韻》並就此來察得正確的古音韻部，實屬困難。清儒段玉裁由《說文》諧聲字體悟出「視其偏旁以何字爲聲，而知其音在某部」之理，才將使用韻字有限的《詩經》來探求古韻部的缺失加以彌補。由此，《說文》九千三百五十三字都在有憑有據的情況下，找到了屬於自己在古韻部中的正確地位，也因爲段玉裁「視其偏旁以何字爲聲，而知其音在某部」理論的啓發，始得後起學者如江有誥的古韻二十一分部，董同龢的古韻二十二分部，都藉此產生了諧聲表，朱駿聲著《說文通訓定聲》，所賴以貫串《說文》九千三百五十三字成古韻十八分部，也是依據諧聲字的聲符來進行歸納研究，甚至用諧聲字來研究上古聲類，諧聲字能夠被研究古音學者所看重，段玉裁「視其偏旁以何字爲聲，而知其音在某部」理論可謂居功厥偉。〔註71〕

　　龍宇純是繼董同龢及周法高之外，另一位能夠同時兼擅漢語音韻學及精通文字學之學者，他強力主張研究漢語上古音應以古文字檢討上古音分部內容，且認爲唯有深入從古文字學的角度來研究上古音韻學，便能取得可資學界借鑑的成果。然而，龍宇純認爲，從古文字學的觀點切入上古音韻學的研究，可以輔證《說文》古韻研究的可靠性，並指出段玉裁「視其偏旁以何字爲聲，而知其音在某部」理論，雖然開闢使用諧聲字研究之路，解決了從前只使用《詩經》有限韻字研究古韻分部的缺失，但是，卻也造成了另一項問題。即是所謂「諧聲字」的資料來源，主要是根據《說文》內部所收錄的文字資料，假使《說文》對諧聲字的解說萬無一失，那麼有些諧聲字會產生不同韻部的例外諧聲之情形就不會發生，事實顯示卻非如此。在許慎對形聲字不甚明瞭的前題下，可能造成他將許多非諧聲字認定爲諧聲字，而又剛好牽涉到韻部的不同，則根據《說文》，韻部雖然得到了歸屬，但根本的問題非但沒有解決，反而形成新的疑慮，又或因其錯誤認定，而將本有韻語可證的字誤歸爲錯誤韻部。〔註72〕

　　針對此問題，龍宇純文中特別綜合文獻材料，舉出三組六字爲例：（1）朝

〔註71〕龍宇純：〈有關古韻分部內容的兩點意見〉，收錄於龍宇純：《中上古漢語音韻論文集》（臺北：五四書店，2002 年），頁 305～306。

〔註72〕謝美齡：〈六書明而音韻明──以古文字資料輔證上古音研究例示〉，本文收錄於 2009 年 5 月 23、24 日二天中國聲韻學會假私立輔仁大學中國文學系所舉辦之第 11 屆國際暨第 27 屆全國聲韻學學術研討會所印行之會議論文集，頁 239～255。

與舟、（2）帥與𠂤、（3）裘與求，一一援引小篆前之古文字，論證許慎受限材料不足所導致之錯誤說解，以便合理地解釋《詩》韻和諧聲之間的矛盾，足見其治學方法與嚴謹之處。例如龍宇純以「裘和求」爲例說明其看法：「《說文》：『裘，皮衣也。从衣，象形。求，古文裘。』這是說裘和求同字，求是皮裘的象形，裘則於象形之外，又加衣字爲表意的符號。這麼說來，裘並不是諧聲字，但是裘求二字音的關係，卻比諧聲字之與聲符更加密切。然而《詩》韻表示，裘字專和之部字押韻，求字則專和幽部字押韻。裘字和之部字押韻的韻例是：《詩經·終南》的『梅、裘、哉』，〈七月〉的『貍、裘』，〈大東〉的『來、服、裘、試』；求字和幽部字押韻的韻例是：《詩經·關雎》的『流、求』，〈漢廣〉的『休、求』，〈谷風〉的『舟、游、求、救』，〈黍離〉的『憂、求』，〈常棣〉的『裒、求』，〈桑扈〉的『觩、柔、求』，〈下武〉的『求、孚』，〈江漢〉的『浮、遊、求』，無一例外。」〔註73〕

　　經由其對「裘和求」的說解可以得知，從《詩》韻來看，與「裘」字押韻的無一不是之部字，而「求」字則專門只和幽部字押韻，面臨這樣的矛盾，古韻學者各有不同的處置方式。以段玉裁、朱駿聲和江有誥三人的古韻分部觀察「裘與求」字的韻部分部現象，依江有誥的韻部分類來看，江氏將「裘與求」二字歸屬於之幽二部其韻部分類與《詩》韻相合；段玉裁〈諧聲表〉中「求」字見於其六類十七部中的第三部幽部，〈諧聲表〉第一部之部雖無「裘」字，但〈詩經韻表〉第一部收「裘」字而以爲「古本音」；朱駿聲則分別收「裘與求」二字於頤、孚二部，而根本不從《說文》同字之說，以爲「求」別爲「求索」字，从又从尾省會意，則又側重於文字，與江有誥純任《詩》韻立說適得其反。龍宇純援引古文字資料，證據確鑿疏通許慎說解，指出《說文》以求象皮裘之形，裘字則於象形的本體之外，加上了表意的衣字，但求裘二字韻不同部。朱駿聲以裘中的「求」字爲皮裘之形，而獨體的求字則是「从又，尾省」，本義爲求索。朱駿聲的著眼點未必是爲了解決《詩》韻和諧聲的矛盾，但《詩》韻和諧聲的矛盾卻因此而得以消解。只是小篆裘中的「求」，與獨體的求字同形，何以知其一爲裘的象形，一从又尾，顯然意涉主觀。然而，「又」字古韻屬之部，

〔註73〕龍宇純：〈有關古韻分部內容的兩點意見〉，收錄於龍宇純：《中上古漢語音韻論文集》（臺北：五四書店，2002 年），頁 307。

與裘字屬之部相同；聲母古屬匣母，與裘字屬群母屬於一個可以諧聲的大類。
從金文觀之，金文裘字本是「从衣，又聲」，蓋所从之「衣」或加毛以爲象形，
誤書其衣字兩側之毛形於聲符的又字之上，此即《說文》裘字的由來。至於「求」
字，疑本是蛷的象形初文，《釋文》云：「求，本或作蛷，音求」。此當是鄭玄本
作求，後人以蛷字易之，則是漢時尚用求爲蛷之證。〔註74〕再如「朝與舟」、「帥
與　　」這二組四字之例，龍宇純皆從精闢古文字資料輔證上古音歸部立論理據
及實例。

　　龍宇純援引古文字資料論證上古音研究的三組六字之例，如其訂正「朝」
字原不從「舟」得聲、釐清「帥」字本非形聲字及還原「裘」和「求」各字，
此皆符合龍宇純主張以文字學角度對古韻分部內容作徹底檢視之用意。他特別
強調的原則是：以古代韻語爲主，取用《說文》諧聲必須是不背乎古韻語；若
遇到諧聲與韻語衝突時，則試圖從古文字學的觀點，求證於古文字以排除諧聲
所造成的障礙，如此研究者們爲古韻分部所著的諧聲表，才能不被《說文》所
侷限，也才能發揮其效用。

（二）論一字可以隸屬一個以上的韻部

　　龍宇純認爲，從前代古韻學者的韻部分部內容觀察可知，他們都有一相
同的觀念，即是持論一個字只能承認它在一個韻部中的當然地位，外乎此者，
則爲詩文作者的勉強通用。籠統而論，此現象或可稱之爲合韻、或稱之爲轉
音；有些甚至按照自己所了解的韻部間關係的疏密，由近而遠的區分爲通韻、
合韻和借韻幾種不同狀況。實際上，這些現象都只是委屈古人語音，是古韻
學家揚棄已久的唐宋叶韻說的復活，對古韻分部毫無助益。且以後世韻書而
論，一個字可以同時屬於幾個元音不同的韻中，形成此種現象的原因有二：
一是古今音變，二是方言音異，經過長時期的積累統合，於是一字多音，甚
爲普遍。然而，《詩經》的時代當然較隋唐爲古，但亦只是較古而已，西周以

〔註74〕龍宇純：〈有關古韻分部內容的兩點意見〉，收錄於龍宇純：《中上古漢語音韻論文
　　　集》（臺北：五四書店，2002 年），頁 310～311、謝美齡：〈六書明而音韻明——以
　　　古文字資料輔證上古音研究例示〉，本文收錄於 2009 年 5 月 23、24 日二天中國聲
　　　韻學會假私立輔仁大學中國文學系所舉辦之第 11 屆國際暨第 27 屆全國聲韻學學術
　　　研討會所印行之會議論文集，頁 239～255。

前漢語的歷史應遠比周至隋唐爲悠久，豈得獨無其時的「古今音變」？又漢語通行的地域幅員遼闊，又豈得獨無古代的「方言音異」？則當《詩經》時代，必然已有一字異音的現象，只是不如隋唐時代及其後爲普遍而已。此外，古韻學家視一切《詩經》中不合自己韻部的叶韻現象皆屬勉強通用，更是一個無法說得通的看法。〔註75〕究此，龍宇純特別觀察上古材料，因而查證上述說法之不可行，並舉：（1）帥；（2）陶、翿、滔、偹；（3）釁，三組字例加以論證，茲以「帥」字說明如下：

> 「帥」字。此字的本音，應根據其或體帨字及兌聲字出現於《詩經》韻腳的現象歸之於祭部。但帥字除其本音讀舒芮切和此芮切外，相傳還有所類、所律兩音，音義並與率字相同。率字《詩·采芑》與位聲之泣叶，古韻在微部，又《說文》膟字或體作𦘕，可見帥字確有一讀與率字同部。〔註76〕

龍宇純認爲，也許有人對於這種現象會考慮從時代先後予以劃分開來，須知現時所指稱的古韻，時代本是相當籠統的。然而，過去的古韻學家只承認一個字在一個韻部的當然地位，顯然是有悖於實情，若說古詩中絕對沒有任何「通用」的現象，恐怕也不切實際。因此，要決定何爲本音或何爲通用，可採用：凡《詩經》押韻而《廣韻》並不同韻者，如一屬脂、一屬微，或一屬之、一屬咍，則假定其爲通用；若其《詩經》押韻而《廣韻》完全同韻或有同韻者，《廣韻》完全同韻者，如：陶、翿、敖；《廣韻》有同韻者，如：滔、儦、敖，此現象即定其爲本音爲原則，一個字可以隸屬一個以上的韻部，而非僅限於單一韻部，這才能清楚呈現上古語音的現象。

綜合上述所言，龍宇純認爲，漢語上古音的研究除了從語音方面著手外，也應當兼從古文字學的角度爲發現問題及研判韻部的依據。因爲漢字之造並非一時一地一人所完成，由周至漢已經數百年之久，《說文》所收之字必具時、地演變的複雜性，而《說文》所在的東漢時代，其通行的文字爲隸書而非小

〔註75〕龍宇純：〈有關古韻分部內容的兩點意見〉，收錄於龍宇純：《中上古漢語音韻論文集》（臺北：五四書店，2002 年），頁 311～312。

〔註76〕龍宇純：〈有關古韻分部內容的兩點意見〉，收錄於龍宇純：《中上古漢語音韻論文集》（臺北：五四書店，2002 年），頁 312。

篆，且文字的演變更會因人爲的傳鈔刊刻而造成譌誤，不僅如此，語言也具有隨時間、地域的不同而產生差異和音變的特質，與語言具有一定依存關係的文字或多或少皆會相應配合變化，故《詩》韻與《說文》諧聲古韻異部之現象即由文字因應時、地之變化而有轉移的情形，如此一來，段玉裁「視其偏旁以何字爲聲，而知其音在某部」理論便無法客觀而全面地統整《說文》諧聲體系，先賢所論著的「諧聲表」實無法徹底代表複雜的上古韻部全貌。因此，龍宇純提出爲明確古韻分部內容，必須根據可靠的《詩》韻，下參《廣韻》，切實地將各字應有的各韻部讀音一一列舉出來，變古韻諧聲表爲「上古韻書」，如此才能確實完整呈現古韻分部的內容。〔註77〕

三、龍宇純之古韻分部

經由上述針對歷來學者對古韻分部的探討可知，古韻分部的成果可區分爲二大派別：考古派及審音派。清代學者對上古韻部分合多採用「《詩經》押韻」與「《說文》諧聲系統，即形聲字諧聲偏旁」兩種作爲研究分部的材料。根據《詩經》押韻情況，串聯歸納韻部的方式，清人稱之爲「絲聯繩引法」。例如：《詩經·召南·采蘩》「于以采蘩？于澗之中。于以用之？公侯之宮。」〔註78〕韻腳爲「中、宮」；又如《詩經·大雅·旱麓》「瑟彼五瓚，黃流在中。豈弟君子，福祿攸降。」〔註79〕韻腳爲「中、降」。這些韻腳都可以被系聯劃歸在同一韻部裡。此外，《說文》諧聲系統則是另一個便利的方式，如：「儀」屬歌部，凡從「我」得聲者，如「俄、娥、餓、蛾、義、議……」等字，在上古音時代應該都屬「歌部」，又如「皮」屬歌部，凡從「皮」得聲者，如「頗、被、破、波、披……」等字，都屬歌部。段玉裁《六書音均表》把所有的諧

〔註77〕龍宇純：〈有關古韻分部內容的兩點意見〉，收錄於龍宇純：《中上古漢語音韻論文集》（臺北：五四書店，2002 年），頁 310～311、謝美齡：〈六書明而音韻明——以古文字資料輔證上古音研究例示〉，本文收錄於 2009 年 5 月 23、24 日二天中國聲韻學會假私立輔仁大學中國文學系所舉辦之第 11 屆國際暨第 27 屆全國聲韻學學術研討會所印行之會議論文集，頁 239～255。。

〔註78〕十三經注疏小組編、國立編譯館主編、周何分段標點：《十三經注疏分段標注·毛詩正義》（臺北：新文豐出版公司，2001 年），頁 126～127。

〔註79〕十三經注疏小組編、國立編譯館主編、周何分段標點：《十三經注疏分段標注·毛詩正義》（臺北：新文豐出版公司，2001 年），頁 1536。

聲偏旁列成表格，並據以標明各別所屬的上古韻部，是現今許多古音學家所認同的做法。綜合上述所論，考古派學者即是根據先秦韻文中陰入通押、或歸納形聲偏旁之諧聲字的現象來整理考訂上古韻部，入聲韻部雖有列出，但多半沒有獨立視之。因此，考古派學者的韻部數目較少，又可稱之爲陰陽二分法。

江永開始注意到入聲韻部的問題，屬審音派之先導，後經由戴震、江有誥、王念孫等人的研究，皆認爲「入聲」有其獨立成韻的必要性，遂逐漸從陰陽二分的考古派轉向陰陽入三分之審音派邁進。審音派改良考古派僅著重語史資料韻腳歸納的缺點，進一步從韻母型態探究，將元音收尾的陰聲韻、鼻音收尾的陽聲韻及清塞音收尾的入聲分成三類，並將入聲韻部獨立視之，不僅使古韻分部數目增加，也改進了考古派的凝足之處。

近世學者在古韻分部上亦沿用考古派及審音派兩種傳統分類法，如董同龢、李方桂等人即採用陰陽考古二分法將古韻訂爲二十二部；黃侃、王力、羅常培、周祖謨、周法高等人則採用陰陽入審音三分法來歸納上古韻部，特別是王力，使用陰陽入審音三分法得出先秦時代分古韻爲廿九部，戰國時代爲三十部，也有學者持論上古韻部當分爲三十一部等韻數。〔註80〕

龍宇純探討上古韻部的韻部分類時，是同於董同龢及李方桂等人，採用陰陽考古二分法來歸納，不僅如此，他也主張上古韻部應當分爲二十二部爲適宜（案：龍宇純上古韻二十二部中，亦有區分入聲韻部，僅葉和緝二部，並不如審音派者，獨立分出入聲韻）。龍宇純在〈上古音芻議〉一文中有言：

> 究竟古韻應該分幾部，從以《詩經》韻爲主的周代古音而言，我以
> 爲二十二部的劃分最爲適當。〔註81〕

龍宇純認爲，古韻分部從明末清初學者顧炎武開端研究以來，其整體結構除去宵部無陽聲，侵部、談部無陰聲，以及歌祭兩部同配一個元部，還留下可以探索的空間外，其餘整齊嚴密，都已無懈可擊。而宵部陰聲原與談部互爲

〔註80〕上述說法整理自「第三章　第一節　歷來學者之古韻分部概說」內的資料總結。

〔註81〕龍宇純：〈上古音芻議〉，收錄於龍宇純：《中上古漢語音韻論文集》（臺北：五四書店，2002年），頁410。

陰陽，到周代因為音變而脫離了對當關係，其入聲亦葉部所分化，侵部陰聲則至周代已轉入幽部，上述情形雖然都無法復原為最初押韻原狀，但在歷來文獻資料中都可發現其演變遺跡，此外，歌部和祭部本為一部更是無庸置疑。

　　龍宇純並反對歷來學者研究古韻分部，有主張併「中」於「侵」，或倡「中」為「蒸合」合，而省略「幽韻」和「之韻」間的關係不論，則形成陰聲韻多、陽聲韻少的現象。雖然陰陽入審音三分法已廣為學界所接受認同，但龍宇純認為陰陽入審音三分法，容易使用產生等邊三角形的分韻錯覺。龍宇純認為，依據實際的古韻分部現象而論，陰聲韻的去聲和入聲是密不可分，故有僅具去入兩聲的祭部，而陽聲與陰聲或陽聲與入聲之間則交通極少，兩者相去甚遠。況且，陰、陽、入三聲既各自有其韻尾（案：陰聲韻尾有 [-ɸ]、[-i]、[-u]，陽聲韻尾有 [-m]、[-n]、[-ŋ]，入聲韻尾有 [-p]、[-t]、[-k]，另有學者持論入聲韻尾有 [-b]、[-d]、[-g]，但此說頗有爭議），以入聲韻合於陰聲韻，入聲韻與陰聲韻的音值不同，與入聲陰聲分立為部略無異致；而入聲韻與陰聲韻合，以別於陽聲韻，適可以表示陰、陽、入三聲之間的關係疏密有別，是其分不若其合。

　　綜合上述論點可知，龍宇純是主張上古韻部當分為二十二部，雖同於董同龢的分類，但龍宇純是有其自我分類的想法，而非一昧因襲董同龢意見，此外，反對陰陽入審音三分法，認為陰聲韻與入聲韻之分不若其合，陰、陽、入三聲之間的關係當疏密有別，分勝於合。然而，此說僅限於針對韻部分類而言，龍宇純就上古韻部之其他問題討論亦有採用陰陽入三分法之理論，在研讀時不可不察。

　　本文茲將龍宇純古韻二十二部分部整理列表如下所示（見【表二十一】），並將龍宇純古韻部名與段玉裁、江有誥、王念孫韻部名相對照（見【表二十二】），再統合歷來主要的各家學者所論古韻分類說法，列為「諸家古韻部居次第標目對照表」以便對照（見【表二十三】）。

【表二十一】龍宇純之古韻分部表

陰聲韻	入聲韻	陽聲韻
（1）之		（2）蒸
（3）幽		（4）中
（5）宵		
（6）侯		（7）東
（8）魚		（9）陽
（10）佳		（11）耕
（12）歌		
（13）脂		（14）眞
（15）微		（16）文
（17）祭		（18）元
	（19）葉	（20）談
	（21）緝	（22）侵

【表二十二】龍宇純、段玉裁、江有誥、王念孫之古韻對照表〔註82〕

龍宇純／董同龢	江有誥	王念孫	段玉裁
之	之	之	第一部
蒸	蒸	蒸	第六部
幽	幽	幽	第三部 （「去入聲」一部分外）
中	中	東（一部分）	第九部（一部分）
宵	宵	宵	第二部
侯	侯	侯	第四部 （又第三部「去入聲」的一部分）
東	東	東（一部分）	第九部（一部分）
魚	魚	魚	第五部
陽	陽	陽	第十部

〔註82〕參閱自董同龢：《上古音韻表稿》（臺北：中央研究院歷史語言研究所，1967年），頁8～9。

佳	支	支	第十六部
耕	耕	耕	第十一部
歌	歌	歌	第十七部
祭	祭	祭	第十五部（一部分）
元	元	元	第十四部
微	脂（一部分）	脂（一部分）	第十五部（一部分）
文	文	諄	第十三部
脂	脂（一部分）	質，脂 （一部分）	第十二部（入聲） 第十五部（一部分）
眞	眞	眞	第十二部（除「入聲」）
葉	葉	盍	第八部（入聲）
談	談	談	第八部（陽聲）
緝	緝	緝	第七部（入聲）
侵	侵	侵	第七部（陽聲）

【表二十三】歷來重要學者之古韻分部表

第二節 韻母系統的擬測

漢語音韻音系研究趨於單一的同時，漢語音節的研究也日趨深入。漢語音節的切分從二分法，到三分法，到四分法，直到最完善的徹底的音素分析的五分法。漢語音節結構可使用公式表式如下所示：

$$S = \frac{T}{(I)\,(M)\,V\,(E)}$$

其中的 S 整體音節結構，T 聲調，I 聲母，M 介音或稱之為韻頭，V 要元音或稱之為韻腹，E 韻尾。〔註83〕由此可知，漢語韻母主要的音節結構可區分為三個部分：介音、主要元音及韻尾。若將此三個部分以人體比擬之，此三部即屬於人體最主要的活動生命體，劉復將此三個部分以擬人化語詞稱之，即：介音為頸、主要元音為腹、韻尾為尾。下文茲以此三個部分來介紹龍宇純上古韻母音值擬測。

一、介 音

介音名稱的來源，即是其在音節結構內是位處於聲母與韻母（案：韻母當指主要元音）之間，是從聲母過渡到韻母的音韻成分。龍宇純認為，從諧聲字觀察介音可知，古人心目中開合的層次在洪細之上。同從一聲之字，洪細音之間往往一無區分，開與合的不同，幾乎是壁壘分明，顯示在表音的層面即對叶韻的層面而言，開合不同，無異於韻母的差異。因此，討論上古介音，必須先從開合的問題論說。

龍宇純針對上古介音提出的相關看法，是以李方桂《上古音研究》書中所論述的相關理論為基礎加以深入與反駁。首先在上古介音方面，龍宇純認為上古音與中古音無異，皆是以開合兩分；並反對李方桂既擬定了 uar、uan、uat、uad 的韻母，卻只認 ua 為複合元音，不以 u 為介音，更構擬出一套圓唇聲母。然而，龍宇純認為此點的解決方法，應該是承認上古有合口，自然不需要構擬出一套圓唇聲母。因此，當取消圓唇聲母，仍以開合兩分為分辨標準。

若從中古四個等韻的角度來討論上古音中的相對洪細介音問題可知，中

〔註83〕李葆嘉：《當代中國音韻學》（廣東：廣東教育出版社，1998 年），頁 116。

古的四個等韻，除去一等韻、二等韻、三等韻以及四等韻之外，齒音部分二等韻與四等韻又有真假之分，假二等韻與假四等韻實際爲三等韻，嚴重影響到個別字的介音甚至是整體聲母系統的認定。此外，喉音的的喻四字，也被視爲屬於三等韻，自然也影響到其介音的了解，這個問題如果置於中古音階段來看，還涉及到同一韻中喻三和喻四字分別何在的問題。中古四個等韻所延伸的問題，都與上古介音甚至是聲母的認知息息相關。然而，龍宇純認爲，會造成這些問題的最大原因，就是因爲昧於反切結構的部分意義所導致的誤解。

所謂的反切，若以音節結構而論，是建立在二分法的基礎上，反切上字相當於聲介合母（案：即聲母加上介音併合成母之形式），反切下字相當於零聲母音節。〔註84〕介音問題是併合在聲母範圍之內，然而，一等韻不具有任何介音現象，故不會產生疑慮。二等韻以下，凡齒音字與喻四字，無不憑反切上字定其等第，換言之，以照二（案：舉照以賒穿牀審禪）字爲上字的屬二等韻，以照三字爲上字的屬三等韻，以精系字及喻四字爲上字的悉屬四等韻，一無例外；並無真假二、四等韻的區分，喻三及喻四的不同，也只是表示三等韻與四等韻的差別。從韻圖而言，等與等韻完全重疊，凡字所在之等，即爲其字所屬的等韻。所謂四個等韻的不同，對同轉俱爲獨立的韻而言，元音而外，尚有介音的差異；對同轉而爲相同的韻而言，則只有介音的差異。

綜上所言，龍宇純認爲所謂四個等的介音差異，即是一等無介音，二、三、四等分別具有 e、j、i 介音。以此反觀上古音時期，也當有四個不同介音的韻母類型。龍宇純將上古音時期四個不同介音的韻母類型以甲、乙、丙、丁稱之，分別相當於中古的一、二、三、四等。上古音甲類和中古音一等相同爲無介音，丙類和丁類也和中古音三等和四等相同，分別具有 j 或 i 介音，較特別的是上古音乙類的介音，早期龍宇純承襲李方桂的擬測，將上古音乙類介音擬定爲 r，認爲 r 介音既能表示中古 e 介音的原始形態，又能表示乙類韻帶來母複聲母的來母成分。茲將龍宇純之上古介音系統整理列表爲【表二十四】：

〔註84〕李葆嘉：《當代中國音韻學》（廣東：廣東教育出版社，1998 年），頁 116。

【表二十四】：龍宇純之上古介音系統表

韻　類	介音（不分開合口）
甲類韻（中古一等韻）	無介音
乙類韻（中古二等韻）	r→e
丙類韻（中古三等韻）	j
丁類韻（中古四等韻）	i

　　龍宇純認為，甲、乙、丙、丁四個韻類所以不即謂之一、二、三、四等，為的是古人不必有等的觀念，而必無等韻圖，且中古四個等具有表示韻母洪細遞差的意義，在元音及韻尾相同的情況下，實際以 j 起首的韻母其音較以 i 起首者為細；編製韻圖的人，可能一則著眼於四等俱為獨立韻的轉圖，元音洪細的不同四等較三等為細，一則為舌上及正齒兩類字可以銜接排列，而反將介音為 j 者列為三等韻。此外，中古重紐問題之基本差異是三等和四等介音的不同，在上古分別屬於丙或丁類。

　　此外，龍宇純反對李方桂所構擬的 rj 介音，並取消之。rj 介音的構擬問題發生在三等知系四母與照三系及日母的不同分化上，李方桂擬三等知系四母為 rj，照三系及日母為 j，與二等的知系介音為 r。龍宇純原先認為，有鑑於中古知系字二等和三等不在同一韻中並時而見，以其上古可同具 r 介音，其後 r 變為 e，《切韻》或入二等韻，或入三等韻，入三等韻者因於同韻為少數，漸而為 j 介音類化，始有二等為 e、三等為 j 的不同；而同一三等韻中的娘日二母字，如語韻的女與汝，陽韻的孃與穰，也可以說其先前者由 *nr 變 ne，後者由 *nj 變 nj，其後 ne 亦因於韻中為少數變而為 nj，因此李方桂所擬之 *rj 可省略。此外，rj 之所以與照系二等字相接，只是受了「假二等韻」說的誤導，所謂「假二等韻」既只是韻圖的借位行為，rj 的構擬便不該產生。是故，rj 的擬測可謂既是二等又是三等的介音設計，又僅見於舌音聲母之後，實無存在的必要。

　　因此，龍宇純對於上古介音擬測為甲、乙、丙、丁四韻類，分別為：甲韻類無介音、乙韻類介音由 r 演變為 e、丙韻類介音 j 及丁韻類介音 i；並取消李方桂所擬之 rj 複合介音。

二、主要元音

　　龍宇純在構擬上古元音系統時主張：以陰聲字是否具有輔音韻尾為主要原

則。他認爲主張上古陰聲字不具輔音韻尾者，對古韻擬音的處理方式有二：其一是儘量將各韻部給以不同的元音，以照顧通常所見，一個陰聲韻部不同時與一個以上不同韻尾的陽聲韻部發生對轉的現象。此現象可見於陳新雄《古音學發微》書中，以 a 元音表歌、æ 元音表脂、ɛ 元音表微、ɐ 元音表支、ɑ 元音表魚、ɔ 元音表侯、o 元音表幽、ə 元音表之（案：《古音學發微》書中另有 ɑu 元音表宵，但 ɑu 屬複合元音，此處只論單元音，故省略此不論），〔註85〕龍宇純認爲，依時下學者傾向儘量節省音標的態度，陳新雄的構擬恐不易爲人所接受。因此，最好的解決方法即是採用「單足以喻單，單不足以喻則兼」的原則（案：此語說明，若單元音能表示者，即使用單元音構擬；若單元音無法明確構擬哇才採取複合元音爲之），必要時用複合之音，也就是在元音之後附以不同的元音韻尾，既以與單元音的韻部區別，彼此間亦賴以不同。爲了證明此法可行，龍宇純從中古音的構擬觀察。

歷來學者在中古音陰聲韻韻母構擬方面皆參差不齊，但唯一的共同點即是除了單元音之外，都有帶-i 尾的複元音，也都有帶-u 尾的複元音。這些不同韻尾的複元音包括以 i 或 u 爲主要元音者在內，如果從陰陽入相配的觀點試予觀察，會發現主要元音爲 i 或收 i 尾的與收-n 的陽聲和收-t 的入聲相配，而不配韻尾爲-ŋ 爲-k 的陽、入聲；不具此條件的其他陰聲字，則與收-ŋ 的陽聲和收-k 的入聲相配，而不配韻尾爲-n 爲-t 的陽、入聲。龍宇純認爲，中古音凡 i 爲元音或收 i 尾者與韻尾收-n 或-t 之陽聲入聲相當，而必不與韻尾收-ŋ 或-k 者相當，此現象對擬測上古陰聲很有助益。龍宇純藉由根據《切韻》系韻書的罕見反切上字，並參考《四聲等子》以下韻圖確實推尋出來的具陰陽對應關係的諸韻，更由此擬測上古元音系統。茲將其所推尋出來的具陰陽對應關係的諸韻詳列【表二十五】如下：

【表二十五】：龍宇純推尋具陰陽對應關係諸韻表

①	東一等	侯
②	東三等	尤

〔註85〕龍宇純：〈上古音芻議〉，收錄於龍宇純：《中上古漢語音韻論文集》（臺北：五四書店，2002 年），頁 409。又可查見於陳新雄：《古音學發微》（臺北：文史哲出版社，1983 年），頁 1080。

③	冬	模
④	鍾	虞
⑤	眞、臻	脂開口
⑥	諄	脂合口
⑦	欣	微開口
⑧	文	微合口
⑨	寒	歌一等、咍
⑩	桓	戈、灰
⑪	刪	佳
⑫	山	皆
⑬	先	齊〔註86〕
⑭	仙	麻三等、祭
⑮	唐	歌一等
⑯	陽	歌三等
⑰	庚	麻二等
⑱	清	支〔註87〕
⑲	蒸	之〔註88〕

　　龍宇純歸納分析進而得出上古元音系統爲：（1）元音爲 u 或收-u 韻尾的侯、尤韻及元音爲 o 的模、虞韻，或元音爲 ɑ、a、e、ə 而不具任何元音韻尾的歌、麻、支、之諸韻，配韻尾收-ŋ 的東、冬、鍾、唐、陽、庚、清、蒸諸陽聲韻；（2）韻尾爲-i 或主要元音爲 i 的脂、微、咍、灰、佳、皆、齊、祭諸韻，配韻尾收-n 的眞、臻、諄、欣、文、寒、桓、刪、山、先、仙諸陽聲韻。第二點顯然是由於 [i] 是一個最接近 [n] 發音位置，而最不接近 [ŋ] 發音位置的前高元音。此外，歌、麻兩韻除配韻尾收-ŋ 的唐、陽、庚韻外，又配韻尾收-n 的寒、桓、仙韻。這一現象又當是因爲歌、麻兩韻的韻母是一個不帶任何元音韻尾的 ɑ 或 a，具有

〔註86〕此處依照龍宇純文章內補充說明，《詩・東山釋文》：「營火，惠丁反」齊又配清。

〔註87〕此處龍宇純文內補充說明學者劉滔所言，清以征整政隻配遮者柘，方音或以清三配麻三。

〔註88〕此處龍宇純文內補充說明，收-m 諸陽聲韻本無相對之陰聲，此自上古以來如此。其他陰聲韻不知所配陽聲者有：魚、蕭、宵、肴、豪、幽、泰、夬、廢共九韻。蕭、宵、肴、豪四者則亦自上古以來本無相當之陽聲。見龍宇純：〈上古音芻議〉，收錄於龍宇純：《中上古漢語音韻論文集》（臺北：五四書店，2002 年），頁 344～345。

因應其後「舌尖向上」或「舌根向上」兩種不同陽聲的彈性，故歌可以配 an，也可以配 aŋ，麻可以配 an，也可以配 aŋ。因此，不帶任何韻尾的單元音有適應多種不同鼻音韻尾陽聲韻的能力，而元音爲 i 或韻尾爲 i 的陰聲則只能與收-n 尾的陽聲韻對轉。以下茲將龍宇純之上古元音系統整理列表爲【表二十六】：

【表二十六】龍宇純之上古元音系統表

主要元音 韻　尾	ə	a	e	u
-k，-ŋ，-u	之蒸幽中	魚陽	佳耕	侯東〔註89〕
-t，-n，-i，-r	微文	祭元歌〔註90〕	脂眞	
-p，-m	緝侵	葉談		
-u，-k		宵〔註91〕		

由此可知，龍宇純上古元音系統基本上仍是以不帶韻尾及帶-u 韻尾的陰聲，與帶-k 尾的入聲及帶-ŋ 尾的陽聲相配；而帶-i 尾的陰聲，配帶-t 尾的入聲及帶-n 尾的陽聲。形成後者情形的理由是因爲，不帶韻尾的陰聲，發聲時口腔通道及口型近於收-k 收-ŋ 的入聲及陽聲，不近於收-t 收-p 的入聲，及收-n 收-m 的陽聲；而收-u 收-i 的陰聲所以分別配收-k 收-t 的入聲，及收-ŋ 收-n 的陽聲，自然是因爲發音部位的相近，此外，讀-ə、讀-a 及讀-e 的陰聲可配讀-ək、讀-ak 及讀-ek 的入聲，是因爲這種陰聲字中，有一類去聲字與入聲調值相同，更由於漢語入聲塞而不裂的特性，使其彼此間產生密不可分的關係。

三、韻　尾

龍宇純之古韻二十二部的音值，依其韻尾性質的不同，可分爲三大類：陽聲韻尾、入聲韻尾、陰聲韻尾。茲整理列表爲【表二十七】：

〔註89〕龍宇純上古元音系統音值擬測關於「侯」部和「東」部音值有二次改易，原先將「侯」部音值擬測爲〔o〕、〔ok〕，後改〔o〕元音爲〔u〕，而成〔u〕、〔uk〕；「東」部原先擬爲〔oŋ〕，後改〔o〕元音爲〔u〕，而成〔uŋ〕。然而，筆者認爲此爲一種，元音舌位向後高方向變化之「元音後高化」音變現象。

〔註90〕龍宇純上古元音系統音值擬測關於「歌」部音值有二次改易，原先將「歌」部音值擬測爲〔a〕，其後在單元音〔a〕後加上〔r〕，形成〔ar〕。

〔註91〕龍宇純上古元音系統音值擬測關於「宵」部音值有二次改易，原先將「宵」部音值擬測爲〔ou〕、〔ouk〕，後改〔o〕元音爲〔a〕，而成〔au〕、〔auk〕。

【表二十七】龍宇純之上古韻母系統表

陰 聲 韻		入 聲 韻		陽 聲 韻	
無韻尾兼具入聲韻尾k	（1）之部　ə、ək				（2）蒸部　əŋ
無韻尾兼具入聲韻尾k	（6）侯部　u、uk			韻尾ŋ	（4）中部　əuŋ
無韻尾兼具入聲韻尾k	（8）魚部　ɑ、ɑk			韻尾ŋ	（7）東部　uŋ
無韻尾兼具入聲韻尾k	（10）佳部　e、ek			韻尾ŋ	（7）東部　uŋ
韻尾u兼具入聲韻尾k	（3）幽部　əu、əuk			韻尾ŋ	（9）陽部　ɑŋ
韻尾u兼具入聲韻尾k	（5）宵部　ɑu、ɑuk			韻尾ŋ	（11）耕部　eŋ
韻尾r	（12）歌部　ɑr				
韻尾i兼具韻尾t	（13）脂部　ei、et			韻尾n	（14）眞部　en
韻尾i兼具韻尾t	（15）微部　əi、ət			韻尾n	（16）文部　ən
韻尾i兼具韻尾t	（17）祭部　ai、at			韻尾n	（18）元部　an
		韻尾p	（19）葉部　ɑp	韻尾m	（20）談部　am
		韻尾p	（21）緝部　əp	韻尾m	（22）侵部　əm

　　據上表觀察，陰聲韻尾可分成四類：（1）採無韻尾兼具入聲韻尾-k收尾者：之、侯、魚、佳部；（2）採韻尾-u兼具入聲韻尾-k收尾者：幽、宵部；（3）採舌尖韻尾-r收尾者：歌部；（4）採韻尾-i兼具韻尾-t收尾者：脂、微、祭部。其中的「祭」部僅有去入兩聲的現象，調值不同的平、上陰聲字，實際與入聲關係十分薄弱，也因此形成「歌」部幾乎僅有平上二聲，而與祭部兩分。這些韻部並沒有入聲韻與之相配，僅在擬音方面兼具入聲的特質。

　　在入聲韻尾方面，則以清塞輔音收之。龍宇純古韻二十二部中只具有「葉」和「緝」兩部收雙唇塞音韻尾-p的入聲韻，沒有陰聲韻與之相配，僅有兩部收雙唇鼻音韻尾-m的「談」和「侵」兩部與之相配，其原因乃是因為，入聲「葉」和「緝」兩部的陰聲韻混入了「幽」部所致。因此，雖然有入聲韻，但無法視為陰陽入三分法之學者。

　　在陽聲韻尾方面，即以鼻輔音收之。依其發音部位的不同，可分成三類：（1）採舌根鼻音-ŋ收尾者：蒸、中、東、陽、耕；（2）採舌尖鼻音-n收尾者：眞、文、元；（3）採雙唇鼻音-m收尾者：談、侵。僅有「談」和「侵」部具有眞入聲韻尾與之相配，其餘如「蒸、中、東、陽、耕」及「眞、文、元」並沒有眞入聲韻尾與之相配，而是陰聲韻尾在擬音方面兼具入聲韻尾與之對應，其中陰聲「魚」部則未有陽聲韻與之對應，而陰聲「宵」部所對應的陽聲，原先是陽聲「談」部所對應的陰聲，後來脫離了陰陽關係，入聲亦自葉部分出。由此可知，宵部、談部與葉部原先應具有陰、陽、入聲的密切關聯。

　　此外，龍宇純在韻尾方面特別針對陰聲字是否具有輔音韻尾-b、-d、-g的問題進行討論，龍宇純舉了四十餘組幽部轉入微文部字例，證明上古音本不具有輔音韻尾-b、-d、-g。龍宇純在上古韻尾系統方面有許多獨特見解，此部分將在下一節：上古韻部之相關問題討論中的韻尾問題部分專題探討。

第三節　上古韻母之相關問題討論

　　本論文在前一節已經詳細介紹龍宇純之上古韻部和韻母的擬測，期能架構出龍宇純之上古韻母系統。本節將對龍宇純之上古韻母系統中若干問題進行深入探討，其中包含其他學者的相關討論及龍宇純的不同評論觀點。茲將分六個問題來討論：（1）介音的問題；（2）主要元音的問題；（3）韻尾的問題；（4）

對轉、旁轉及音之正變的問題；（5）脂、眞、微、文分部問題；（6）韻文判斷標準及各類叶韻的問題。

一、介音的問題

　　龍宇純在上古介音構擬方面的問題，主要是針對李方桂《上古音研究》書中所談論的介音相關言論進行闡述，便進一步提出不同的擬測音值理論。龍宇純將上古介音四等的擬音擬爲：一等即甲類無介音、二等即乙類擬爲 e 介音（案：乙類介音由 r 演變爲 e）、三等即丙類擬爲 j 介音、四等即丁類擬爲 i 介音。茲將各家介音系統整理列表如【表二十八】所示：〔註92〕

【表二十八】諸家上古介音對照表

呼	開　口				合　口			
人名 ＼ 等	一等	二等	三對	四等	一等	二等	三等	四等
高本漢			i̯	i	w	w	i̯w	iw
王力〔註93〕		e	i̯	i	u	o	i̯u	iu
董同龢			j	i	u	u	ju	iu
李方桂		r	j					
周法高		r，ri	j，ji，i	e	w	rw，riw	jw，jiw，iw	ew
龍宇純	無介音	r→e	j	i				

　　由上表中可知，各家學者對開口一等韻皆擬作無介音，合口方面的擬音則各家差異不大。王力在《漢語語音史》一書中，根據古漢越語將其擬音爲開口的-e-和合口-o-兩個介音，將三等韻開口擬爲具輔音性介音-i̯-（即 j）和合口具 u 介音之-i̯u-，四等韻開合擬爲-i-和合口具 u 介音之-iu-。其言：

　　我們認爲：開口一等無韻頭，二等韻頭 e（或全韻爲 e），三等韻頭 i̯，四等韻 i；合口一等韻頭 u，二等韻頭 o，三等韻頭 i̯u，四等韻頭

〔註92〕表中擬音參自鄭張尚芳：《上古音系》（上海：上海教育出版社，2003 年），頁 61～62。

〔註93〕王力上古介音的擬音是採用《漢語語音史》（北京：中國社會科學出版社，1985 年）內的擬音。

iu。〔註94〕

高本漢和董同龢的介音擬音系統基本一致，董同龢在其《漢語音韻學》一書中針對其介音擬音有一番詳細說明：

> 各韻部的字變至中古，差不多都有開合與等第的分別，我們既把韻部看作上古的韻攝，就假定開合與等第的分別原來也存在於上古。
>
> 〔註95〕

在關於介音擬音理論出現後，董同龢進一步提出對於介音擬音的構擬條件有四：

> ①中古的開口字上古原來也是開口，合口字原來也是合口。
>
> ②變入中古一等韻與二等韻的字，上古原來也沒有介音 i。
>
> ③變入中古三等韻的字，上古原來也有輔音性的介音 j。
>
> ④變入中古四等韻的字，上古原來也有元音性的介音 i。〔註96〕

由上述可知，董同龢對上古介音的擬音不同於王力之處，是其在二等韻並未做任何音值擬定，和高本漢相同，皆使用元音作為區別一、二等韻的關鍵，因此就必須增加上古元音的數量，或依靠元音的長短鬆緊來解決其二等韻無介音的問題，如此便會形成上古的一個韻部就不只是一個主要元音，而是某一個類的主要元音。

　　李方桂的上古介音系統，各家學者對其所擬定的二等韻音值和圓唇聲母（案：特別專指圓唇舌根音）頗多討論。李方桂在二等韻的介音中改變王力-e-的擬測，其吸收了雅洪托夫所提出的「上古二等字有-l-介音」說，隨後蒲立本、包擬古、鄭張尚芳和潘悟云等學者皆透過親屬語的比較和漢語借詞，指出-l-是來自*-r-，因此將王力所擬二等韻-e-介音改擬定了一個舌尖音捲舌化的介音-r-，這個介音-r-不但可以在舌尖音聲母後出現，也可以在唇音、舌根音聲母後出現，並且也可以在三等介音-j-的前面出現，此外，這個捲舌介音-r-在音系演變的過程中具有中央化作用（centralization），可以使高元音降低、低元音上升。

〔註94〕王力：《漢語語音史》（北京：中國社會科學出版社，1985 年），頁 50。

〔註95〕董同龢：《漢語音韻學》（臺北：文史哲出版社，2003 年），頁 270。

〔註96〕董同龢：《漢語音韻學》（臺北：文史哲出版社，2003 年），頁 271。

〔註97〕除了李方桂之外，王力將二等韻音值擬定爲-e-之說，還受到楊劍橋和陳新雄所質疑。楊劍橋認爲：「古漢越語的年代較遲，王力自己說在中唐以前，因此作爲上古漢語介音的證據尚欠妥。」〔註98〕陳新雄在《古音學發微》中根據王力之說將二等韻之介音定作-e-，在開口部分問題不大，但他認爲在合口問題中，王力訂作-o-，則多加一介音，而且-e-、-o-作爲開合口分工也不甚理想。針對王力的問題，陳新雄特別解釋到：

> 我乃將合口之二等介音寫作-eu-，雖 eu 可理解爲 e 之圓唇音，但寫法上以一較低之元音置於較高之元音前，而仍稱爲介音，究非合理之法。今李氏提出-r-介音作爲二等韻之介音，我覺得可以採用，採用-r-介音有-e-之優點，又可以彌補-e-介音之缺點。〔註99〕

由上述引文可知，陳新雄也是同意李方桂二等韻-r-的擬音是較王力擬爲-e-恰當。張師慧美在其博士論文《王力之上古音》中也認爲二等韻之介音當擬定爲-r-爲是，他說：

> 二等介音之擬定，王先生擬爲-e-似乎不如李方桂先生所擬的-r-爲佳，擬爲-r-可說明許多上古聲母分化的問題。〔註100〕

三等韻有一個使聲母發生顎化作用的-j-介音，這個介音大部分還保留在現代方言內。四等韻沒有介音，但應當有一個-i-元音，然而，李方桂認爲高本漢所構擬的四等-i-介音顯然是個元音。

　　關於李方桂的擬音，在二等韻音值擬定方面，龍宇純、周法高皆同意其擬爲-r-，尤其是龍宇純，除了認同李方桂二等韻-r-的擬音外，也同意王力將二等韻擬爲-e-。同意李方桂將二等韻音值擬爲-r-，是因爲-r-既可以出現在舌尖音聲母之後，使其捲舌化成爲中古的知、照二系聲母，亦可在唇音和舌根音後出現，並可與三等韻介音-j-結合；但又從語音變化的觀點認同王力二等韻音值-e-的擬測，因此，龍宇純二等韻（案：龍宇純稱二等韻爲乙類韻）的擬音是由-r-變爲

〔註97〕李方桂：《上古音研究》（北京：商務印書館，1982 年），頁 23。

〔註98〕楊劍橋：《漢語現代音韻學》（上海：復旦大學出版社，1996 年），頁 64。

〔註99〕陳新雄：《古音研究》（臺北：五南圖書出版社，1999 年），頁 75。

〔註100〕參見張師慧美：《王力之上古音》（臺中：東海大學中國文學研究所博士論文，1996 年），頁 159。

-e-，後以-e-介音爲定論。

另外，在合口介音部分，雖然各家所擬之音值差異不大，唯獨李方桂和龍宇純並未針對合口介音部分進行相關的音值擬測。然而，李方桂對於此有其特別的理論。李方桂於《上古音研究》一書中指出，上古是沒有任何合口介音的存在，唇音的開合在中古已不能分辨清楚，《切韻》的合口大部分是從圓唇舌根音聲母 kʷ、khʷ、gʷ、hŋʷ、ŋʷ、ʔʷ、hʷ 來的，一部分是從複合元音 ua 來的，還有一部分是後起的。關於李方桂圓唇舌根音聲母說，多數學者不表認同。唐作藩在〈對上古音構擬的幾點質疑〉一文中提出三點質疑。他所質疑的第一點爲：若從李方桂所擬測的例字來看，中古唇音聲母後面也是有的有 w 或 u 介音，有的沒有。現在產生的問題是：李方桂的上古唇音一律作開口，條件相同，那麼爲什麼到了中古，有的跟後面元音相配合而產生了合口 w 介音（如李方桂書中第 52 頁「敗」擬音*pradh、bradh＞pwai，bwai）；有的同樣是唇音聲母和後面元音相配卻沒有變爲合口（如：李方桂書中第 53 頁「罷」*bradx＞baï）？第二點質疑爲：中古牙喉音後面的合口介音 w 或 u，李先生解釋爲是受上古圓唇舌根音的影響而來的。但這個圓唇符號（如：「國」*kwək）和 w 介音似乎沒有實質上的不同。第三點質疑爲：上古舌齒音聲母後面，李先生不否定有合口字，如「鶨」*truat（51 頁）、「坐」*dzuarx、「墮」*duarx（53 頁）、「段」*duanh（54 頁）、「纂」*tsruanh（55 頁），但李方桂不承認其中的 u 是介音，而認爲這個 u 和後面的 a 是複合元音。唐作藩基於此三點質疑認爲，李方桂的理解與一般學界普遍認知大不相同，特別是他又同意《切韻》音系中合口的介音除了 w，還有 u 的想法。〔註 101〕

除了唐作藩外，竺家寧也不同意李方桂上古無合口介音說。他在《聲韻學》一書中認爲，合口出現的範圍並不如李方桂所言如此單純，實際翻查等韻圖的合口圖可知：

> 我們只要翻開等韻圖的合口圖，每類聲母下往往都有字，並不如李
> 氏所說，只限於唇音和牙喉音。整部《韻鏡》一共四十三個圖，眞
> 正合口字不出現在舌、齒音的，只有第 10、20、32、43 四個轉而已。

〔註 101〕唐作藩：〈對上古音構擬的幾點質疑〉，《語言學論叢》第 14 輯（北京：商務印書館出版，1984 年），頁 35。

就憑這四轉立說。其他的例外都得另作解釋，總覺得薄弱了一點。

〔註102〕

張師慧美在其博士論文《王力之上古音》中也對李方桂圓唇舌根音聲母之說表示存疑，他說：

> 如果從李先生所擬的複合元音 ua（慧案：李先生共有三種複合元
> 音：iə，ia，ua）來看，只要認爲上古有合口，則可取消圓唇聲母的
> 說法。再者，從王力脂、微；眞、文分部的情形來看，它們是因爲
> 開合不同而分部；如果照李先生的擬音，則變成了因爲聲母的展圓
> 不同而分部，似乎也是不宜的。〔註103〕

然而，周法高雖認爲李方桂假定的圓唇舌根音聲母很有見地，但在其介音系統裏仍保留合口介音 [-w-]。劉志成在其《漢語音韻學研究導論——傳統語言學研究導論》一書中也指出李方桂將聲母都帶上圓唇作用來區分開合不妥，故也只能同意上古合口介音 [w]，如同周法高那樣擬爲輔音 [w] 也說得通。〔註104〕此外，龍宇純在〈上古音芻議〉一文中也指出其不認同李方桂對於介音擬測所發之言論。他認爲唇音自始無開合對立音，反觀舌音齒音方面，若依照李方桂的看法來看，亦僅後來屬於歌韻仙韻（舉平以賅餘調）及泰韻的字有開合的對立，而不出歌祭元三陰陽聲對轉部範疇。由此，龍宇純進一步解釋說明：

> 齒音如支、脂等韻雖多有開有合，古韻似皆不同部，所以方桂先生
> 擬定了 uar、uan、uat、uad 的韻母，卻只認 ua 爲複合元音，不以 u
> 爲介音；其餘牙喉音的合口音，則構擬作舌根音及喉音圓唇聲母：
> k^w、kh^w、g^w、$hŋ^w$、$ŋ^w$、$ʔ^w$、h^w，以爲都從這些聲母變來。〔註105〕

〔註102〕竺家寧：《聲韻學》（臺北：五南圖書出版股份有限公司，2008 年），頁 642。（案：引文中所舉四圖爲：第 10 圖「微尾未廢」、第 20 圖「文吻問物」、第 32 圖洪細對立「唐陽、蕩養、宕漾、鐸藥」，及第 43 圖「登」）。

〔註103〕參見張師慧美：《王力之上古音》（臺中：東海大學中國文學研究所博士論文，1996 年），頁 158。

〔註104〕劉志成：《漢語音韻學研究導論——傳統語言學研究導論》（四川：八蜀書社，2004 年），頁 246。

〔註105〕龍宇純：〈上古音芻議〉，收錄於龍宇純：《中上古漢語音韻論文集》（臺北：五四書店，2002 年），頁 382。

龍宇純對李方桂這種論點不表認同。他認為舌音齒音讀合口的，實際除屬 ɑ 元音的歌、祭、元三部外，尚有屬 ə 元音的微部文部如隹聲、卒聲、屯聲、川聲等聲符之字，但李方桂卻將此些微部文部聲符之字，都概括以為是 ə 元音發生圓唇作用的結果，非起始即為合口音。此外，李方桂擬測為 ə 元音者，還有之蒸及侵緝四部。龍宇純認為，侵緝無合口音，可以說是因為唇音韻尾的緣故，進而阻止了 ə 元音圓唇作用的發生；之蒸兩部舌音齒音亦不見合口音，ə 元音始終不見發生圓唇作用，則微部文部舌齒音之有合口，又如何得知必是 ə 元音發生圓唇作用而產生？如與川聲同屬文部三等的刃聲或辰聲之字不讀合口音，然李方桂卻於其介音 j 之後加一 i 元音成分，以 iə 為複合元音，說是在 i 後的 ə 不發生圓唇作用，但此種說法仍無法明確解決微部文部舌齒音之有合口，必是 ə 元音發生圓唇作用而產生的問題。

　　針對李方桂的問題，馮蒸認為此問題在上古或本不存在。他認為李方桂會持論微部文部舌齒音之有合口，必是 ə 元音發生圓唇作用而產生，是因為過於相信等韻圖和高本漢的擬音所造成，以為《切韻》音系中「痕魂」、「咍灰」都是開合對立韻，從而導致其上古的合口擬音出現新的難題。馮蒸指出，按照俞敏〈後漢三國梵漢對音譜〉、施向東〈玄奘譯著中的梵漢對音和唐初中原方言〉及馮蒸自己文章〈《切韻》痕魂、欣文、咍灰非開合對立韻說──兼論「覃談」二韻的主元音〉等文章所論，經由梵漢對音、漢藏語相互比較甚至《切韻》殘卷等發現，「痕魂」、「咍灰」以及「欣文」每對之間均非開合對立韻，每組間均是主要元音不同的兩個韻，如「痕魂」的中古音可是-on/-un，「咍灰」是-oi/-ui 等，足以證明等韻圖的開合標注與高本漢的擬音之不確，這樣不僅合理解釋了《切韻》的分韻原則，也可解決李方桂理論所產生的困境。〔註106〕龍宇純則從《說文》諧聲字著手探討認為，周秦上古音中不僅有 ua、uan 等音的存在，應尚出現了 uən、juən 甚至 uə、juə 等音。因為李方桂必欲以 kw、khw 等圓唇聲母代替牙喉音的合口，以致分明與 ara、ja、ia 相對的 ua，必當它複合元音看待，又不願直接給以如 uə、uən 的擬音，而替代以 ə 元音的圓唇作用作為解釋。表

〔註106〕馮蒸：〈《切韻》痕魂、欣文、咍灰非開合對立韻說──兼論「覃談」二韻的主元音〉，收錄於馮蒸：《漢語音韻學論文集》（北京：首都師範大學出版社，1997 年），頁 150～179。

面上似乎是爲一切合口音出於開口，或又爲牙喉音合口由圓唇聲母演變的理念堅持，但實際上或恐並 kʷ、khʷ 等圓唇聲母的構想，只是爲不欲使 gʷ 之一音僅見於幽宵二部的部尾而產生之構想。因此，龍宇純認爲，若要考慮即令一切合口出於開口，或者牙喉音合口出於圓唇聲母，亦不必周代尙無合口音。是故，龍宇純不認同李方桂所言牙喉音合口出於圓唇聲母之說，進而取消圓唇聲母之說，仍採行開合口對立兩分的擬音法。

　　綜上所述，筆者贊同龍宇純依據語音變化的觀點提出乙類韻（案：即一般所謂的二等韻）當從-r-演變爲-e-，便以此調和李方桂和王力的二等韻擬音之說。若由舌面元音圖而論，r 和 e 兩者皆處半高位置，又同屬展唇，差異僅在於一在前、一在後，語音演變本會依照前後音值做同化、異化或類化等語音變化的改變，因此，不該固守乙類韻應當擬爲-r-或-e-，當從語音演變的角度來訂其擬音，-r-和-e-同屬乙類韻的擬音較妥當。此外，李方桂以圓唇作用來區分開口之說，目的只是爲了將其上古無合口介音理論合理化，並不能證實上古確實沒有合口介音的存在，因此還是以開合口兩分爲擬音原則爲恰當。

二、主要元音的問題

　　關於上古主要元音擬測的情形，爲了能更清楚瞭解龍宇純擬構上的意義，先將各家之元音系統羅列如下，以資參照說明。

1. 高本漢

　　高本漢將上古元音構擬爲六類十四個：â、ɑ、ă、ə、ɛ、ĕ、e；o、å、ŏ、ô、u、ŭ。其系統如下：（見【表二十九】）

【表二十九】：高本漢之上古元音系統表

韻部 ＼ 等第	一　等	二　等	三　等	四　等
之蒸部（-g-k-ng）	ə	ɛ	ə，ŭ	
幽中部（-g-k-ng）	ô	ô	ô	ô
宵部（-g-k）	o，å	ŏ	o	o
侯東部（-g-k-ng）	u	ŭ	u	
魚陽部（-g-k-ng）	â	ă	a，ă	

韻 部 \ 等 第		一 等	二 等	三 等	四 等
佳耕部（-g-k-ng）			ĕ	ĕ	e
歌部（-o）		â	ɑ	ɑ，ă	a
祭元部（-d-t-n）		â	ɑ，ă	ɑ，ă	a
脂眞部（-r-d-t-n）				ĕ	e
微文部（-r-d-t-n）		ə	ɛ	ə，ɛ	e
葉談部（-b-p-m）		â	ɑ，ă	ɑ，ă	a
緝侵部（-b-p-m）		ə	ɛ	ə	ə

（錄自董同龢《上古音韻表稿》P72～73 歸納高本漢 1994 年以前之古音系統）

2. 董同龢

董同龢《上古音韻表稿》將上古元音構擬爲六類二十個：â、ậ、ə、 ă、ô、o、ŏ、ɔ、ɔ、ɔ̆、û、u；â、ê、a、ä、ă、ɐ；e、ĕ。其系統如下：（見【表三十】）

【表三十】董同龢之上古元音系統表

韻 部 \ 等 第	一 等	二 等	三 等	四 等
之蒸部（-g-k-ng）	â、ậ	ə	ə、ă	
幽中部（-g-k-ng）	ô	o	o、ŏ	o
宵部（-g-k）	ɔ̂	ɔ	ɔ、ɔ̆	ɔ
侯東部（-g-k-ng）	û	u	u	
魚陽部（-g-k-ng）	â	a，ă	a，ă	
佳耕部（-g-k-ng）		e	e，ĕ	e
歌部（-o）	â	a	a	
祭元部（-d-t-n）	â	a，ä	a，â，ä	ä
脂眞部（-r-d-t-n）		e	e	e
微文部（-r-d-t-n）	ə	ɛ	ə，ɛ	e
葉談部（-b-p-m）	â，ê	a，ɐ	a，ă，ɐ	ɐ
緝侵部（-b-p-m）	â	ə	ə	ə

3. 王 力

王力將上古元音構擬爲六個：ə、u、o、ɔ、a、e。其系統如下：（見【表三十一】）

【表三十一】王力之上古元音系統表

	ə	u	o	ɔ	a	e
-φ，-k，-ŋ， -i，-t，-n， -p，-m	之職蒸微 物文 緝侵	侯屋東	宵藥	幽覺（冬）	支錫耕脂 質眞	魚鐸陽 歌月寒 葉談

（錄自余迺永《上古音系研究》P34）

4. 李方桂

李方桂《上古音研究》將上古元音構擬爲四個：a、ə、i、u；複合元音有三個：iə、ia、ua。其系統如下：（見【表三十二】）

【表三十二】李方桂之上古元音系統表

	ə	a	u	i
-g，-k，-ŋ， -gʷ，-kʷ，-ŋʷ， -d，-t，-n -p，-m	之蒸 幽中 微文 緝侵	魚陽 宵 祭元 葉談	侯東	佳耕 脂眞

5. 龍宇純

龍宇純將上古元音構擬爲四部：ə、ɑ、e、u。其系統如下：（見【表三十三】）

【表三十三】龍宇純之上古元音系統表

韻尾 ＼ 主要元音	ə	ɑ	e	u
-k，-ŋ，-u	之蒸幽中	魚陽	佳耕	侯東 〔註107〕
-t，-n，-i，-r	微文	祭元歌 〔註108〕	脂眞	
-p，-m	緝侵	葉談		
-u，-k		宵 〔註109〕		

〔註107〕龍宇純上古元音系統音值擬測關於「侯」部和「東」部音值有二次改易，原先將「侯」部音值擬測爲〔o〕、〔ok〕，後改〔o〕元音爲〔u〕，而成〔u〕、〔uk〕；「東」部原先擬爲〔oŋ〕，後改〔o〕元音爲〔u〕，而成〔uŋ〕。

〔註108〕龍宇純上古元音系統音值擬測關於「歌」部音值有二次改易，原先將「歌」部音值擬測爲〔ɑ〕，其後在單元音〔ɑ〕後加上〔r〕，形成〔ɑr〕。

綜觀上述五家的上古元音系統，可以看出高本漢和董同龢兩人之元音數目偏多，而王力、李方桂及龍宇純三人之元音數目則是相對較少。兩者的差異主要在於對韻部的看法不同：元音數目偏多者認為韻部相當於中古的韻攝，所以同一韻部的主要元音不盡相同；元音數目較少者則認為同一韻部中，只有一個主要元音，如此才可以相互為韻。然而，上古元音系統是否真如高本漢及董同龢所構擬的如此複雜，對於此問題，李方桂在其《上古音研究》一書中有所解釋：

> 如果《詩經》的韻是天籟，絕不會有這樣不自然的韻。偶爾合韻倒
> 是不可避免的，但是韻部的區分相當嚴格，不應當有這麼不同的元
> 音在相同的韻部裏頭。〔註110〕

除了李方桂不認同高本漢和董同龢將元音系統複雜化，鄭張尚芳也有同樣的看法，他在〈上古韻母系統和四等、介音、聲調的發源問題〉一文中先針對高本漢理論進行評論到：

> 高本漢的系統所擬元音有十五個，其中除 i 只作介音外，能作主要
> 元音的為十四個（即使不計其中 eaou 四對長短對立，也是十元音系
> 統）。擬的元音雖多，但較亂，ŭ既出現在「之蒸」類三等，又出現
> 於「侯東」類二等，更是自壞其韻例。〔註111〕

再者，又針對董同龢理論進行評論到：

> 董同龢提出的修訂將其整齊化，更增至 20 個主元音（如不計其中 eaɔoɔ
> 五對鬆緊對立，也為 15 元音系統）。他的辦法是按「等」加標籤，如
> əəoɔuaɛ 七個元音遇一等全加「^」帽，整齊是整齊了，可是具體怎麼
> 唸，跟不加「^」帽的如何一一皆辨得開，更難以明白。〔註112〕

〔註109〕龍宇純上古元音系統音值擬測關於「宵」部音值有二次改易，原先將「宵」部音值擬測為〔ou〕、〔ouk〕，後改〔o〕元音為〔ɑ〕，而成〔ɑu〕、〔ɑuk〕。

〔註110〕李方桂：《上古音研究》（北京：商務印書館，1982 年），頁 28。

〔註111〕鄭張尚芳：〈上古韻母系統和四等、介音、聲調的發源問題〉，《溫州師院學報》（社會科學版）第 4 期（1987 年），頁 67。

〔註112〕鄭張尚芳：〈上古韻母系統和四等、介音、聲調的發源問題〉，《溫州師院學報》（社會科學版）第 4 期（1987 年），頁 68。

由李方桂和鄭張尚芳的說明，可以清楚明白高本漢及董同龢兩人元音系統擬構所出現的問題所在。如此看來，上古的元音系統似乎不該如此複雜，應力求簡單合理他，否則不僅難以解釋同韻部之間的押韻現象，也令人懷疑在實際語言中，元音是否真有長短鬆緊之分。

　　經由上述五家的元音擬構系統表可知，王力和李方桂皆以「同一韻部主要元音相同」的原則，作為擬構上古元音系統的主要法則，因此，其元音系統較高本漢和董同龢來得單純化。龍宇純的上古元音系統雖師承董同龢，但其元音數量卻不和董同龢一樣複雜，他調和董同龢和王力的擬構原則，進而得出一套較符合上古元音系統的擬音原則。以下就龍宇純構擬之四個主要元音：ə、ɑ、e、u 分別討論與說明。

（一）ə 元音

　　龍宇純的元音系統中，屬於 ə 元音的韻部包括：之、蒸、幽、中、微、文、緝、侵八部。以下將分之、蒸、微、文、緝、侵和幽、中兩組來討論。

1. 之、蒸、微、文、緝、侵六部

　　高董王李龍各家都將此六部的主要元音擬構為 *ə。鄭張尚芳在上古韻母系統和四等、介音、聲調的發源問題〉一文中指出：在漢藏親屬語言中，ə 都較後起。古漢語的 ə 原來也應作 ɯ，ə 是從 ɯ 變來的（案：「ɯ」為舌面後展唇高元音）。〔註113〕另外，丁邦新在〈漢語上古音的元音問題〉一文中同樣談到關於 ə 元音的問題：

> 大部分都是元音 ə，鄭張寫作 ɯ，Baxter 寫作或 ɨ，他們都承認只有一個央元音，另外並沒有跟 ɯ 或 ɨ 對立的 ə。……元音 ɨ 只出現在 -g，-k，-ŋ 的前面，環境既有限制，跟 ə 元音出現的環境又互補，在《詩經》時代可以說只有一個 ə。〔註114〕

由上述說明可知，丁邦新認為 ɨ 是之蒸部諧聲時代的元音，到《詩經》時代已經變成 ə 了。

〔註113〕鄭張尚芳：〈上古韻母系統和四等、介音、聲調的發源問題〉，《溫州師院學報》（社會科學版）第 4 期（1987 年），頁 73。

〔註114〕丁邦新：〈漢語上古音的元音問題〉，收錄於丁邦新：《丁邦新語言學論文集》（北京：商務印書館，1998 年），頁 49～52。

2. 幽、中兩部

幽、中兩部的主要元音，高本漢和董同龢擬構作*o；王力最先將此兩部擬作*əu，後改擬作單元音*u；李方桂和龍宇純則擬作*ə。幽中兩部演變到中古皆具合口特性，高本漢和董同龢擬爲圓唇單元音，李方桂則擬圓唇舌根韻尾*əgw、*əkw 來表示。龍宇純不認同李方桂所提出的圓唇舌根音之說，因此取消*gw、*kw，而仍維持以ə爲主要元音。

（二）ɑ 元音

龍宇純的元音系統中，屬於ɑ元音的韻部包括：宵、魚、陽、祭、元、歌、葉、談八部。以下將分魚、陽、祭、元、歌、葉、談和宵兩組來討論。

1. 魚、陽、祭、元、歌、葉、談

這七部的擬音需要特別說明的是歌部和魚部。龍宇純最初先擬歌、祭、元爲前元音 a，魚和陽則擬作後元音 ɑ，但在 n 與 ŋ 前的低元音，應該是同一個音位，若將歌、祭、元擬爲前元音 a、魚和陽擬作後元音 ɑ 顯然不合理；魚與歌、祭、元之間的交往是無法否認，因此，應當修訂歌、祭、元的元音爲後元音 ɑ，與魚陽一致。此外，龍宇純改擬歌部具-r 尾以和魚部區別，且此-r 音如同國語 a 元音的儿化韻，與其他陰聲字或爲開尾，或收 i、u 元音韻尾不同，而可以同時存在，沒有系統上的問題。但這個 ɑ 只在無韻尾或部尾爲-u、-ŋ、-k 之前保持原狀；在韻尾-i、-n、-t 及-r 之前，則變讀爲 a。是故，龍宇純改各家擬音 a 爲 ɑ，其目的是因爲魚部陰聲如膚、甫、賦之類字，中古變讀輕唇，其先並非合口，主要元音必當是圓唇爲妥當。至於歌部，龍宇純認爲，歌部一方面必須與魚部具有適當關係，一方面又要與祭部、元部形成一結構整體。若魚部可以縛以-g 尾，歌部便不需有-r，而已與魚部有所分別；但魚部若眞縛以-g 尾，等於斷絕了與歌、祭、元間的關係；而祭部與歌部同配一個元部，是個無法改變的情形，因爲從《詩》韻來看，歌、祭之間並無叶韻之例，當然沒有理由可以將其合併，因此當作此安排。

2. 宵　部

龍宇純的宵部擬音從原先的 ou、ouk 改擬爲 ɑu、ɑuk，意即其主要元音由 o 改爲 ɑ，其所持論的理由即是因爲宵部與談部、葉部在最初的語音關係上，是具有陰、陽、入聲的關聯。

（三）e元音

龍宇純的元音系統中，屬於e元音的韻部包括：佳、耕、脂、眞四部。佳、耕、脂、眞四部的主要元音，高本漢、董同龢、王力及龍宇純皆擬作*e，僅有李方桂擬作*i。雖然，擬作*e和*i以舌面元音圖觀之都屬前元音，但兩者卻有音位高低的差異。張師慧美《王力之上古音》中說到「佳（支）、耕、脂、眞」四部是否非要有i來做主要元音是值得商榷，因此認爲，主要元音擬作*e似較*i合宜。他說：

> 我覺得，這四部演變到中古音，雖然沒有一等韻，但是卻有二等韻，
> 如擬爲〔i〕（前高元音），對於說明其演變到中古的二等韻是否恰當？

〔註115〕

又進一步再論述到：

> 我們看李方桂先生將上古脂眞支耕四部主要元音擬爲i，但是這個i
> 元音演變到中古時，卻只在脂部出現了二個i元音，*jid＞脂三開ji
> （i）；*（w）jid＞脂三合wi（見《上古音研究》）然而眞部的主要
> 元音卻不是i而是ě，所以脂部的這二個i元音可能也是有問題的。

〔註116〕

此外，丁邦新在〈漢語上古音的元音問題〉一文中雖然同意李方桂的說法，認爲將此四部的元音擬作*i較合宜，但卻也不反對將此四部擬作*e的說法，他說：

> 先看脂眞支（佳）耕四部的情形，……此四部共同的特點是變到中
> 古音沒有一等韻，……如果要給這幾部擬測e之類的前元音，亦無
> 不可，但是脂眞和支耕平行的現象不可忽略。〔註117〕

再者，他又進一步明言到：

> 同時脂眞支耕假設是e元音，那麼別的韻部就不能構擬e元音，因

〔註115〕參見張師慧美：《王力之上古音》（臺中：東海大學中國文學研究所博士論文，1996年），頁163。

〔註116〕參見張師慧美：《王力之上古音》（臺中：東海大學中國文學研究所博士論文，1996年），頁168。

〔註117〕丁邦新：〈漢語上古音的元音問題〉，收錄於丁邦新：《丁邦新語言學論文集》（北京：商務印書館，1998年），頁50。

爲其他各韻部都胝變入中古一等韻的韻母，主要元音如也是 e，就難以解釋彼此演變上的差異。〔註118〕

但是，將此四部擬構爲*e 或*i 的說法並非都被認同，例如何九盈和陳復華在二人共同撰著的《古韻通曉》一書中，卻認爲無論擬爲*e 或*i 都不合適，他們說：

> 段玉裁說：「脂微齊皆灰音與諄文元寒近，支佳與歌戈近，實韻理分
> 劈之大耑」。他的《六書音均表》把「脂支歌」緊緊排在一起，是十
> 五、十六、十七的關係。江有誥的《諧聲表》也把「歌支」排在一
> 塊，說明這兩部的元音絕不能相差得太遠。〔註119〕

陳新雄在其《古音研究》一書中，亦同意何九盈和陳復華提出「各家都把『歌元』擬爲最低元音，而把『支耕』擬爲最高元音i 或次高的 e，距離似乎太大了一些。」的觀點，認爲支、脂兩部古與歌部〔a〕合韻，若擬作*e 或*i 則顯得太遠。〔註120〕

龍宇純在佳、耕、脂、眞四部的擬音是承繼高本漢、董同龢及王力之說，將其擬爲*e，而不採用李方桂擬作*i。

（四）u 元音

龍宇純的元音系統中，屬於 u 元音的韻部包括：侯、東兩部。侯東兩部的擬音，高本漢、董同龢、李方桂及龍宇純皆擬作*u，僅王力擬作*□。對於高本漢、董同龢、李方桂及龍宇純等人將侯東兩部擬作*u 的情形，周法高則不表認同，他說：

> 在先秦的載籍裏，有好些東部陽部通諧的例子。高董李三家假定東
> 部的主要元音爲u，陽部的主要元音爲a，二者的距離相當大，遠不
> 如假定東部的主要元音爲〔o〕要接近一點。〔註121〕

除了周法高外，潘悟云在其《漢語歷史音韻學》一書中，亦根據藏文的同源詞

〔註118〕丁邦新：〈漢語上古音的元音問題〉，收錄於丁邦新：《丁邦新語言學論文集》（北京：商務印書館，1998 年），頁 50。

〔註119〕何九盈、陳復華：《古韻通曉》（北京：中國社會科學出版社，1987 年），頁 418～419。

〔註120〕陳新雄：《古音研究》（臺北：五南圖書出版社，1999 年），頁 420～423。

〔註121〕周法高：〈論上古音和切韻音〉，收錄於周法高：《中國音韻學論文集》（香港：中文大學出版社，1984 年），頁 148。

證明侯東的主要元音也應當擬作*o。〔註122〕由此可知，周法高和潘悟云皆贊同王力的擬音方式。

然而，丁邦新和余迺永並非如此認為。丁邦新在其《魏晉音韻研究》一書中指出，一般語言的基本元音有 i、u 及 a 三種，如果說某一種語言內部並沒有 i、u 元音，是很不容易取信於人。〔註123〕余迺永在其《上古音系研究》書中對此也有詳論，他認為：惟有 i，u 二音位既屬介音，亦屬元音，今擬「e」代「i」顯就擬構之方便；省「u」更違反音位歸納之系統性原則，此種方式斧鑿未免太過。他又進一步認為：

> 何況「u」雖出現於圓唇舌根音韻尾-g，-k，-ng 處，尚應出現於-d，
> -t，-n 之前；蓋《詩經》時代-u-分裂為複合元音 ua，故祭、元、月、
> 歌諸部之合口而已。否則必另擬圓唇元音取代各類帶合口介音之上
> 古音韻母，使音位更不經濟，此 u 元音不宜合併之理由。〔註124〕

龍宇純針對侯東兩部的擬音，原先同於王力擬作*o 而不擬作*u，其原因是為了使這一套「上古音」中，標準元音「u」與「i」的行為一致，都只作介音或韻尾，不作主要元音；然而，龍宇純後來卻修正其早先*o 的擬音，改擬作*u，他認為上古侯部和東部並沒有改易元音的理由，所以當從中古音擬侯韻韻母為-u，東韻元音及韻尾為-uŋ 當為合適。

綜上所述，龍宇純將主要元音系統擬為 ə、ɑ、e、u 四種，較高本漢及董同龢的元音數量少。陳新雄〈從《詩經》的合韻現象看諸家擬音的得失〉一文中從《詩經》中各部合韻次數的多寡來看各家在主要元音方面的擬音是否合宜，他說：

> 到底合韻的條件是什麼？蒸侵合韻有個韻例，蒸-əŋ，侵-əm 兩部主
> 要元音相同，韻尾不同；侵談，緝盍各有一例，侵-əm，談-ɑm；緝
> -əp，盍-ɑp，主要元音不同，韻尾相同，而主元音的差距不得超過
> 標準元音表的一格半。……似乎或多或少都不能滿足這種合韻的要
> 求。〔註125〕

〔註122〕潘悟云：《漢語歷史音韻學》（上海：上海教育出版社，2000 年），頁 265。

〔註123〕丁邦新：《魏晉音韻研究》（臺北：中央研究院歷史語言研究所，1975 年），頁 32。

〔註124〕余迺永：《上古音系研究》（香港：中文大學出版社，1985 年），頁 38～39。

〔註125〕陳新雄：〈從《詩經》的合韻現象看諸家擬音的得失〉《輔仁學誌》第 13 期（1984

陳新雄認爲，若依照合韻的條件來看各家的擬音，或許各家皆有其持論理由而無法兼顧合韻的條件，然而，由龍宇純的主要元音擬音系統來看，龍宇純雖師承董同龢系統，又吸收調和王力和李方桂以「同一韻部主要元音相同」的擬音原則，而將董同龢系統予以簡化（案：「同一韻部主要元音相同」即指，如前述所言備侯東）二部，初期同爲*o，後期修改爲*u，依此句原理來看，「侯東」符合主要元音相同之條件，故同爲一韻），進而發展出屬於其自身的獨特系統。

三、韻尾的問題

上古的韻部，依其韻尾的性質可以大致分爲三類：（1）以鼻輔音之雙唇-m、舌尖-n、舌根-ŋ 收尾者，統稱爲陽聲韻；（2）以清塞音雙唇-p、舌尖-t、舌根-k 收尾者，統稱爲入聲韻；（3）以元音（案：特別指-i 和-u）、零韻尾或其他輔音收尾者，統稱爲陰聲韻。一般對於陽聲韻和入聲韻韻尾的擬測，眾家學者意見相仿，甚無太大爭議。但是，對於陰聲韻韻尾的擬測，眾家學者則各自有其持論立場，迄今尚無確切定論。綜合各家說法而論，目前對於陰聲韻韻尾的擬測有二派說法較需注意：一派是持論陰聲韻具輔音韻尾說；一派是持論陰聲韻不具輔音韻尾，而是一般熟知的以元音韻尾收尾說。持論陰聲韻具輔音韻尾者，將陰聲韻韻尾構擬爲濁輔音，如：高本漢、西門華德、陸志韋、董同龢、李方桂、周法高、丁邦新等人屬之。持論陰聲韻不具輔音韻尾，仍是以元音韻尾收尾者，是根據陰陽入古韻三分法，將陰聲韻韻尾構擬爲開口音節，入聲韻尾則擬爲清塞音，如：錢玄同、王力、陳新雄、龍宇純等人屬之。

現今大部分學者因爲重視古韻各陰聲與入聲部之間保持一定的關係，劃然不混，以爲陰聲字必具有與各入聲相當的不同輔音韻尾。換言之，大部分學者在面對上古陰聲韻尾的構擬時，多半認爲上古陰入相諧或通押，進而視陰入關係密切爲常態，陰入彼此間有相近的韻尾，遂將陰聲韻尾擬爲-b、-d、-g、-r，與入聲韻尾-p、-t、-k 相配。

外國研究漢語音韻學者，對於上古漢語陰聲韻部和入聲韻部的研究，所得的結論和中國傳統的音韻學完全相反。外國研究者把上古的陰聲韻部幾乎完全取消，也就是將上古的開口音節幾乎完全取消，把清儒一向認爲開口音節的字，

年），頁 11～13。

大部分改爲閉口音節，〔註126〕主要以高本漢和西門華德爲代表。而高本漢即是陰聲韻具輔音韻尾說的首倡者，他僅將魚、侯、歌三部的部分擬有元音，其餘陰聲韻諸部全擬爲-b、-d、-g，且陰聲韻諸部中的（脂）微部和歌之半構擬爲-r，蒲立本則將陰聲韻諸部中的（脂）微部和歌之半改擬作-l，俞敏則認爲高本漢所說的歌部應構擬爲-l 尾，而脂支部則應構擬爲 i/ir 尾較妥當，周流溪在〈上古漢語的聲調和韻系新擬〉一文中則認爲，不論是高本漢所擬的-r 韻尾還是蒲立本、俞敏所擬的-l 韻尾，這兩者都可以相互通用，差別在於-r 和-l 韻尾只作促聲韻的韻尾，而不作舒聲韻的韻尾。〔註127〕然而，對於高本漢的說法，有多位學者加以反駁，如王力在其《漢語語音史》一書中曾對此批評到：

> 高本漢另有一種巧妙的擬測，他把之支宵幽四部的字都擬成入聲字，平上去聲擬測爲-g，入聲擬測爲-k。我們知道，漢語音韻所謂入聲字，是收塞音韻尾的，無論是-k、-g、-t、-d、-p、-b，都該認爲是入聲字。〔註128〕

由此可知，王力認爲高本漢不但不同於審音派，而且不同於考古派。他進一步說明：

> 考古派不承認這四部入聲獨立成部，甚至不承認這四部有入聲，而高本漢正相反，他把這四部全都歸到入聲韻部裏去，這在傳統音韻學是格格不入的，而且是不合理的。……據我所知，也異各種語言一般都有開音節（元音收尾）和閉音節（輔音收尾）。〔註129〕

關於高本漢說法所延伸出開音節與閉音節問題，王力特別加以解釋：

> 個別語言（如哈尼語）只有開音節，沒有閉音節；但是我們沒有看見過只有閉音節，沒有開音節的語言。如果把先秦古韻一律擬測成爲閉音節，那將是一種虛構的語言。高本漢之所以不徹底，也許是

〔註126〕王力：〈上古漢語入聲和陰聲的分野及收音〉，收錄於王力：《王力語言學論文集》（北京：商務印書館，2000 年），頁 142。

〔註127〕周流溪：〈上古漢語的聲調和韻系新擬〉，《語言研究》第 4 期（2000 年），頁 100。

〔註128〕王力：《漢語語音史》（北京：中國社會科學出版社，1985 年），頁 46。

〔註129〕王力：《漢語語音史》（北京：中國社會科學出版社，1985 年），頁 47。（案：引文中所言四部爲「之支宵幽」）

爲了保留少數開音節。但是他的閉音節已經是夠多的了，仍舊可以
認爲是虛構的語言。〔註130〕

此外，王力在〈上古漢語入聲和陰聲的分野及收音〉一文中，又再度批評高本
漢所擬構的上古音值，並對另一位外國學者西門華德也加以批評。他詳閱西門
華德〈關於上古漢語輔音韻尾的重建〉一文後認爲，西門華德的主要觀點和高
本漢相同，實際上是比高本漢更徹底。他不但把「之幽宵支脂微」等部都重建
成爲入聲韻部，而且「魚侯歌」三部也重建爲入聲了，於是造成了「古無開口
音節」的語音現象。王力進一步指出，西門華德所構擬的上古入聲韻尾是-ɣ、
-ð、-β 和-g、-d、-b 對立，但他又否認上古漢語和中古漢語有清塞音韻尾-k、-t、
-p。爲了配合其理論，遂將高本漢擬-k、-t、-p 的地方改爲-g、-d、-b，擬-g、
-d、-b、-r 的地方改成-ɣ、-ð、-β（魚侯兩部定爲收-ɣ，歌部定爲收-ð）。關於西
門華德的說法，王力說：

> 當然我們應該認爲以-ɣ、-ð、-β 收尾的韻母（如果存在的話）也算
> 入聲韻母，因爲帶塞聲韻尾的既算入聲，帶擦音韻尾的也不能不算
> 入聲。〔註131〕

王力認爲，高本漢的陰聲字具輔音韻尾-g、-d、-b 學說有很大的盲點，主要是
其破壞了陰陽入審音三分法的傳統學說，又拘泥於諧聲偏旁相通的痕跡，僅將
之支宵幽四部的全部和魚部的一半擬成入聲韻-g；脂微兩部和歌部的一部分擬
爲收-r 的韻，剩下侯部和魚歌部的一部分是以元音收尾的韻，即是所謂的開音
節，如此一來，便會流於形式主義的推斷。〔註132〕

李方桂對於上古陰聲具輔音韻尾說問題，其在《上古音研究》一書中強調，
古往今來研究古韻學者往往把古韻分爲陰陽入三類，而所謂的陰聲韻就是跟入
聲相配爲一個韻部的平上去聲的字。這類的字大多數也都認爲是具有韻尾輔音
的，這類的韻尾輔音是可以寫作*-b，*-d，*-g 等形式。然而，在確定陰聲韻是
具有韻尾輔音後，李方桂對於此些韻尾輔音的清濁問題也加以討論，他認爲：

〔註130〕王力：《漢語語音史》（北京：中國社會科學出版社，1985 年），頁 48。

〔註131〕王力：〈上古漢語入聲和陰聲的分野及收音〉，收錄於王力：《王力語言學論文集》
（北京：商務印書館，2000 年），頁 144。

〔註132〕王力：《漢語史稿》（北京：中華書局，1980 年），頁 77～78。

> 但是這種輔音是否是眞的濁音，我們實在沒有什麼很好的證據去解
> 決他。現在我們既然承認上古有聲調，那我們只需要標調類而不必
> 分辨這種輔音是清是濁了。〔註133〕

由上述李方桂所言可知，他對於上古陰聲具輔音韻尾說的問題似乎有些不肯
定，因爲其主要目的只是要標調類，那將 g/k、d/t、b/p 合一是否可行？又爲何
後來僅有平、上、去聲調成爲開韻尾，入聲還是保有韻尾存在？李方桂所言便
會產生無法解答的矛盾；此外，李方桂在陰聲韻韻尾擬音方面，於歌部跟從高
本漢意見同樣擬做-r，並在微部保留少量字的-r 尾。陸志韋在其《古音説略》
一書中，也談論到上古陰聲具輔音韻尾說的問題，其言到：

> 《切韻》的陰聲跟入聲-p、-t、-k，陽聲-m、-n、-ŋ 相對待。在中古
> 音他們是開音綴（open syllables）。在上古音大多數可以配入聲，那
> 就應當是-b、-d、-g 了。〔註134〕

針對同意上古陰聲具輔音韻尾說之學者如高本漢、李方桂、陸志韋等學者之言，
鄭張尚芳在〈上古韻母系統和四等、介音、聲調的發源問題〉一文中認爲，高
本漢、陸志韋、李方桂等學者都爲上古陰聲韻構擬了濁塞音或流音韻尾。然而，
高本漢還留下一點開尾韻，陸志韋和李方桂二位是一個不拉的全加了尾，成爲
清一色的閉音節。詳觀漢藏親屬語言之例，其中都沒有這樣怪的構擬方式，故
此三人的構擬是不可盡信。基於比對漢藏親屬語言之例，鄭張尚芳針對高陸李
三人的構擬方案提出兩點質疑：

> 第一、漢藏語言中未見有全是閉音節的活例，倒是有些語言如彝語、
> 苗語全讀開音節的，爲什麼古漢語跟兄弟姐妹語要差得那麼遠呢？
> 第二、漢藏語言中也沒見有清濁兩套塞尾對立的，而要有都只有一
> 套：如果是清的就沒有濁的，如果是濁的，像古藏文，現代泰語一
> 些方言，就沒有清的。〔註135〕

除了鄭張尚芳之外，唐作藩在〈對上古音構擬的幾點質疑〉一文中，也不同意

〔註133〕李方桂：《上古音研究》（北京：商務印書館，1982 年），頁 33。

〔註134〕陸志韋：《古音説略》（臺北：學生書局，1979 年），頁 87。

〔註135〕鄭張尚芳：〈上古韻母系統和四等、介音、聲調的發源問題〉，《溫州師院學報》（社
　　　　會科學版）第 4 期（1987 年），頁 84。

李方桂的言論，認為其擬測上古韻尾時並未考慮「音韻至諧」及「漢語實際語音現象」的問題。他認為李方桂所構擬的上古音節結構中，除了聲母和介音外，韻尾更為複雜，陰聲韻各部也全都帶有塞音韻尾，和陸志韋先生一樣，比高本漢還有所發展，且李方桂所舉例字中沒有一個是元音收尾的。這是我們學習起來感到最難理解的部分。他進一步說明：

> 李先生在構擬上古元音系統時，特別注意考慮「應該互相押韻」、「可以解釋押韻現象」，這就是說，要重視漢語的實際，要注意詩歌押韻的特點。在擬測上古韻尾的時候，李先生似乎並沒有十分考慮「音韻至諧」和漢語的實際。〔註136〕

由王力、鄭張尚芳、唐作藩等人的看法而論，他們皆認為同意上古陰聲具輔音韻尾者，將上古漢語構擬成一個不具有開音節或開音節極少的語言，似乎不符合漢語的實際現象。因此，王力便在陰陽入審音三分法的前提之下，將陰聲和入聲嚴格劃分，將陰聲韻全擬為開音節，入聲韻依舊保留閉音節，而陰入之所以能相押、互諧，乃是因為主要元音相同或相近所形成，如此便解決開音節不合於實際語言現象的疑慮。

董同龢對上古陰聲具輔音韻尾問題，在陰聲韻方面除了歌部之外，其他韻部都有構擬輔音韻尾。董同龢在其《漢語音韻學》一書中認為，既然現在大家都同意暫且假定《切韻》時代收 [-t] 的入聲字在先秦原來就收*-t，和他們押韻或諧聲的「祭微脂」諸部的陰聲字，大致都收*-d；《切韻》時代收 [-k] 的入聲字，在先秦原來就收*-k，和他們押韻或諧聲的之幽宵侯魚佳諸部的陰聲字，都收*-g、*-d 與*-g 到後代或消失，或因前面元音的影響變為 [-i] 尾複元音的 [-i]，或 [-u] 尾複元音的 [-u]、*-t 與*-k 則仍舊保持不變。所以如此，就是因為從一般的語言演變通例來，濁輔音韻尾容易消失或變元音，清輔音韻尾則容易保持不變。〔註137〕由此，他又進一步說：

> 《切韻》收-p 的入聲字，在古代韻語裏都自成一個系統。……凡與-p尾入聲字接觸的陰聲字，最初還有一個唇音韻尾，今擬作**-b。……

〔註136〕唐作藩：〈對上古音構擬的幾點質疑〉，《語言學論叢》第 14 輯（北京：商務印書館，1984 年），頁 35～36。

〔註137〕董同龢：《漢語音韻學》（臺北：文史哲出版社，2003 年），頁 268。

＊＊-b、-d、-g 之外，古韻語裏還有一個舌尖韻尾的痕跡。⋯⋯那個韻

尾現在訂作＊-r，在語音史中，-r 完全失落的例子是很多的。〔註 138〕

經由董同龢在其《漢語音韻學》一書中的說解可知，他是主張上古陰聲韻是具

有輔音韻尾。然而，師承董同龢的龍宇純，原先也是贊同上古陰聲韻具有輔音

韻尾，但後來從語音學及文字學的角度研究，便改變初衷，持論上古陰聲韻是

不具有輔音韻尾，並提出中肯意見解決王力開韻尾說所為人詬病之處。

　　王力主張從陰陽入審音三分法的立場，說明上古陰聲韻實不具有任何輔音

韻尾，多數學者皆表認同，但其將陰聲韻尾擬為元音韻尾，卻受到批評。如周

法高有言：

首先，他（王力）反對-d 尾和-g 尾的假定，認為上古音的開尾韻不

應該這樣貧乏，是有其道理的，而且-d 尾和-g 尾對於中國人未免太

不習慣了。〔註 139〕

隨後他又補充說明到：

不過王力的假定不能成立，因為他把之部標作 ə，而和職部的 ək 在

《詩經》和諧聲系統中可以通用，並且和蒸部的 əŋ 為陰陽對轉。我

們要問：ə 為什麼不和緝部的 əp 通用，並且不和侵部的 əm 對轉呢？

〔註 140〕

除了周法高之外，丁邦新在〈上古漢語的音節結構〉一文中，也不認同王力開

尾韻之說。他說：

王力的系統最特別，陰聲字全部是開尾韻。他認為「同類的韻部由

於主要元音相同，可以互相通轉。」這一句話是他最重要的論點。

〔註 141〕

〔註 138〕董同龢：《漢語音韻學》（臺北：文史哲出版社，2003 年），頁 269。

〔註 139〕周法高：〈論上古音〉，收錄於周法高：《中國音韻學論文集》（香港：中文大學出

版社，1984 年），頁 40～41。

〔註 140〕周法高：〈論上古音〉，收錄於周法高：《中國音韻學論文集》（香港：中文大學出

版社，1984 年），頁 41。

〔註 141〕丁邦新：〈上古漢語的音節結構〉，收錄於丁邦新：《丁邦新語言學論文集》（北京：

商務印書館，1998 年），頁 727。

針對王力開尾韻的說法，丁邦新認爲，這種說法會產生三點反面的理由使人無法接受這一種觀念。第一、什麼是同類的韻部？在 ə、ək、ət、əp 之中有什麼語音上的根據，可以證明 ə 跟 ək 同類？而不跟 ət、əp 同類？第二、即使承認 ə 跟 ək 同類，主要元音相同是否能通轉是一個問題；能通轉是否就能押韻又是另一個問題。第三、純從語音上來說，如果 ə 眞可以跟 ək 押韻，實在找不出任何理由說 ə 不可以跟 ət、əp 押韻。〔註142〕丁邦新基於此三點反面理由，否定王力用以解說上古陰聲字不具輔音韻尾說的開尾韻理論，但對於上古陰聲字實不具輔音韻尾之說，則表示認同。

針對各家學者針對王力開韻尾說所提出的反駁，龍宇純在〈上古陰聲字具輔音韻尾說檢討〉一文中，有詳細的論證以證明王力之說，並解決其困境。他認爲：爲何王力以 ə 只與 ək 押韻而不韻 əp、ət？很可能的原因，是由於發 ə 音時口腔通道或口型近於 ək 而不近於 əp、ət。除了發音口型的因素外，他認爲更重要且不可忽略的主要原因，是在於 ə 所以與 ək 協韻，不是因爲兩者間具有當然協韻的主要條件，而是因爲去聲的 ə 與 ək 可又具備了調值相同的次要協韻條件，以致形成了表面是 ə 與 ək 協韻，骨子裏卻可說並不包括讀 ə 的平上聲（請注意中古平上聲字的總和，差不多是去聲的三倍）。所以，如只就韻母本身而言，不涉及調值的同異，即但論協韻的主要條件，不論其次要條件，ə 與 ək 的相協，本非當然現象，嚴格說應該借用清人所創的「通韻」一詞來稱述，這也正是研究者所顧慮的像 əi、ət 或 ai、at 能否構成良好押韻的地方。究此，龍宇純又進一步申論：

> əp、ət 之所以不與 ə 叶，我的暸解應該不是因爲其間原不具叶韻條件，「不叶」的内涵可能只是「不見叶」，不具當然叶韻條件的而不見其叶韻，自不宜以此相責；且如魚部的陰聲字，既同時與 ak 及 ap 諧聲叶韻，在此一問題上，豈不正是足以讓我們釋然於心的？〔註143〕

由上述說解可知，龍宇純是從語音學的觀點來做通盤說明，使用發 ə 音時，口腔通道或口型近於 ək，而不近於 əp、ət。此說不僅使得王力開尾韻的問題得到解

〔註142〕丁邦新：〈上古漢語的音節結構〉，收錄於丁邦新：《丁邦新語言學論文集》（北京：商務印書館，1998 年），頁 727。

〔註143〕龍宇純：〈上古陰聲字具輔音韻尾說檢討〉，收錄於龍宇純：《中上古漢語音韻論文集》（臺北：五四書店，2002 年），頁 352。

決，也成為眾家學者，對王力開尾韻的批評是不能成立之論得到強而有力的佐證。

龍宇純在〈上古陰聲字具輔音韻尾說檢討〉一文中，特別舉出陳新雄的說法加以討論，他認為陳新雄將古韻分為三十二部，即將入聲韻部與陰聲韻部截然分開，所以分開之理，全篇中已不止一次申述明言其由，而最大原因亦即不主張陰聲諸部有-b、-d、-g 之韻尾。假始陰聲諸部若收濁塞音韻尾-b、-d、-g，則與收清塞音-p、-t、-k 韻尾之入聲相異，不過清濁之間，則其相差實在細微，簡直可將陰聲視為入聲，如此則陰入之關係當更密切，其密切之程度當有如聲母之「端 t 透 t' 定 d'」，見 k 溪 k' 群 g'，「幫 p 滂 p' 並 b'」之視作古雙聲之可互相諧聲，然而不然，陰入的關係並不如此密切，《廣韻》陰聲之去聲，為古韻入聲部所發展而成，關係密切除外，《廣韻》陰聲之平上聲與入聲之關係，實微不足道。由此並進一步申論：

> 若陰聲收有-b、-d、-g 韻尾，平上去與入之關係當平衡發展，相差不至如此之大，易言之，即陰聲之平上聲與入之關係亦當如去入之密切。今既不然，可見收-b、-d、-g 韻尾一說，尚難置信。〔註144〕

經由龍宇純的再申述可知，陳新雄也不認同上古陰聲諸部有-b、-d、-g 韻尾。此外，潘悟云在其《漢語歷史音韻學》一書中，針對陰聲字不帶塞音韻尾-b、-d、-g 之說提出一條漢語內部證據加以說明。他整理研究語音證據後發現，中原語音史上有一條很重要的語音定律，即是元音的後高化音變現象。這種現象產生的原因是由於主元音的舌位向後高方向變化，變到最後最高的 u 或 ɯ，就會裂化為複合元音，以後，複合元音的前後音素再朝加大差異的方向發展。基於此條語音定律，潘悟云舉出韻部擬音現象加以論證：

> 魚部的模韻 a（上古）＞ɑ（前漢）＞ɔ（後漢）＞o（中古）＞u（現代），幽部的豪韻 u（上古）＞əu（前中古期）＞ɑu（中古），侯部的侯韻 o（上古）＞u（前中古期）＞əu（中古），之部的咍韻 ɯ（上古）＞ə<ɯ＞əi（中古）。〔註145〕

潘悟云由上述韻部擬音例證認為，元音後高化音變定律受一定條件的限制，它

〔註144〕陳新雄論點又可見於其《古韻學發微》書中。（臺北：文史哲出版社，1983 年），頁 984～985。

〔註145〕潘悟云：《漢語歷史音韻學》（上海：上海教育出版社，2000 年），頁 172。

對帶前高元音的韻如支脂等韻就不會發生後高化的作用，而且比較典型地表現於一等韻之內。

眾家不認同上古陰聲字具有輔音韻尾說的理論中，龍宇純特別對陳新雄所論上古陰聲字不具輔音韻尾說的相關論證深表贊同。他專門於〈上古陰聲字具輔音韻尾說檢討〉一文中分七小節說明，尤其在文中的第二、第三、第四及第六小節中，針對其主張上古陰聲字實不具任何輔音韻尾理論加以闡述。

龍宇純認為上古陰聲字具輔音韻尾說，是導源於對中古音的不正確了解。會產生這種誤解，是因為其先誤認中古入聲獨配陽聲，不配陰聲，及見上古入聲與陰聲有關，以為現象特殊，而又未能分辨此所謂陰聲其實多是去聲，涉及平上聲的為數甚少之故。但是，經由仔細研究其實，陰聲字具輔音韻尾說，並無任何屬於上古時代的直接據證，而中古入聲亦非獨配陽聲不配陰聲。這現象顯示，只要我們能指明中古入聲獨配陽聲之並非事實，其自始至終又配陰聲，與上古陰陽入三聲相配之情形並無二致，則過去學者所訝然於中古上古兩時期陰入關係不同的心理即便袪除，而上古陰聲具輔音韻尾說亦即自然解體。〔註146〕然而，他又再進一步表示，當陰聲字具有-b、-d、-g尾時，則與收-p、-t、-k的入聲韻母過於相近，具備了當然叶韻的主要條件，其去聲雖然會因調值同於入聲而多與之相叶，其平上二聲與入聲間亦因調值差異不甚構成叶韻的阻力，而應當出現近乎去與入叶韻的實例。若今既平上去三聲與入聲間韻例形成絕對差異，此說所包含的重大缺陷，便已非常明確，無法掩飾。反之，陰聲字無輔音尾，則與入聲韻有開塞之異，此時便不具備當然叶韻的主要條件，雖然非不可叶韻，終當屬不經見的特殊現象。但亦假定去與入同調值，則去入間因又具次要叶韻條件與平上二聲不同，便可以形成去與入獨多叶韻的情況，而正可以解釋平上去三聲與入聲間韻例之所以多寡懸殊。是故以陰聲字具不具輔音韻尾兩說相較，顯然是陰聲字不具輔音韻尾之說才有足以稱道的地方。〔註147〕

除了直接從韻尾相對討論外，龍宇純還從音轉條例加以說明陰聲字實不具

〔註146〕龍宇純：〈上古陰聲字具輔音韻尾說檢討〉，收錄於龍宇純：《中上古漢語音韻論文集》（臺北：五四書店，2002年），頁321。

〔註147〕龍宇純：〈上古陰聲字具輔音韻尾說檢討〉，收錄於龍宇純：《中上古漢語音韻論文集》（臺北：五四書店，2002年），頁327～328。

輔音韻尾之說是古來定論。他認爲從音轉者而言，陰、入聲字既可以在某種固定範圍內互轉，則實際語言中由於時空因素的影響，即使在上古時期，一字同時兼具陰入二讀的可能是不容置疑的，情況特不若後世之複雜廣泛耳。更由於《切韻》之音不過是陸法言等人捃選的「精切」，被其刪除的「疏緩」正不知凡幾。因此，自《切韻》看來爲陰入通叶的韻例，未必不是陰或入聲的自爲韻。《詩經》如此，先秦散文中陰入的通叶亦不妨作如是觀。〔註148〕

　　龍宇純更從古書中有一些所謂「徐言爲二，疾言爲一」的雙音節詞合音爲單音節詞的現象說明，認爲古時雙音節詞合音爲單音節詞的現象，也可以幫助研究者辨認-b、-d、-g 尾說的優劣是非。他首先同樣先假定上古陰聲字帶-b、-d、-g 尾，而此附於陰聲字韻尾的-b、-d、-g 是爲-p、-t、-k 之濁音，從發聲之用力程度來看，較-p、-t、-k 爲強，換言之，即-b、-d、-g 的阻塞作用較-p、-t、-k 爲甚，如此一來，更難使一二兩音節結合發展而爲單音。這條例證，雖不能保證一定是上古陰聲字不具-b、-d、-g 尾的鐵證，但是，從古書中所謂「徐言爲二，疾言爲一」的雙音節詞合音爲單音節詞的現象顯示，至少能夠做爲佐證上古陰聲字不具-b、-d、-g 尾較具-b、-d、-g 尾之說爲有利。-b、-d、-g 尾之爲物，既純然爲一假設，便沒有堅持的理由。〔註149〕

　　龍宇純經由直接針對韻尾相互搭配觀察、音轉條件及古書所謂「徐言爲二，疾言爲一」的雙音節詞合音爲單音節詞的現象加以論證認爲，各陰聲部若附以不同的輔音韻尾，即等於桎梏了一個陰聲韻可以同時和一個以上不同韻尾的陽或入聲相轉的能力，對於上述研究所得的現象反而不易解釋。他認爲：

> 收-d 的陰聲自然只能配收-n 的陽聲和收-t 的入聲，沒有理由又可以
> 和收-m 收-ŋ 的陽聲或收-p 收-k 的入聲相配。同理，收-g 的陰聲也
> 只能與收-ŋ 的陽聲和收-k 的入聲相配，而不可能又配收-m 收-n 或
> 收-p 收-t 的陽、入聲。〔註150〕

〔註148〕龍宇純：〈上古陰聲字具輔音韻尾說檢討〉，收錄於龍宇純：《中上古漢語音韻論文集》（臺北：五四書店，2002 年），頁 328。

〔註149〕龍宇純：〈上古陰聲字具輔音韻尾說檢討〉，收錄於龍宇純：《中上古漢語音韻論文集》（臺北：五四書店，2002 年），頁 331、334。

〔註150〕龍宇純：〈上古陰聲字具輔音韻尾說檢討〉，收錄於龍宇純：《中上古漢語音韻論文

由此可知，反倒是不帶任何輔音韻尾的陰聲韻，因為其性質可歸屬於中性，只要在元音相同或極近的條件下，既可以配甲又可以配乙，而沒有一定的限制，才能徹底解釋相關語音現象。

龍宇純在探究陰聲字不具輔音韻尾時，除了提出有力論證做為立論根據外，更舉出《切韻》中具陰入及陰陽相配的反切為證、引用顧炎武《音論·下·反切之始》內的言論、文字資料，及一個以上不同部位韻尾的陽聲部或入聲部相轉的陰聲字實例，如之部陰聲和魚部陰聲為例證，證明其論點所言非虛，更加強王力陰聲字不具輔音韻尾說的理論，形成不同於其師董同龢的觀念。是故，不論自陰陽入配置的關係看來亦或從實際語言的情形相較得知，陰聲韻尾當以擬為元音之見較為可信。

此外，龍宇純又針對-b 尾說的有無提出進一步說明，特別針對李方桂及董同龢。李方桂在《上古音研究》一書中認為唇音韻尾*-b 等，若從《詩經》的用韻看起來葉部緝部等收*-p 的字已沒有與收*-b 字的字押韻的現象，所以收*-b 的字都是從諧聲偏旁擬定的。雖然如此，但其中仍然確有不可置疑的字，如「入 nʼzʼjəp：納 nap：內 nuai」等，李方桂認為這此字例不僅是諧聲字更是語源上有關的字，若將「入 nʼzʼjəp：納 nap：內 nuai」等字例置於《詩經》用韻上觀察，則產生出不同已往所認定的押韻現象。他進一步言：

> 但是在《詩經》的用韻上內字已跟舌尖韻尾的字押韻了，如〈大雅·抑·四章〉寐 mi：內 nuai，因此我們可以說諧聲字代表較古的現象，到了《詩經》時期*-b 已經都變成*-d 了（也許有少數變*-g 的例子存疑）。〔註151〕

除了李方桂認為上古-b 尾是存在可信之外，董同龢也有相同的立論，其在《漢語音韻學》一書中，他認為現今研究者幾乎大家都承認，諧聲字表現的現象，一般比詩韻表現的要早，因此可以說**-b 尾只存在於諧聲時代，到《詩經》時代即變為*-d。此立論何以得到相關證明，董同龢舉出「內」字為例加以說明：

> 關於「內」，我們更假定他由**nuəb→nuəd 是**-b 受〔u〕的異化作用的結果，如中古凡乏諸字 bʼjuam（p）變現代廣州的 fan（t）。

集》（臺北：五四書店，2002 年），頁 340。

〔註151〕李方桂：《上古音研究》（北京：商務印書館，1982 年），頁 36。

至於蓋由 *kab→*kad，則是由於 **-b 尾字少了，類化於內類字而來。〔註152〕

此外，張清常在其〈中國上古*-b 聲尾的遺跡〉一文中，也依次敘述了高本漢、西門華德，及羅常培三位國內外學者對上古音應該有*-b 尾的說法，並且列舉出二十條例證，再將這些例證匯列標音，用以證明上古有*-b 尾的說法。然而，不論是李方桂、董同龢，甚至是張清常，有數十條例證佐證上古*-b 尾存在的可能，龍宇純對上古-b 尾的存在亦是不表認同，他認為在《詩經》時代或是較早的時代-b 尾是不存在的。〔註153〕龍宇純在〈上古陰聲字具輔音韻尾說檢討〉一文中，舉「內立」二字為例加以論證，經由其研究顯示，內立二字兼具陰入二讀，意義相關而並不相等，內字二讀聲母相同，立字二讀則聲母無關，結合這幾點來看，內字的二讀極可能由於音轉，即不帶輔音韻尾的陰聲轉成了收-p 的入聲，或是收-p 的入聲轉而為不帶輔音韻尾的陰聲，而意義上又略有變化；或者即為了意義的改變而改讀陰聲為入聲，而其所以收音為-p，此則為偶然約定現象，也可能與入字的音有關，其詳不可得說。立字的二讀，如果不向複聲母去附會，便當與月夕、帚婦等相同，由同一符號代表意義相關的兩個語言，本不屬聲韻學上的問題；後來陰聲的一讀加上人旁而形成累增的位字。至於世與枼，兩者聲母雖不同，但相關，諧聲字如式與弋、始與台都可為說明，意義又復相等，其情況極可能亦為音轉；而其後入聲一讀增加意符木或竹形成繁體（即累增字）的枻、葉、笹，《詩經》的葉字則可能是同音通假，也仍可能是累增字。經由上述研究結論，龍宇純認為：

> 從內、立、世等字實際情況看來，-b 尾之說既不能解釋任何現象，且處處碰壁，可見這是幾種輔音尾假說中包含問題最多的一個。〔註154〕

再者，關於上古-b 尾輔音是否存在之說，龍宇純於另一文〈再論上古音-b 尾說〉中，更進一步補充〈上古陰聲字具輔音韻尾說檢討〉一文中的論點，他認為考

〔註152〕董同龢：《漢語音韻學》（臺北：文史哲出版社，2003 年），頁 269。

〔註153〕張清常：〈中國上古 *-b 聲尾的遺跡〉，收錄於張清常：《張清常語言學論文集·第一卷》（北京：商務印書館，1993 年），頁 1～27。

〔註154〕龍宇純：〈上古陰聲字具輔音韻尾說檢討〉，收錄於龍宇純：《中上古漢語音韻論文集》（臺北：五四書店，2002 年），頁 339。

-b尾之說，本是-g尾-d尾的延伸，如其先沒有-g尾-d尾說的構想，-b尾的構想恐怕無自而生。今-g尾-d尾說既大有可商，而與緝、葉兩部字諧聲者，除緝、葉、侵、談之字外，不僅不以脂微祭三部陰聲字為限，且不以陰聲字為限，-b尾之說非但於上古音韻結構上不能有所建樹，反使原本並無問題的局面形成無端的困擾。此外，龍宇純又進一步認為：

> 學者所憑以建立-b尾說的依據，有的或並非諧聲字，或雖為諧聲字其時代則不在《詩經》之前，又且不得如內、立之字可作如上的解釋，有的甚至涉及錯誤的說解或錯誤的寫法，在在顯示-b尾說之不切實際。〔註155〕

龍宇純為了證明其說，列舉《說文》中所有緝、葉兩部與緝葉、侵談以外各部相互諧聲之字完全列出，並加以檢討，其字例有：翊、昱、喝、瀋、納、軜、、褱、 、鰥、摯、埶、藝、鞚、驇、鷙、幣、墊、習、簪、藞、枼、蝶、揲、渫、荔、瑝、瘱、瘗、盒、蓋、狇、胅、 、籋共計三十六字，並對此三十六字詳加說解，加以論證上古-b尾說不可確信之因。此外，龍宇純在〈上古音芻議〉一文中，更舉了如祈、琱等四十餘組，之幽部轉讀入微文部字例，做為其立論根據，龍宇純文內對祈、琱二字的研究說明如下：

第一例：祈

> 祈，求福也，示，斤聲。渠希切
>
> 案：段云：「祈求雙聲。」意謂二者語音相關；祈與求同群（案：群）母，古韻分屬微或幽部。〔註156〕

第二例：琱與彫

> 琱，治玉也，玉，周聲。都僚切；彫，琢文也，，周聲。都僚切。
>
> 琱彫實同一語，琢是其轉入侯部之音。

並針對此例解釋到：

〔註155〕龍宇純：〈再論上古音-b尾說〉，收錄於龍宇純：《中上古漢語音韻論文集》（臺北：五四書店，2002年），頁354。

〔註156〕龍宇純：〈上古音芻議〉，收錄於龍宇純：《中上古漢語音韻論文集》（臺北：五四書店，2002年），頁430～431。

《詩‧棫樸》「追琢其章」，毛云「追，彫也」，追彫一語之轉。《釋
文》音對迴反。〈有客〉「敦琢其旅」，鄭云「言敦琢者，以賢美之，
故玉言之」，《釋文》「敦，都回反，徐又音彫」，不僅敦與彫爲語之
轉，又直以敦之音同彫。舌音無合口四等音，故四等的彫音轉爲合
口而讀一等。〔註157〕

由上述祈、瑂等四十餘組，之幽部轉讀入微文部字例後之龍宇純研究案語可知，
上古音本不具有-b、-d、-g 尾是能夠找到古音證據做爲成立後盾。

　　龍宇純認爲，由諧聲字言-b 尾，實際上並無積極證據或堅強理由可以支持，
但卻有不少有力的反證。過去學者只是偶然接觸到往來於-p、「-d」之間的諧聲
行爲，以爲情況特殊必須解釋，於是蒐集了一些表面看來爲平行現象的字例，
便提出了《詩經》以前諧聲時代曾有-b 尾的學說，殊不知與-p 尾字發生諧聲行
爲的特殊現象，原不以「-d」尾字爲限，既別有-p 與-k、-t 的互諧，依一般了
解且有-p 與「-g」的互諧，顯然應與-p、「-d」的接觸連結一起，作通盤考察，
然後庶幾可望獲知其真實背景。然而學者所注意到的不僅不是屬於-p 與「-d」
交往的諧聲字，即此諧聲之字亦只是依據《說文》，而不曾深入探討，以了解各
字的實際情況。如此這般的-b 尾，自是不具客觀基礎。

　　綜合上述各家言論，對於上古陰聲韻尾是否具有輔音韻尾說的問題，不論
是輔音韻尾派或是元音韻尾派，眾家學者都能提出支持自己論點的說法，並自
成一家之言。然而，筆者對於此問題還是同意龍宇純的說法，從語音學和文字
學的角度，雙向觀察以獲得上古不具輔音韻尾-b、-d、-g 之論，與其他同意此
說之各家相比較，比起綜合文獻資料，只單從音韻學觀點論說，較能適切妥當
地取信眾家學者。

四、對轉、旁轉及音之正變的問題

　　古韻分部自段玉裁、孔廣森、王念孫、江有誥以來，無論如何縝密，而例
外押韻的情形在所難免，段玉裁和王念孫將此種現象稱之爲合韻；孔廣森則稱
之爲對轉與通韻；江有誥又稱爲通韻、合韻、借韻等，諸家名稱皆有不同，但
論述的內容卻大同小異。時至章炳麟，以對轉、旁轉之名，統一歷來各家說法，

〔註157〕龍宇純：〈上古音芻議〉，收錄於龍宇純：《中上古漢語音韻論文集》（臺北：五四
　　　　書店，2002 年），頁 430～431。

並配以其〈成均圖〉說解，但此圖多被批評爲無所不通、無所不轉之取巧之法，
其批判實過於武斷。

　　所謂對轉、旁轉者，實近代語音史上常見之事實。所謂旁轉，就現象而言，
乃陰聲韻部與陰聲韻部之間，或陽聲韻部與陽聲韻部之間，有互相押韻、假借
或形聲字中有互相諧聲之現象者稱之；就音理而言，乃某一陽聲韻部或陰聲韻
部因舌位高低前後之變化，而成爲另一陽聲或陰聲韻部者之情形。〔註158〕龍宇
純更進一步定義：旁轉即是指兩個陰聲韻部或兩個陽聲韻部之間音的轉換；無
論前者後者，若非元音不同，即是韻尾發音部位異樣，不得隨意改換其元音或
韻尾之某甲爲某乙。王力《中國音韻學》亦言，旁轉是從某一陰聲韻轉到另一
陰聲韻，或從某一陽聲韻轉到另一陽聲韻。例如陰聲 a，稍變閉口些，就成陰
聲 ε；又如陽聲 ɔŋ，稍變開口些，就成爲陽聲 aŋ。並認爲這種現象在語音史上
是常見的事實；胡以魯《國語學草創》書中，也有評論旁轉是音聲學理所應有，
方音趨勢所必至也。〔註159〕所謂對轉，乃是陰聲韻加上鼻音韻尾而成爲陽聲
韻，或陽聲韻失落鼻音韻尾而成爲陰聲韻是也。又音聲之變，往往經由旁轉對
轉二歷程，即所謂次對轉者是也。〔註160〕龍宇純更進一步定義：對轉即是指某
陰聲（包含入聲在內）韻部與其相對的某陽聲韻部之間音的轉換，兩者既同元
音，又復韻尾具發音部位相同的對當關係，於是產生了韻尾的轉換現象。

　　綜上所述，章炳麟所論的對轉、旁轉之定義，自無可疑之處。然而，針對
旁轉觀念的形成原因，龍宇純又有進一步的解釋。他認爲，從《說文》及經傳
中不同韻部間的或體、諧聲、叶韻及異文、假借等，雖然是旁轉形成的依據，
但這些例證還是無法成爲旁轉成立的有力說法。會產生這些矛盾之處，龍宇純
指出兩點主要影響因素：（1）有些所謂旁轉的例證不可盡信；（2）《說文》內部
也存在若干不可否認具有涉及不同韻部的諧聲字。茲就龍宇純兩點因素說明如
下：

　　（1）有些所謂旁轉的例證不可盡信

　　龍宇純指出如朝從舟聲、裘求同字以及帥從𠂤聲，此三例分別屬於幽宵、

〔註158〕陳新雄：《古音研究》（臺北：五南圖書出版公司，1999 年），頁 151。

〔註159〕陳新雄：《古音研究》（臺北：五南圖書出版公司，1999 年），頁 151。

〔註160〕陳新雄：《古音研究》（臺北：五南圖書出版公司，1999 年），頁 152。

之幽、微祭旁轉之現象。以裘求爲例，龍宇純援引古文字資料，指出《說文》以求象皮裘之形，裘字則於象形的本體之外，加上了表意的衣字，但實際而論，求裘二字韻不同部，證明許慎說解有誤，如此便形成錯誤的旁轉之例。

（2）《說文》內部也存在若干不可否認具有涉及不同韻部的諧聲字

龍宇純指出，如輗或作輨，兒聲屬佳部，宜聲屬歌部；蜜字或作蠠，宓聲屬脂部，鼏聲屬佳部；琨或作瑻，昆聲屬文部，貫聲屬元部，分別爲陰聲、入聲、陽聲兩不部互諧之例。除了上述諧聲字例外，龍宇純又指假借字例「帥」說明。如《詩經・野有死麕》叶脫帨吠，帥與帨同字，本音當屬祭部，音舒芮切。經傳則用爲帥領、將帥之義，等同於率字，又當屬微部，音類切。所以蟀字於《說文》同蠻字，而蠻即爲膟字或體。這一切便是旁轉說之所從來。但龍宇純認爲，光從這一條例證還是無法建立旁轉之說，諧聲字可能涉及方音，詩韻也可能有叶韻本質的問題，只不過爲個別的語音現象，不可因此而動及兩個韻部的整體。

因此，龍宇純認爲，語音會受到所在方言的影響而有正有變，也就是同一地區的同一種語言，可以不同的聲音與面貌出現，並容許同一字可以出現於兩個韻部，意即不必一字只隸屬於一個韻部，不以同一諧聲偏旁文字僅能見之於一個韻部限制，若字例有涉及兩個陰聲、入聲或陽聲韻部的現象，都可視爲是個別文字所有，其產生背景或許依然是音近，但不可據此類推其他字例，或稱之爲旁轉現象，更不必任何異音都要求其說明音變條件。

語音會受到所在方言的影響而有正有變，也就是同一地區的同一種語言，可以不同的聲音與面貌出現，這就形成了正音變音的問題。正音變音的問題討論可遠溯自清儒，如段玉裁古合韻之說、戴震《聲類表》以音理說明轉音由來、在戴段先後間的錢大昕認爲古人亦有一字異讀，有其正音，有其轉音，非固定不移等理論，皆與正音變音的討論有關。尤其是錢大昕，他以一字異讀（案：即一字多音）之說來闡明正音變音之理，其於《潛研堂文集・十五・音韻答問》文中明言：「古人亦有一字異讀者，文字偏旁相諧，謂之正音；語言清濁相近，謂之轉音。音之正有定，而音之轉無方。正音可以分別部居；轉音則祇就一字相通，假借互用，而不通於他字。……古人有韻之文，正音多而轉音少；則謂轉音爲協，固無不可。如以正音爲協，則僨到甚矣。顧氏謂一字止有一音；於

古人異讀者,輒指為方音,固未免千慮之一失。」〔註161〕基於此立論,錢大昕認為:

> 古人之立言也,聲成文而為音。有正音以定形聲之準,有轉音以通
> 文字之窮。轉音之例,以少從多,不以多從少。顧氏知正音而不知
> 轉音;有扞格而不相入者,則誣之於方音,甚不然也。〔註162〕

隨後又在《潛研堂文集・三十六・答嚴久能書》一文中補充深述:

> 聲音本於文字,文相從者謂之正音;相借者謂之轉音。正音一而已,
> 轉音則字或數音。〔註163〕

由上述可知,錢大昕主張字音有正、有轉,不妨一字數音,若如同顧炎武所說,一字只有一音,似乎無法完整說明聲音的變化。

  然而,龍宇純針對正音變音的問題之說明關點與錢大昕若有不同,他認為分辨正音與變音,依理一切自應依古音判斷,同者近者為正音,反之則為變音;雖變音多正音少,亦不例外。但整體演變現象,如以上古魚部元音為例,上古魚部元音擬為 a,今國語凡甲類韻字讀 u,雖是變音,可以正音視之。龍宇純舉之、幽二部陰聲字說明正音變音的問題,如其說明「之部」的正音與變音,首先認為此部的甲類字後世以入咍韻(舉開賅合,舉平賅餘調)為正音,唇音的明母或入侯韻為變音。並認為:

> 甲類字後世以如以母字為例,母與畝字入厚韻,大抵方音早已讀近
> 於侯,所以金文母字用為禁止之詞,後書作毋字,古韻本屬侯部。
> 因為或用魚歌無(舞)字兼代,後來與無字同入虞韻。鸚鵡字本與
> 母同音,後亦作鵡,音文甫切,行徑與母字相同。可見母字在周代,
> 因本義借義的不同,古韻分屬之或侯部。

乙類字:

〔註161〕錢大昕:《嘉定錢大昕全集・潛研堂文集》(江蘇:江蘇古籍出版社,1997 年),
    頁 227。

〔註162〕錢大昕:《嘉定錢大昕全集・潛研堂文集》(江蘇:江蘇古籍出版社,1997 年),
    頁 228。

〔註163〕錢大昕:《嘉定錢大昕全集・潛研堂文集》(江蘇:江蘇古籍出版社,1997 年),
    頁 615。

乙類字依齒音（開口，無合口音）與脣、舌、牙、喉之不同爲分化
條件。前者入之韻的二等，後者入皆韻，形成互補狀態，自以入之
韻爲正音，入皆爲音之變。

丙類字：

丙類字以入之韻的三等爲正音。脣音則或入脂，或入尤。牙音與喉
音方面則有讀合口者變入脂韻，也有變音入尤韻者。

丁類字：

丁類字中古入之韻的第四等，無變音；入聲亦全入職類的第四等，
一無例外。〔註164〕

又如說明「幽部」的正音與變音，他認爲此部甲類字：

甲類字中古大率入豪韻，脣舌牙齒喉五音俱足，也有少數字入侯韻。

乙類字：

乙類字中古齒音見於尤韻的二等，間有讀入肴韻者，其餘脣舌牙
喉四音並見於肴韻，除脣音外並爲偶見。齒音部分，似乎依聲母
之清濁、送不送氣，或塞擦音與擦音之不同，形成入尤入肴的有
條件分化。

然而，「幽部」的丙類字較爲複雜，此類字以入尤韻三等爲正音。鵃字入宵韻音
止遙切，本與周、舟等字條件不異而行徑不同，是爲變音。龍宇純在此舉「朝」
字爲例加以說明：

此類字開口以朝字音陟遙切，又音直遙切，學者從《說文》舟聲之
說入幽部，則與鵃字音變相同。但其字本不舟聲，見於《詩經》韻
腳，並與宵部字韻，原是宵部字，入宵韻自爲正音；則其合口則經
由微部文部而變入微文二韻，此即產生音轉問題。

丁類字：

此類字齒音及喻四字入尤韻的四等，其餘脣牙喉音及來母入幽韻，

〔註164〕龍宇純：〈上古音芻議〉，收錄於龍宇純：《中上古漢語音韻論文集》（臺北：五四
書店，2002 年），頁 416～419。

舌音入蕭韻，形成互補現象。入蕭韻的當然爲變音，入幽入尤的，

其先蓋本是一音，後因方音的不同，入尤韻的亦爲音變。〔註165〕

由此可見，「音變」也是產生正音變音的重要因素，不能忽視而以籠統的旁轉觀念說明。再者，由幽部丙類字所延伸出的音轉問題，也必須加以討論。

龍宇純舉出四十餘組幽部轉讀入微文部字例，不僅證明上古音時期陰聲字實不具有輔音韻尾-b、-d、-g 外，幽部與微文部通轉的現象，更是清代古音學者所未見討論的部分，此一現象對於揭示上古韻部音的擬測、上古的方音問題以及上古同源詞的探討等，都有著啓發意義。

龍宇純根據四十餘組幽部轉讀入微文部字例歸納發現，屬於入聲者，僅逐（直六切）與追、孰與誰、祝與雛、裻與萃、孰與臺、筍竺篤與惇、旭（許玉切）與旭（許袁切）熏薰共七例。而逐字別音直祐切，孰與誰一例涉及霈字，祝字別音職救切，旭字也別有許皓切一讀，確然不見有陰聲讀音蹤跡，僅臺孰的孰及篤、裻三字。這種陰聲絕多入聲絕少的現象，表示的當然是入聲有塞音尾，韻尾不容易發生變化，微部入聲與幽部韻尾不相同，所以幽部入聲極少轉入微部；文部情形自不得異。至於幽部陰聲所以多有轉入微文部者，自然又顯示因爲幽部陰聲是開尾的，不然具有-g 尾或-gw 尾的幽部字，與入聲爲-k 或-kw者實無不同，也便沒有時見轉入微部文部之理。-g 尾-d 尾等的設立，本欲用以限制不同部位陰聲的交流，終不至有人根據如孰、篤的例，說施加了-g 或-gw尾的幽部字，也同樣可以轉爲微部的陰聲或文部陽聲。雖然轉語之間不必定具韻尾相當的關係，但如同此四十餘組幽部轉讀入微文部之間的各種平行現象，若以爲非某種語音演變規律而忽略其重要性，甚爲可惜。

因此，龍宇純認爲幽部轉入微文部的音變原則是：幽部陰聲爲$*$əu，因爲央元音前發生圓唇作用，形成 u 介音，使原來的-u 韻尾異化爲-i，於是變爲微部合口陰聲；更由-i 變而爲-n，即是文部的合口音。這種情形，很容易使人聯想到之部陰聲字的轉入微文部。之部陰聲字讀音$*$ə，先是 ə 後產生圓唇作用，形成-u 韻尾而音同於幽，再而 ə 前如同幽部陰聲字一般產生介音 u，更而韻尾-u 異化爲-i 變入微部、文部，其例如龜、存、敏，究竟兩次發生圓唇作用的機

〔註165〕龍宇純：〈上古音芻議〉，收錄於龍宇純：《中上古漢語音韻論文集》（臺北：五四書店，2002 年），頁 416～419。

率較少，所以之部字如龜（居求切）、裘、尤、又、有、丘、牛、郵等轉讀入幽的較爲多數，而轉入微部文部者爲數較少。因此，幽部與微部、文部之間的關係較之部來得密切。

五、脂、眞、微、文分部的問題

歷來學者針對古韻分部討論最多的韻部即是「眞部」和「脂部」。關於「眞部」的分部準則爲：從鄭庠古韻六部的眞部起始，自顧炎武《古音表·古音十部》中的「眞、諄、臻、文、殷、元、魂、痕、寒、桓、删、山、先、仙」第四眞部，到江永《古韻標準》以口型斂侈將眞部一分爲二，成爲第四部「眞、諄、臻、文、欣、魂、痕及先之半」眞部，及第五部「元、寒、桓、删、山、仙、先之半」元部，再到段玉裁《六書音均表》分江永第四部眞部爲「眞、臻、先之半」第十二眞部，及「諄、文、欣、魂、先之半」第十三諄（文）部。從鄭庠起首至顧炎武、江永直到段玉裁，這一收舌尖鼻音-n尾的韻類，方才完成了分部工作，成爲定論。關於「脂部」的分部準則爲：從鄭庠古韻六部的支部起始，自顧炎武分「支、脂、之、微、齊、佳、皆、灰、咍」第二支部，[註166]到段玉裁將支部一分爲三，成爲第一之部「之、咍」、第十五脂部「脂、微、齊、皆、灰、祭、泰、夬、廢」，及第十六支部「支、佳」。其中段玉裁的之脂支三部中的第十五脂部，又引起眾家學者討論，第十五脂部經由戴震獨立其中「祭、泰、夬、廢」四部、朱駿聲和江有誥不約而同分出「祭」部獨立、王念孫「至」部獨立章炳麟又自王念孫脂部的去入聲再析出包含「術、物、迄、沒」的「隊」部，脂部至此只剩下平上聲。到了黃侃以陰陽入審音三分法的系統相配得出：灰（章氏的脂微部）－沒（章氏的隊部）－痕魂（文部）；○－屑（至部）－先（眞部）。於是「屑、先」部相承的陰聲韻成了空缺，令人不得不思考灰部（脂微部）二分的可能性。

綜上所述，「眞部」和「脂部」的分部，是經由多次討論才成爲定論，尤其是「脂部」的分部更是關注焦點。特別是王力在前人研究基礎上明確提出脂、微分部說，使得「脂部」分部更加清楚外，龍宇純更進一步提出，脂眞二部爲

〔註166〕顧炎武古韻分部「支、脂、之、微、齊、佳、皆、灰、咍」等韻實隸屬其古韻十部中的第二支部，龍宇純：〈古韻脂眞爲微文變音說〉文中誤寫爲「支、脂、之、微、齊、佳、皆、灰、咍第一」，在此更正。

微文變音之說，亦是對「脂部」研究的另一項成果。茲就「脂部」各項說法加以述明。

首先發現脂微部應該二分的學者是曾運乾，他在《音韻學講義》一書中說明了脂微二部應當區分：

> 段氏知真以下九部之當分爲二，而不悟脂微齊皆灰之亦當分爲二；
> 戴氏不知脂微齊皆灰之當分爲二，乃反疑真以下九部之當併合爲
> 一；皆非能真知古韻部分者也。考古韻部分，脂微齊皆灰當分二部，
> 詩三百篇雖未分用劃然，固已各成條理。〔註167〕

曾運乾之後，真正提出脂微二部應當區分者爲王力。王力發現章炳麟「隊」部中的平上聲如「追、綏、推、衰、誰」等字應歸屬微部，再細考《詩經》、《楚辭》用韻，得出脂微獨用的比例比合用來得高，其統計結果如下：（1）段氏《六書音均表》之韻例中，共一百一十個例子，脂微分用者八十四個，約占全數四分之三，脂微合韻者二十六個，不及全數四分之一；（2）段氏《群經韻分十七部表》之韻例中，共三十四個例子，脂微分用者二十七個，約占全數五分之四，脂微合韻者僅七個，約占全數五分之一；（3）《詩經》中長篇用韻詩歌，均不雜他韻之字。由此可知，王力認爲上古脂微兩部韻母並不相同，理當分爲二部。而其分部標準有三：

> （甲）《廣韻》的齊韻字，屬於江有誥的脂部者，今仍爲脂部。
>
> （乙）《廣韻》的微、灰、咍三韻字，屬於江有誥的脂部者，今改稱
> 微部。
>
> （丙）《廣韻》的脂、皆兩韻是上古脂、微兩部雜居之地；脂皆的開
> 口呼在上古屬脂部；脂、皆的合口呼在上古屬於微部。〔註168〕

爾後，董同龢在其《上古音韻表稿》一書中，又以諧聲資料檢視王力說法，所得結論亦認同脂微兩部理當二分。他認爲王力把他的學說求證於《詩經》韻的結果，是在全體 108 個韻例之中，可認爲脂微分用者有 82 個，應視作脂微合用者仍有

〔註167〕曾運乾：《音韻學講義》（北京：中華書局出版，1996 年），頁 184。

〔註168〕王力：〈上古韻母系統研究〉，收錄於王力：《王力語言學論文集》（北京：商務印書館，2000 年），頁 118～121。

26 處韻。因爲合韻的情形到底是多，而王力只歸結到說，兩部的元音雖不同而相近，並不堅持一定要分部。經由王力的研究結論，在脂與微究竟該不該分部的問題上，董同龢認爲，詩韻與諧聲資料對於上古韻母系統的觀測是有同等重要的價值，此外，往往有一些分部的問題只單就《詩經》韻來觀察是不能夠完全清楚區分，在此侷限之下，若將諧聲資料從旁加以對照，便能將分部問題迎刃而解。董同龢舉出東中分部的問題，以《詩經》韻加上諧聲資料相互對照後，東中分部的問題便不用受到特定韻腳的糾纏，而成爲定論。此後，董同龢續承王力的研究方法，也將《詩經》韻和諧聲資料相合研究，得出五點分部問題之證：第一爲證得齊韻字可以說是不跟微灰咍三韻的字發生什麼關係。但卻有如隶、西、尾三個不甚確實的例。所以，齊與微灰咍在詩韻裏雖不免糾纏，但依諧聲則大體分得很清楚。王先生的甲乙兩項標準就可以完全成立；脂微分部的大界也可以就此確立。第二爲證得跟齊韻字關係最密的莫過於脂韻開口字。兩兩相諧者共有十七個系統之多，然也有一部分是專諧微咍灰而不諧齊。第三爲證得如脂開口字，皆韻的開口音是有專諧齊而諧微灰咍的，也有專諧微灰咍而不諧齊，但此現象決沒有紊亂清與微灰咍的界限。第四爲證得大多數的脂韻合口字只諧微灰咍而不諧齊，也有一些則專諧齊而不諧微灰咍。第五爲證得皆合口只諧微灰咍以及跟微灰咍有關的脂韻字。藉由上述五點論證，董同龢認爲：

> 現在總起來看，分別脂部與微部確實是可以的。不過是因爲加了材料，王先生的丙項標準要稍微改正一下。我們不能說脂皆的開口字全屬脂部而合口字全屬微部。事實上脂皆兩韻的確是上古脂微兩部的雜居之地，他們的開口音與合口音之中同時兼有脂微兩部之字。
>
> 〔註169〕

除了董同龢之外，羅常培和周祖謨在二人共同撰著《漢魏晉南北朝韻部演變研究》一書中，亦認爲不論從諧聲或陰陽對轉兩方面來看，「脂微」應皆爲兩部爲宜。最後，羅周兩人還指出一個現象「微部和歌部有時在一起押韻，但是脂部和歌部押韻的幾乎沒有」，〔註170〕由此可知，羅周兩人的說法，顯然也是對「脂

〔註169〕董同龢：《上古音韻表稿》（臺北：中央研究院歷史語言研究所，1967 年），頁 68 ～70。

〔註170〕羅常培、周祖謨：《漢魏晉南北朝韻部演變研究》（第一分冊）（北京：中華書局，

微」應分兩部說提供有力的佐證。

　　對於「脂微」分部的說法，龍宇純在王力及董同龢的說法下，進一步提出「古韻脂眞爲微文變音」之說。龍宇純認爲，王力和董同龢在探討「脂微」兩部的問題時，都以離析《廣韻》或著眼相關各韻諧聲分布的狀態來做爲研究材料，卻忽視上古時期「脂眞」部少合口，「微文」部少開口的特殊狀況。龍宇純從王力和董同龢所歸納整理的「諧聲表」觀之，發現歸入「脂部」諧聲表中僅「夔、水、癸、惠、季、血」六字讀合口，此外，「八」這個字在《韻鏡》亦見於合口轉，許愼說從「八聲」的「穴」字同讀合口，爲次級聲符；「微部」開口字稍多，也不過「衣、幾、希、開、乞、旡、隶、器、冀、叵、乙」等十一字；又「旡聲」的既與愛，及「㪗省聲」的豈也屬開口，並爲聲符。相對於「脂部」的開口音或「微部」的合口音，究爲少數。另外，在「眞文」部的「諧聲表」歸字內也有問題，如「眞部」中僅有「　、旬、勻、玄、尹」五字屬合口，「文部」亦如「微部」，開口字較多，卻也僅有「塵、辰、先、巾、堇、豩、斤、筋、肙、㐱、睪、𠃊、丨、艮、刃、胤、薦、卂」等十八字，爲合口的二分之一；其中「塵和卂」本應入「眞部」，「𠃊和丨」不爲字，肙也可能僅見於偏旁，「豩」非「關」字聲符，都不應計入，開口實居合口的三分之一。「眞文」兩部形成開、合口結構性的音韻不同，同樣是十分清楚。〔註171〕

　　綜上所述，龍宇純認爲「脂部」可以說一無合口音字，「微部」則僅有數開口音字，「脂微」兩部形成幾乎爲開、合口互補的狀態；反觀「眞部」與「文部」的情形也大致相同，由此便進一步闡發其「脂眞」爲「微文」變音說之論。他主張「脂眞」原是「微文」的變音，最早只有「微」與「文」兩個韻腹爲央元音ə的開口韻部，其後部分字ə元音前產生圓唇化變讀爲合口，原先的元音未經此變化者，有的因係乙、丙、丁三類韻受介音 r、j 或 i 的影響，使元音ə變而爲e，於是脫離「微」或「文」部發展爲獨立的「脂」與「眞」，與已形成合口的「微」與「文」對立。而形成此情況的原因，龍宇純認爲：

　　　　其元音ə未受 r、j 或 i 之影響而產生變化，及本屬甲類韻的字，自

───────────────

2007 年），頁 29。

〔註171〕龍宇純：〈古韻脂眞爲微文變音說〉，收錄於龍宇純：《絲竹軒小學論集》（北京：中華書局，2009 年），頁 311、313。

然留在微或文部而爲開口的讀法，此所以微文二部有較多的少數開
口音字。脂（？）與眞後來又偶有變讀爲合口音的，這便是脂（？）
眞與微文呈現開、合口音韻結構基本相異的原因。〔註172〕

此外，龍宇純又舉「諧聲」、「異文」及「連語」等資料，來佐證其「脂眞」爲
「微文」變音說之理論，並提出「脂微」、「眞文」的分部原則應是凡有「叶韻」、
「假借」、「異文」、「轉語」等直接資料可證的，當然必須根據這些資料，考慮
各字的韻部應該如何歸屬，但這中間也有分量輕重的不同，以叶韻而論，歷來
即爲分部的一項重要依據準則，可取主要元音與韻尾爲標準，也可只取韻尾相
同，元音同近與否則不計；假借與異文則理論上應爲同音，即使不然，必得兩
音相近，故假借與異文的重要性當高於叶韻。因此，由「叶韻」、「假借」、「異
文」、「轉語」及「語音演變」等資料可證明脂眞當爲微文之變音。

六、韻文判斷標準及各類叶韻的問題

龍宇純在〈先秦散文中的韻文〉一文中特別舉出判別韻文的四項標準：（1）
依句數長短判斷。即一連有很多句，或是三個韻同的三句或兩兩韻同的四句以
上者，即屬韻文。反之，如只是兩個韻同的文句，便只是偶合；（2）依文意的
斷連判斷。若某些句子末一字（或者句尾虛字上一字）韻母相同，要決定是否
爲韻文，首先當注意這些句子文意是否一氣；再看它們是否文章已盡，自成一
個段落。如果不是一氣的，已經可以確定那不是韻文；如果是一氣的，參考下
一尺度標準也相合；或者雖不合於下一尺度，而其同韻文句相當長，在四五句
以上，即可以決定那是韻文。但是如果這些句子文章未盡，要加上其上或其下
某些句子文意才成一個小段落，而那些句子末尾一字卻都不是同韻的，依然可
以斷定那不是韻文；（3）依語句結構的相同或文句的平行相當判斷。各種典籍
內的韻文除極少數語句結構不一致或部分不一致者外，可以說百分之九十幾韻
文語句結構上下相同。這一現象實在可以作爲一個很好的衡量韻文的尺度標
準。尤其對於短的如四句兩韻或兩句的韻文，更具有決定性的作用；（4）依上
下文或他篇類似文句的比較判斷。比較上文或下文絕對可靠的韻文，或者比較
他篇類似的文句，從而確定本身是韻文。

〔註172〕龍宇純：〈古韻脂眞爲微文變音說〉，收錄於龍宇純：《絲竹軒小學論集》（北京：
　　　　中華書局，2009年），頁324。

　　龍宇純在〈先秦散文中的韻文〉一文中，藉由重新審視江有誥《先秦韻讀》
一書中所集諸韻書及刻石資料所得出的叶韻資料，發現董同龢所言東陽通叶、
之幽通叶、侯魚通叶及眞耕通叶等可能爲楚方音的特色實所言不虛外，又得出
三種叶韻現象：（1）之文通叶；（2）脂緝通叶、微緝通叶與祭緝通叶；（3）魚
脂借韻。茲分述如下：

　　（1）之文通叶

　　龍宇純觀察《逸周書・太子晉解》中發現此通叶條例。其原文爲：「師曠罄
然又稱曰：『溫恭敦敏，方德不改，聞物（下闕），下學以起，尙登帝臣，乃參
天子，自古誰能。』」敏字江有誥音明以反，然敏字傳統無此讀法，明以反之音
乃是江有誥的叶音。《說文》言「敏」從每聲，每與改、起、子、能同之部。《詩・
甫田》三章云：「曾孫來止，以其婦子，饁彼南畝，田畯至喜，攘其左右，嘗其
旨否。禾易長畝，終善且有，曾孫不怒，農夫克敏」。以敏與之部字叶。《詩・
生民》首章云：「克禋克祀，以弗無子，履帝武敏，歆；攸介攸止。」亦以敏叶
之部諸字，敏與拇同。是敏字古韻亦可屬之部之證。由此可證，之文通叶當可
屬之部叶韻之例。

　　董同龢《中國語音史》一書中，論及擬測上古韻母的主要元音與介音的原
則之一爲：凡常有對轉現象的兩部，韻尾既已有塞音與鼻音的分別，主要元音
必是一類的。〔註173〕龍宇純將「之部」擬音爲具主要元音和入聲韻尾 ə 和 ək，
「文部」擬音爲 ən，依照董同龢此條例來看，之文兩韻的韻尾一具有塞音成分、
另一具有鼻音成分，兩部的主要元音又屬同一類 ə，因此，之文可通叶得證。

　　（2）脂緝通叶、微緝通叶與祭緝通叶

　　龍宇純觀察脂緝通叶、微緝通叶與祭緝通叶現象發現，脂緝通叶見於《莊
子・齊物論》的「吒者，吸者」；微緝通叶見於《管子・弟子職》的「既徹并器，
乃還而立」，和《莊子・天運》的「孰噓吸是，孰居無事而披拂是」；祭緝通叶見
於《管子・侈靡》的「潭根之無伐，固事之毋入」。並認爲此當屬通叶現象無疑。

　　董同龢《中國語音史》一書中有言，凡中古有-t 尾的入聲字只跟祭微脂諸
部的陰聲字押韻或諧聲。面對這種現象，不能說中古的入聲字在古代原來沒有
輔音韻尾，因此得與陰聲字常常押韻或諧聲，若是如此，入聲字與陰聲字的接

〔註173〕董同龢：《中國語音史》（臺北：華岡書局出版部，1973 年），頁 152。

觸應當是雜亂的，決不可能如此劃然分居。因此，對於中古有-t 尾的入聲字只跟祭微脂諸部的陰聲字押韻或諧聲的現象，必須假定那些入聲字在古代仍有不同的韻尾，而且又還要再假定，那些陰聲字在古代也分別有不同的輔音韻尾，凡與後來收-t 的入聲字接觸的是一種，與後來收-k 的入聲字接觸的又是另一種，且脂微祭三部字往往在諧聲字中與葉緝二部發生關係，是較《詩經》韻爲早的押韻現象。〔註174〕然而，董同龢持論上古陰聲韻具有-b、-d、-g 輔音韻尾，因此，他解釋脂緝通叶、微緝通叶與祭緝通叶現象時，是依據-b、-d、-g 輔音韻尾說來解釋。反觀龍宇純持論上古陰聲韻不具有-b、-d、-g 輔音韻尾，自然不能使用董同龢的說法來解釋此種通叶現象，他經由古書韻文彼此押韻現象得出此論，自然較依據-b、-d、-g 輔音韻尾說來解釋更爲適宜。

（3）魚脂借韻

魚脂兩部依據董同龢《中國語音史》一書中所言：凡中古有-k 尾的入聲字，只跟之幽宵侯魚佳諸部的陰聲字押韻或諧聲，〔註175〕及龍宇純擬音魚部 a 和 ak、脂部 ei 和 et 觀之，魚脂兩部並不符合押韻或諧聲的現象，且兩者語音也並不相近。但龍宇純認爲，此「魚脂借韻」的情況，不能依照一般認知的押韻或諧聲現象評論，當以判斷韻文的四項條例中之上下文判別法來探討，才能得出魚脂借韻，實屬可信。然而，筆者認爲，此「魚脂借韻」一例，沒有確實的語音現象得以佐證，僅就上下文判別法來探應，雖屬可信，但未免過於武斷肯定，較難信服於人。

第四節　上古韻母小結

本文自第一節之第二點起到第三節，總說龍宇純之上古韻母系統，可知幾點事實：

一、關於古韻分部之法

龍宇純討論古韻分部之法時，特別提出二點原則：（1）凡《說文》諧聲與古韻分部不合者，宜從文字學觀點，利用古文字資料糾正許慎之誤說；（2）周

〔註174〕董同龢：《中國語音史》（臺北：華岡書局出版部，1973 年），頁 150～151。

〔註175〕董同龢：《中國語音史》（臺北：華岡書局出版部，1973 年），頁 149。

代亦必有其時之古今音變及方言音異，同一字不必僅見一個韻部，如有確證，即可兩部兼收，以減少通韻、合韻及借韻之說。

二、在古韻方面

龍宇純探討上古韻部的韻部分類時，是同於董同龢及李方桂等人，採用陰陽考古二分法來歸納，不僅如此，他也主張上古韻部應當分爲二十二部爲適宜，韻部名稱同於董同龢，其二十二部名爲：之、幽、宵、侯、魚、佳、脂、微、祭、歌、元、文、眞、耕、陽、東、中、蒸、侵、談、葉、緝。此外，龍宇純反對陰陽入審音三分法，認爲陰聲韻與入聲韻之分不若其合，陰、陽、入三聲之間的關係當疏密有別，分勝於合。因此，雖分有葉、緝二入聲韻，亦不能歸爲三分法之領域內。然而，除了韻部分部理論外，其他古韻問題的討論，龍宇純還是有引用陰陽入三分法定義加以解析，不得不察。

三、上古韻母音值擬測方面

龍宇純秉持「同一韻部其主要元音相同」的原則下進行上古韻母系統的構擬，以董同龢的擬測爲基礎，兼取王力及李方桂之擬測，取長補短，以成自家之說。

（一）介音的擬訂：取消圓唇聲母，特別專指舌根音聲母，仍以開合兩分，並據中古四個等，區分上古爲甲、乙、丙、丁四韻類，其介音分別是：甲類無介音；乙類介音原先擬作 r，後演變爲 e；丙類介音爲 j；丁類介音爲 i，取消李方桂所擬之 rj 複合介音的構擬。因此，龍宇純介音類型有四種，即無介音、r→e、j 和 i，且不分開合口。

（二）主要元音的擬訂：ə、a、e、u 共四個。

（三）韻尾的擬訂：無韻尾、-i、-u、-p、-t、-k、-m、-n、-ŋ、-r。

四、上古韻母相關問題討論

（一）介音問題

龍宇純所構擬之上古介音系統，主要是針對李方桂《上古音研究》書中所談論的介音相關言論進行闡述，便進一步提出不同的擬測音值理論。龍宇純將上古介音四等的擬音擬爲：一等即甲類無介音、二等即乙類擬爲 e 介音（案：乙類介音由 r 演變爲 e）、三等即丙類擬爲 j 介音、四等即丁類擬爲 i 介音。並

從《說文》諧聲字著手探討，進一步得出李方桂所言牙喉音合口出於圓唇聲母之說不可信，遂取消圓唇聲母，仍採行開合口對立兩分的擬音法。

（二）主要元音的問題

龍宇純的主要元音擬音系統，特別需要留心歌部、魚部與宵部的變化：龍宇純最初先擬歌、祭、元爲前元音 a，魚和陽則擬作後元音 ɑ，但在 n 與 ŋ 前的低元音，應該是同一個音位，若將歌、祭、元擬爲前元音 a、魚和陽擬作後元音 ɑ 顯然不合理；魚與歌、祭、元之間的交往是無法否認，因此應當修訂歌、祭、元的元音爲後元音 ɑ，與魚陽一致。此外，龍宇純改擬歌部具-r 尾以和魚部區別，且此-r 音如同國語 a 元音的儿化韻，與其他陰聲字或爲開尾，或收 i、u 元音韻尾不同，而可以同時存在，沒有系統上的問題。但這個 ɑ 只在無韻尾或部尾爲-u、-ŋ、-k 之前保持原狀；在韻尾-i、-n、-t 及-r 之前，則變讀爲 a。是故，龍宇純改各家擬音 a 爲 ɑ，其目的是因爲魚部陰聲如膚、甫、賦之類字，中古變讀輕唇，其先並非合口，主要元音必當是圓唇爲妥當。至於歌部，龍宇純認爲，歌部一方面必須與魚部具有適當關係，一方面又要與祭部、元部形成一結構整體。若魚部可以縛以-g 尾，歌部便不需有-r，而已與魚部有所分別；但魚部若眞縛以-g 尾，等於斷絕了與歌、祭、元間的關係；而祭部與歌部同配一個元部，是個無法改變的情形，因爲從《詩》韻來看，歌、祭之間並無叶韻之例，當然沒有理由可以將其合併，因此當作此安排。關於宵部，龍宇純將宵部擬音從原先的 ou、ouk 改擬爲 ɑu、ɑuk，意即其主要元音由 o 改爲 ɑ，其所持論的理由，即是因爲宵部與談部、葉部在最初的語音關係上，是具有陰、陽、入聲的關聯。龍宇純主要元音擬音系統大致承繼董同龢的擬音系統，但在數量上，卻沒有和董同龢一樣多，他是吸收調和王力和李方桂以「同一韻部主要元音相同」的擬音原則，而將董同龢系統予以簡化，進而發展出屬於其自身的獨特系統。

（三）韻尾的問題

龍宇純主張陰聲韻不具輔音韻尾，仍是以元音韻尾收尾者，是根據陰陽入古韻三分法，將陰聲韻韻尾構擬爲開口音節，入聲韻尾則擬爲清塞音。對於諸家學者批評王力開尾韻說不成立之論，龍宇純特別從語音學的觀點來做通盤說明，指出發 ə 音時，口腔通道或口型近於 ək，而不近於 əp、ət 原則，使得王力

開尾韻的問題得以解決。

（四）對轉、旁轉及音之正變的問題

　　針對旁轉觀念的形成原因，龍宇純又有進一步的解釋。他認為，從《說文》及經傳中不同韻部間的或體、諧聲、叶韻及異文、假借等，雖然是旁轉形成的依據，但這些例證還是無法成為旁轉成立的有力說法。會產生這些矛盾之處，龍宇純指出兩點主要影響因素：（1）有些所謂旁轉的例證不可盡信；（2）《說文》內部也存在若干不可否認具有涉及不同韻部的諧聲字。又提出正音變音之論，認為語音會受到所在方言的影響而有正有變，也就是同一地區的同一種語言，可以不同的聲音與面貌出現，判別標準是一切自應依古音判斷，同者近者為正音，反之則為變音。由正音變音問題，進而延伸出幽部與微文部實具有通轉現象，而發生通轉現象之因，可能因為央元音 ə 產生圓唇作用影響。

（五）脂、真、微、文分部的問題

　　上古關於脂、微的分合問題，經曾運乾首先發難提出疑問始，經由王力、董同龢等人，考察《詩經》韻例或運用諧聲資料加以佐證後，脂、微兩部分用的事實在先秦語料中已可得到相關證明。而若再以音韻結構的系統來看，脂、微兩部更應當區分，分別與「脂—質—真」、「微—物—痕」相配成一個完整的陰陽入三分系統。除此之外，龍宇純從「脂部可以說一無合口音字，微部則僅有數開口音字，脂微兩部形成幾乎為開、合口互補的狀態；反觀真部與文部的情形也大致相同」之開合口分配現象，及諧聲、異文及連語等資料來證明脂真當為微文之變音，更是對脂、微分部說的進一步深入分析。

（六）韻文判斷標準及各類叶韻的問題

　　龍宇純特別舉出四項判別韻文的原則：（1）依句數長短判斷；（2）依文意的斷連判斷；（3）依語句結構的相同或文句的平行相當判斷；（4）依上下文或他篇類似文句的比較判斷。此外，又重新審視江有誥《先秦韻讀》一書中所集諸韻書及刻石資料所得出的叶韻資料，發現董同龢所言東陽通叶、之幽通叶、侯魚通叶及真耕通叶等可能為楚方音的特色實所言不虛外，又得出三種叶韻現象：（1）之文通叶；（2）脂緝通叶、微緝通叶與祭緝通叶；（3）魚脂借韻，是可能產生的通叶狀況。

第四章　龍宇純之上古聲調系統

第一節　歷來學者對上古聲調之看法

　　劉錫五的《魏晉以上古音學》書中，針對「聲調」之說有段相當深入的看法，他認爲：「周秦兩漢之世，建都北土人文咸萃于斯，發爲詩文，率由朔聲，及其操語，或取南音，故孟子有『南蠻鴃舌』、『眾楚咻之』之言也。北方山塞勢阻，交通維艱，其人之流音也，重而簡；故古音之部寡。若以混合南北之音宋音較之，宜其多不稱矣。夫惟繫乎時也，則知古人訓詁多取音聲，由是讀古書者，不可泥字形以認義，義有所不通，求之聲訓而得矣。古人韻寬，或韻雙聲，亦未可以今韻繩之也。四聲之目，創自齊梁，古無有也。故以四聲考古韻，則遠於事情，而無當。然輕重之音，口所自具。重於平曰上。輕於入曰去。古詩有抑揚頓挫之節。斯有長短緩急之度。所謂四聲，要亦皆備。特同是一字，此用爲平。彼或爲上。彼用爲入。此或爲去。非若後世某字必歸某聲者比也。」[註1]

　　由此說明可得知，聲、韻、調三者當爲組成語音的重要部分，尤其是聲調，不僅是漢語語音，更是整個漢藏系語言所特有的語音型式。聲調的作用不同於印歐語言中的音高語調變化，音高語調變化是藉由音波振動頻率表現，對於語音影響，只在於發音高低的差別，並不會混淆語義判讀。然而，漢語語音特有的聲調則不然，它具有明顯的辨義作用，不同的聲調，所代表的意義也隨之變

〔註 1〕劉錫五：《魏晉以上古音學》（出版地、出版社及年份不詳），頁 61。

遷，從古至今皆如此。

　　總結古代漢語聲調的兩種重要說法為：一是南朝沈約等人提出的「四聲說」，將漢語語音分為「平上去入」四個聲調；二是元朝周德清的《中原音韻》將漢語語音分為「陰、陽、上、去」四種聲調，並將「入聲」分別歸入平聲中的濁聲陽平調，及上聲和去聲之內。這兩種說法的差異，僅是歷來學者發現聲調的時間早晚以及給聲調的命名有區別而已，或許正是反映了漢語語音的變化，但無法因此說這是漢語聲調的起源。因此，聲調是聲音的高低升降曲折的變化，屬於非音質音位，聲調本身並不在語流中占據某一片段，必須附著在某一個音節之上，才能顯示出自己作為音位的作用，但是聲調，卻能夠起區別意義的作用。〔註2〕

　　中國文化歷史上發生兩次大變動：一為印度文化的影響，另一為西洋文明的輸入。〔註3〕這二次變動，都帶給中國文化相當大的震撼，尤其在音讀方面，不僅研究方法和工具加以改革，甚至材料的運用和搜羅途徑，也較之印度文化及西洋文明未影響前有長足進步，特別是漢語三元素中的聲調。聲調，雖然存在於漢語語音內，但在研究過程中，並未受到關注，一直到印度佛教文化傳入中國，為了譯經的需要，才逐漸被受重視。六朝齊梁時代即興起平、上、去、入四聲調說，並出現許多以四聲為名的韻書著作，雖然，此四聲在當時，是用以各自表達一種調類，主要亦不脫作詩押韻之用，但是，不可否認，聲調的重要性，著實影響中古時期《切韻》系韻書，以四聲為綱領的編排方式。〔註4〕因此，假始聲調是直到翻譯佛經所需才逐漸被發掘，由此推論，早在佛教傳入的更古時期，是否即具有聲調存在？若上古時期即具有聲調，其整體系統究竟如何？本部分先就歷來學者對上古聲調之看法提出說明，下文再針對這些看法，詳述龍宇純對上古聲調的相關見解。

　　歷來學者對上古聲調之看法說解，依時代為分期論述：

（一）上古周秦兩漢時期

　　先秦兩漢時代的聲調有幾個調類，及《呂氏春秋》、《淮南子》、何休《公羊

〔註2〕竺家寧：《聲韻學》（臺北：五南圖書有限公司，2008年），頁80。

〔註3〕竺家寧：《聲韻學》（臺北：五南圖書有限公司，2008年），頁177。

〔註4〕竺家寧：《聲韻學》（臺北：五南圖書有限公司，2008年），頁177～179。

解詁》等典籍中，出現的「外言」、「內言」、「急言」、「徐言」、「急氣」、「緩氣」、「長言」或「短言」之類的語句，是否就是平、上、去、入四聲的雛型，一直是學術界長期爭議而迄無定論的重要問題。〔註5〕以往所據《詩經》用韻和漢字諧聲等材料，亦無法使這一問題獲得完善解決。然而，近年來有些學者已經注意到，過往使用《詩經》用韻和漢字諧聲等材料，不足以作爲研究先秦兩漢時代的聲調依據，進一步從漢字通假或漢藏語系親屬語言的聲調對應等方面著眼考察和推論，但此些材料是否能完善體現出先秦兩漢時代的聲調，實際而論仍有其局限性。因此，迄今爲止，學術界在先秦兩漢時代的聲調，確實有幾個調類之問題上，仍未有明顯共識。是故，論及古聲調起源問題時，仍是以魏晉六朝齊梁時期爲主要源頭。

（二）魏晉六朝齊梁時期

六朝齊梁時期提出四聲看法者爲沈約，在梁書及宋書中都有記載：

> 《梁書·沈約傳》云：約又撰四聲譜，以爲在昔詞人，累千載而不寤，而獨得胸衿，窮其妙旨，自謂入神之作，高祖雅不好焉。帝問周捨曰：「何謂四聲？」捨曰：「天子聖哲」是也，然帝竟不遵用。

〔註6〕

梁武帝問周捨四聲爲何？周捨簡潔回應：「天子聖哲。」正好代表平、上、去、入四聲。另外，沈約在《宋書·謝靈運傳論》中，又再提及關於四聲的觀點：

> 《宋書·謝靈運傳論》云：夫五色相宣，八音協暢，由乎玄黃律呂，各適物宜。欲使宮羽相變，低昂舛節，若前有浮聲，則後須切響。
>
> 一簡之內，音韻盡殊；兩句之中，輕重悉異。〔註7〕

沈約在此段文句中，提出聲律論的基本原則，在《南史·陸厥傳》中亦論及四聲八病之說：

> 《南史·陸厥傳》云：時盛爲文章，吳興沈約、陳郡謝脁、琅邪王

〔註5〕李葆嘉：《當代中國音韻學》（廣州：廣東教育出版社，1998年），頁21～22。

〔註6〕〔隋〕姚察、謝炅，〔唐〕魏徵、姚思廉合撰，楊家駱主編：《梁書》（臺北：鼎文書局，1979年），頁243。

〔註7〕〔梁〕沈約撰，楊家駱主編：《宋書》（臺北：鼎文書局，1979年），頁1779。

融以氣類相推轂，汝南周顒善識聲韻。約等文皆用宮商，將平上去
入四聲，以此制韻，有平頭、上尾、蜂腰、鶴膝。五字之中，音韻
悉異，兩句之內，角徵不同，不可增減。世呼爲「永明體」。〔註8〕

除此之外，目前已亡佚之三國魏李登《聲類》一書，唐封演《聞見記》對此書
有言：「以五聲命字，不立諸部。」當中的「五聲」究竟是音樂上宮、商、角、
徵、羽五聲、還是此時大加談論的平、上、去、入四聲調類？亦不得而知。然
而，沈約對於四聲觀點的看法，對於當時文壇創作與啓發，著實有其貢獻。

（三）隋唐宋時期

隋唐宋時期韻書大量產生，承繼魏晉六朝的四聲觀念，此時期韻書，除了
編排過程中因平聲字多，分爲二卷外，大體仍是以先四聲、後分韻爲主要編排
模式。然而，根據《韻鏡》「韻表歸字」仔細體察，不難發現《韻鏡》的四聲編
排，其實又有區分清濁，是故，此時期聲調觀點，雖不離平、上、去、入四聲
基礎架構，然若將此四聲各分清濁亦算入聲調分類，則實有八聲，即：清平聲、
濁平聲、清上聲、濁上聲、清去聲、濁去聲、清入聲與濁入聲。如以韻目名稱
爲例說明此八聲如【表三十四】所示：

【表三十四】四聲清濁調類表〔註9〕

韻目＼類別		反切	反切上字	清濁	中古聲調
平聲	東	德紅切	端母	清	平聲
	同	徒紅切	定母	濁	平聲
上聲	董	多動切	端母	清	上聲
	旱	胡苟切	匣母	濁	上聲
去聲	宋	蘇統切	心母	清	去聲
	隊	徒對切	定母	濁	去聲
入聲	屋	烏谷切	影母	清	入聲
	合	侯閤切	匣母	濁	入聲

〔註8〕〔唐〕李延壽撰，楊家駱主編：《南史》（臺北：鼎文書局，1979年），頁1195。
〔註9〕表內韻目名稱及反切均查閱自《宋本廣韻》（北京：中國書店，1982年）。

先不論語音結合後的音變現象，只單就反切上字論其清濁，不難發現此時期對於四聲觀念，又更進一步知悉清濁的區別。另外，唐代釋處忠《元和韻譜》對四聲說解爲：「平聲哀而安、上聲厲而舉、去聲清而遠、入聲直而入。」雖然，對於四聲能分析出發音特徵，但不免過於抽象難懂。時至宋代沈括《夢溪筆談》中，已論及華、梵音學之不同點，〔註10〕至音學家吳域，對於上古聲調提出四聲互用之說，在明代楊愼〈答李仁夫論轉注書〉中云之：「至宋吳才老深究其源，作《韻補》一書。程可久又爲之說曰：『才老之說雖多，不過四聲互用，切響通用而已。』」此外，《四庫全書總目》中亦提及程迴對聲調的看法：「迴書以三聲通用，雙聲互用爲說，所見較械差的，今已不傳。」〔註11〕由此段話可知，程迴認爲古聲調是「三聲通用，雙聲互用」，但三聲是那三聲則因程迴書已亡佚，故不得而知。因爲此時期缺乏語言變化的觀念，繼而廣泛認爲古人用韻在四聲上不那麼嚴格，故可相互通押。宋代時期對於四聲研究仍未完善，故這時期的論點並未得到任何共鳴。

（四）明代時期

明代音學家陳第，是最早針對四聲觀點提出系統研究者，其於著作《讀詩拙言》論及：「四聲之辨，古人未有，中原音韻，此類實多。舊音必以平叶平，仄叶仄也，無亦以今而泥古乎！總之，毛詩之韻，動於天機，天費雕刻，難與後世同音論矣。」陳第認爲，古人雖然對四聲有所分辨，但在作詩時卻只講求音調自然和諧，對於四聲平仄並沒有絕對講求。然而，陳第「四聲之辨，古人未有」與「古無四聲說」實有差別；「古無四聲」者，謂古人根本無四聲之存在也。陳第之說，謂古雖或有四聲，第古人於聲調觀念上，未若後世之界畫清析也。〔註12〕可見陳第的說法與宋代吳域觀點，相去不遠，除了陳第之外，其他明代音韻學家也有提出不同看法，例如：朱簡則對上古聲調提出「古人

〔註10〕〔宋〕沈括：《夢溪筆談》（上海：古典文學出版社，1957年），頁506。

〔註11〕〔宋〕程迴：《音式》。本書已亡佚，經查閱清‧永瑢、紀昀等編纂：《四庫全書總目提要》及中國科學院圖書館整理：《續修四庫全書》等皆無收錄，因行文所需，此處不得不轉引自張世祿：《中國古音學》（臺北：先知出版社，1972年），頁23。

〔註12〕〔明〕陳第：《讀詩拙言》，收錄於嚴一萍選輯：《百部叢書集成‧學津討源》（臺北：藝文印書館，1966年），頁1～14。

但有平入而無上去」說，[註13] 與清末章黃學派立論不盡相同；桑紹良提出古聲調有六，分為「浮平、沈平、上仄、去仄、淺入、深入」[註14]；趙撝謙明確指出四聲為「平、上、去、入」。另外，明代釋真空《玉鑰匙歌訣》同唐代釋處忠《元和韻譜》，一樣針對四聲發音狀況作一番模擬：「平聲平道莫低昂、上聲高呼猛烈強、去聲分明哀遠道、入聲短促急收藏。」細看此段四聲描述，比起唐代釋處忠《元和韻譜》已有更明顯說明，但是仍不免過於抽象。[註15]

（五）清代時期

清代為古音學研究鼎盛時期，不僅對上古聲調提出獨特理論，更對以往四聲起源於六朝魏晉時期之說也有所反駁。例如：閻若璩就認為梁武帝之時尚無四聲之論、戴震則認為李登時代尚無四聲之說，並認為四聲之說是起於周顒、趙翼則認為在沈約之前就已知有四聲的存在……等，因此開啟清代古音學者針對上古聲調進行深入探討，為後世研究者奠下根基。[註16] 關於上古聲調看法之說，眾家各有所論，主要可以分為三派：一派以顧炎武、江永為代表，他們都是使用中古的四聲去看待上古的四聲；一派以段玉裁為代表，他認為上古沒有去聲；一派以王念孫、江有誥為代表，他們主張上古有平上去入四個調類。除了這三派說法外，還有其他學者對於上古聲調提出看法，茲分述如下：

（1）顧炎武

顧炎武提出「古人四聲一貫說」。他在《音學五書·音論·卷中·古人四聲一貫》中有二點較重要原典談論到其聲調理論：

第一點：

〔註13〕〔清〕永瑢、紀昀等編纂：《四庫全書總目提要·經部四十四·小學類存目（二）韻書》（臺北：臺灣商務出版社，1965 年），頁 948。

〔註14〕〔明〕桑紹良：《文韻考衷六聲會編》。收錄於四庫全書存目叢書編纂委員會編：《四庫全書存目叢書·經部 216·小學類》（臺南：莊嚴出版社，1997 年），頁 479。

〔註15〕屠聰艷：〈趙元任：活躍在語言學領域的科學先驅〉，刊載於《上海科學核心期刊》第 56 卷第 4 期，（2004 年）。

〔註16〕張斌、許威漢主編：《中國古代語言學資料匯纂·音韻學分冊》（福建：福建人民出版社，1993 年），頁 307～308。

四聲之論，雖起於江左，然古人之詩，已自有遲疾輕重之分，故平
多韻平，仄多韻仄，亦有不盡然者，而上或轉爲平去，或轉爲平上，
入或轉爲平去，則在歌者之抑揚高下而已。故四聲可以並用。〔註17〕

第二點：

平上去三聲，固多通貫，惟入聲似覺差殊。……迨至六朝，詩律漸
工，韻分已密，而唐人功令猶許通用，故《廣韻》中有一字而收至
三聲四聲者，非謂一字有此多音，……有定之四聲，以同天下之文；
無定之四聲，以協天下之律，聖人之所以和順于道德，而理於義，
非達天達者其孰能知之！〔註18〕

與顧炎武時代相仿的學者王夫之，然不是清代研究音韻學的名家，但王夫之對
古音聲調也提出了他的看法。王夫之認爲古聲調爲：平上去三聲古本不分。他
認爲：「若平上去之三聲，則古人之所本合而不離者，尤不待拘拘之叶而自通
也。……平上去三聲，古本不分，而叶者必變字音以求合沈韻，如『居、御』、
『永、泳』、『姻、信』之類是也。」〔註19〕

（2）江永

江永提出「古實有四聲之說」。他在《古韻標準・例言》中有言：

四聲雖起江左，案之實有其聲，不容增減，此後人補前人未備之一
端。平自韻平，上去入自韻上去入者，恒也。亦有一章兩聲或三四
聲者，隨其聲諷誦歌，亦有諧適，不必皆出一聲，如後人詩餘歌曲，
正以雜用四聲爲節奏，《詩》韻何獨不然？〔註20〕

由此可知，江永認爲上古聲調「平自韻平、上去入自韻上去入」的現象是普遍
恒常，且四聲自古具有無可否認。

（3）段玉裁

段玉裁提出「古平上一類，去入一類之古無去聲說」。他在《說文解字注・
六書音均表》及〈答江晉三論韻〉中針對其理論提出兩項具體條例：

〔註17〕　〔清〕顧炎武：《音學五書・音論》（北京：中華書局，1982 年），頁 39～42。

〔註18〕　〔清〕顧炎武：《音學五書・音論》（北京：中華書局，1982 年），頁 39～42。

〔註19〕　〔清〕王夫之：《船山遺書》（同治四年 1865 年湘鄉曾氏金陵節署刊本），頁 3～4。

〔註20〕　〔清〕江永：《古韻標準》（北京：中華書局，1982 年），頁 5。

第一條：

> 古四聲不同今韻，猶古本音不同今韻也。考周秦漢初之文，有平上
> 入而無去。泊乎魏晉，上入聲多轉而爲去聲，平聲多轉爲仄聲，於
> 是乎四聲大備，而與古不侔。有古平而今仄者，有古上入而今去者。
> 細意搜尋，隨在可得其條理。〔註21〕

第二條：

> 古四聲之道有二無四。二者，平入也，平稍揚之則爲上，入稍重之
> 則爲去，故上平一類，去入一類也。抑之，揚之，舒之，促之，順
> 逆交而四聲成。〔註22〕

在段玉裁提出其上古聲調「有二無四」論時，與其時代相當的古音學者錢大昕除了著名的上古聲母理論外，也在其《潛研堂文集·十五·音韻答問》文中談論到他對古漢語聲調的看法。他說：

> 古無平上去入之名，若音之輕重緩急，則自有文字以來，固區以別
> 矣……《三百篇》每章別韻，大率輕重相間，則平仄之理已具。緩
> 而輕者，平與上也：重而急者，去與入也。雖今昔之音不必盡同，
> 而長吟密之餘，自然有別。〔註23〕

由上段問答可知，錢大昕是以輕重緩急來表示平、上、去、入四聲之分別，並認爲是四聲區別當從文字產生以來就伴隨出現。

（4）孔廣森

孔廣森提出「古無入聲之說」。他在《詩聲類·卷一》中有言：

> 至於入聲，則自緝合等閉口音外，悉當分自支至之七部，而轉爲去
> 聲，蓋入聲創自江左，非中原舊讀。〔註24〕

〔註21〕〔清〕段玉裁：〈答江晉三論韻〉收錄於江有誥《音學十書·卷首》。見嚴式海：《音韻學叢書》第43冊（四川：四川人民出版社，1957年），頁17。

〔註22〕〔清〕段玉裁：《說文解字注·六書音均表》（上海：上海古籍出版社，1981年），頁815～816。

〔註23〕〔清〕錢大昕：《嘉定錢大昕全集·潛研堂文集》（江蘇：江蘇古籍出版社，1997年），頁237～238。

〔註24〕〔清〕孔廣森：《詩聲類》（北京：中華書局，1983年），頁1～2。

時代在孔廣森之前的清代古音學者熊世伯，著有《古音正義》一卷，其聲調立論同於孔廣森。熊氏以爲經典皆北人所作，即屈宋亦北學於中國，是以「古無入聲」，如元人周德清《中原音韻》之攤入三聲之說。另外，約與孔廣森同時的江沅及汪萊亦主張「古無入聲」之說。如江沅言：「古音有去無入，平輕去重。」汪萊言：「聲止於三，一曰平，二曰上，三曰去，三聲皆有濁聲，而上聲之濁最顯。」由此可知，與孔廣森時代相仿的三位學者，其對聲調的論述觀點與孔廣森相似。然而，孔廣森古無入聲說的論點後來受到清儒龐大坤批評。〔註25〕

（5）江有誥

江有誥初期論「古無四聲說」。他在〈再寄王石臞先生書〉中有言「古無四聲，確不可易矣。然以今音讀之，則聱牙而不協。」隨後又加以解釋到：

> 吳氏有以少從多之例，施於韻，未免支離遷就，施於四聲，自可諧於
> 今，無背於後。如一章之中，平多上少，則改上以從平，上多平少，
> 則改平以從上，去入同此例。如是，則聲韻諧適，無詰屈聱牙之患。
> 然止注於偶句，於奇句則注韻而不改聲，以無關詩之節奏也。〔註26〕

江有誥之後針對前期說法著《唐韻四聲正》一書，乃改謂「古人實有四聲」，並說明最初論古無四聲是拾人牙慧，而古人學與年俱進之說誠不誣也。

（6）王念孫

王念孫提出「古實有四聲特與後人不同」之說。他在〈石臞先生書〉中有言：

> 顧氏四聲一貫之說，念孫向不以爲然，故所編古韻如札內所舉：
> 「頯」、「饗」、「化」、「信」等字皆在平聲，「偕」、「茂」等字皆在上
> 聲，「館」字亦在去聲。其化指不勝屈，大約皆與尊見相符。「至」
> 字則上聲不收，爲小異耳。其侵談二部，仍有分配未確之處，故至
> 今未敢付梓。〔註27〕

〔註25〕劉錫五：《魏晉以上古音學》（出版地、出版者及年份皆不詳），頁33。

〔註26〕〔清〕江有誥：《音學十書》。見嚴式海：《音韻學叢書》第43冊（四川：四川人民出版社，1957年），頁5。

〔註27〕〔清〕王念孫：〈石臞先生書〉附於江有誥：〈再寄王石臞先生書〉後，見於見江

由王念孫所言可知，他所提出「古實有四聲特與後人不同」之說，是針對顧炎武「四聲一貫」說所做出的不同理解。

（7）劉逢祿

劉逢祿對於上古聲調提出兩項論點，首先針對段玉裁「古無去聲說」提出「古有去聲說」予以反駁。他在《詩聲衍・條例（二）・論長言短言重讀輕讀，辨段氏古無去聲之誤》中言：

> 段氏因謂古無去聲，則又未免舉一而廢百。蓋去之與上，正如平聲之有陰陽，以偶相從。廢之則上聲類孤，平、上轉入之音理隔矣。
> 〔註28〕

其後又針對孔廣森「古無入聲說」提出「古有入聲說」予以反駁。他在《詩聲衍・條例（一）・論古有四聲，辨孔氏入聲之誤》中言：

> 若冬東蒸陽青真文元歌九部之字，微特《詩》三百篇本無入聲，於《說文》偏旁字亦無入聲。雖沈約等好變古趨新，亦不能強屋沃配東冬，以他部之入配此九部也。若侵鹽灰蕭魚虞微七部，於《說文》偏旁字，本有入聲，而《毛詩》以平入通韻者極少，則謂古無入聲者，亦析之未精矣！〔註29〕

由劉逢祿的說法可知，他不僅反對段玉裁所提出「古無去聲」理論，亦反對孔廣森所提「古無入聲」理論。

（8）夏炘

夏炘提出「四聲出於天籟豈有古無四聲之理」。他在《詩古韻表二十二部集說・卷下》中言：

> 四聲出於天籟，豈有古無四聲之理？……反切必原於字母，古人之雙聲與今等韻之字母悉合，可見今人所有，古人無所不有，豈有明白確切之四聲，古人反不知之？睹《三百篇》中，平自韻平，仄自韻仄，

有誥《音學十書》。見嚴式海：《音韻學叢書》第 50 冊（四川：四川人民出版社，1957 年），頁 1～3。

〔註28〕〔清〕劉逢祿：《詩聲衍》（北京：思賢書局，1896 年），頁 5。

〔註29〕〔清〕劉逢祿：《詩聲衍》（北京：思賢書局，1896 年），頁 4。

划然不紊。其不合者，古人所讀之四聲有與今人不同也。〔註30〕

由上述說明可知，夏忻認爲上古四聲亦具備，但此四聲是出自於天籟之聲。

（9）夏燮

夏燮提出「古四聲具備」說。他在《述韻・卷四・論四聲》中言：

> 大氐後人多以《唐韻》之四聲求古人，故多不合，因其不合而遂疑
> 古無四聲，非通論也。古四聲有獨用，有通用。……平與上去多通
> 用，以上去之音近而入遠也。上與去多通用。去與入多通用，而上
> 之與入者，不過十中之一，以上之入較去遠也。〔註31〕

針對上述說法，夏燮又進一步加以解釋：

> 嘗謂平與上去之合，如支之於歌，文之於脂，本音多而合韻少；上
> 去之合，去入之合，如之之於幽，幽之於宵，豐用豐合，而不失其
> 爲本音，知其所以分，又知其所以合，然後可無疑於古有四聲之說
> 矣。〔註32〕

由此可知，夏燮是讚同上古聲調乃是四聲俱足。

（10）章太炎

章太炎提出「平上與去入塹截兩分」說。他在《國故論衡・上卷・二十三部音準》中言：

> 平上韻無去入，去入韻亦無平上。……入聲近他國所謂促音，用并
> 音則陽聲不得有促音，而中土入聲可舒可促，舒而爲去，收聲屬陰
> 聲則爲陰，收聲屬陽聲則爲陽。陰聲皆收喉，故入聲收喉者麗陰聲；
> 陽聲有收唇、收舌，故入聲收唇者麗陽聲。〔註33〕

由此可知，章太炎古聲調「平上與去入塹截兩分」說是在段玉裁古聲調說的基礎上再加以闡發，並針對陰聲、陽聲和入聲的發音現象做出解釋。

（11）黃侃

〔註30〕　〔清〕夏忻：《詩古韻表二十二部集說》。見嚴式海：《音韻學叢書》第 51 冊（四川：四川人民出版社，1957 年），頁 41。

〔註31〕　〔清〕夏燮：《述韻》（北京：富晉書社，1930 年），頁 3。

〔註32〕　〔清〕夏燮：《述韻》（北京：富晉書社，1930 年），頁 3。

〔註33〕　〔清〕章炳麟：《國故論衡》（上海：世界書局，1969 年），頁 21。

　　黃侃深受段玉裁古聲調理論啓發，進一步提出「古無上去，惟有平入」之說。相關論點共有三條，分別在其《黃侃論學雜著》之〈音略〉、〈聲韻略說〉及〈聲韻通例〉中說明，茲列舉如下：

第一條說法出自於《黃侃論學雜著·音略·略例》：

　　四聲，古無去聲，段君所說：今更知古無上聲，惟有平入而已。

　　〔註34〕

第二條說法出自於《黃侃論學雜著·聲韻略說》：

　　陰、陽聲多少，古今有異也。古聲但有陰聲、陽聲、入聲三類，陰、
　　陽聲，皆平也；其後入聲少變而爲去，平聲少變而爲上，故成四聲。
　　（案：四聲成就甚遲，晉、宋間人詩，尚去入通押）近世段君始明
　　古無去聲。然儒者尚多執古有四聲之說。其證明古止二聲者，亦近
　　日事也。〔註35〕

第三條說法出自於《黃侃論學雜著·聲韻略說》：

　　古有平、入而已，其後而有上、去。然法言以前，無去不可入；《切
　　韻》之後，去、入始有嚴介。〔註36〕

經由上述三條說法可以清楚得知，黃侃對於上古聲調的看法是讚同只有「平聲和入聲」二聲，而「上聲和去聲」二聲則是後出。

　　（12）王國維

　　王國維提出「古音有五聲說」。他在《觀堂集林·卷八·五聲說》中言：

　　古音有五聲，陽類一與陰類之平上去入是也。説以世俗之語，則平
　　聲有二，（案：實則陽類自爲一聲，謂之平聲。）上去入各一，是爲
　　五聲。自《三百篇》以至漢初，此五聲者大抵自相通，罕有出入。

　　〔註37〕

〔註34〕〔清〕黃侃：《黃侃論學雜著》（上海：上海古籍出版社，1980年），頁62。

〔註35〕〔清〕黃侃：《黃侃論學雜著》（上海：上海古籍出版社，1980年），頁101。

〔註36〕〔清〕黃侃：《黃侃論學雜著》（上海：上海古籍出版社，1980年），頁103。

〔註37〕〔清〕王國維：《觀堂集林》第2冊（北京：中華書局，1959年），頁341～
　　　349。

除了上述論點外，其餘還有部分學者也針對上古聲調提出看法，因爲其論點較不被學界認同，因此較少談論。例如：錢大昕認爲古無平上去入之名，但古聲調卻有輕重之實、毛奇齡認爲平、上、去三聲，古皆不分，又以有無入聲分爲兩界且不得相通、張惠言則認爲古無四聲之說、鄒漢勛則特別舉出 206 韻中的「祭、泰、夬、廢」四韻古爲入聲、張敎認爲古無入聲惟有平上去三聲通轉、潘相否定古有平上去入四聲、陳奐認爲古無四聲、龍啓瑞認爲古時平上去入四聲不可缺一……等，多樣的說法都讓清代古音學研究呈現繁榮之局。

（六）近世學者看法

在清代學者對於上古聲調的研究基礎上，近世學者在研究材料及方法更趨完善的情形下，接續對上古聲調提出反駁清儒或進一步延伸的說法，茲分述如下：（案：現今學者說法依照姓氏筆畫排序）

（1）王力

王力在《漢語語音史》書中提出對上古聲調的看法爲「舒促兩調說」：

> 在諸家之說中，段玉裁古無去聲說最有價值……段氏古無去聲之說，可以認爲是不刊之論……我認爲上古有四個聲調，分爲舒促兩類，即：

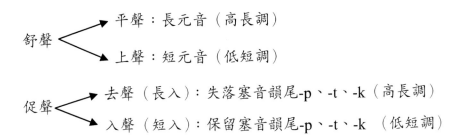

舒聲　→　平聲：長元音（高長調）
　　　→　上聲：短元音（低短調）

促聲　→　去聲（長入）：失落塞音韻尾-p、-t、-k（高長調）
　　　→　入聲（短入）：保留塞音韻尾-p、-t、-k（低短調）

> 我所訂的上古聲調系統，和段玉裁所訂的上古聲調系統基本一致……只是我把入聲分爲長短兩類，和段氏稍有不同。爲什麼上古入聲應該分兩類呢？這是因爲，假如上古入聲沒有兩類，後來就沒有分化的條件了。〔註38〕

由王力的說法可以得知，他是在清代古音學者段玉裁的理論架構下進行闡發，雖然在結論部分各有差異，但其一脈相承的痕跡是顯而易見的，其源頭即是「古

〔註38〕王力：《漢語語音史》（北京：中國社會科學出版社，1997年），頁 73～78。

無去聲」說。

（2）李方桂

李方桂主張在上古時候還是有四聲，但他相信往古推的話，可能四聲是從韻尾輔音來的，且上古漢語的聲調大體其調類與中古四聲相合，並在音節末尾加了幾個符號來表示平、上、去、入四聲調類。例如：加-x 代表上聲，平聲不加符號，入聲已有-p、-t、-k 為標記故不加符號，凡不需要標聲調的時候仍可以用 *-m、*-n、*-ng、*-ngw 來代表陽聲韻的韻尾，用 *-b、*-d、*-g、*-gw 來代表陰聲韻的韻尾，用 *-p、*-t、*-k、*-kw 來代表入聲韻的韻尾。〔註39〕

李方桂認為上古漢語聲調源自於輔音韻尾說，外國學者如奧德里古爾（Haudricourt）（案：有版本翻譯為歐第國）和蒲立本（Pulleyblank），也有相同立論。〔註40〕

（3）周祖謨

周祖謨在〈古音有無上去二聲辨〉一文中有言：

> 以《詩經》用韻而言，雖去聲有與平上入三聲通協者，而去與去自協者固多。若即諧聲而論，去聲字亦有不與他聲相涉者，段氏不加詳辨，重其合而不重其分。近人黃季剛先生復倡古音無上之說，……蓋《詩》中上聲分用者多，與他類合用者寡，以寡論多，自不能洽理厭心。〔註41〕

由上述可知，周祖謨主張上古漢語聲調當有四聲之說。

（4）周法高

周法高在〈論上古音〉一文中，將近代學者之上古聲調的研究成果歸納為五派，並加以評論，更說明自己對上古漢語聲調的觀點，是主張《詩經》時代為四聲三調說，此外也同意李方桂認為在上古以前可能無聲調的區別，而用不同韻尾表示，但在《詩經》時代聲調已經形成的論述。〔註42〕

〔註39〕李方桂：《上古音研究》（北京：商務印書館，1982 年），頁 33～34。

〔註40〕竺家寧：《聲韻學》（臺北：五南圖書出版股份有限公司，2008 年），頁 663～664。

〔註41〕周祖謨：〈古音有無上去二聲辨〉收錄於周祖謨：《問學集》（上冊）（北京：中華書局出版，1966 年），頁 32～80。

〔註42〕周法高：〈論上古音〉，收錄於周法高：《中國音韻學論文集》（香港：中文大學出

（5）陸志韋

陸志韋對上古聲調的論點，同於清末民初學者王國維，同樣認爲上古聲調爲「五聲說」，但二人的說法截然不同。陸志韋的五聲說是：平、上、長去、短去、入，且和入聲相通的去聲屬短音性質，和平上聲相通的去聲屬長音。他在《古音說略》書中，有自言其提倡第五聲之說是有史實可以憑籍的。進一步明言道：

> 封氏《聞見記》：魏時有李登者，撰《聲類》十卷，以五聲命字。據《魏書·九十一江式傳》呂忱弟靜別倣故左校令李登《聲類》之法，作《韻集》五卷，宮商角徵羽各爲一篇。……北方好像原有五聲，後起的南方韻書才只有四聲。顏之推有一句話最值得注意：秦隴則去聲爲入。〔註43〕

王力認爲，陸志韋的古漢語聲調說之結論與其立論相當類似。陸志韋將去聲分爲：來自「入聲」的短去促音，和來自且通「平上聲」的舒聲二類和王力理論不同之處在於：陸志韋認爲上古有兩種去聲（即長去和短去），且上古短去聲通入聲是因爲音量相似之故。〔註44〕

（6）陳新雄

陳新雄提出上古漢語聲調實屬「四聲兩調」說。他在《古音學發微》中認爲，古人實際語音中確有四種不同之區別在，而就詩平上合用，去入合用之現象看，古人觀念上，尙無後世之四聲區別，此即陳第所謂「四聲之辨古人未有者」是也，陳氏所謂「四聲之辨」，即指觀念上之辨析也。陳新雄有言：

> 古人於觀念上雖無四聲之辨，而於聲之舒促則固已辨之矣。後世之所謂平上者，古皆以爲平聲，即所謂舒聲也，後也之所謂去入者，古皆以爲入聲，即所謂促聲也。因古人實際語音上已有四聲區別之存在，故詩中四聲分用畫然，又因其觀念上惟辨舒促，故平每與上韻，去每與入韻。〔註45〕

版社，1984 年），頁 57。

〔註43〕陸志韋：《古音說略》（臺北：臺灣學生，1979 年），頁 195。

〔註44〕參見張師慧美：《王力之上古音》（臺中：東海大學中國文學研究所博士論文，1996 年），頁 198。

〔註45〕陳新雄：《古韻學發微》（臺北：文史哲出版社，1983 年），頁 1273～1274。

陳新雄認爲上古有四聲，但平聲和上聲的調值相近，去聲和入聲的調值接近，總結陳新雄上古漢語聲調之「四聲兩類」說，實在是兼顧了四聲說和兩調說的觀點而成。

（7）董同龢

董同龢承自清代古音學者江有誥「平自韻平，上去入自韻上去入」的觀點，認爲同調相押的情況還是比較普遍，所以認爲上古也應該有四類聲調，且又主張去聲和入聲因爲調值相近的緣故，因此去聲和入聲的關係特別密切。〔註46〕爾後，李榮在《切韻音系》中，舉安南譯音和龍州僮語漢語借字、廣西瑤歌、跟漢語方言中之粵語、閩語、吳語去、入二聲每每符合之事實，提出「四聲三調」說，認爲平聲一類，上聲一類及去入一類，去聲和入聲的不同是韻尾的不同，去聲收濁音，入聲收清音，樂調是一樣的。李榮將「四聲三調」說的關係以表列出如下【表三十五】所示：

【表三十五】李榮「四聲三調」說關係表〔註47〕

四聲	沒有輔音韻尾的韻母	收-m，-n，-ng 的韻母	收-p，-t，-k 的韻母
平	平	平	
上	上	上	
去	去	去	
入			入

「四聲三調說」的論點，周法高在〈論上古音〉一文中，對此說有詳細說明，在此茲錄如下：

> 董同龢主張平上去三聲不同調，而韻尾相同，即和陽聲-n，入聲-t
> 相當的陰聲（平上去）收-d 或-r，和陽聲-ng，入聲-k 相當的陰聲收
> -g；去入聲所以關係較爲密切的緣故是去入同調（所謂「調」指高
> 低升降的類型）。〔註48〕

〔註46〕竺家寧：《聲韻學》（臺北：五南圖書出版股份有限公司，2008 年），頁 659。

〔註47〕李榮：《切韻音系》（臺北：鼎文書局，1971 年），頁 152。

〔註48〕周法高：〈論上古音〉，收錄於周法高：《中國音韻學論文集》（香港：中文大學出版社，1984 年），頁 57。

由此可知，周法高亦是主張上古聲調爲「四聲三調」之說。

（8）張日昇

張日昇在〈試論上古四聲〉一文中，除了反駁王力以音長來作爲區分四聲的主要條件不妥當，且對於後代陽聲韻中的去聲字也無法解釋其上古來源外，更藉由整理歸納《詩經》中，四聲同用和獨用的情況認爲，上古漢語聲調或以周法高所論之「四聲三調」說爲妥當。〔註49〕

（9）鄭張尙芳

鄭張尙芳在《上古音系》一書中談論到上古聲調，提出「聲調源自於輔音韻尾說」。上古聲調源於輔音韻尾說，最先於 1954 年由外國音韻學者奧德里古（案：有人譯爲歐第國）首先提出，他認爲漢語去聲源於-s 韻尾，依據越南話裏的漢語借字，如「寄、義、露、訴、墓」等去聲字在越語中屬「問聲」和「跌聲」（案：越語分六種聲調，即平聲、玄聲、問聲、跌聲、銳聲、重聲等。此處問聲似漢語聲調之喉音「ʔ」，跌聲似漢語聲調之鼻化音，音較輕且低），而這兩種聲調已證明源於-s（＞-h）。另外，奧德里古又舉出十八個去聲字和越語的問聲、跌聲相當：

卦　芥　嫁　膾　櫃　款　試　歲　兔。
帶　肺　慰　助　著　袋　帽　易　利。

上述這些字例在古越語中都帶有-s 韻尾。奧德里古不僅認爲上古漢語去聲源於-s 韻尾，更認爲上古漢語的-s 韻尾又有區別詞性的作用。但奧德里古的說法，李方桂不表認同，李方桂僅在韻尾上以-x 表示上聲調，-h 表示去聲調和奧德里古相同。除了奧德里古之外，另一位外國學者蒲立本也是同樣主張上古漢語去聲源於-s 韻尾，並提出對音證據加以證明，另外，蒲立本還提出上古漢語上聲是源於喉塞音-ʔ 韻尾，他從越南話的「銳聲」、「重聲」（案：筆者認爲「銳聲」近似陰去和陰入二聲，「重聲」近似陽去，陽入，且音較重且高）源自早期的喉塞音韻尾（案：筆者認爲或許是入聲）所得的啓示，但此說並未有明確證據能證明。〔註50〕

〔註49〕張日昇：〈試論上古四聲〉《香港中文大學中國文化研究所學報》第 1 卷（1968 年），頁 168。

〔註50〕竺家寧：《聲韻學》（臺北：五南圖書出版股份有限公司，2008 年），頁 663～664。

鄭張尚芳則在奧德里古「聲調源自於輔音韻尾說」的基礎上進一步說明，並提出他的聲調演變格局如下【表三十六】所示：

【表三十六】鄭張尚芳聲調演變表 [註51]

舒尾	陰 33	占語元音尾鼻尾字	tico＞tso 孫，aŋin＞ŋin 風
	陽 11		bebe＞phe 羊，bolaan＞phain 月
	陰 ʔ33	占語短元音的鼻尾 i、u 尾字	masam＞san 酸，padai＞thai 稻
	陽 ʔ21		sidom＞than 蟻，nau＞nay 去
促尾	陰 24	占語-k-t-p-ʔ尾	ʔbuuk＞ʔbu 頭發，akɔʔ＞ko 頭
	陽 43		dook＞tho 坐，goʔ＞kho 鍋
擦尾	55	占語 h 尾	alah＞la 舌，pasah＞sa 濕

因此，鄭張尚芳對於聲調起源說，是主張源自於輔音韻尾，意即韻尾轉化之說較之其他各種說法為合理。（案：表中鄭張尚芳所舉之「占語」，又別稱「阿齊語」，是東南亞占族語言，也曾是越南中部占城古國的語言，屬南島語系下的烏來玻里尼西亞語族之一員）

綜合以上所論，歷來對於上古漢語聲調說的理論大致可以區分為十一種主流類型：（1）古無四聲說；（2）四聲一貫說；（3）古有四聲說；（4）古無入聲說；（5）古無去聲說；（6）古無上去兩聲說；（7）五聲說；（8）長去短去說；（9）舒促兩類、平上長入短入四聲說；（10）四聲三調說；（11）聲調源於輔音韻尾說。此即為歷來主要研究概況。

第二節　龍宇純對上古聲調之看法

關於上古聲調的看法，龍宇純在〈上古漢語四聲三調說證〉一文中曾指出：

〔註51〕鄭張尚芳：《上古音系》（上海：上海教育出版社，2003 年），頁 204～205，關於「占語」相關知識可參考吳安其《南島語分類研究》一書、及〈關於占語送氣音的來歷〉一文。

第四章 龍宇純之上古聲調系統

上古《詩經》時代的四聲是高低音的分別，而非輔音尾的不同。龍宇純認爲，
從《詩經》叶韻著眼，雖以「平上去入」各自分韻爲常態，亦時見「異調相叶」
之例，尤其在「平與上」或「去與入」之間，有頗頻繁的交往，特別是後者（案：
去與入），至於形成獨具去入二聲的「祭部」，及差不多僅有平上的「歌部」，顯
示此時四聲必是高低音的分別，而非輔音尾的不同。因爲，所謂「叶韻」，指的
便是韻母尾音的諧詥。沒有韻尾的，韻母尾音便是主要元音；具有韻尾的，韻
母尾音便是韻腹與韻尾的結合音，韻頭是完全不須計較的。他進一步認爲，具
有韻尾的韻母尾音是韻腹和韻尾的結合音，其重要性是勝過韻腹。究此說到：

> 是故韻尾相同韻腹相近，可以相叶；韻腹相同韻尾相異，則不可以
> 假借。《詩經》脂、微兩部幾至密不可分（案：因韻尾相同且韻腹相
> 近，故脂和微兩部幾至密不可分），而其他不同韻尾的兩部之間無此
> 現象，無疑作了具體說明。依此看來，《詩經》時代的四聲，亦決不
> 得爲輔音韻尾的不同。〔註52〕

由上述可知，龍宇純認爲上古音，當屬於以《詩經》爲主要研究材料的周秦時段，
自當與古漢語不以聲調區別語義的階段，及不同聲調是否由不同輔音韻尾演變而
來，不產生任何關聯。對上古《詩經》時代漢語聲調最好的解釋當以「高低音」
爲主要區別關鍵，而非以輔音韻尾的不同來區別上古《詩經》時代的漢語聲調。

因此，龍宇純在〈上古漢語四聲三調說證〉一文中又明白言之，其肯定《詩
經》時代的上古漢語是有四聲，與何以出現不同字調之間的叶韻，以及特多的
平與上及去與入的韻例，兩者並非絕對衝突。龍宇純認爲，試作如下的設想，
前述問題便可覺得順理成章：

（1）平聲爲平調。

（2）上聲爲升調或降升調，其最後的高度同於平。

（3）去聲爲降調，其最後的高度視平聲爲低。

（4）入聲調形同去聲，而具塞音韻尾。〔註53〕

〔註52〕龍宇純：〈上古漢語四聲三調說證〉，收錄於龍宇純：《中上古漢語音韻論文集》（臺
　　　北：五四書店，2002年），頁501。

〔註53〕龍宇純：〈上古漢語四聲三調說證〉，收錄於龍宇純：《中上古漢語音韻論文集》（臺

· 205 ·

如此一來，在此設想之下，平上去三聲韻母全同，只有聲調高低的差異，所以有相互叶韻的例子；而上聲尾音高與平同，於是平上之間有較多於平去或上去的次數；去入調值既同，雖然入聲具輔音尾，卻由於其塞而不裂，只是一種態勢的特質，並不清楚發音，對沒有韻尾或收-u尾的之、幽、宵、侯、魚、佳六部字而言，聽覺上「去聲」與「收-k尾的入聲」無強烈差別，即使為收-i尾的脂、微、祭三部，也因-i與入聲-t尾發音部位相同而相近，於是又別有「去入多互叶」的韻例出現。此外，除了上述原因外，龍宇純又指出，造成《詩經》時代的上古漢語聲調多平與上及去與入相叶的韻例之因，是因為《詩經》三百篇多用以歌唱，並非僅限於口誦。為滿足歌曲的音樂性，字音不能盡用本調，而必須作高低不同的調整，基於上述原因，《詩經》偶有不堅持叶韻必須同調的作法，實不足為異。

由此可知，龍宇純基本上承認，《詩經》時代的上古漢語聲調和《切韻》時代一樣，有平、上、去、入四聲，且去入調值相同，但是，他卻不認同《詩經》時代的上古漢語聲調之四聲區別，可能是由不同輔音韻尾來區分。龍宇純在〈上古漢語四聲三調說證〉文中，使用《集韻》為主要材料，來探討《詩經》時代的上古漢語聲調分類，而捨棄一般研究古音恆採的《廣韻》，為何要選取《集韻》，龍宇純所持論的理由，是因為《廣韻》體例及編排模式沿襲《切韻》舊規，「捃選精切」的結果，許許多多不同讀音都遭到摒拒（案：「摒拒」意義為「調整、整理」，「加以增刪調整」）；反觀《集韻》則本質上即為廣蒐集，盡量保存不同的讀音，雖然《集韻》時代較《廣韻》為晚，但僅僅晚三十年左右，決不得凡軼出《廣韻》音切，主要還是反映當時代的實際語音變化。除此之外，龍宇純更進一步明言《集韻》的優點。他認為：

> 《集韻》中言某音出某書某家，正可於《爾雅》、《方言》中郭璞音、
> 《廣雅》中曹憲音或陸德明《經典釋文》等書獲得印證，《集韻》書
> 中所收錄的語音，其時代甚至並在《廣韻》之前，由以知凡《集韻》
> 所見，都是蒐討得來的前代相傳音讀，沒有不同以被利用的理由。
> 〔註54〕

北：五四書店，2002年），頁502。

〔註54〕龍宇純：〈上古漢語四聲三調說證〉，收錄於龍宇純：《中上古漢語音韻論文集》（臺

龍宇純針對《集韻》收字進行分析，按照平入、上入、去入、平上入、平去入、上去入，及平上去入相互叶韻的情況加以整理，發現平上去三聲，無論爲陰聲、爲陽聲，韻母皆自相同，所以形成各自與入聲關係疏密的不同，其關鍵就在於調值，由此可知，《詩經》時代的上古漢語，其四聲就已經形成，主要四聲調型爲：平、上、去、入四聲皆具備，且去與入同調，屬於四聲三調的聲調模式。

　　綜合以上龍宇純對《詩經》時代上古漢語聲調說的看法，可歸納爲三點：（1）《詩經》時代的上古漢語聲調當爲「四聲三調」說；（2）《詩經》時代的上古漢語聲調是以「高低音」爲主要區別關鍵，而非以輔音韻尾的不同來區別；（3）認爲清代古音學者段玉裁及近世學者王力對於上古漢語聲調的說法，皆有其局限性，可以再檢驗。

第三節　上古聲調之問題討論

　　關於上古聲調的討論，經由第一節針對歷來學者對於上古漢語聲調的研究，可以大致區分爲十一種主流類型：（1）古無四聲說；（2）四聲一貫說；（3）古有四聲說；（4）古無入聲說；（5）古無去聲說；（6）古無上去兩聲說；（7）五聲說；（8）長去短去說；（9）舒促兩類、平上長入短入四聲說；（10）四聲三調說；（11）聲調源於輔音韻尾說。在這十一種聲調類型說法中，龍宇純認爲《詩經》時代的上古漢語聲調，主要當以「四聲三調」來區分，並且又提出《詩經》時代的上古漢語聲調是以「高低音」爲主要辨別關鍵，而非以輔音韻尾的不同來畫分。提出以「輔音韻尾的不同」來做爲區別《詩經》時代上古漢語聲調者，有李方桂、潘悟云及外國學者奧德里古爾（Haudricourt）和蒲立本（Pulleyblank），茲將此四位學者（案：外國學者奧德里古爾（Haudricourt）和蒲立本（Pulleyblank）之學說主張相同，故屬同一派）相關論點分述如下：

　　1. 李方桂

　　李方桂在其《上古音研究》一書中，認爲將把上古的韻尾輔音跟四聲合併應論的緣故，是因爲韻尾與四聲的關係相當密切。清代的古韻學者有四聲一貫的主張，也有主張古無四聲的。自從段玉裁以爲古無去聲，就引起去聲是否由於韻尾輔音失落而發生問題，更引申到四聲是否都由於不同韻尾輔音的失落或

保存，而成了後來的平上去入的問題。李方桂強調，如果我們拿中古的調類去看《詩經》的押韻，大體是平上去入同調類的字相押。這類的韻至少要佔半數以上。其他混押的不及半數。這很可看出來《詩經》的用韻大體是分調類的。後來的文學裏，同調相押的傾向愈來愈嚴謹，到了《切韻》的時代，就根本拿四聲來分韻了。然而，《詩經》的用韻，究竟反映上古有聲調，還是上古有不同的韻尾，這個問題不容易決定。他進一步說明：

> 如果《詩經》用韻嚴格到只有同調類的字相押，我們也許要疑心所
> 謂同調的字是有同樣的輔音韻尾，不同調的字有不同的韻尾輔音，
> 但是《詩經》用韻並不如此嚴格，不同調類的字相押的例子，也有
> 相當的數目，如果不同調的字是有不同的韻尾輔音，……不如把不
> 同調類的字仍認爲聲調不同。〔註55〕

由上述說明可知，李方桂主張上古漢語有四聲的分別，其分別可能來自不同輔音韻尾的演變，其先並非以調的高低爲分；但同時又認爲那是《詩經》以前時代的事，且在漢語本身，已無法推測出來。李方桂提出在語音上，*-b 跟*-p，*-d 跟*-t，*-g 跟*-k 等並不一定含有清濁等的區別，但也不敢說一定沒有區別。我們既然承認上古有四聲，那麼別的區別似乎是不重要的。他認爲：

> 但是我們也不反對在《詩經》以前四聲的分別可能仍是由於輔音韻
> 尾的不同而發生的，尤其是韻尾有複輔音的可能，如*-ms，*-gs，
> *-ks 等。但是就漢語本身來看我們已無法推測出來了。藏漢系的比
> 較研究將對此有重要的貢獻。〔註56〕

由上可知，李方桂反對《詩經》時代有-s 韻尾，認爲上古四聲若具有不同的輔音韻尾，則難以解釋通押的現象，如-ks：-k。

2. 潘悟云

潘悟云也同樣贊同上古漢語聲調是源於輔音韻尾。潘悟云在其《漢語歷史音韻學》一書中強調，漢語的聲調從韻尾變來是沒有疑問的，目前的爭論在聲調產生的時間。丁邦新發現《論語》、《孟子》、《詩經》中平列結構的雙音詞有

〔註55〕李方桂：《上古音研究》（北京：商務印書館，1982 年），頁 32～33。

〔註56〕李方桂：《上古音研究》（北京：商務印書館，1982 年），頁 34。

按四聲排列的傾向。對於上古就存在聲調是一個難以辯駁的內部證據。但是，潘悟云又進一步認為，雙音詞按四聲排列有其他解釋，上古的平聲帶零韻尾或響聲韻尾，上聲帶緊喉，去聲帶擦音韻尾，入聲帶塞音韻尾，如按韻尾的發音強度從小到大排列，正是平、上、去、入。他說：

> 造成四聲用力程度不同的原因不是調形，而是韻尾性質，並且舉出
> 許多材料證明，上聲帶緊喉特徵，去聲帶擦音韻尾的證據是很過硬
> 的。因此可以斷定上古各個調類的調形只是韻尾的一種伴隨特徵，
> 到上聲的喉塞韻尾和去聲的擦音韻尾消失以後，調形才成為區別性
> 的特徵。〔註57〕

3. 外國學者奧德里古爾（Haudricourt）和蒲立本（Pulleyblank）

外國學者奧德里古爾（Haudricourt）和蒲立本（Pulleyblank）主張「聲調源於輔音韻尾說」。1954 年外國學者奧德里古爾（Haudricourt）發現古漢越語中漢語借字是以去聲和越語的問聲和跌聲相對應，而此兩聲又來自於-s（＞-h）收尾，於是提出漢語的去聲源於韻尾-s。其後蒲立本（Pulleyblank）（1963）、梅祖麟（1980）、俞敏（1984）和鄭張尚芳（1987）等人又進一步根據梵漢對音、漢藏對音、朝鮮的漢語借詞和漢語方言等材料，來證明上古去聲源於-s 韻尾。〔註58〕除此之外，鄭張尚芳在其《上古音系》一書中也提及富勵士（Forrest）（1960）、蒲立本（Pulleyblank）（1973）、梅祖麟（1980）等人，又就藏語和漢語-s 尾及其語法功能作一系列的比較，證明漢語去聲的別義功能跟藏文有相對應的關係。他們從藏緬語觀察得知，-s 尾原表既事式（完成體），如「結髮為髻，鎊木為契」說明完成動作與形成事物間有聯繫，故動詞既事式較易轉化為名詞，因此，梅祖麟認為-s 尾使動詞變名詞是繼承共同漢藏語的。由漢語及其親族語言相互比較可以證得，上古漢語去聲實源自於-s 尾。〔註59〕

上述學者的看法中，龍宇純認為李方桂和潘悟云兩位持論上古漢語聲調源於輔音韻尾說之學者的看法，即產生兩項問題，第一點：究竟古漢語是否有過不以聲調區別語義的階段？第二點：不同聲調是否由不同輔音韻尾演變而來？

〔註57〕潘悟云：《漢語歷史語音學》（上海：上海教育出版社，2000 年），頁 163。

〔註58〕潘悟云：《漢語歷史語音學》（上海：上海教育出版社，2000 年），頁 154～155。

〔註59〕鄭張尚芳：《上古音系》（上海：上海教育出版社，2003 年），頁 216～218。

因此，龍宇純特別對李方桂「以輔音韻尾的演變來說明上古漢語的聲調」之理論持反對意見。他認爲從《詩經》叶韻著眼，雖以平上去入各自分韻爲常態，亦時見異調相叶之例，尤其在平與上或去與入之間，有頗頻繁的交往，特別是後者（案：去與入），至於形成獨具去入二聲的祭部，及差不多僅有平上的歌部，顯示此時四聲必是高低音的分別，而非輔音尾的不同。因爲，所謂叶韻，指的便是韻母尾音的諧詒。沒有韻尾的，韻母尾音便是主要元音，具有韻尾的，韻母尾音便是韻腹與韻尾的結合音，韻頭是完全不須計較的。龍宇純進一步說明：

> 後者（案：指稱具有韻尾的，韻母尾音便是韻腹與韻尾的結合音，韻頭是完全不須計較的），韻尾相同的重要性，勝過韻腹。是故韻尾相同韻腹相近，可以相叶；韻腹相同韻尾相異，則不可以假借。……依此看來，《詩經》時代的四聲，亦決不得爲輔音韻尾的不同。〔註60〕

從上文看來可知，龍宇純主要反對「以輔音韻尾的不同」，來做爲區別《詩經》時代上古漢語聲調的主要關鍵。另外，丁邦新在其〈論語、孟子及詩經中並列語成分之間的聲調關係〉一文中，檢視上古雙音節並列語的排列次序，發現有百分之八十的並列語受到聲調的制約，倘若認爲上古漢語沒有聲調，只有輔音韻尾，則難以解釋這種構詞上的現象，〔註61〕不僅如此，丁邦新又指出「聲調源於韻尾說」有其不可行之處，其所持論的理由有兩點：（1）材料本身的時代問題無法確定；（2）新屬語言的現象來不能肯定漢語也有相同的演變方式。〔註62〕徐通鏘在其〈聲母語音特徵的變化和聲調的起源〉一文中也反對聲調源於韻尾說，他認爲持論聲調源於韻尾說者，其對音材料來研究有其侷限性，因「對音」通常不是「等值對譯」，所以很難成爲可靠的根據，徐通鏘同時又指出「聲調是單音節語的一種普遍類型特徵，不同語言的聲調都是獨立形成的，不是同一祖語的分化，相互間無法進行歷史比較研究」。〔註63〕丁邦新和徐通鏘反對上古漢語聲調源於輔音

〔註60〕龍宇純：〈上古漢語四聲三調說證〉，收錄於龍宇純：《中上古漢語音韻論文集》（臺北：五四書店，2002年），頁501。

〔註61〕丁邦新：〈論語、孟子及詩經中並列語成分之間的聲調關係〉，《中央研究院歷史語言研究所集刊》第47本（1975年），頁35。

〔註62〕丁邦新：〈漢語聲調源於韻尾說之檢討〉，收錄於丁邦新：《丁邦新語言學論文集》（北京：商務印書館，1998年），頁98。

〔註63〕徐通鏘：〈聲母語音特徵的變化和聲調的起源〉，《民族語文》第1期（1998年），

韻尾說的論點，雖然與龍宇純的說法不同，但最後的結論皆是不同意上古漢語聲調是源於輔音韻尾，因此，上古漢語聲調源於輔音韻尾的說法仍有待進一步商榷。

　　龍宇純不同意上古漢語聲調是起源於輔音韻尾說外，他又在〈上古漢語四聲三調說證〉一文中表示，由於《詩經》叶韻平上、去入之間多有往還，對於清代古音學家段玉裁的上古漢語聲調論述「古但有平入二聲，上聲備於《三百篇》，去聲備於魏晉」說，提出不同看法，他主張段玉裁「古但有平入二聲，上聲備於《三百篇》，去聲備於魏晉說」之所以能夠成立，前提是必須對上去二聲如何自平入變出，能說得出其分化條件。段氏的說辭則只是：「平稍揚之則爲上，入稍重之則爲去。」如果平上去入是本有的四聲，用以說明兩兩之間的差異，是可以的；如其以爲上去二調即是平入稍揚稍重的結果，則絕不可。龍宇純認爲：

　　因爲後者（案：以爲上去二調即是平入稍揚稍重的結果）只能形成
　　不自覺的個別字偶然變讀，不能產生原本所無的新調；能變化出來
　　新調的稍揚稍重的讀法，必是在一定的條件之下，自然演變而成。

〔註64〕

其除了認爲，清代古音學者段玉裁「平稍揚之則爲上，入稍重之則爲去」說之所以能夠成立，必定要在一定條件下才能爲之外，龍宇純也贊同現今學者所指出，關於王力上古漢語聲調說法的缺點。

　　王力上古漢語聲調的理論爲「舒促兩調說」，主要考察《詩經》和諧聲兩種資料中四聲運用的情形，認爲段玉裁「古平上爲一類，去入爲一類」之說甚是，於是將上古聲調以音高區分，分爲舒促兩類。而舒促兩聲又各自分長短，舒而長爲平聲，舒而短爲上聲；促聲（案：具-p，-t，-k 韻尾者）不論長短都是入聲，舒而長即是長入，促而短即是短入。因此可知，王力也是贊成古無去聲。然而，王力對古漢語聲調的論點卻不被學者認同，持反對王力上古漢語聲調觀點的學者共有五人，茲分述如下：

1. 周祖謨

周祖謨在其〈古音有無上去二聲辨〉一文中，針對段玉裁聲調說進行檢討。

頁 5～8。

〔註64〕龍宇純：〈上古漢語四聲三調說證〉，收錄於龍宇純：《中上古漢語音韻論文集》（臺北：五四書店，2002 年），頁 502。

他認爲考段氏立說之根據，不外二端：一曰詩經用韻，二曰文字諧聲。若以詩經用韻而言，雖去聲有與平上入三聲通協者，而去與去自協者固多。但段氏不加詳辨，重其合而不重其分，其誤一也，又段氏重諧聲而不重詩韻，其誤二也。又古韻各部所具之聲調未必盡同，此部無去，他部則否，豈可斷言古必無去。段氏以一概全，其誤三也。周祖謨在文中進一步言：

> 前人因三百篇之用韻上去二聲猶有分辨不十分明確者，遂並群經中
> 分用甚明者亦揉合之，是忽略事實，強古人以從我，非慎思明辨之
> 道矣。段氏乃謂切韻以前無去不可入，昧於時代之演變，其誤四也。
> 綜茲四端，可知段氏立說雖似牢不可可破，其實間隙尚多。今欲論
> 古四聲，自當以詩韻爲主。〔註65〕

周祖謨認爲，不論是《詩經》用韻或文字諧聲，上聲和去聲雖有與他聲合用，然其各自獨用仍佔多數，故應從其分而不能從其合。另外，周氏還考察古韻二十二部上去聲的字例，證明古有上去二聲，只是「第前人不肯細察，故異說歧出，莫衷一是」〔註66〕由此可知，周祖謨不僅不贊成古無上去二聲，也間接否定王力之古無去聲說。

2. 周法高

周法高在其〈論上古音〉一文中，認爲王力所謂兩個聲調，實際上就是一個聲調，因爲去聲和入聲具有塞音韻尾，而平聲和上聲沒有，故可以互補。針對此說法，周法高進一步申論到：

> 這樣一來，就和現代的英法德俄諸語一樣，聲調不能構成辨義的標
> 準了。這和中國人的習慣也是大相違背的。……此外，王說還有一
> 個顯著的缺點，……根據張日昇前引文的統計：平上兩調互押與兩
> 調總和之比例，爲 1：10，平去或上去亦然，可見王力所說詩韻平
> 上常相通之說不確。〔註67〕

〔註65〕周祖謨：〈古音有無上去二聲辨〉，收錄於周祖謨：《問學集》（上冊）（北京：中華書局出版，1966 年），頁 79。

〔註66〕周祖謨：〈古音有無上去二聲辨〉，收錄於周祖謨：《問學集》（上冊）（北京：中華書局出版，1966 年），頁 79。

〔註67〕周法高：〈論上古音〉，收錄於周法高：《中國音韻學論文集》（香港：中文大學出

周法高亦援引詩韻和諧聲字兩項資料之四聲關係的統計數據，以及觀察王力收去聲字例的情形，皆明確地顯示出王力上古聲調的不當之處。

3. 許紹早

許紹早同樣反對王力對於上古漢語聲調的說法，他在《音韻學概要》一書中說：

> 王力先生獨樹一幟，認爲上古有四個聲調而分爲舒促兩類，……這一處理方法，能夠很好地解釋上古去聲分別通平上和通入聲的現象，也能充分說明上古某些入聲轉爲中古去聲的條件，不過長入、短入之分，只能從變入後代的情況去推求，並非由當時的資料反映出來。〔註68〕

由許紹早的說法可知，他並不同意王力對「長入」和「短入」兩聲形成的狀況所提出的看法，他認爲此說法是從此兩聲變入後代的情況推求而得，而非從當時的語音資料反映所得的結果。

4. 李葆瑞

李葆瑞在其〈讀王力先生《詩經韻讀》〉一文中，也不同意王力將上古聲調分長短，他根據姜亮夫在《瀛涯敦煌韻輯》一書中的統計得出《廣韻》中的去聲有 5472 字，若將此批例字中的同一個詞之異體字去掉，還有 5119 字。李葆瑞認爲，王力曾經發表過〈古無去聲例證〉一文，文中層列舉《廣韻》中去聲字 283 個。根據先秦韻文中，跟這些字押韻之字的聲調來證明《廣韻》中，這些去聲字在先秦都不是去聲，它們占《廣韻》中去聲總數的百分之五，餘下的百分之九十五固然可能有些是後起的，不全是從先秦傳下來的，但這總是少數，大多數字是從先秦傳下來的。這些多數字還不能證明原來也都不是去聲字，而是後來從其他聲調轉成去聲的。這樣大量的非去聲字是怎樣轉成去聲的？轉化的條件是什麼？這些問題都不好解決。因此，李葆瑞認爲：

> 關於去聲和入聲的關係，兩個調類中具體的字互相聯繫比平、上跟入聲的聯繫較多，這世是事實。平、上聲字跟相配的入聲押韻，一

版社，1986 年），頁 61。

〔註68〕許紹早：《音韻學概要》（長春：吉林大學出版社，1994 年），頁 251。

般都按通韻處理，王力先生也是如此。去聲字跟相配的入聲押韻，
一般也是按通韻處理，我認爲這是合理的，不一定把這樣的去聲字
都劃歸入聲。〔註69〕

由上述引文可知，李葆瑞並不同意王力將去聲字都劃歸入聲來解釋。

5. 陳新雄

陳新雄也不認同王力上古漢語聲調說。他認爲：

王力的說法，無法解釋陽聲的去聲是怎麼來的。他雖然說是一部份由
平上聲變來的，特別平上聲的全濁聲母變來的。假定他這一說法可以
成立，則陽聲的平上聲就應該沒有全濁聲母的字，因爲都已變成去聲
去了，但是現在陽聲平上聲仍保留大量的全濁聲母的字。〔註70〕

陳新雄的說法在張日昇〈試論上古四聲〉一文中也有提出相同的看法，他說：

王力假定去聲是收塞音韻尾，那麼收鼻音的陽韻，應當沒有去聲，
但是在詩韻中仍然有陽韻去聲字，這種突衝現象應當如何去說明
呢？〔註71〕

龍宇純同意上述陳新雄及張日昇兩種說法，認爲王力上古漢語聲調說的缺失，
在於對屬陽聲去聲的來源無法清楚交代，造成矛盾。

龍宇純認爲，清代古音學家段玉裁及近世學者王力二人對於上古漢語聲調
說的看法皆有其侷限性，因此，肯定《詩經》時代的上古漢語本就具有四聲，
與何以出現不同字調之間的叶韻，以及特多的平與上及去與入的韻例，兩者並
非絕對衝突。龍宇純認爲，對於《詩經》時代的上古漢語聲調，可以試作如下
設想：

（1）平聲爲平調。

（2）上聲爲升調或降升調，其最後的高度同於平。

〔註69〕李葆瑞：〈讀王力先生《詩經韻讀》〉《中國語文》第 4 期（1984 年），頁 316～
320。

〔註70〕參見張師慧美：《王力之上古音》（臺中：東海大學中國文學研究所博士論文，1996
年），頁 205～206。

〔註71〕張日昇：〈試論上古四聲〉《香港中文大學中國文化研究所學報》第 1 卷（1968 年），
頁 168。

（3）去聲爲降調，其最後的高度視平聲爲低。

（4）入聲調形同去聲，而具塞音韻尾。〔註72〕

此種說法即是承繼董同龢先生及周法高先生四聲三調說。董同龢承清代古音學
家江有誥「平自韻平，上去入自韻上去入」的觀點，認爲同調相押的情況還是
比較普遍，所以認爲上古漢語聲調也應該有四類聲調。而平上去三聲不同調，
但韻尾相同。去入聲關係較密切的原因是因爲去入同調。此即「四聲三調說」
的論點。周法高也有相同論述，他在〈論上古音〉一文中，將上古漢語聲調的
研究成果歸納爲五派，並傾向於第一派的說法：

> 第一派，可以董同龢爲代表，主張平上去三聲不同調，而韻尾相同，
> 即和陽聲-n，入聲-t 相當的陰聲（平上去）收-d 或-r，和陽聲-ng，
> 入聲-k 相當的陰聲收-g；去入聲所以關係較爲密切的緣故是去入同
> 調（所謂「調」指高低升降的類型）。〔註73〕

周法高同意董同龢所說，在《詩經》時代的上古漢語聲調屬「四聲三調說」，此
外，也同意李方桂提出：在上古以前可能無聲調的區別，而用不同的韻尾，但
在《詩經》時代聲調已經形成之說。再者，又舉出李榮也同樣主張在《切韻》
時代還保留四聲三調（即去入同調）的情形，來佐證《詩經》時代的上古漢語
當屬「四聲三調說」是無可置疑。

　　龍宇純在〈上古漢語四聲三調說證〉一文中指出，過去的學者如王力曾在
《漢語史稿》中列舉「害、契、易、畫、食、識、瓧、惡、復、宿、暴、溺」
等十餘字，利用一字含去入二讀的現象（案：例如「惡」讀「ə^{51}」，「u^{51}」；「食」
讀「ʂ^{35}」、「ʂ^{51}」皆一去聲、一入聲），作爲去入同源的憑依，證明先有入聲，
然後分化爲去入兩讀。在此前例之下，龍宇純進一步使用一字二調證成去入調
值的相同，並使用《集韻》中所有具平入、上入及去入的三種一字二音完全輯
出，較其數量之多寡來證明去入同調。

　　在說明龍宇純使用《集韻》爲主要研究材料，所得出的上古漢語聲調結論

〔註72〕龍宇純：〈上古漢語四聲三調說證〉，收錄於龍宇純：《中上古漢語音韻論文集》（臺
　　　　北：五四書店，2002 年），頁 502。

〔註73〕周法高：〈論上古音〉，收錄於周法高：《中國音韻學論文集》（香港：中文大學出
　　　　版社，1984 年），頁 57。

前，先就現今學者研究上古漢語聲調的成果進行說明。現今學者研究上古漢語聲調的資料主要以《詩經》用韻和諧聲字為主，如許紹早在其《音韻學概要》一書中認為：

> 研究上古聲調的資料主要是《詩經》用韻和文字諧聲。……從押韻看，《詩經》大體是同調相押，表現出有聲調之別。……至於諧聲偏旁，在考察聲調分類問題上起不了多大作用，因為諧聲不要求同調相諧，異調互諧的現象普遍存在，平聲、上聲經常同諧聲，去聲、入聲經常同諧聲。〔註74〕

許紹早認為諧聲字可能會出現異調相諧的情形，因此無法準確作為研究上古聲調的材料。嚴學宭在〈周秦古音研究的進程和展望〉一文中也說：

> 周秦音的聲調究竟如何，只能靠《詩經》押韻來分析和綜合。從《詩經》押韻看，大體平上去入同類的字相押韻，占百分之五十以上，其它混押韻不及半數。〔註75〕

林清源在〈王力上古漢語聲調說述評〉一文之補記中也說：

> 諧聲字多與聲符同調，實因諧聲字的形成過程多是先有表音部分，後因語言孳生或文字假借才再加上表意部分二者多同調乃理所應然。讀若字與本字同調，則因讀若字具有標音功能，多取同調字以為讀若字，也是理所必然。因此諧聲偏旁與說文讀若字都不宜用以證明上古調類之多寡。〔註76〕

關於此論點，龍宇純在其《中國文字學》書中認為，轉注之字最近似形聲，如果不從其形成過程觀察，而僅看形成文字以後的表面，並一者表意一者表音，全無區別。其言到：

> 轉注字實經兩階段而形成，其初僅有「表音」部分而不盡是表音的，故其「表音」部分為字之本體，表意部分則是可有可無。形聲字則

〔註74〕許紹早：《音韻學概要》（長春：吉林大學出版社，1994年），頁204～242。

〔註75〕嚴學宭：〈周秦古音研究的進程和展望〉（1980年為《漢語大字典》所寫之序）。

〔註76〕林清源：〈王力上古漢語聲調說述評〉（臺中：東海大學中文學報第7期，1987年），頁137。

不然，起始即結合表意與表音者各一字為字，兩者缺一不可，而以
表意部分為主幹，表音部分只是用以足成其字。〔註77〕

張師慧美也認為許多形聲字不是原本造出來的，而是變化出來的轉注字，因此，
倘若以諧聲字來研究上古漢語聲調，必須將轉注字和形聲字區分開來，再作分
析觀察，所得統計數據才有可信度，但這不是件簡單的工作。〔註78〕既然從諧
聲字著手研究上古漢語聲調有其困難度，如此一來，研究上古漢語聲調的資料，
當以《詩經》韻腳來統計調類為宜。以《詩經》韻腳來統計調類之著名學者當
屬張日昇，他在〈試論上古四聲〉一文中將《詩經》內部四聲同用和獨用的統
計數據加以整理，茲列【表三十七】、【表三十八】及【表三十九】如下：

【表三十七】《詩經》中四聲同用和獨用次數統計表（一）

	同調獨用	兩調合用	多調合用	合　計
次　數	4116	1030	204	5350
百分比	76.9%	19.2%	3.8%	99.9%

【表三十八】《詩經》中四聲同用和獨用次數統計表（二）

	平	上	去	入	合計	各調獨用比例
平	2186	203	159	5	2553	2186/2553=85%
上	158	882	99	18	1157	882/1157=76%
去	134	67	316	64	581	316/581=54%
入	5	21	97	732	855	732/855=85%

【表三十九】《詩經》中去聲和表平、上、入三聲互諧之關係表

相諧者	韻　腳	佔兩調總和的比例
去：平	134+159=293	293/3134=9.3%
去：上	67+99=166	166/1738=9.5%
去：入	97+64=161	161/1436=11.2%

〔註77〕龍宇純：《中國文字學》（臺北：著者發行由五四書局經銷，1994 年），頁 123。

〔註78〕參見張師慧美：《王力之上古音》（臺中：東海大學中國文學研究所博士論文，1996
年），頁 211。

　　由上列三表是以《詩經》為主要研究材料進行聲調通押觀察所得結果。龍宇純在〈上古漢語四聲三調說證〉一文中，突破以往研究材料的限制，選擇以《集韻》為主要研究材料，藉由歸納《集韻》所收錄的韻字來觀察上古漢語聲調的發展概況，他選用《集韻》的理由，是因為《廣韻》體例及編排模式沿襲《切韻》舊規，「捃選精切」的結果，許許多多不同讀音都遭到摒拒（案：義即加以排斥，並歸納整理）；反觀《集韻》則本質上即為廣蒐集，儘量保存不同的讀音，雖然《集韻》時代較《廣韻》為晚，但僅僅晚三十年左右，決不得凡軼出《廣韻》音切，主要還是反映當時代的實際語音變化。除此之外，龍宇純更明言：

> 《集韻》中言某音出某書某家，正可於《爾雅》、《方言》中郭璞音、《廣雅》中曹憲音或陸德明《經典釋文》等書獲得印證，《集韻》書中所收錄的語音，其時代甚至並在《廣韻》之前，由以知凡《集韻》所見，都是蒐討得來的前代相傳音讀，沒有不同以被利用的理由。〔註79〕

既然《集韻》內部的語音值得探討，因此，龍宇純將《集韻》韻字按照平入、上入、去入、平上入、平去入、上去入及平上去入七種通押現象加以整理歸納，得出通押次數如下表四十所示：

【表四十】《集韻》韻字平入、上入、去入、平上入、平去入、上去入及平上去入七種通押現象關係表〔註80〕

相押調值	次　　數
平入	413
上入	146
去入	820
平上入	65
平去入	133
上去入	95
平上去入	82

〔註79〕 龍宇純：〈上古漢語四聲三調說證〉，收錄於龍宇純：《中上古漢語音韻論文集》（臺北：五四書店，2002 年），頁 503。

〔註80〕 龍宇純：〈上古漢語四聲三調說證〉，收錄於龍宇純：《中上古漢語音韻論文集》（臺北：五四書店，2002 年），頁 503。

除了上表所統計的數字之外，龍宇純更統計了兼讀平入、上入及去入各字的總數（包含少數一字的兩見），分別爲 99、61 及 537 個，約略計之：上入爲平入的 2/3，最少；去入爲平入的 5.5 倍，爲上入的 8.7 倍，而最多。如從三者兼讀入聲的機率看，自《切韻》至《集韻》，大抵是「上去聲」字數相當，平聲則是上聲或去聲的兩倍，正確的對比，應兩倍上入及去入之數，然後與平入之數相較；則上入的 122，反視平入爲多，去入爲上入的 8.8 倍，爲平入的殆 11 倍。因爲平上去三聲，無論爲陰聲、爲陽聲，韻母皆自相同，則所以形成各自與入聲關係疏密的不同，當然就在於調值。另外，兼讀四種聲調因較難發生，所以數量較少，平上入、平去入、上去入及平上去入各字的總數分別爲 21、42、31 及 19，以去易上，42 適爲 21 的 2 倍，以去易平，31 亦爲其 1.5 倍，其間數量之多寡，顯示與去聲的有無相關聯，不僅如此，如「蠱、四、質、出、位、瑟、室、異、續……」等字，或由去轉而爲入，或由入轉而爲去，或兩義皆同，或其一爲借用，這種情形，在兼讀平入或上入者中，是不易見到或根本見不到。經由《集韻》韻字四聲調相互通押現象歸納，及生僻不習見字所產生的異讀現象可知，去入之間必有其特殊且相同的條件，於是，《詩經》時代的上古漢語聲調是平、上、去、入四聲具備，且去入同調的四聲三調說無疑得到明證。

　　綜觀上文，筆者同意龍宇純所論，上古漢語聲調並非起源於輔音韻尾說的論點。試以諸家學者理論佐證，上古漢語聲調起源於輔音韻尾說的觀點，其困境是論證的資料來源並不可靠，連持論上古漢語聲調起源於輔音韻尾說的學者李方桂都認爲，就漢語本身來看，已無法推測出《詩經》以前四聲的分別可能仍是由於輔音韻尾的不同而發生，或是其韻尾有複輔音的可能。因此，在上古漢語聲調起源於輔音韻尾說的觀點，已無法確切由漢語本身得到證實，是故，上古漢語聲調的起源當以龍宇純的說法——以四聲本身的高低音來區分較爲妥當，如此也能配合漢語聲調具辨義作用之說。

第四節　上古聲調的小結

　　本文在第二節「龍宇純對上古聲調的看法」中，將龍宇純對上古聲調系統的主張作一深入探討，並引述各家學者的相關看法，進而得知龍宇純之看法爲：（1）《詩經》時代的上古漢語聲調當爲「四聲三調」說；（2）《詩經》時代的上

古漢語聲調是以「高低音」爲主要區別關鍵，而非以輔音韻尾的不同來區別；(3)認爲清代古音學者段玉裁及近世學者王力對於上古漢語聲調的說法，皆有其局限性，可以再檢驗。

本文在第三節「上古聲調之問題討論」的部分，筆者根據龍宇純在〈上古漢語四聲三調說證〉一文中所論述的重點，分析歸納得出三項結論：第一，龍宇純認爲清代古音學者段玉裁所提出「古但有平入二聲，上聲備於《三百篇》，去聲備於魏晉」的說法中，對平入二聲如何延伸出上去二聲的解釋「平稍揚之則爲上，入稍重之則爲去」說無法認同；第二，針對王力上古漢語聲調的說法，認爲其主要缺失在於對屬陽聲去聲的來源無法交代；第三，從《集韻》入手歸納韻字通押現象，來證明上古《詩經》時代的漢語聲調早已具備平、上、去、入四聲，且去聲和入聲同調值，因此，周秦時代的上古漢語聲調當屬四聲三調說。

由此，筆者認爲上古《詩經》時代的漢語聲調若起源於輔音韻尾說，其時間性難以區分，如何證明《詩經》以前的聲調起源是以輔音韻尾爲主，《詩經》以後出現四聲之別，無法從漢語本身分析研究，也是此說無法信立於各方的關鍵。因此，上古《詩經》時代的漢語聲調當以龍宇純所說，以四聲高低音來區分爲妥當，也能和漢語聲調具辨義作用之說相合。再者，以往多從《詩經》韻腳資料爲主，實際統計每個調類在上古的分合情形，進而得出結論，然而龍宇純別開生面，特別從《集韻》韻字入手歸納討論，進而得出如同以往從《詩經》韻腳資料爲主要研究對象的結論，證明《詩經》時代的上古漢語聲調是具備平、上、去、入四聲且去入同調，故上古漢語聲調說當屬「四聲三調說」爲宜。

第五章　結　論

　　本論文以龍宇純上古音的研究成果為討論範圍，對其聲母、韻母和聲調系統作全盤性的介紹；另一方面，參酌各家學者論及龍宇純相關說法見解，包含討論龍宇純上古音觀念相關議題和引述龍宇純上古音的說法等，均一併在問題討論的部分後，作完整且綜合性的評論，以期能在瞭解龍宇純上古音系之梗概，並進一步地梳理出龍宇純與歷來眾家學者意見的異同之處，藉此從歷史的角度，看出龍宇純上古音系統理論的承繼與從文字學方向，歸納上古音理的創新態度，進而明白龍宇純在音韻研究史，特別是上古音系統部分的貢獻與成就。

　　經由全文探討龍宇純之上古音系統，得到以下結論：

一、聲母部分

（一）單一聲母

　　龍宇純談論上古聲母，僅論述上古單一聲母，而不談論有關複聲母的問題，僅在喻四音值構擬一題上，將其擬為複聲母*zɦ，其他複聲母相關議題，均不見於專文討論。在單一聲母方面，龍宇純上古單一聲母的分類，主要根據中古四個等韻的來源加以思考研究，得出上古單一聲母共計有二十一聲紐，並四類韻俱全，大致以宋人三十六字母為論述基礎。茲將龍宇純上古單一聲母的分類及其音值列表如下：（見【表六】）

【表六】龍宇純上古單一聲母的分類與音值表

發音部位 音值 發音方法			雙唇	舌音 （舌尖前）	舌音 （舌尖中）	牙音 （舌根）	喉音
塞音	清	不送氣	P （幫）/ （非）		t （端）/ （知）/ （照）	k （見）	ʔ （影）
		送氣	ph （滂）/ （敷）		th （透）/ （徹）/ （穿）	kh （溪）	
	濁	送氣	bh （並）/ （奉）		dh （定）/ （澄）/ （禪）	gh （群）	
鼻音			m （明）/ （微）		n （泥）/ （娘、日）	ŋ （疑）	
邊音					l （來）		
塞擦音	清	不送氣		ts （精）/ （莊）			
		送氣		tsh （清）/ （初）			
	濁	送氣		dzh （從）/ （崇）			
擦音	清			s （心）/ （生）			h （曉）
	濁			z/zɦ （邪、俟）/（喻三）			ɦ/zɦ （匣、喻四）

（二）龍宇純上古單一聲母之特點

1. 上古清唇鼻音聲母的問題

龍宇純在〈上古清唇鼻音聲母說檢討〉一文中舉出並討論了「悔、脢、勖、邮、摩、徽、沫、忽、荒、黑、蒿、釁……」等二十九個與「明母」互諧的曉母字，發現其中僅有「耗、蔑、滅」等三字不與「見系」有關，於是認爲古有「m̥」說並不妥當。同時，龍宇純整理歸納韻字後發現，「凡與明母互諧的曉母字，在中古可以說都是合口的」。龍宇純發現此理論後，便由最初承襲其師董同龢先生論點，主張上古有清唇鼻音說，轉而持反對意見，認爲上古本無清唇鼻音說。其主要的轉變關鍵，即是發現這類「明曉」互諧現象的可能性，是由於「曉母有合口性質或是類似合口的圓唇元音成分」所造成。

2. 全濁聲母送氣與否的問題

龍宇純觀察「同源詞」、「聯綿詞」、「諧聲字」以及「同字異音」等古漢語語文中，發現其發音部位不同的兩音往往產生關聯，而其一爲「曉母」，其一爲他部位的「次清聲母」，或兩者都爲「不同部位的次清音」，顯然其中次清聲母的送氣成分，便是這些現象所由構成的要素。因爲送氣成分彼此固無不同，與「曉母」亦同爲一音。此外，龍宇純又從古漢語語文中發現送氣成分可以顯示其獨立存在，與以「曉母」或其他部位次清聲母起首的另一音產生某種特殊關係，而這種現象少數也可以見之於「曉母」與全濁塞音及塞擦音之間，或塞音及塞擦音之次清音及全濁音之音。由此可知，全濁音的送氣成分自與次清相同，但受濁母影響，h 濁化爲 ɦ，ɦ 便是與「曉母」相對的「匣母」讀音，所以與其產生語文關係的正是「匣母」。因此，龍宇純以「清濁送氣音本是同一音位」來解釋上古全濁聲母送氣與否的問題，並從「同源詞」、「聯綿詞」、「諧聲字」以及「同字異音」等古漢語語文中舉出例證輔佐其論點。

3. 群、匣和喻三三聲紐音值的問題

龍宇純探討「群」、「匣」和「喻三」三個聲紐在上古的關係及其音值爲何之問題，主要是針對李方桂的意見而進行闡發，更注意到學者較少討論的「群」、「匣」和「喻三」三個聲紐其三者的合併問題。龍宇純認爲，「匣群」二母中古既是兩個不同發音部位的實體，因此主張：「匣母」決不得與「群母」併而爲一，應當有其獨立地位，並從韻書中的韻字歸納佐證其說的可行性。

4. 照三系音值的問題

龍宇純對於「照三」系音值有三點主張：（1）照三系（含日母）的音值擬測是以 s、z 和 s、z 加舌音表示，而中古照三系聲母與照二系同為 tʃ、tʃh、dʒh、ʃ、ʒ 五音，其中三等 tʃ、tʃh、dʒh 三者各有兩個來源，絕大部分來自具 s 或 z 成分的 *t、*th、*dh，小部分來自 *ts、*tsh、*dzh，都是受有介音 j 所影響的結果；ʃ、ʒ 兩音則全由 *s、*z 分別變出，原因仍為介音 j 引致的分化。（2）以《廣韻》韻字觀察，如神臣、唇純、船遄、繩承、蛇氏、紓野、示嗜……等十三韻是「牀禪」二母並見，古韻且是同部字，無法確切說明「牀禪」二母分化的條件，若以部分韻各自互補的現象即謂「牀禪」二母上古同聲，為免不妥。由上述二點理由而論，龍宇純不認同李方桂所言：「船禪二母當並而為一」。（3）同意「部分照三系字與見系字有諧聲關係」，且須依照李方桂原初理論：部分照三系字與見系字有諧聲關係為其與端系字受 s、z 詞頭的影響而變為照三為妥當。

5. 邪紐與喻四音值的問題

關於此問題可分為三點討論：

（1）邪紐音值

龍宇純認為過去學者多同意「邪母」上古與中古相同，其音為 *z，與心母為 *s 兩者清濁擦音相對，正如喉音之有「曉」有「匣」。今李方桂先生以「邪母」為 *r，既與「心母」不相副，也與喉音之有兩擦音生態不平衡。此外，龍宇純更從切語觀察，舉出舌音具「心母」成分者如：亶（多旱切）聲禪字式連切，其聲母順序為：*st-、*sth-、*sdh- 及 *sn；舌音具「邪母」成分者如：丁（當經切）聲成字是徵切，其聲母順序為：*zt-、*zth-、*zdh- 及 *zn。牙音具「邪母」成分者如：谷（古祿切）聲俗字似足切，其聲母順序為：*zk-、*zkh-、*zgh- 及 *zŋ。由此論證李方桂將「邪紐」擬其音值為閃音 *r 並不適當，「邪母」必須拾回擬 *z 為恰當。

（2）喻四音值

龍宇純認為「喻四」音值當擬作複聲母形式音值 *zɦ。他從《說文解字》內的諧聲資料來觀察，認為其中的「喻四」與「精系」、「見系」、「影系」及「端系」中的「透定」二母具有相互諧聲的現象。龍宇純認為，因為凡與「精系」字的諧聲，有 z 的成分聯繫；凡與「見系」字、「影系」字的諧聲，有「匣母」

ɦ的成分聯繫。至於「喻四」與舌頭音「透」、「定」兩母的往還，則因「透定」二母具有送氣音，清聲母送氣成分本同「曉母」，與 ɦ 相近；全濁聲母送氣成分又因受濁流影響，變同於 ɦ，所以往往與「喻四」諧聲者，當以與全濁聲母送氣成分因受濁流影響而變同於ɦ的情形為多見。不僅如此，從諧聲資料中顯示的「喻四」與「邪」、「禪」二母的關係、「喻四」與「精系」和「照三系」之間的關係皆可證明「喻四」音值當擬為*zɦ。

（3）邪紐與喻四的音值關聯

龍宇純從同源詞資料說明「喻四」的讀音（案：龍宇純將喻四音值擬為*zɦ），其中的ɦ應是同於「喻三」的成分，z則同於「邪紐」擬音。

6. 輕唇音見於上古漢語的問題

龍宇純提出輕唇音見於上古漢語的問題，並不同於有些學者是從懷疑「古無輕唇音」理論而進行新的觀點闡述。龍宇純從王念孫《廣雅疏證》書中的文字進行探討，發現從現代漢語方言可以找出，輕唇音 f 方言有讀同喉音曉母者，不僅如此，合口喉音曉母也同樣有讀同如輕唇音 f 者，可見得輕唇音與合口喉音曉母之間或許有語音關聯，然此種關聯只出現在輕唇音與合口喉音曉母之間，重唇音讀成輕唇音 f 及合口曉母讀成重唇音的現象則不見於漢語方言內。因此龍宇純推論，早在《詩經》的上古音時代，方言中應該已經發生了三等重唇音變讀為輕唇音，但此推論還有待開發討論。

二、韻母部分

龍宇純在古韻分部方面師承董同龢，採用陰陽考古二分法來歸納，將古韻分為二十二部。

（一）龍宇純之上古韻母系統

1. 介 音

龍宇純主張取消圓唇聲母，特別專指舌根音聲母，仍以開合兩分，並據中古四個等，區分上古為甲、乙、丙、丁四韻類，其介音分別是：甲類無介音；乙類介音原先擬作r，後演變為e；丙類介音為j；丁類介音為i，取消李方桂所擬之 rj 複合介音的構擬。因此，龍宇純介音類型有四種，即無介音、r→e、j和i，且不分開合口。茲將龍宇純之上古介音系統整理列表為【表二十四】：

【表二十四】龍宇純之上古介音系統表

韻　類	介音（不分開合口）
甲類韻（中古一等韻）	無介音
乙類韻（中古二等韻）	r→e
丙類韻（中古三等韻）	j
丁類韻（中古四等韻）	i

2. 主要元音

龍宇純的上古元音系統雖師承董同龢，但其元音數量卻不和董同龢一樣複雜，他調和董同龢和王力的擬構原則，進而得出一套較符合上古元音系統的擬音原則。龍宇純構擬之四個主要元音爲：ə、ɑ、e、u。茲將龍宇純之上古介音系統整理列表爲【表三十三】：

【表三十三】龍宇純之上古元音系統表

主要元音　＼＼　韻　尾	ə	ɑ	e	u
-k，-ŋ，-u	之蒸幽中	魚陽	佳耕	侯東〔註1〕
-t，-n，-i，-r	微文	祭元歌〔註2〕	脂眞	
-p，-m	緝侵	葉談		
-u，-k		宵〔註3〕		

3. 韻　尾

龍宇純之古韻二十二部的音值，依其韻尾性質的不同，可分爲三大類：陽聲韻尾、入聲韻尾、陰聲韻尾。陰聲韻尾可分成四類：（1）採無韻尾兼具入聲韻尾-k收尾者：之、侯、魚、佳部；（2）採韻尾-u兼具入聲韻尾-k收尾者：

〔註1〕 龍宇純上古元音系統音值擬測關於「侯」部和「東」部音值有二次改易，原先將「侯」部音值擬測爲〔o〕、〔ok〕，後改〔o〕元音爲〔u〕，而成〔u〕、〔uk〕；「東」部原先擬爲〔oŋ〕，後改〔o〕元音爲〔u〕，而成〔uŋ〕。

〔註2〕 龍宇純上古元音系統音值擬測關於「歌」部音值有二次改易，原先將「歌」部音值擬測爲〔ɑ〕，其後在單元音〔ɑ〕後加上〔r〕，形成〔ɑr〕。

〔註3〕 龍宇純上古元音系統音值擬測關於「宵」部音值有二次改易，原先將「宵」部音值擬測爲〔ou〕、〔ouk〕，後改〔o〕元音爲〔ɑ〕，而成〔ɑu〕、〔ɑuk〕。

幽、宵部；（3）採舌尖韻尾-r 收尾者：歌部；（4）採韻尾- i 兼具韻尾- t 收尾者：脂、微、祭部。入聲韻尾方面，則以清塞輔音-p、-t、-k 收之，反對上古陰聲韻具輔音韻尾-b、-d、-g。陽聲韻尾方面，即以鼻輔音收之。依其發音部位的不同，可分成三類：（1）採舌根鼻音-ŋ 收尾者：蒸、中、東、陽、耕；（2）採舌尖鼻音-n 收尾者：真、文、元；（3）採雙唇鼻音-m 收尾者：談、侵。

（二）龍宇純上古韻母之特點

1. 介音問題

龍宇純所構擬之上古介音系統，主要是針對李方桂在其《上古音研究》一書中，所談論的介音相關言論進行闡述，便進一步提出不同的擬測音值理論。龍宇純將上古介音四等的擬音擬為：一等即甲類無介音、二等即乙類擬為 e 介音（案：乙類介音由 r 演變為 e）、三等即丙類擬為 j 介音、四等即丁類擬為 i 介音。並從《說文解字》內部的諧聲字著手探討，進一步得出李方桂所言「牙喉音合口出於圓唇聲母之說」不可信，遂取消圓唇聲母，仍採行「開合口對立兩分」的擬音法。

2. 主要元音的問題

龍宇純的主要元音擬音系統，特別需要留心「歌部」、「魚部」與「宵部」的變化：龍宇純最初先擬歌、祭、元為前元音 a，魚和陽則擬作後元音 ɑ，但在 n 與 ŋ 前的低元音，應該是同一個音位，若將歌、祭、元擬為前元音 a、魚和陽擬作後元音 ɑ 顯然不合理；魚與歌、祭、元之間的交往是無法否認，因此應當修訂歌、祭、元的元音為後元音 ɑ，與魚陽一致。此外，龍宇純改擬歌部具-r 尾以和魚部區別，且此-r 音如同國語 a 元音的儿化韻，與其他陰聲字或為開尾，或收 i、u 元音韻尾不同，而可以同時存在，沒有系統上的問題。但這個 ɑ 只在無韻尾或部尾為-u、-ŋ、-k 之前保持原狀；在韻尾-i、-n、-t 及-r 之前，則變讀為 a。是故，龍宇純改各家擬音 a 為 ɑ，其目的是因為魚部陰聲如膚、甫、賦之類字，中古變讀輕唇，其先並非合口，主要元音必當是圓唇為妥當。至於歌部，龍宇純認為，歌部一方面必須與魚部具有適當關係，一方面又要與祭部、元部形成一結構整體。若魚部可以縛以-g 尾，歌部便不需有-r，而已與魚部有所分別；但魚部若真縛以-g 尾，等於斷絕了與歌、祭、元間的關係；而祭部與歌部同配一個元部，是個無法改變的情形，因為從《詩》韻來看，歌、祭之間並無

叶韻之例，當然沒有理由可以將其合併，因此當作此安排。關於宵部，龍宇純將宵部擬音從原先的 ou、ouk 改擬為 au、auk，意即其主要元音由 o 改為 a，其所持論的理由即是因為宵部與談部、葉部在最初的語音關係上，是具有陰、陽、入聲的關聯。龍宇純主要元音擬音系統大致承繼董同龢的擬音系統，但在數量上卻沒有和董同龢一樣多，他是吸收調和王力和李方桂以「同一韻部主要元音相同」的擬音原則而將董同龢系統予以簡化，進而發展出屬於其自身的獨特系統。

3. 韻尾的問題

龍宇純主張陰聲韻不具輔音韻尾，仍是以元音韻尾收尾者，是根據陰陽入古韻三分法，將陰聲韻韻尾構擬為開口音節，入聲韻尾則擬為清塞音。對於諸家學者批評王力開尾韻說不成立之論，龍宇純特別從語音學的觀點來做通盤說明，指出發 ə 音時，口腔通道或口型近於 ək，而不近於 əp、ət 原則，使得王力開尾韻的問題得以解決。

4. 對轉、旁轉及音之正變的問題

針對旁轉觀念的形成原因，龍宇純又有進一步的解釋。他認為，從《說文解字》及經傳中不同韻部間的或體、諧聲、叶韻及異文、假借等，雖然是旁轉形成的依據，但這些例證還是無法成為旁轉成立的有力說法。會產生這些矛盾之處，龍宇純指出兩點主要影響因素：（1）有些所謂旁轉的例證不可盡信；（2）《說文解字》內部也存在若干不可否認具有涉及不同韻部的諧聲字。又提出正音變音之論，認為語音會受到所在方言的影響而有正有變，也就是同一地區的同一種語言，可以不同的聲音與面貌出現，判別標準是一切自應依古音判斷，同者近者為正音，反之則為變音。由正音變音問題，進而延伸出幽部與微文部實具有通轉現象，而發生通轉現象之因，可能因為央元音 [ə] 產生圓唇作用影響。

5. 脂、真、微、文分部問題

上古關於脂、微的分合問題，經曾運乾首先發難提出疑問始，經由王力、董同龢等人考察《詩經》韻例或運用諧聲資料加以佐證後，脂、微兩部分用的事實在先秦語料中已可得到相關證明。而若再以音韻結構的系統來看，脂、微兩部更應當區分，分別與「脂－質－真」、「微－物－痕」相配成一個完整的陰

陽入三分系統。除此之外，龍宇純從「脂部可以說一無合口音字，微部則僅有數開口音字，脂微兩部形成幾乎爲開、合口互補的狀態；反觀眞部與文部的情形也大致相同」之開合口分配現象，及諧聲、異文及連語等資料來證明脂眞當爲微文之變音，更是對脂、微分部說的進一步深入分析。

6. 韻文判斷標準及各類叶韻的問題

龍宇純特別舉出四項判別韻文的原則：（1）依句數長短判斷；（2）依文意的斷連判斷；（3）依語句結構的相同或文句的平行相當判斷；（4）依上下文或他篇類似文句的比較判斷。此外，又重新審視江有誥《先秦韻讀》一書中所集諸韻書及刻石資料所得出的叶韻資料，發現董同龢所言東陽通叶、之幽通叶、侯魚通叶及眞耕通叶等可能爲楚方音的特色實所言不虛外，又得出三種叶韻現象：（1）之文通叶；（2）脂緝通叶、微緝通叶與祭緝通叶；（3）魚脂借韻，是可能產生的通叶狀況。

三、聲調部分

龍宇純對上古聲調之看法爲：（1）《詩經》時代的上古漢語聲調當爲「四聲三調」說；（2）《詩經》時代的上古漢語聲調是以「高低音」爲主要區別關鍵，而非以輔音韻尾的不同來區別；（3）認爲清代古音學者段玉裁及近世學者王力對於上古漢語聲調的說法，皆有其局限性，可以再檢驗。

龍宇純針對上古漢語聲調提出三點主張：第一，龍宇純認爲清代古音學者段玉裁所提出「古但有平入二聲，上聲備於《三百篇》，去聲備於魏晉」的說法中，對平入二聲如何延伸出上去二聲的解釋「平稍揚之則爲上，入稍重之則爲去」說無法認同；第二，針對王力上古漢語聲調的說法，認爲其主要缺失在於對屬陽聲去聲的來源無法交代；第三，從《集韻》入手歸納韻字通押現象，來證明上古《詩經》時代的漢語聲調早已具備平、上、去、入四聲，且去聲和入聲同調值，因此，周秦時代的上古漢語聲調當屬四聲三調說。

漢語音韻學是一門具有悠久研究歷史的傳統學科，從漢末至清代經歷了一千七百餘年的發展，在傳統小學語文學研究中算得上是一門顯學。然而，傳統音韻學的興起，主要是爲文獻上的通經定音服務，始終未能完全擺脫經學附庸的地位。近世紀以來，由於吸收西方語言學理論和研究方法，漢語音韻學方走向科學化和中西結合的研究道路，形成了獨立並脫離爲任何學科服務，只專爲

研究漢語語音史爲目的的現代音韻學。〔註4〕現代音韻學自產生以來便如雨後春筍般地出現許多研究者與各項重要理論，不論是檢討前賢觀念亦或是自創新論，都爲音韻學成長提供了無窮無盡的養料，尤其以上古音系理論研究的進展最爲驚人，在上古聲母、韻母及聲調的討論方面，都取得了相當的成果，使上古音系理論的主體輪廓更加清晰，以臻至善。龍宇純上古音系理論研究更是突破傳統以音韻治音韻的方式，主張從文字學及相關出土文獻著手進行研究，以文字治音韻，自成一家之言，發表許多不同於音韻學界的獨到見解，其中或許仍有美中不足之處，但卻無法抹煞其在上古音研究史上的地位和貢獻。而龍宇純這種對學術研究講求通才、實際考證的精神，更是後輩學者效法的典範。

〔註4〕鄭張尚芳：《上古音系》（上海：上海教育出版社，2003年），頁10。

參考書目

古籍書目依朝代順序排列；專書、期刊論文、論文集論文及學位論文首依姓氏筆劃順序排列，次依出版年代爲序

一、古　籍

1. 《宋書》，〔梁〕沈約撰，楊家駱主編，臺北，鼎文書局，1979 年。
2. 《梁書》，〔隋〕姚察、謝炅，〔唐〕魏徵、姚思廉合撰，楊家駱主編，臺北，鼎文書局，1979 年。
3. 《南史》，〔唐〕李延壽撰，楊家駱主編，臺北，鼎文書局，1979 年。
4. 《韻補》，〔宋〕吳棫，收錄於清楊尚文校刊、嚴一萍選輯《百部叢書集成‧連筠簃叢書》，臺北，藝文印書館，1966 年。
5. 《宋本切韻指掌圖》，〔宋〕司馬光，北京，中華書局，1986 年。
6. 《夢溪筆談》，〔宋〕沈括，上海，古典文學出版社，1957 年。
7. 《經史正音切韻指南》，〔元〕劉鑑，收錄於黃肇沂輯刊：《芋園叢書本》經部第 26 冊，南海黃氏據舊印匯印本，1935 年。
8. 《六書故》，〔明〕戴侗，收錄於王雲五主編《四庫全書珍本》，臺北，臺灣商務出版社，出版年份不詳。
9. 《毛詩古音考》，〔明〕陳第，臺北，廣文書局，1966 年。
10. 《讀書拙言》，〔明〕陳第，收錄於嚴一萍選輯《百部叢書集成‧學津討源》，臺北，藝文印書館，1966 年。
11. 《焦氏筆乘》，〔明〕焦竑，北京，商務印書館國學基本叢書版，1937 年。
12. 《船山遺書》，〔清〕王夫之，湘鄉曾氏金陵節署刊本，同治四年 1865 年。

13.《觀堂集林》，〔清〕王國維，北京，中華書局，1959 年。

14.《詩聲類》，〔清〕孔廣森，北京，中華書局，1983 年。

15.《四庫全書總目提要》，〔清〕永瑢、紀昀等編纂，臺北，臺灣商務出版社，1965年。

16.《說文解字音均表》，〔清〕江沅，收錄於清阮元注《皇清經解續編》，臺北，藝文印書館，出版年份不詳。

17.《四聲切韻表》，〔清〕江永，收錄於嚴式海《音韻學叢書》第 33 冊，四川，四川人民出版社，1957 年。

18.《古韻標準》，〔清〕江永，北京，中華書局，1982 年。

19.《音學十書》，〔清〕江有誥，收錄於嚴式海《音韻學叢書》第 43 冊，四川，四川人民出版社，1957 年。

20.《說文聲讀表》，〔清〕苗夔，收錄於清王懿榮校刊、嚴一萍選輯《百部叢書集成·許學叢書》，臺北，藝文印書館，1967 年。

21.《說文解字注·六書音均表》，〔清〕段玉裁，上海，上海古籍出版社，1981 年。

22.《說文聲系》，〔清〕姚文田，收錄於清伍崇曜校刊、嚴一萍選輯《百部叢書集成·粵雅堂叢書》，臺北，藝文印書館，1965 年。

23.《述韻》，〔清〕夏燮，北京：富晉書社，1930 年。

24.《詩古韻表二十二部集說》，〔清〕夏炘，收錄於嚴式海《音韻學叢書》第 51 冊，四川，四川人民出版社，1957 年。

25.《文韻考衷六聲會編》，〔清〕桑紹良，收錄於四庫全書存目叢書編纂委員會編《四庫全書存目叢書》，臺南，莊嚴出版社，1997 年。

26.《詩貫》，〔清〕張敘，收錄於四庫全書存目叢書編纂委員會編《四庫全書存目叢書》，臺南，莊嚴出版社，1997 年。

27.《諧聲譜》，〔清〕張成孫，收錄於清阮元注《皇清經解續編》，臺北，藝文印書館，出版年份不詳。

28.《五均論》，〔清〕鄒漢勛，收錄於《新化鄒氏學藝齋遺書》，臺北，藝文印書館，1970 年。

29.《詩聲衍》，〔清〕劉逢祿，北京，思賢書局，1896 年。

30.《中州切音譜贅論》，〔清〕劉禧延，收錄於任仲敏所編《新曲苑》第 30 種，北京，中華書局聚珍仿宋印本第 6 冊，1940 年。

31.《十駕齋養新錄》，〔清〕錢大昕，北京，商務印書館，1957 年。

32.《潛研堂文集》，〔清〕錢大昕，江蘇，江蘇古籍出版社，1997 年。

33.《詩音表》，〔清〕錢坫，收錄於嚴一萍選輯《百部叢書集成續編·錢氏四種·蛾術堂系》，臺北，藝文印書館，1970 年。

34.《龐氏音學遺書四種》，〔清〕龐大坤，常熟龐氏景印版，1953 年。

35.《音論》，〔清〕顧炎武，北京，中華書局，1982 年。

36.《國故論衡》，〔清〕章炳麟，臺北，廣文書局，1977 年。

37.《黃侃論學雜著》，〔清〕黃侃，上海，上海古籍出版社，1980 年。

二、專　書

1. 十三經注疏編輯小組，2001 年，《十三經注疏分段標注・毛詩正義》，臺北，新文豐出版公司。

2. 丁邦新，1975 年，《魏晉音韻研究》，臺北，中央研究院歷史語言研究所。

3. 王力，1980 年，《漢語史稿》，北京，中華書局。

4. 1985 年，《漢語語音史》，北京，中國社會科學出版社。

5. 何九盈、陳復華，1987 年，《古韻通曉》，北京，中國社會科學出版社。

6. 余迺永，1985 年，《上古音系研究》，香港，中文大學出版社。

7. 李榮，1971 年，《切韻音系》，臺北，鼎文書局。

8. 李方桂，1980 年，《上古音研究》，北京，商務印書館。

9. 李葆嘉，1996 年，《清代上古聲紐研究史論》，臺北，五南圖書出版公司。

10. 1998 年，《當代中國音韻學》，廣東，廣東教育出版社。

11. 周祖謨，1981 年，《問學集》，北京，中華書局。

12. 竺家寧，2008 年，《聲韻學》，臺北，五南圖書出版公司。

13. 高本漢著、聶鴻音譯，1987 年，《中上古漢語音韻綱要》，濟南，齊魯書社。

14. 陸志韋，1979 年，《古音說略》，臺北，學生書局。

15. 許紹早，1994 年，《音韻學概要》，長春，吉林大學出版社。

16. 董同龢，1967 年，《上古音韻表稿》，臺北，中央研究院歷史語言研究所。

17. 1973 年，《中國語音史》，臺北，華岡書局出版部。

18. 2003 年，《漢語音韻學》，臺北，文史哲出版社。

19. 陳新雄，1983 年，《古音學發微》，臺北，文史哲出版社。

20.《古音研究》，臺北，五南圖書出版公司。

21. 2004 年，《聲韻學》，臺北，文史哲出版社。

22. 曾運乾，1996 年，《音韻學講義》，北京，中華書局出版。

23. 張世祿，1972 年，《中國古音學》，臺北：先知出版社。

24. 張斌、許威漢，1993 年，《中國語言文字資料匯纂・音韻學分冊》，福建：福建人民出版社。

25. 蒲立本著，潘悟云、徐文堪譯，1992 年，《上古漢語的輔音系統》，北京，中華書局。

26. 楊劍橋，1998 年，《漢語現代音韻學》，上海，復旦大學。

27. 楊樹達輯錄，1965 年，《古聲韻討論集》，臺北，臺灣學生書局。

28. 潘悟云，2000 年，《漢語歷史音韻學》，上海，上海教育出版社。

29. 劉志成，2004 年，《漢語音韻學研究導論——傳統語言學研究導論》，四川，八蜀書社。

30. 劉錫五，出版年份不詳，《魏晉以上古音學》，出版地、出版者不詳。

31. 鄭張尚芳，2003 年，《上古音系》，上海，上海教育出版社。

32. 魏建功，2001 年，《魏建功文集》，南京，江蘇教育出版社。

33. 羅常培、周祖謨，2007 年，《漢魏晉南北朝韻部演變研究》（第一分冊），北京，中華書局。

34. 《續修四庫全書》，1993 年，北京，中華書局。

三、期刊論文

1. 丁邦新，1972 年，〈上古漢語的 ＊g-、＊gw-、＊F-、＊Fw-〉一文在民國 62 年 9 月 19 日油印討論大綱，題目為〈上古漢語的 ＊g-、＊gw-、＊F-、＊Fw-〉，此文亦可見於陳新雄，1999，《古音研究》，臺北，五南圖書出版社。

2. 〈論語、孟子及詩經中並列語成分之間的聲調關係〉，《中央研究院歷史語言研究所集刊》第 47 本 1975 年。

3. 李葆瑞，1984 年，〈讀王力先生《詩經韻讀》〉，《中國語文》第 4 期 1984 年。

4. 林清源，1987 年，〈王力上古漢語聲調說述評〉，臺中，東海大學中文學報第 7 期 1987 年。

5. 邵榮芬，1991 年，〈匣母字上古一分為二試析〉，《語言研究》第 1 輯 1991 年。

6. 徐莉莉，1992 年，〈論中古「明」、「曉」二母在上古的關係〉，《華東師範大學學報》哲社版 1992 年。

7. 徐通鏘，1998 年，〈聲母語音特徵的變化和聲調的起源〉，《民族語文》第 1 期 1998 年。

8. 梅祖麟，1982 年，〈跟見系諧聲的照三系字〉，《中國語言學報》第 1 輯 1982 年。

9. 屠聰艷，2004 年，〈趙元任：活躍在語言學領域的科學先驅〉，《上海科學核心期刊》第 56 卷第 4 期。

10. 曾運乾，1936 年，〈等韻門法駁議〉，《語言文學專刊》第 1 卷 2 期 1936 年。

11. 陳新雄，1984 年，〈從《詩經》的合韻現象看諸家擬音的得失〉，《輔仁學誌》第 13 期 1984 年。

12. 張日昇，1968 年，〈試論上古四聲〉《香港中文大學中國文化研究所學報》第 1 卷 1968 年。

13. 張均，1983 年，〈壯侗語族塞擦音的產生和發展〉，《民族語文》第 1 輯 1983 年。

14. 張永言，1984 年，〈關於上古漢語的送氣流音聲母〉，《音韻學研究》第 1 輯 1984 年。

15. 喻世長，1984 年，〈用諧聲關係擬測上古聲母系統〉，《音韻學研究》第 1 輯 1984 年。

16. 楊劍橋，1986 年，〈論端、知、照三系聲母的上古來源〉，《語言研究》第 1 輯 1986

年。

17. 潘悟云，1984 年，〈非喻四歸定說〉，《溫州師專學報·社會科學版》第 1 期 1984年。

18. 1985 年，〈章昌禪母古讀考〉，《溫州師專學報》第 1 輯 1985 年。

19. 鄭張尚芳，1987 年，〈上古韻母系統和四等、介音、聲調的發源問題〉，《溫州師院學報》（社會科學版）第 4 期 1987 年。

20. 錢玄同，1970 年，〈古音無邪紐證〉，《師大國學叢刊》第 1 卷第 3 期 1970 年。

21. 羅常培，1937 年，〈經典釋文和原本玉篇反切中的匣喻兩紐〉，《史語所集刊》第 8本第 1 分 1937 年。

22. 嚴學宭，1980 年，〈周秦古音研究的進程和展望〉（1980 年為《漢語大字典》所寫之序）。

四、論文集論文

1. 丁邦新，1998 年，〈漢語聲調源於韻尾說之檢討〉，《丁邦新語言學論文集》，北京，商務印書館。

2. 1998 年，〈上古漢語的音節結構〉，《丁邦新語言學論文集》，北京，商務印書館。

3. 1998 年，〈漢語上古音的元音問題〉，《丁邦新語言學論文集》，北京，商務印書館。

4. 王力，2000 年，〈上古漢語入聲和陰聲的分野及收音〉，《王力語言學論文集》，北京，商務印書館。

5. 2000 年，〈上古韻母系統研究〉，《王力語言學論文集》，北京，商務印書館。

6. 周祖謨，1966 年，〈古音有無上去二聲辨〉，《問學集》（上冊），北京，中華書局出版。

7. 周法高，1984 年，〈古音中的三等韻兼論古音的寫法〉，《中國音韻學論文集》，香港，中文大學出版社。

8. 1984 年，〈論上古音〉，《中國音韻學論文集》，香港，中文大學出版。

9. 1984 年，〈論上古音和切韻音〉，《中國音韻學論文集》，香港，中文大學出版社

10. 邵榮芬，1997 年，〈試論上古音中的禪船兩聲母〉，《邵榮芬音韻學論文集》，北京，首都師範大學出版社。

11. 俞敏，1998 年，〈後漢三國梵漢對音譜〉，《首屆漢語語言學國際學術研討會論文集》，中國，中國社會科學出版社。

12. 唐作藩，1984 年，〈對上古音構擬的幾點質疑〉，《語言學論叢》第 14 輯，北京，商務印書館。

13. 馮蒸，1997 年，〈《切韻》痕魂、欣文、哈灰非開合對立韻說——兼論「覃談」二韻的主元音〉，《漢語音韻學論文集》，北京，首都師範大學出版社。

14. 張清常，1993 年，〈中國上古 *-b 聲尾的遺跡〉，《張清常語言學論文集·第一卷》，北京，商務印書館。

15. 曾運乾，1965 年，〈喻母古讀考〉，楊樹達輯錄《古聲韻討論集》，臺北，臺灣學生

書局。

16. 鄭張尚芳，1990 年，〈切韻 j 聲母與 i 韻尾的來源問題〉，《紀念王力先生九十誕辰研討討論文》，後收錄於 1992 年，《山東教育出版社紀念文集》。

17. 龍宇純，2002 年，〈上古音芻議〉，《中上古漢語音韻論文集》，臺北，五四書店。

18. 2002 年，〈上古清唇鼻音聲母說檢討〉，《中上古漢語音韻論文集》，臺北，五四書店。

19. 2002 年，〈上古陰聲字具輔音韻尾說檢討〉，《中上古漢語音韻論文集》，臺北，五四書店。

20. 〈上古漢語四聲三調說證〉，《中上古漢語音韻論文集》，臺北，五四書店。

21. 〈再論上古音-b 尾說〉，《中上古漢語音韻論文集》，臺北，五四書店。

22. 〈有關古韻分部內容的兩點意見〉，《中上古漢語音韻論文集》，臺北，五四書店。

23. 〈上古音中二三事〉，《絲竹軒小學論集》，北京，中華書局。

24. 〈古韻脂真爲微文變音說〉，《絲竹軒小學論集》，北京：中華書局。

25. 嚴學窘，1984，〈周秦古音結構體系〉，收錄於《音韻學研究》第 1 輯，北京，中華書局。

五、學位論文

1. 竺家寧，1981 年，《古漢語複聲母研究》，中國文化大學中國文學研究所博士論文。

2. 陳雅婷，2009 年，《周法高之上古音研究》，國立彰化師範大學國文研究所碩士論文。

3. 張師慧美，1996 年，《王力之上古音》，東海大學中國文學研究所博士論文。

4. 鄭鎮栝，1994 年，《上古聲調研究》，國立政治大學中國文學研究所博士論文。

附　錄

附錄一：龍宇純上古音代表性論著簡介

　　本附錄爲簡介龍宇純上古音研究的十篇代表性論著：1.〈上古清唇鼻音聲母說檢討〉2.〈有關古韻分部內容的兩點意見〉3.〈上古陰聲字具輔音韻尾說檢討〉4.〈再論上古音-b 尾說〉5.〈上古音芻議〉6.〈古漢語曉匣二母與送氣聲母的送氣成分——從語文現象論全濁塞音及塞擦音爲送氣讀法〉7.〈上古漢語四聲三調說證〉8.〈先秦散文中的韻文〉9.〈上古音中二三事〉10.〈古韻脂眞爲微文變音說〉，所根據的版本爲龍宇純《中上古漢語音韻論文集》，臺北：五四書局，2002 年 12 月、及《絲竹軒小學論集》，北京：中華書局，2009 年 2 月。各篇文章以大綱方式列出，並標出原文的頁數，以利研究者查閱、參考。

〈上古清唇鼻音聲母說檢討〉

一、前　言

　　研究上古音的學者發現，諧聲字中頗多「明」、「曉」兩母互諧的現象，這些與「明」母互諧的「曉」母 字並不同時又與「見」系其他聲母（包括見系的見、溪、群、疑和影系的影、匣及喻三等）字諧聲。經過一段時期的討論，最後認定這些「曉」母字，其上古聲母爲「清唇鼻音」。如：

（1）李方桂〈上古音研究〉將清唇鼻音寫成 [hm] ，說明「一方面是爲印刷方便，一方面是疑心所謂清鼻音可能原來有個詞頭，把鼻音清化了」。此說是用「複輔音聲母」來作解釋。

（2）董同龢《上古音韻表稿》受李方桂啓示，將清唇鼻音寫成 [m̥] 。

（3）周法高〈論上古音和切韻音〉將清唇鼻音寫作 [xm] ，說是讀同 [m̥] 。

（4）高本漢亦將清唇鼻音寫作 [xm] ，但並未表示任何意思。

（5）陸志韋《古音說略》說此爲一「複輔音」，並評爲「不顧全局的擬音」。

前三者所論可將之歸於一個 [m̥] ，且清鼻音在與漢語有關的臺語和苗傜語中本頗有發現，現在學者指證了清唇鼻音在古漢語中的存在，李方桂更依據「諧聲字」而有 [hn] 母和 [hŋ] 母的看法，不能不說是古漢語研究的重大成就。然而，龍宇純認爲 [hn] 和 [hŋ] 本是 [m̥] 說的副產品，本身既沒有必要，又沒有如 [m̥] 說之有足夠諧聲材料爲之扶持，不僅不足援以爲 [m̥] 說的後盾，且適足以自毀 [m̥] 說的樊籬，以下便先就 [m̥] 說提出檢討。

【頁 289】

二、 [m̥] 說商議

以下列舉出 [m̥] 說的諧聲材料，此些字可區分爲二類：一爲聲符字屬「明」母者，一爲聲等字屬「曉」母者，各舉三例：

（1）聲符字屬明母

　①毛莫袍切

　　耗荒內切，又呼到切

　②勿文弗切

　　忽、曶呼骨切

　③無武夫切

　　膴、幠荒烏切

　　鄦盧呂切

（2）聲符字屬曉母

　①蒿呼北切

　　〔薹〕莫報切

　②巟呼光切

〔鯎〕彌登切，又母互切

③黑呼北切

墨、默、纆莫北切、嚜密北切

上述例子中，如「肓」從亡聲讀曉母，「鯎」從肓聲又讀明母，更顯示其關係特別密切，非無音理。

諧聲字還有少數值得注意的現象，一是「同一字的或體」，如：蟁與蚊、蠢同字，一面是曉母，一面是明母，其重要性與前述二例之字相等。另一是「明、曉二母的間接接觸」，此雖非從明母之某而讀曉母，或從曉母之某而讀明母，一如上述例子而言，同一聲符之字，或讀明母、或讀曉母，亦不妨視爲明、曉二母的接觸，只是解釋不同，便可以全然無關，自與「聲符字屬明母」及「聲符字屬曉母」兩類不可同年而語。

若不從諧聲字與聲符間的相互關係著眼，還有兩類重要材料可以支持 [m̥] 聲學說，一爲「一字的明、曉二讀」，如：「脢字，呼回切，又音莫杯切」；另一爲「古文獻中的異文假借」，如：甲骨卜辭之「其每」、「弗每」即「其悔」、「弗悔」，假借明母之每爲曉母之悔。但是，從「諧聲字與聲符間的相互關係」、「一字的明、曉二讀」及「古文獻中的異文假借」等例證， [m̥] 聲學說能否確立不移，仍然值得深思。因爲這個問題並不在於單方面能找出多少「曉母」與「明母」有關的實例，更重要的是，這些與「明母」有關的「曉母」字是否又同時確然與「見系」無關？假若是有，便表示這個「曉母」仍然是個不折不扣的 [h]（或 [x]），它與明母的關係就必須另謀解釋，而並非說它是個 [m̥]，便以爲得到了眞相。實際上古文獻中的異文假借、雙聲連語及轉語的現象，甚至是諧聲字本身，絕大多數顯示並沒有清楚的界限，與「明母」互諧的「曉母」字同時又與「見系」字保持連繫，如：徽字。《淮南子‧主術篇》：「鄒忌一徽，而威王終夕悲，感於憂。」高誘注：「徽，驚彈也。徽讀紛麻繀車之繀也。」案：繀車之繀與驚彈義無涉，此當是擬音。又繀字有倉回、雙佳兩音，高音如可信，則徽字一方面讀曉母，一方面讀審二或心，心與審二上古無別，其情形與所字既讀審二又爲「許許」的異文正同，應是其原非 [m̥] 之證。朱駿聲則謂徽借爲其同音之「揮」，說至可取；揮從軍聲，軍屬見母，亦可見「徽」不讀 [m̥]。

　　若仍然希然維護古有 [m̥] 母的學說，就必須否定「與『明母』有關的『曉母』字同時與『見系』無關」之實例。首先可從時代上設想，說諧聲字所代表的時代早，此些「曉母字又同時與見系字發生關係者」，是後世 [m̥] 已變為 [h] 以後的事，其在諧聲字所代表的時代則原是 [m̥]。但此說法仍只是空洞的理論，得不到有力支持，如《史記》戲下之為麾下，《淮南》一徽之為一揮，因為是漢人的著作，也許便是較晚的現象，但有無歷史淵源，其可能性似乎也不能完全排除，其餘則並見於先秦古籍或古器物銘文。但是，現今仍沒有證據可以指明某字原讀 [m̥]，到了某個時代變而為 [h]，但卻有資料顯示所謂 [m̥] 聲的曉母字，原是個道地的 [h]。如：甲骨文有 [𧰼] 字，《續甲骨文編》以為即《說文》之「蒿」根據《說文》艸部末五十三個小篆從艸之字大篆從𦯃，「蒿」字正在此五十三字之中，以及《說文》莫字金文或書作 [𦱴]，這個釋文顯然是無可致疑的，無異證實了「蒿」字自商以來是個屬於「見系」的曉母字。金文除「蒿」字而外，又有「誨」、「海」、「嬼」、「𡡋」、「𩨌」諸字，時代早的不能過西周，晚的且已入戰國，與兩周文獻一樣，都無從察見由 [m̥] 轉為 [h] 的跡象。如果說一分證據只能說一分話，那麼，[m̥] 母的學說顯然還是無法提出來。

　　究竟「明母」和「曉母」為何會有諧聲關係？不可忽略「凡與『明母』互諧的『曉母』字，在中古多是合口」之現象。然而，由於學者們對上古音開合口看法並不一致，有的認為中古的合口自上古的合口而來，有的則認為上古韻母無合口，中古的合口音來自上古的圓唇舌根音聲母，更加韻部元音之擬訂，又不必中古為圓唇元音者上古亦為圓唇元音，如此一來，此現象對「明曉」二母互諧現象的解釋，似乎沒有任何意義可言。除此之外，中古屬開口或無任何圓唇元音成分的「曉母」字不算少，統計《說文》一書中的範例，共可得百二十餘字，但此些例字中，全不見「明曉」的互諧，如此便說明，與「明曉」互諧之必涉及合口或類似合口成分者，形成了極端的對立。在此百二十餘字中，固然大部分與「見系」字有關，但本文中已指出與「明母」互諧的「曉母」字也大部分同時與「見系」字牽連，因此並不能將之剔除不論。如：喜、香、享、希、顯等字，在諧聲上亦不見與「見系」有關，在卻顯示了「明曉」二母的互諧，當是合口或類似合口的圓唇元音為條件所造成。又如：「耗」和「蒿」字，

或本是例外諧聲，聲母上原無道理可言，與其餘「明」、「曉」互諧字不同；「蒿」從高聲，其不得聲母爲 [m̥]，則是無容置疑的。合口或類似合口的圓唇元音成分並不等於「明母」，卻是個最接近「明母」的音素，所以即在音理而言，對「明」、「曉」二母之所以往往互諧，也該被認爲找到了眞實原因，而毋庸更作他解。

【頁 289～302】

三、結　論

　　以往研究的學者並非沒有發現到「明」、「曉」二母的互諧關係，差不多牽涉到「曉母」字的合口成分，可能因爲少數字的擾亂，從而影響到對此的注意。又或因看法的不同，如董同龢《上古音韻表稿》只把這合口成分視爲由 [m̥] 變 [x] 的因素，以致妨礙了把它看作兩者互諧的主因。由今看來，與「明母」互諧的「曉母」字既同時又多與「見系」字連繫，並不以「明母」爲局限，此等「曉母」字在中古復有一特色，其韻母類含圓唇元音成分，而凡不含圓唇元音成分的「曉母」字（除「耗」和「蒿」之外），又絕不與「明母」諧聲。前者說明此等字不得不爲 [h]，後者亦正足以闡釋「明」、「曉」二母所以互諧之理。過去的學者忽略此重點，甚爲可惜。

　　龍宇純最後針對此問題提出二點說明：

　　（1）假設凡與「曉母」互諧的「明母」字本是個 [hm]，但此 [hm] 不是清唇鼻音，而是個「複聲母」。因爲 [hm] 與合口的「曉母」[hw] 或 [hu] 音近；所以 [hw] 或 [hu] 一方面與 [hm] 諧聲，一方面又與「見系」字發生諧聲、異文或假借等行爲；其後 [hm] 同化於 [m]，此便是「明曉」兩母互諧的現象。但於開口的「曉母」[h] 因爲與 [hm] 音遠，所以不與 [hm] 相諧。

　　（2）針對「李方桂 [hn] 和 [hŋ] 兩個清鼻音之說」提出看法：

　　李方桂〈上古音研究〉一文中認爲與「泥」、「日」及「娘」母互諧的「透」、「徹」母之上古音爲 [hn]，與「疑母」互諧的「曉母」上古音爲 [hŋ]。這是基於雙唇清鼻音 [m̥] 發現之後的新創獲。但龍宇純認爲，漢人的「譬況」，本是個有相當彈性的擬音方法。《說文》：「形聲者，以事爲名，取譬相成。」即說形聲字與聲符間的音韻條件只是「取譬」，就整個形聲字的諧聲情況而言，是十分中肯的說法。「取譬」雖然也必須「其則不遠」，在可能範圍內，確乎可以伸縮自如，沒有細密不可變通的原則。「明曉」二母的互諧，是因爲兩者發音部位

相阻隔，不屬於可以諧聲的範圍。至於「泥日娘」與「透徹」或「疑」與「曉」，其發音部位既分別同近，發生互諧的現象並不足為奇。由此推論「明母」與「幫滂並」的互諧並不引起注意，就是此原故。李方桂亦言：「有些曉母字不但跟疑母字諧聲，也跟別的舌根塞音諧聲，這類的字就不能十分確定是從清鼻音來的。」此段說法也許表示了 [hŋ] 聲的並非絕對需要。況且，與「泥娘」諧聲的「透母」為 [hn] ，則與明母諧聲的「滂母」便不得不為 [hm] 。然而，詳查《說文》，發現其中有些例字的「滂母」讀音後世亦不變為「曉母」，如此便對李方桂 [hm] 、 [hn] 說之論點形成不利的因素，如果不是表示與「明母」互諧的「曉母」不得為 [hm] ，即表示與「泥娘」互諧的「透母」不得為 [hn] ，二者至少必須放棄其一。因此，李方桂的論點仍有商榷的餘地。

【頁 302〜303】

〈有關古韻分部內容的兩點意見〉

一、前 言

古韻分部從明末顧炎武開始發展到今天，雖然仍有分部多寡之爭，卻已無關宏旨。如二十二部之與三十一部，表面上不能不說疏密懸殊，實質則只是陰聲部的入聲字獨不獨立的問題，其為收 [-k] 、 [-t] 的入聲，則初無二致。所以近幾十年年來環繞在古韻研究的工作，主要是「音值擬測」。較為著名的研究者為董同龢修正高本漢、李方桂又再修正高本漢和董同龢的說法，以及王力的改弦易轍，除去所擬元音之不盡相同，或甚不相同，又有陰聲韻帶不帶塞音韻尾的歧異。

這些不同的主張，一時之間仍無法得到定論，因此，龍宇純認認，在分部的內容上還有討論的空間，故在本文中提出兩點意見，以為治古韻者的參考。

【頁 305】

二、論以古文字檢討分部內容

起始的古韻分部，是依據古代的韻語以離合《廣韻》，古代的韻語則以《詩經》一書為重心。但出現於韻語的字畢竟是有限的，用來離合《廣韻》並希望以此得到古音韻部是不容易。從段玉裁由《說文》諧聲字體悟出「視其偏旁以何字為聲，而知其音在某部」的道理，這個缺陷才得到彌補。於是《說文》九

千餘字都在有憑有據的情況下，一一找到了它古韻部中應有的席位，這可以說是古音研究上的一大突破，此項突破也使得後來的學者如：江有誥二十一部、董同龢二十二部等皆上師其意，所賴以表現其韻部內容的是一帋以簡馭繁的諧聲表。如：朱駿聲《說文通訓定聲》所賴以貫串《說文》九千餘字於十八部的，也仍是諧聲字的聲符，甚至用諧聲字以研究上古聲類，其方法上也不能脫離段式的體悟。

　　然而，古韻語不足的缺陷雖是彌補了，但小問題亦隨之而生，雖然此問題不是由於段式方法之不可靠所引起，但在研究的過程中，產生問題皆在所難免。所謂「諧聲字」，是根據許慎的《說文》，假若《說文》所說的一切都信實，理論上（案：此處言「理論上」，是因為《說文》中有無可否認的不同韻部的例外諧聲所致）當然不會產生差錯。反之，當《說文》可能把非諧聲字說成諧聲，而又剛好牽涉到韻部的不同時，則根據《說文》，韻部是有了歸屬，真相卻非如此；或且不免把本有韻語可證的字，也因其誤說而以致歸錯了韻部。如：「朝」、「帥」、「裘」三字。

　　（1）朝。《說文》：「䡄，旦也。从倝，舟聲。」今字作「朝」，依小篆和許說，是後來的變體。

　　（2）帥。《說文》：「帥，佩巾也。从巾，𠂤聲。」𠂤字不見於《詩》韻，甚至不見於任何古書，其古韻在何部固然無法從本身考察；相傳與「堆」同字，也並無憑譚，大抵根據《說文》「小𨺅」之義及許慎所說从𠂤為聲的諸字加以推測而已。然而，《說文》說「帥」的或體作「帨」，以「兌」為聲，「兌」字則可見於《詩》韻。

　　（3）裘。《說文》：「裘，皮衣也。从衣，象形。求，古文裘。」這是說「裘」和「求」同字，「求」是皮裘的象形，裘則於象形之外，又加「衣」字為表意的符號。這麼說來，「裘」並不是諧聲字，但是「裘求」二字音的關係，卻比諧聲字之與聲符更加密切。但是，《詩》韻表示，「裘」字專和「之部」字押韻，「求」字則專和「幽部」字押韻，如此一來，便形成《說文》和《詩》韻之間的矛盾。

　　「朝和舟」、「帥和帨（兌）」、「裘和求」這幾字，以段玉裁、朱駿聲及江有誥三人的古韻分部來說，三家都無法兼顧兩面，解除矛盾。如：

　　（1）江有誥

將「舟朝」二字分見「幽宵」、「帥帨（兌）」二字分見「脂祭」及「裘求」二字分見「之幽」，全與《詩》韻相合。

（2）段玉裁

其〈諧聲譜〉無「朝」字，第三部「舟聲」下注云「偏旁石經之月」，應包在「舟聲」之中，〈詩經韻表〉則於其第二部見「朝」字，又似乎兩表收字標準各有不同。「帥聲」和「兌聲」並見於第十五部；因其第十五部範圍大，相當於二十二部的脂、微、祭三部，且段氏對帥、帨二字《詩》韻與諧聲不能統一的現象根本無由察知。「求」字見其第三部，諧聲表第一部雖無「裘」字，〈詩經韻表〉第一部收「裘」字而以爲「古本音」，其處理二字的態度顯然與「舟朝」相同。

（3）朱駿聲

以「朝」字隨「舟聲」入「孚部」，以「帨」字隨「帥」從　聲入「履部」，分別收「裘求」於「頤孚」二部，而根本不從《說文》同字之說，以爲求別爲求索字，從又從尾省會意，則又側重於文字，與江有誥之純任《詩》韻適得其反。

雖然三家的說法皆無法全面兼顧，但朱駿聲將「裘求」二字的關係拉開，是一個較段氏和江氏高明的作法，但是對「舟朝」和「帥帨（兌）」兩者《詩》韻諧聲的不協調現仍留而未決。

古韻分部的內容從段玉裁以後很多空白都是由「諧聲」關係填實的，如其諧聲與《詩》韻所顯示於歸韻的步調不一而不能徹底調停，就等於是把自己辛苦完成的古韻諧聲表，從根本上授人以可疑之隙。所以這實在是古韻學者遺留下來的大問題。

龍宇純基本上認同江有誥純任《詩》韻的態度。因爲文字的形體隨時可能發生譌變，《說文》的解說亦未必字字皆如初恉；而《詩經》的韻語卻可以十足代表當時的語音。所以「諧聲字」只能在不與《詩》韻相觸的情況下取作參考，一旦發現與《詩》韻相背，自然要括諧聲以就《詩》韻，但是龍宇純卻反對江有誥對「諧聲」不予理會的態度，如果能適時地從文字學觀點去清除障礙，雖然不容易，也可能使問題益形複雜，但是，古韻分部的工作方法，從顧炎武到段玉裁，以從純任語言發展到兼取文字，此爲不可避免的研究道路。

因此，龍宇純主張：對古韻內容從文字學的角度作一徹底檢討，其原則要以「古代韻語」為主，取用《說文》諧聲，必須是不背乎古韻語；遇諧聲與韻語衝突時，要試圖從古文字學的觀點，求證於古文字，以排除諧聲的障礙。一個精密的諧聲表，固然不能盲從《說文》，如朱駿聲之以「朝」附「舟」下；即如江有誥之分列「朝舟」於「宵幽」，「朝」字下也必須有適度的注釋說明，詳述其所以別於「舟聲」之理，一面是《詩》韻的，一面是文字的，如此的諧聲表才有其學術價值。

【頁 305～311】

三、論一字可以隸屬一個以上的韻部

綜觀過去古韻學者的分部內容，明顯抱持一個相同的觀念：一個字只能承認它在一個韻部中的當然地位，外乎此者，則為詩文作者的勉強通用。籠統一點的，或謂之「合韻」，或謂之「轉音」；仔細一點的，還按自己所了解的韻部間關係的疏密，由近及遠的區分為「通韻」、「合韻」和「借韻」等不同，此實不足為取。

《詩經》是一部文學價值最高的古詩總集，不一定是曾經聖人刪取的菁華；部分出於士大夫，即來自民間者也當經過王官潤飾，不應有太多才情學力的問題，何況其中多朝會、宴饗之歌，甚至為廟堂美盛德的頌，怎能容得各式各樣的通轉借用。以後世韻書論之，一個字可以同時屬於幾個元音不同的韻中，其主因有二：一為古今音變，一為方言音異所致。經過長時期的積累統合，於是一字多音早已司空見慣。《詩經》的時代較之隋唐為古，但亦只是較古而已，西周以前漢語的歷史應遠比周至隋唐為悠久，且漢語通行的地域富員廣大，豈得獨無其時及古代的「古今音變」及「方言音異」？只能說在《詩經》時代的一字異音現象，不若隋唐時代興烈，然古韻學家視一切《詩經》中不合自己韻部的叶韻現象為勉強通用，此又為一不可通解的看法，不足為取。龍宇純認為，要先觀察上古材料，並對其有一定的認識，才能解決古韻學家的缺點。

【頁 311～313】

四、結　　論

古韻學家們的基本通病，就是只承認一個字在一個韻部的當然地位，然而

經過上述說明可以得知，此種觀念顯然是有悖乎情實的。但如果說古詩中絕對沒有「通用」的現象，恐過於武斷不合實際。因此，如何決定「本音」和「通用」，可以採用如下原則：凡《詩經》押韻而《廣韻》並不同韻的，如一屬脂、一屬微，或一屬之、一屬咍，則假定其爲「通用」；若其《詩經》押韻而《廣韻》完全同韻或有同韻者，前者如「陶、翿、敖」，後者如「滔、儦、敖」，即定其爲「本音」。龍宇純認爲，爲展示古韻分部內容，簡單的古韻諧聲表是不夠的，必須根據可靠的《詩》韻，下參《廣韻》，切實的把各字應有的各韻部的讀音一一填列，變古韻諧聲表爲「上古韻書」，才能解決問題。

【頁 314】

〈上古陰聲字具輔音韻尾說檢討〉

一、前 言

本文分成三部分來討論「上古陰聲字具輔音韻尾」之說法，詳述如下：

二、古韻陰聲與入聲部之關係

古韻學者發現，《切韻》以來「入聲獨配陽聲」的現象，顧炎武《音論中·近代入聲之誤》文中談古韻則是「入聲配陰聲」，被視爲《切韻》與古韻的顯著不同處。這是否表示兩階段陰聲字有基本實質的差異？然而，顧炎武《音論中·近代入聲之誤》及孔廣森《詩聲類·卷一》文中，都還是以中古陰聲字的觀念來看待上古陰聲。如戴震在《聲類表》卷首〈答段若膺論韻〉文中論及各部收音：

> 戴氏初分九類二十五部，入聲附而不列則有十六部。將「阿烏堊」三部以爲收「喉音」、「膺噫億翁謳屋央夭約嬰娃」等十二部以爲收「鼻音」、「殷衣乙安靄遏」等六部以爲收「舌齒音」、「音邑醃韘」等四部以爲收「唇音」。此外又言之：收喉音者，其音引喉；收鼻音者，其音引喉穿鼻；收舌齒音者，其音舒舌而衝齒；收唇音者，其音斂唇。

此說爲早期古韻學家最特出者，但是缺點在於，在戴震心目中各陰、陽、入聲韻部間音值的異同究竟如何，實在無法確切掌握。

現今大部分學者認爲陰聲字必具有與各入聲相當的不同輔音韻尾，此說可

以瑞典漢學家「高本漢」爲首，如使用董同龢古韻廿二部的類名而論，高本漢擬「之」、「幽」、「宵」、「佳」及「魚之半」爲收 [-g] 尾，「脂」、「微」及「歌之半」收 [-r] 尾，「侯」、「魚」、「歌之半」爲開尾韻。除了高本漢外，另外還有幾家說法：

（1）胡適之：在《胡適文存・入聲考》中提出「之幽宵侯魚佳祭」等七部的陰聲並爲入聲。

（2）李方桂和董同龢：「之幽宵侯魚佳」等六部的陰聲收 [-g] 尾，「脂微祭」三部的陰聲收 [-d] 尾，「微祭」兩部少數字在較《詩經》爲早的「諧聲時代」收 [-b] 尾，原爲緝、葉的陰聲，至《詩經》時代 [-b] 尾變而爲 [-d] 尾，又少數「微部」字收 [-r] 尾。李方桂和董同龢二人說法差異在於：李說主張將「歌部」擬爲 [-r] 尾，董說將主張開尾。

（3）林語堂、魏建功、王力和陳新雄等人：主張上古陰聲與中古並無差異，同爲開尾。

　①林語堂：反對高本漢「之部」收 [-g] 尾說，林說主張「『之部』元音爲 [ü]」。

　②魏建功：舉《詩經》中「摹聲字」，如「虺虺」、「叟叟」、「喈喈」等，以證陰聲部爲純元音。此說未免流於主觀。

　③王力：反對高本漢的說法。

　④陳新雄：提出三點看法。第一點：「從 [p/b] 、 [t/d] 、 [k/g] 出現聲母時的密切現象，觀察其出現韻尾時的接觸情況」，以否定陰聲字具 [-b] 、 [-d] 、 [-g] 尾之說。第二點：「從中古入聲韻部與陽聲韻部相配整齊，而陰陽聲韻部之相配則較參差」，以否定陰聲字具 [-b] 、 [-d] 、 [-g] 尾之說。但第二點說法似乎不能證明「上古陽入對應之關係遠較陰陽對應之關係密切」。第三點：「從塞音韻尾的失落，進而引起聲調變化」來否定陰聲字具 [-b] 、 [-d] 、 [-g] 尾之說。然而，「塞音韻尾的失落」是否一定會產生聲調的變化，同樣無法構成堅強的論證。

（4）龍宇純：從曾全盤接受「 [-b] 、 [-d] 、 [-g] 尾說」，進而改變傾向主張「陰聲字不具輔音韻尾說」。

以下便就龍宇純的觀點進一步地說明。

【頁 317～321】

三、龍宇純觀點說明（1）

龍宇純認爲「上古陰聲字具輔音韻尾說」，只是導源於對「中古音」的不正確了解所致。過去學者先誤認「中古入聲獨配陽聲」且「不配陰聲」，及見上古入聲與陰聲有關，以此爲特殊現象，而又未能分辨此所謂「陰聲」其實多是「去聲」，涉及平上的爲數甚少。然而，仔細究之，「陰聲字具輔音韻尾說」，並無任何屬於上古時代的直接證據，而中古入聲亦非獨配陽聲不配陰聲。根據此說法，只要研究者能指明中古入聲獨配陽聲並非事實，其自始至終又配陰聲，與上古陰陽入三聲相配的情形並無二致，如此便可將「中古上古兩時期，陰入關係不同」的觀念導正，而「上古陰聲具輔音韻尾說」亦即自然解體。

首先須就「中古入聲獨配陽聲」觀點加以澄清，文中列舉如：

> 日僧空海《文鏡秘府論・西卷・文二十八種病・蜂腰》劉善經引劉滔云：「四聲之中，入聲最少，餘聲有兩，總歸一入，如征整政隻、遮者柘隻是也。」亦一入聲配陰陽二聲之例。

相傳沈約有《四聲譜》之作，據此說，是六朝以來「入不獨配陽聲」，亦同時配「陰聲」之證。然而，所謂「中古入聲獨配陽聲」說，其依據在《切韻》以「屋」配「東董送」，以「屑」配「先銑霰」，如此而已，但這是表面現象。如：

> 《切三》歌韻：伽，無反語，音噱之平。

「噱」屬入聲藥，藥的平聲爲陽，今云伽音噱之平，是又以藥配歌，爲《切韻》入不獨配陽聲的鐵證。又如：

> 《漢書・雋不疑傳》「每行縣錄囚徒還」顏師古注「錄囚」云：「今云慮囚，本錄聲之去者耳，音力具反，近俗不曉其意，其文遂爲思慮之慮，失其源。」

引文是說明，時人所言「慮囚」，即《漢書》之「錄囚」，「慮」本是錄的去聲，音力具反，今字作「慮」，慮屬御韻良倨切，音有小謁。是明言「力具」與「錄」爲去入，亦入配陰聲之證。顏《注》成書於六四○年，距《切韻》之成於六○一年僅四十年，正與《切韻》爲互證。此外，《切韻》作者「陰陽入」三聲相配

的觀念，尚可於《切韻》書中的反切求得印證。不僅如此，早期韻圖《韻鏡》及《七音略》「入配陽聲」的排列，大抵更加深了中古入聲但配陽聲不配陰聲的印象。但「晚期韻圖」自《四聲等子》、《切韻指掌圖》及《經史正音切韻指南》以入聲兼配陰陽二聲的現象，也應該能給予後學新的認識。尤其是韻圖《四聲等子》，雖不是撰人，但潘重規先生《韻學碎金》以爲即智公之《指玄論圖》，趙蔭棠《等韻源流》以智公即爲《龍龕手鑑》作《序》的智光，其時代在五代宋初，則此書時代固與所謂早期韻圖者相近。《四聲等子》雖有十六攝之名，從其併「江宕」、「果假」及「梗曾」爲三轉，只是爲減少轉圖數看來，可知攝名乃前有所承，非其創作，則此書之全面以「入配陰陽」二聲，便更加值得重視。如同前述所言，《切韻》實質上亦以「入配陰聲」，遡其源且可抵於六朝，是《四聲等子》以來「入配陰陽」二聲的現象，非由後起的語音變化可從知。

　　前述說法明白言之，中古的入聲並非只配陽聲，且中古的陰聲字原就可以與入聲及陽聲相配，故對於上古陰聲與入聲的關係，實毋須發爲他想。

【頁 321～326】

四、龍宇純觀點說明（2）

　　承上文所述，接著仍有二個相互牽連的問題有待討論。

　　第一：陰聲字收 [-b]、[-d]、[-g] 尾，便不當形成陰三聲與入聲之間關係疏密不同的現象。主張陰聲字具 [-b]、[-d]、[-g] 尾說的學者認爲，此現象可能是由於調值的或同或遠所造成，只需要假定去與入調值相同，平上與入調值相遠，便能滿足上述現象。

　　第二：中古陰聲與入聲的關係，表現的是「音轉」，即某一陰聲可以轉爲某一入聲，或者某一入聲可以轉爲某一陰聲，與上古陰入二聲的關係表現在「諧聲」和「叶韻」上者情形並不相同。所謂可以音轉者可以諧聲，因爲諧聲字所要求於聲符字的語音條件只是「取譬」，並不限於相等，此蓋理之所然；至於叶韻，理當須韻母相同，今謂可以音轉者可以叶韻，無法自圓其說。

　　因此，要解決上述二點問題，就必須涉及古人的叶韻標準爲何？何者可以叶韻，何者不可以叶韻？龍宇純認爲，詩文叶韻當以韻母的同近爲其主要條件，聲調的相同只是次要條件。因此，字與字之間如果韻母不同不近，而只是聲調的相同，自無可以叶韻之理。反之，韻母相同或相近，雖其聲調不同，未必便

不可以叶韻。再者，從漢語入聲的特質來看，收 [-p]、 [-t] 和 [-k] 的入聲雖然都屬音位身分，對陰聲、陽聲或者不同的入聲彼此之間，都具有辨義作用。但無論那一種入聲，實際上其 [-p]、 [-t]、 [-k] 只是一種勢態，並不明顯完整的讀出，簡單說便是塞而不裂，是為漢語入聲的特質。由此可知，收 [-p]、 [-t] 和 [-k] 的入聲，與其相當的開尾陰聲實則只是舒促的不同，亦即長短音的不同。自六朝以來古人以陰入四聲一貫，便是基於此理而言。然而，畢竟因為陰入韻尾有開塞之別，不能視為具備了當然叶韻的主要條件，與韻母相同者自不可同日而語，因此其產生的韻例，如果不更有其他條件的促成，應該不是很習見的。

何謂「詩的叶韻標準」？龍宇純認為，在韻母相同的條件下，字調的相同與否，對於詩的叶韻而言，疑並非構成兩種截然不同的結果，一種是「叶韻」，一種則為「不叶韻」。然而，「字調相同」固然是增加了叶韻的當然條件，字調不同的，未必便不可以叶韻，最主要的焦點，還是要看「詩的性質如何」而定，因為詩的本質是為歌為誦，應該可以產生不同的叶韻要求，此項要求，可以從「聲調作用」來理解。「聲調作用」主要是用來「辨義」，為了避免意義淆亂，口語中必然是要求「字調」絕對正確，專供口誦的詩，對字調想當然爾對字調有嚴格的要求，必不得乖其各字本調，其韻字亦須聲調一致，平自韻平、上自韻上、去入自韻去入，以成其音色的複沓美。除了「詩」具有此功能外，元曲在這方面應該是可以作證的，可惜《中原音韻》的入聲作平、作上、作去，學者有人以為本是入聲，有人則以為作者周德清受其自身方言影響，才會有此說法，但事實為何，迄無定論。在此，假設陰聲字具 [-b]、 [-d]、 [-g] 尾，則與收 [-p]、 [-t]、 [-k] 的入聲韻母過於相近，具備了當然叶韻的主要條件，其去聲固因調值同於入聲而多叶，其平上二聲與入聲間亦因調值差異不甚構成叶韻的阻力，而應當出現近乎去與入叶韻的實例，如：粵語入聲有高中低三調，粵曲叶韻則混然為一體，確然可證韻母同者調雖不同，並不礙其叶韻。假若陰聲字無輔音尾，則與入聲韻有開塞之異，不具當然叶韻的主要條件，雖然非不可叶韻，終當屬不經見的特殊現象；但亦假定去與入同調值，則去入間因又具次要叶韻條件與平上二聲不同，便可以形成去與入獨多叶韻的情況，而正可以解釋平上去三聲與入聲間韻例之所以多寡懸殊。是故以陰聲字具不具輔音尾之

說法，顯然是「假定去與入同調值，則去入間因又具次要叶韻條件與平上二聲不同，便可以形成去與入獨多叶韻的情況」之說較爲可取。

另外，還有一點亦不可忽略，即是從「音轉」而言。陰、入聲字既可以在某種固定範圍內互轉，則實際語言中由於時空因素的影響，即使在上古時期，一字同時兼具陰入二讀的可魴是不容置疑的，情況特不若後世之複雜廣泛耳。更由於《切韻》之音不過是陸法言等人捃選的「精切」，被其刪除的「疏緩」正不知凡幾。以《經典釋文》較《廣韻》，一字在《釋文》中具陰入二讀而不爲《廣韻》兼收備蓄的，或恐不勝枚舉。因此，自《切韻》看來爲陰入通叶的韻例，未必不是陰或入聲的自爲韻。《詩經》如此，先秦散文中陰入的通叶亦不妨作如是觀。

【頁 326～331】

五、龍宇純觀點說明（3）

古書中有一些所謂「徐言爲二，疾言爲一」的雙音節詞合音爲單音節詞的現象，也可以幫助後學者辨認 [-b] 、 [-d] 、 [-g] 尾說的優劣是非。如清儒顧炎武《音論‧卷下‧反切之始》言：

> 按反切之語，自漢以上即已有之。宋沈括謂古語已有二聲合爲一字者，如不可爲叵，何不爲盍，如是爲爾，而已爲爾，之乎爲諸。鄭樵謂：慢聲爲二，急聲爲一。慢聲爲者焉，急聲爲旃；慢聲爲者與，急聲爲後者；慢聲爲而已，急聲爲耳；慢聲爲之矣，急聲爲只；是也。愚嘗考之經傳，蓋不止此。

顧氏言「何不爲盍」一例，此是第一音節的聲韻母加上第二音節的聲母而成爲收 [-p] 的入聲。若其第一音節的何字有輔音尾 [-r] ，亦自不易與第二音節形成合音，而且「盍」的合音並不一定只從「何不」而來，「何不」與「胡不」、「遐不」音近義同，也可以認爲是「胡不」和「遐不」的合音。胡、遐古韻屬魚部，如其韻尾收 [-g] ，尤不易出現合音的「盍」。因此，此條不僅說明了歌不收 [-r] ，亦不啻說明了魚部陰聲並不收 [-g] 。同理尙有「不之爲弗」，但此條顧氏並未言之。另外，顧氏言「不可爲叵」一例，不字屬不送氣的幫母，叵字屬送氣的滂母，從「不可」合音爲「叵」，聲母則由幫變爲滂，這現象似乎是不可理解的。但試看「可」字，正是屬於送氣的溪母，將「可」字的送氣成分加在

「不」字上，幫就變成了滂，顯然「回」字的送氣成分便是如此得來。假若「不」字附以 [-g] 尾，便無從得到「回」字的讀音了。

另外，還須說明的是：收 [-p] 、 [-t] 、 [-k] 尾的入聲是一種阻塞音，若出現在字的第一音節，則一二兩音節間有一段阻塞過程，理論上不易形成兩個音節的結合。現在，先假定上古陰聲字帶 [-b] 、 [-d] 、 [-g] 尾，為 [-p] 、 [-t] 、 [-k] 之濁音，其發聲之用力程度較 [-p] 、 [-t] 、 [-k] 為強，亦即其阻塞作用較 [-p] 、 [-t] 、 [-k] 為甚，更難使一二兩音節結合發展而為單音。此雖不敢說便是上古陰聲字不具 [-b] 、 [-d] 、 [-g] 尾的鐵證，至少說上古陰聲字不具 [-b] 、 [-d] 、 [-g] 尾具 [-b] 、 [-d] 、 [-g] 尾之說為有利。

由上述幾點論證，龍宇純主張：「上古陰聲字不具 [-b] 、 [-d] 、 [-g] 尾」，較之有理。

【頁 331～335】

六、龍宇純觀點說明（4）—— [-b] 尾說的疑慮

本部分著重論說 [-b] 、 [-d] 、 [-g] 三個塞音韻尾中， [-b] 尾說之不實。

[-b] 尾之說，本來是連《詩經》時代都沒有的，為何會出現 [-b] 尾？起因於某些學者見「微祭」二部少數陰聲字如「內位蓋世」等字，與「緝葉」兩收 [-p] 尾的入聲部字如「納立盍枼」等諧聲上有交往行為，認為需要特殊解釋，於是 [-b] 尾誕生，而明言為較《詩經》時代為早的「諧聲時代」所獨有。是否如此，龍宇純從文字上的二方面探討：

其一：諧聲字。諧聲字亦即形聲字，其實多是轉注字。以《說文》一書而言，其中「從某某聲」之字本是二類，一為取表意及表音的符號各一結合為字，如：江何、二為其始只有「某聲」的部分，不知經過多少時間增加了表意符號之後始成專字，這是六書中的「轉注」。轉注字和其聲符字有兩種不同的關係，一種為語言孳生，如「婚」、「娶」、一種為文字假借，如「貞」、「歲」。形聲之法本由轉注而生，故形聲字多是轉注字。然而，《說文》中大部分的小篆字體，實經由許慎的翻寫，如果因此認為當中的諧聲字時代都在《詩經》之前，實為一重大誤解。換言之，諧聲上不同《詩》韻的現象，是否即意味者由於時代的不同所促成，非無問題，而 [-b] 尾之說也便特別顯得有加以檢討的必要。

其二：文字的創作，非一時一地一人之作，其基本法則不出六書之外，而

咸以象形爲基礎。所以在早期，往往可見同一圖形代表了兩個或兩個以上的語言，而具不同的音義。因此，若由文字學的角度論之，[-b] 尾之說，是否有此必要？這也是需要加以檢討。

　　然而，若《詩經》以前的諧聲時代有 [-b] 尾，那要如何解釋 [-b] 尾演變爲 [-d] 尾的原因？龍宇純引用董同龢《漢語音韻學》第十一章的論點：

> 關於內字我們假字他由 [**nuəb] → [*nuəd]，是 [**b] 受 [u] 的
> 異化作用的結果，如中古凡乏諸字 [b'juam（p）] 變現代廣州的 [fan
> （t）]。至於蓋由 [**kab] → [*kad]，則是由於 [**b] 尾字少了，
> 類化於內類字而來。

　　龍宇純認爲，廣州話凡乏等字由 [-m（p）] 變 [-n（t）]，與稟品等字相同，確當的解釋，應爲聲母與韻尾同爲脣音而異化的結果，合口的 [u] 對凡乏的影響只是使重脣變爲輕脣，稟品等字因爲沒有合口成分，故保持重脣不變。此看法與董同龢所言「內」字的演變並不相同，若依照李方桂所言，「內」字上古只是開口音，[u] 的合口成分是至中古演變後的結果，就形成董同龢的說法有誤，兩種說法都會產生矛盾。

　　不論誰的說法正確，龍宇純認爲，前述論及的「內納」、「立位」、「世枼」等例字的現象，其形成過程可能爲：「內立」二字兼具陰入二讀，意義相關而並不相等，內字二讀聲母相同、立字二讀則聲母無關。結合這幾點來看，內字的二讀極可能由於音轉，即不帶輔音韻尾的陰聲轉成了收 [-p] 的入聲，或是收 [-p] 的入聲轉而爲不帶輔音韻尾的陰聲，而意義上又略有變化；或者即爲了意義的改變而改讀陰聲爲入聲，而其所以收音爲 [-p]，此則爲偶然約定現象，也可能與入字的讀音有關。然而，立字的二讀，如不向複聲母去附會，便當與「月夕」、「帚婦」等相同，由同一符號代表意義相關的兩個語言，本不屬聲韻學上的問題，後來陰聲的一讀加上「人旁」而形成累增的「位」字。至於「世與枼」，兩者聲母雖不同，但相關諧聲字如「式與弋」、「始與台」都可爲說明，意義又復相等，其情況極可能亦爲音轉；而其後入聲一讀增加意符木或竹形成繁體（即累增字）的枻、枼、笹，《詩經》的葉字則可能是同音通假，也可能是累增字。

　　因此，[-b] 尾說無法合理解釋語音現象，也是幾種輔音尾假說中包含問題

最多的一個。

【頁 335～339】

七、龍宇純觀點說明（4）── [-b] 尾說的疑慮（由諧聲《詩》韻方面觀之）

本部分將 [-b]、[-d]、[-g] 尾說結合諧聲《詩》韻兩方面資料來論說。

諧聲和《詩》韻給予研究者的印象多半是，各陰、陽、入韻部之間有其一定的相配關係，亦即不同韻部間的諧聲和《詩》韻有其固定範圍，但諧聲和《詩》韻也有音轉的關係。由此可推知，各陰聲部若附以不同的輔音韻尾，節等於桎梏了一個陰聲部可以同時和一個以上不同韻尾的陽或入聲相轉的能力，因為收 [-d] 的陰聲自然只能配收 [-n] 的陽聲和收 [-t] 的入聲，沒有理由又可以和收 [-m]、收 [-ŋ] 的陽聲或收 [-p]、收 [-k] 的入聲相配。同理，收 [-g] 的陰聲也只能與收 [-ŋ] 的陽聲和收 [-k] 的入聲相配，而不可能又配收 [-m] 和收 [-n] 或收 [-p]、[-t] 的陽、入聲。反倒是不帶任何輔音尾的陰聲，因為是中性的，只要在元音相同或極近的條件下，既可以配甲又可以配乙，而沒有一定的限制，如：「之部陰聲」和「魚部陰聲」等都產生此現象。由此推論，諧聲《詩》韻並不支持 [-b]、[-d]、[-g] 尾說。

【頁 339～343】

八、總　結

總結上述各項所言，上古陰聲字具輔音韻尾說基本上既是由誤解中古音而來，本身又缺乏任何直接證據，且缺點甚多，反是不帶輔音韻尾之說能滿足各種情況，既合情合理又有憑有據。現在要解答的只有一個問題，既是各種陰陽二部間的交往，究竟是在何種狀況下發生？以下便就原則性說明之。

主張上古陰聲字不具輔音韻尾的學者，對古韻擬音有兩種不同的處理原則。其一是儘量將各韻部給以不同元音，以照顧通常所見一個陰聲韻部不同時與一個以上不同韻尾的陽聲韻部發生對轉的現象（補：此說詳細論點可考參陳新雄《古音學發微》）。然而，龍宇純認為，既然某些陰聲字可以同時與一個以上不同韻尾的陽聲或入聲發生音轉關係，如其間元音不同或並不近似，便無法解釋此現象，所以陳說的作法較不被採納。另一種作法是採取王力所言：「單足以喻則單，單不足以喻則兼」的原則，必要時用複合之音，也就是在元音之後

附以不同的元音韻尾，既以與單元音的韻部區別，彼此間亦賴以不同。是故，最保險的作法，還是先向中古音討論。

學者在中古音方面所擬各陰聲韻韻母參差不齊，沒有皆相似的擬音，但是有一共同點，除單元音外，都有帶 [-i] 尾的尸元音，也都有帶 [-u] 尾的複元音。這些不同韻尾的複元音包括以 [i] 或 [u] 爲主元音者在內，如果從陰陽入相配的觀點予以觀察，其間還有一個大致的界限，主要元音爲 [i] 或收 [-i] 尾的與收 [-n] 的陽聲和收 [-t] 的入聲相配，而不配韻尾爲 [-ŋ] 爲 [-k] 的陽、入聲，不具此條件的其他陰聲字，則與收 [-ŋ] 的陽聲和收 [-k] 的入聲相配，而不配韻尾爲 [-n] 爲 [-t] 的陽聲入聲。這種現象當然是根據現代方言擬測古音的自然結果，不是有意安排，因爲講中古音大家都只注意到陽和入的相配，不甚知道或根本不知道陰陽入三聲的實際關係。正因爲如此，某些學者的擬音在這個角度看來，便見其不成系統。如：李榮與浦立本：蟹攝各韻類收 [-i] 尾，而獨立佳韻例外，李榮擬爲 [ä]，浦立本擬爲 [æ]，即由於不知蟹攝爲山攝的陰聲，佳韻的陽聲爲刪韻，亦當收 [i] 尾。然而，龍宇純有鑑於此，便參考董同龢的擬音，針對上古各韻部給予原則性的擬音，如下所示：

葉 [ɑp]　：談 [ɑm]

緝 [əp]　：侵 [əm]

之 [ək] , [ə]　：蒸 [əŋ]

幽 [əuk] , [əu]　：中 [əuə]

宵 [ouk] , [ou]

侯 [ok] , [o]　：東 [oŋ]

魚 [ɑk] , [ɑ]　：陽 [ɑŋ]

佳 [ek] , [e]　：耕 [eŋ]

脂 [et] , [ei]　：眞 [en]

微 [ət] , [əi]　：文 [ən]

祭 [at] , [ai]　⟶　元
歌 [a]　　　　　　[an]

實際而言，中古的陰聲實質上與上古陰聲本一脈相承，有了對中古音的充分眞實了解後，便無需於上古陰聲字附以 [-b]、[-d]、[-g] 尾而處處碰壁。

這一套擬音當然無法說就是上古音的眞實面貌，但最重要的原則，便是「陰聲字必須是開尾」。

整體討論完成後，仍有一個必須要檢討的問題，即是類似這樣的一套「上古音」，能否解釋自上古至中古的古今音變？龍宇純認爲，韻母的擬測，無論爲古音、爲上古音，都只能作原則性的說明，否則便嚴重的關係到合不合乎邏輯，而不是可不可能的問題。現在想像中的上古音所以複雜，有許多是人爲因素所致，植基於對《切韻》音的錯誤觀念。大家一方面明知《切韻》所以分韻繁細，是因爲兼包了「南北是非」，一方面卻又依其分韻充分的給以不同的韻母擬音，淪入矛盾而不自知，且更從此出發，要爲此等「中古音」——其上古之源，這怎不令上古音複雜萬狀。再說，上古也不可能沒有方音之別，由於整體歷史太長，疆域太廣，從周代各地彼此間語音理應出現錯綜分歧的情狀。所以對於上古韻母擬音，也只能以韻部爲提綱，作原則性的說明，其法一如擬中古音以「攝」爲提綱者然，不必處處以中古音自擾，作過多音變上的顧慮，須知所謂「中古音」，原不過是一稍具眉目的「大渾沌」。

【頁 343～348】

九、後記補充

龍宇純於本文後仍有些補充言論，再此一一重點附錄：

（1）龍宇純認爲，世上本沒有絕對可以比擬的事物，也似乎沒有絕對不可比擬的事物。如要比擬者，是同屬漢語的兩個音素，不過其出現於字音有首尾之異，現象固未必平行，亦不見其必不當平行。且以情理而論，清楚明辨出現於聲母時發音不同的 [p]、[b] 在諧聲行爲上混然爲一體，卻在只是一種勢態出現於韻尾時諧聲行爲則幾乎壁壘分明，鮮見溝通，若將此情況視若無睹，則顯得怪異，有待進一步討論。

（2）所謂「叶韻」，當以韻母的同近爲主要條件，聲調的相同只是次要條件。

（3）所謂「上古陰聲字具輔音韻尾」，只是對上古陰聲與入聲發生諧聲叶韻的現象之一種解釋，且是種因於其先對中古音韻系統的認識產生了偏差而來，本身談不上有任何憑證。

（4）所謂《廣韻》、《全王》多少上字中具陰入或陰陽關係僅幾字，實際應

該注意的是上字與被切字具有疊韻關係的整個數字，除去這些僅占少數的陰入、陰陽關係者外，尚有陽入及同陰同陽關係，應要多所留意。

（5）有關粵曲韻例，只是證明像中古以來開尾的漢語陰聲字固具有與入聲字叶韻的條件，既無意從其寬說 [-p]、[-t]、[-k] 三者上古可以通叶，且上古亦並非沒有此三者通叶之例，此也應該多加留意。

（6）從「諧聲押韻」或「合音詞」來比較陰聲字有無輔音尾之說，亦是值得研究者注意的觀點。

【頁 348～352】

〈再論上古音 -b 尾說〉

一、前　言

近代學者考論上古音，以為《詩經》時代與 [-k]、[-t] 尾入聲字叶韻的陰聲字，分別具 [-g] 或 [-d] 尾，而部分收音為 [-d] 的陰聲字與收音為 [-p] 的入聲字諧聲，表示在較《詩經》為早的諧聲時代其收音為 [-b]。龍宇純在其〈上古陰聲字具輔音韻尾說檢討〉一文中，就明確指出此說法不足為信。關於「部分收音為 [-d] 的陰聲字與收音為 [-p] 的入聲字諧聲，表示在較《詩經》為早的諧聲時代其收音為 [-b]」之說法，龍宇純舉「內」和「立」等字為例論說。此二字兼具陰聲、入聲二讀，這種情形普遍見於兩周時期，此時期正是《詩經》作成時代。此外，見於《說文》中的「納」、「位」二字，於兩周銅器銘文中，凡應寫作「納」或「位」字的，寫的都是「內」或「立」字，似乎可推論此時期「納」或「位」二字尚未形成，當中又有以「位」字書「立」的情形，更普遍見於漢人鈔寫的古籍之中，經傳如《詩》、《書》中有「納」或「位」字，可能是出於後人改作。

由上述論點推知，若《說文》「納」、「位」二字，便說《詩經》以前諧聲時代「內」、「立」二字的陰聲讀法為收 [-b] 尾，未免過於武斷。這個問題，龍宇純於〈上古陰聲字具輔音韻尾說檢討〉一文中有深入討論，於此再次詳述其觀點：

> 內、立二字兼具陰、入二讀，意義相關而並不相等，內字二讀聲母
> 相同，立字二讀則聲母無關。結合這幾點看來，內字的二讀極可能
> 由於「音轉」，即不帶輔音韻尾的陰聲轉成了收 [-p] 的入聲，或是

收 [-p] 的入聲轉而爲不帶輔音尾的陰聲，而意義上又略有變化，或
者即爲了意義的改變而改讀陰聲爲入聲，而其所以收音爲 [-p] ，此
則爲偶然約定現象，也可能與入字的讀音有關，其詳不可得說。立
字的二讀，如果不向複聲母附會，便當與「月夕」、「帚婦」等字相
同，由同一符號代表意義相關的兩個語言，本不屬音韻學上的問題，
後來陰聲的一讀加上人旁，而形成累增的「位」字。

然而，龍宇純認爲，在〈上古陰聲字具輔音韻尾說檢討〉一文中的論點有其不
足之處，如「內納」之例，主張 [-b] 尾說者仍可持論：「內」字所以兼具陰聲、
入聲二讀，正因爲其陰聲之讀具 [-b] 尾，不然便不致出現如此情況；而兩周甚
至更晚，「內」字兼具陰、入二讀，正是早期現象的保持。是故，「納」字雖然
晚出，對於 [-b] 尾說的建立，並不會形成妨礙。

由於上述的進一步發現，龍宇純便於本文中針對此論點又再深入探討，以
下便加以說明。

【頁 353】

二、論 [-b] 尾說

考 [-b] 尾之說，本是考 [-g] 尾和 [-d] 尾的延伸，如果沒有 [-g] 尾和 [-d]
尾的構想， [-b] 尾的說法，必無自而生。然而，今日 [-g] 尾和 [-d] 尾大有商
議之處，而與緝、葉兩部之諧聲者，除緝、葉、侵、談之字外，不僅不以脂、
微、祭三部陰聲字爲限，且不以陰聲字爲限， [-b] 尾之說非但於上古音韻結構
上不能有所建樹，反使原本並無問題的局面形成無端的困擾。學者們建立的 [-b]
尾說之依據，立論紛歧，更是突顯 [-b] 尾說的不切實際。因此，龍宇純在本文
中，著眼於《說文》中所有緝、葉兩部與緝葉、侵談以外各部相互諧聲之字皆
歸納出來，以便詳加檢討，使學界對於 [-b] 尾說的因惑能明白釐清。

龍宇純於文中列出《說文》中所有緝、葉兩部與緝葉、侵談以外各部相互
諧聲之字共三十六例，如：

①昱，日明也。从日，立聲。余六切

②翊，飛皃。从羽，立聲。與職切（案：立字力入切）

③納，絲濕納納也。从糸，內聲。奴荅切（案：內字奴對切）

④軜，驂馬內轡繫軾前者。从車，內聲。奴荅切

⑤摯，握持也。从手，執聲。脂利切（案：執字之入切）

除了文中所舉的三十六例外，仍有數字直接或間接涉及「緝、葉兩部與緝葉、侵談以外各部相互諧聲」之關係。直接的因《說文》未說爲諧聲，學者亦不討論；間接的自不宜於此列入，又有學者以爲 [-b] 尾例而實非形聲之字等。這些問題，本文都會詳細說明。

【頁 354～355】

三、再論 [-b] 尾說

龍宇純於文中針對其所整理《說文》三十六例提出各例字的說明，亦討論了未列入例字的「位」字，本部分就文中所詳談之例，舉「納及軜」字爲例說明：

> 納及軜字。

> 並「奴對切」的「内字」爲聲而讀「奴答切」，自是 [-b] 尾說的標準例證。然内之一字既本有「奴對」、「奴答」二音，「納軜」二字可以說「奴對切」的「内字」爲聲，亦可以說「奴答切」的「内字」爲聲。「納字」經傳中通用之音義與「内字」音「奴答切」相同，無疑爲「納字」實「奴答切」内字爲聲之說明。且以《集韻》言之，「韻」諾切之齮、魶、蜹、㮈，「合韻」奴答切之衲、𨁀、軜、妠、，並《說文》未收，恐不得俱成於《詩經》之前並取「奴對切」之「内字」爲聲；而「妠」之義爲「娶女即内（同納）女」，「衲」之義爲「補是内（同納）」之轉注，「𢫨」爲「㩉」之或體，蓋尤爲諸字「奴答切」内字爲聲之明證。其見於《說文》者，如「需」字而聲實際而是「須」音，「淮」字隹聲實際隹是「唯」聲，類此之例，固不一而足。然則此基本問題只在「内字」何以兼具陰聲入聲二讀，非有兩諧聲字可以從觀 [-b] 尾之；從「轉語」甚至從「同形異字」的觀點看來，「内」字兼具陰、入二讀，都不是非發爲 [-b] 尾之奇想不可的。

整體論述可聚焦於三方面：

其一：由諧聲字言 [-b] 尾，實際一無積極證據或堅強理由可以支持此說。過去學者們只是偶然接觸到往來於 [-p]、[-d] 之間的諧聲行爲，以爲情況特殊有討論的空間，便蒐集一些表面看來爲平行現象的字例，便大膽以爲《詩經》以前諧聲時代曾有 [-b] 尾的學說，殊不知與 [-p] 尾字發生諧聲行爲的特殊現象，

原不以 [-d] 尾字爲限，既別有 [-p] 與 [-k]、[-t] 互諧，依一般了解且有 [-p] 與 [-g] 互諧，顯然應與 [-p]、[-d] 的接觸連結一起作通盤考察，如此的 [-b] 尾說才能具有客觀基礎。

其二：諧聲字可用以研治古音，且《說文》一書對於古代文字的了解有其一定的參考價值。但是，諧聲字卻不是通向古音的唯一材料，《說文》對文字的解釋亦非絕對不可攻破，若要從諧聲字上尋出來新的「古音」，首要條件還是要對「諧聲字」有一番徹底的了解。要仔細了解「諧聲字」，單就一本《說文》是不夠的，還需要其他材料和古漢語知識的配合，雙向並進運用，將文字學和音韻學兩相結合，才能得出有效的統屬。再者，古書和古器物的文字記載，就是實際的古漢語語料，從事任何語言研究，這些實際的文字記載亦必須多加攝取，並與《說文》諧聲字相互參考，尤其是當中的異文、借字或轉語等材料都應多加著墨，對古聲古韻的研究才會有所助益。

其三：《說文》諧聲字的形成本有早有晚，並非同一時間層面的產物。某些學者因偶見諧聲字中「脂微祭」三部的陰聲字與 [-p] 尾字有所接觸，但此現象不一見於《詩經》叶韻，於是籠統懸想一「諧聲時代」來自圓其說，並託爲 [-b] 尾之辭，實有再深入探討的必要。

【頁 355～379】

四、結　論

古漢語曾否有過 [-b] 尾的問題，渺遠難稽，無從回答。但如果從《說文》若干諧聲字爲例，便表示諧聲時代有過 [-b] 尾，此說未免過於武斷，且一無憑證。

※龍宇純於本文末補充說明，其另一篇文章〈上古音芻議〉中，已獲幽部與微、文兩部凹四十餘組轉語例，大不利於 [-g] 和 [-d] 尾之說，是故 [-b] 尾之說要可以勿論。

【頁 380】

〈上古音芻議〉

一、前　言

本文爲龍宇純對「上古音」方面的若干認識解說，以下便一一說明。

二、上古單一聲母及介音

龍宇純在文中所謂「單一聲母」自是對「複聲母」的稱謂，但本文不以談論「複聲母」爲要，但在討論時，卻又不限定一定不涉及有關「複聲母」現象，因此討論前先行說明。

自清儒錢大昕以來，對上古聲母的了解，很多地方突破了三十六字母的格局，取得輝煌成果。近代學者李方桂在其〈上古音研究〉文中提出，高本漢以下擬音系統分配不均勻的缺失，將其中僅出現於三等韻 [-j-] 介音前的諸多聲母予以取消、且採納「雅洪托夫」的意見，「主張一切合口並自開口音變出」。李方桂此說對於後學研究者而言，無疑又是一大邁進。然而，龍宇純認爲，李方桂的聲母系統仍然有討論的空間。所謂「介音稱謂」，應該指介乎「聲母與韻母」之間，從聲母過渡到韻母的音韻成分，此成分稱爲「韻頭」，如此便可和「聲母」清楚區分；反觀反切結構所反映的往往是聲母的部分。因此，本文的討論重心，會將「介音」隨同聲母一同論述，如此進行主要是爲表現「聲母」在韻類上的分配系統性。首先，便先從「介音」討論展開立論。

（一）介音——兼論龍宇純的擬音觀點

所謂「介音」，從「諧聲字」來看，在古人心目中開合的層次在「洪細」之上。同從一聲之字，洪細音之間往往一無區分，開與合的不同幾乎清清楚楚，如將此情形顯示在「表音層面（即：對叶韻的層面）」而論，開合不同是無異於韻母的差別。因此，在討論上古介音時，必須先從「開合」的問題著手。

然而，文中龍宇純針對李方桂對上古音的若干意見提出看法，下文便就龍說進行論述。李方桂認爲：

> 唇音自始無開合對音音，舌音齒音方面只有後來屬於歌韻、仙韻（舉平以賅上去入）及泰韻的字，其舌音有開合對立的現象，而不出歌祭元三陰陽聲對轉部範疇；齒音如支、脂等韻雖多有開有合，古韻似皆不同部，因此將其擬爲 [uar]、[uan]、[uat]、[uad] 的韻母，卻只承認當中的 [ua] 爲複合元音，但不以 [u] 爲介音；其餘牙喉音的合口音，則構擬作舌根音及喉音圓唇聲母：[kʷ]、[khʷ]、[gʷ]、[hŋʷ]、[ŋʷ]、[ʔʷ]、[hʷ]，以爲都從這些聲母變來。

龍宇純對李方桂的觀點並不表讚同。龍宇純認爲，舌音齒音讀合口的，實際只有屬 [a] 元音的歌祭元三部外，尚有屬 [ə] 元音的微部文部，如：隹聲、卒聲，聲、屯聲、辠聲、川聲之字。此些音字，李方桂都認爲其起始並非合口音，而是 [ə] 元音發生圓唇作用的結果，此外，李方桂另外提出「之蒸」及「侵緝」四部，也是 [ə] 元音。但是，就「侵緝」而言，可能因唇音韻尾阻止了 [ə] 元音圓唇的作用，因而沒有合口音；「之蒸」舌音齒音亦不見合口音，且 [ə] 元音也不見產生圓唇作用，則微文兩部舌齒音有合口，又何以見得一定是 [ə] 元音發生了圓唇作用所致？又，李方桂另一項論點龍宇純亦不表認同：

> 將介音 [-j-] 之後加一 [i] 元音成分，以 [iə] 爲複合元音，且在 [i] 後的 [ə] 不發生圓唇作用。

龍宇純認爲李方桂的說法產生三點矛盾：

①若不堅持一切合口都是開合的變讀，或在周秦的上古音時代，開口變讀合口的情況不曾發生，即以 [juən] 與 [jən]、[iən] 相對，則與另一組 [juan] 及 [jan]、[ian] 的對待，彼此形成平行，那之前所言「[ua] 只是複合元音且不以 [u] 爲介音」之論仍否成立？

②如 [jiən] 與 [jian] 的擬音，理論上自屬可能。但以實際語言觀之，既要與 [jən]、[jan] 分，又要與 [iən]、[ian] 別，無論視 [ji] 爲複合介音或視 [iə]、[ia] 爲複合元音，古漢語究竟是否眞如此狀況的區別，仍有待查考。

③若 [jiən] 的擬音，[i] 加 [ə] 的複合元音在阻止 [ə] 的發生圓唇作用十足有效，對於 [ji] 或 [iə] 的設計，也許不必懷疑。但實際情況是否眞如李方桂所論，仍有待進一步查驗。

再由《說文》諧聲字來檢驗李方桂的說法。如屯字以下，包括屯聲、春聲按清儒朱駿聲《說文通訓定聲》所計，共有十八字，無一不讀合口；允字以下，包括允聲、夋聲共二十三字，亦無一不讀合口，何從知其先本都是開口音，且至周秦時代仍未變讀？龍宇純提出，李方桂論點中談論的「脣」字，說是由 [*djən] 變而爲 [dzjuən]。但由《說文》觀之，辰字及从辰聲者共十八字，當中有十七字讀開口，僅脣字爲合口音，看似可信，進一步從文字學方面觀察，辰本是蜃的初文，蜃之爲物，硬殼兩片張歙於外，軟體在中，人的脣舌似之，十八字中唯脣字讀合口爲異，豈不意味脣本是从內从辰的會意

字。由此證得李方桂將脣擬爲 [*djən] 而擬振字晨字等爲 [*tjiənh] 與 [*djiən] ，是有疑慮，恐成問題。

因此，龍宇純認爲，周秦上古音中不僅有 [ua] 、 [uan] 等音存在，應尙出現了 [uən] 、 [juən] 甚至 [uə] 、 [juə] 等音，且又認爲 [-b] 、 [-d] 及 [-g] 尾的學說不可信之，是故遂於韻母採行開合口對立的擬音法，以補李方桂所述的不足處。

（二）上古音相對洪細介音問題

本部分須就中古四個等韻來源加以思考，再討論中古重韻及重紐現象，如此才能完整就上古音中的相對洪細介音問題討論。

所謂「中古四個等韻」，在一般學者心中，除去一等韻、二等韻、三等韻以及四等韻之外，齒音部分分二等韻與四等韻又有眞假之分，假二等韻與假四等韻實際爲三等韻，嚴重影響到個別字的介音及整體聲母系統的認定。又如喉音的喻四字，也被視爲是三等韻，這種情況亦影響到其介音的了解，上述種種情況都是上古介音甚至聲母的認知息息相關。然而，造成這一切的問題，都是因爲昧於反切結構的部分意義所導致的誤解。一等韻無此問題，二等韻以下，凡齒音字與喻四字，無不憑反切上字定等第，以照二字爲上字的屬二等韻，以照三字爲上字的屬三等韻，以精系字及喻四字爲上的的悉屬四等韻，一無例外；並無眞假二、四等韻的區別，喻三、喻四的不同，也只是表示三等韻與四等韻的差別。就韻圖而言，等與等韻完全重疊，凡字所在之等，即爲其字所屬的等韻。所謂「四個等韻不同」，對「同轉俱爲獨立的韻」而言，元音而外，尙有介音差異；對「同轉而爲相同的韻」而言，則只有介音的差異。龍宇純對此論特別定有新的名稱，其認爲，四個等的介音差異，即是一等無介音，二、三、四等分別具 [e] 、 [j] 、 [i] 介音，就算將時間推至上古時期，也當有四個不同介音的韻母類型，上古四個不同介音韻母類型，龍宇純將其定名爲「甲」、「乙」、「丙」、「丁」，依序分別代表中古的一、二、三、四等。

甲類→無介音→中古一等

乙類→介音採用李方桂說擬爲 [r] ，同時又具有中古 [e] 介音的原始形態，更可表示來母複聲母的來母成分→中古二等

丙類→具介音 [j] →中古三等

丁類→具介音 [i] →中古四等

龍宇純認爲，古人不必有「等」的觀念，而必無等韻圖，且中古四個等具有表示韻母洪細遞差的意義。在元音及韻尾相同的情況下，實際以 [j] 起首的韻母，其音較以 [i] 起首者爲細，故編製韻圖者，可能一則著眼於四等俱爲獨立韻的轉圖，元音洪細的不同四等較三等爲細；一則爲舌上及正齒兩類字可以銜接排列，而反將介音爲 [j] 者列爲三等韻。但此些情況是歸屬中古音而言，論及上古音，此些情況皆可略而不論，因此龍宇純將中古四等名稱重新定名以配合上古音的狀況。

（三）中古重韻問題討論

所謂「中古重韻」分別來自上古的不同韻部（也有例外情形），如：通攝（不含入聲，下云江攝亦同）東、冬、鍾三韻，東一等與鍾出於東部，冬與東的二、三、四等出於中部，四個重韻沒有一個來源相同。如以次聲、齊聲、帝聲之字爲例說明：此些聲符之字古韻同屬「脂部」，《廣韻》分收「咨資」與「鈻擠」等字於脂或齊韻，前者「即夷切」、後者「祖稽切」，並屬四等，雖然韻攝不同，對古韻而言，與川春之分入山或臻攝，同可以視爲「重韻」，又如見於「即夷切」的齎字，《經典釋文》多云「音咨」，《周禮·九嬪》則云「音咨，劉祖稽反」，〈司尊彝〉且但云「子兮反」，子兮同祖稽；又如《廣韻》即夷、祖稽二切亦齎重出，義並爲持；這些中古一字不同的音讀，溯其源頭，最早自然都只有一個。

（四）重紐問題討論

所謂「重紐問題」，其差異就是三等與四等的介音不同，龍宇純認爲，這兩類在上古分別屬於丙或丁類，因此不再討論。

（五）「上古單一聲母」及「韻類分配」問題討論

本部分談論上古各單一聲母及韻類的分配狀況，依照唇、舌、牙喉及齒之發音部分述明之。

（1）唇音

據三十六字母而言，唇音八母上古七有重唇四音，此重唇四母分別爲 [*p]、[*ph]、[*bh]、[*m]，洪細四類韻俱全，開口合口無辨義作用，但丙類字習慣上形成介音 [j] 後接 [u] 與不接 [u] 兩類不同讀音，其接 [u] 者，即三十六字母中輕唇四母之所由出。以重唇四母 [*p]、[*ph]、[*bh]、[*m] 爲例，說

明其韻類分配及與中古音關係：

甲類韻　[*pφ]　→　[pφ] 一等

乙類韻　[*pr]　→　[pe] 二等

丙類韻　[*pj]／[pju]　→　[pj]／[f] 三等

丁類韻　[*pi]　→　[pi] 四等

（2）舌音

①此處所謂的「舌音」，指得是舌尖塞音、鼻音及邊音，包括中古端、透、定、泥、知、徹、澄、娘、日、來各母，及部分三等照、穿、牀三母之字。知等四母及日母分別出於端、透、定、泥，三等照、穿、牀三母也分別出於端、透、定，亦包含審、禪二母在內，且和照、穿、牀三母同出於端系。是故，上古舌音總結有端、透、定、泥、來五母，分別爲 [*t]、[*th]、[*dh]、[*n]、[*l] 五音。

②李方桂爲了說明三等知系四母與照三系及日母的不同分化，而擬知系三等介音爲 [rj]、照三系及日母介音爲 [j] 與二等知系介音爲 [r]，共三種音讀。然而，中古知系字二等三等不在同一韻中並時而見，以其上古可同具 [r] 介音，其後 [r] 變爲 [e]，漸而爲 [j] 介音類化，始有二等爲 [e]、三等爲 [j] 的不同，而同一三等韻中的娘日二母字，如：語韻的女與汝、陽韻的孃與穰等例，也可以說其先前者由 [*nr] 變 [ne]，後者由 [*nj] 變 [nj]，其後 [ne] 亦因於韻中爲少數而變爲 [nj]，如此便可省去李方桂的一套 [[*rj] 介音。

③龍宇純認爲李方桂所擬的 [rj] 介音出現機會太過狹隘，且無法自圓其說，李說又擬定了 [*brj] 和 [*grj] 二音，假若此二擬音可以成立，同爲唇音牙音（含喉音）的幫、滂、明、見、溪、疑、影、曉諸母，俱不一與 [rj] 相配，如此便產生矛盾，且莊、初、崇、生之恆與 [rj] 相接，只是受了「假二等韻」說的誤導，所謂「假二等韻」，既只是韻圖的借地盤行爲，便理不當有 [rj]「既是二等又是三等」的介音設計。因此，知二知三上古的不同，龍宇純採取 [r]、[j] 介音之別，以 [*t]、[*th]、[*dh]、[*n]、[*l] 爲例，說明其韻類分配及與中古音關係：

甲類韻　[*tφ]　→　[tφ] 一等

乙類韻 [*tr] → [te] 二等

丙類韻 [*tj] → [tj] 三等

丁類韻 [*ti] → [ti] 四等

至於照、穿、牀、日之出於舌音，則擬定為帶 [s] 或 [z] 複母或詞頭的 [t]、[th]、[dh]、[n]，在介音 [j] 的影響下所出現的變化，因 [s] 及 [z] 為齒音，故皆變為齒音，情形與帶 [s] 或 [z] 複母或詞頭的牙音變為照三系字相同。

（3）牙喉音

①三十六字母以見、溪、群、疑為牙音，影、曉、匣、喻為喉音，除喻母為零聲母誤認作喉音，而喻三原本為匣母，其餘前者為舌根音、後者為喉音，發音部位不同而相近，無論為同源語、異文假借或諧聲，莫不渾然一體。今從古人牙喉之分，分別將見等四母擬音為 [*k]、[*kh]、[*gh]、[*ŋ]，影及曉匣為 [*ʔ]、[*h]、[*ɦ]。喻三上古為匣母的丙類音，[*ɦ] 下接介音 [j]，與甲、乙、丁類之 [*ɦɸ]、[*ɦr] 及 [*ɦi] 四等俱足，喻四則上古為複母 [*zɦ]。

②李方桂主張合群母匣母及喻三為一，龍宇純認為似並不如此。其一，喉音之有曉有匣，與唇音之有滂有並，舌音之有透有定，牙音之有溪有群，以及齒音之有清有從、有心有邪，並以清與濁相儷，生態相同，今若合匣於群，則喉音獨缺其相當的濁音相配。其二，合匣於群，無疑因通常的了解，群母但見於三等韻，而匣母則獨缺三等韻，兩者形成互補狀態，且喻三本是匣母的三等音，而群母但有三等音之說原為誤解，由等韻圖而看支、脂等韻，在韻圖中列四等的重紐群母字，更是群母的四等音，而不能視為是三等音。因此，匣與群兩個本來四等俱全的聲母，自然沒有可以合併的理由。其三，由李方桂的擬音亦可看出端倪：

上古 *g+j-（三等）＞中古群母 [gj-]

上古 *g+（一、二、四等）＞中古匣母 [ɣ-]

上古 *gw+j-＞中古喻三 [jw-]

上古 *gw+j+i-＞中古群母 [gjw-]

上古 *gw+（一、二、四等）＞中古群母 [ɣw-]

古漢語是否如李方桂所擬，早已出現 [ji] 介音，仍有待考證，且喻三既從匣母變出，匣母開合俱全，理不當喻三僅有合口音，不能因爲 [*gj-] 已經給了群母，便不考慮開口喻三的可能存在，然而，李方桂第一條擬音定律「上古 *g+j-（三等）＞中古群母 [gj-]」，是完全剝奪了喻三的生存空間，無疑爲甚不合理，李說便持論匣母決不得與群母併而爲一。可疑的是，若如李說般，匣群二母中古既是兩個不同發音部位的實體，謂其上古源頭只有一個，如能在文獻上找到例證，或在二者分化條件上明白點出，此說法或許可通，但是，李方桂卻無法找到證據證明其論點，實屬空頭立論，不能探信。

③既然李方桂論點不足探信，龍宇純認爲，上古牙喉音爲見溪群疑影曉匣七音，並甲乙丙丁四類韻俱全。以下舉 [*k] 以駁其餘，示其韻類之分配及演變情況：

甲類韻 [*kɸ] 　→ [kɸ] 一等

乙類韻 [*kr] 　→ [ke] 二等

丙類韻 [*kj] 　→ [kj] 三等

丁類韻 [*ki] 　→ [ki] 四等

其中匣母的丙類韻音 [*ɦj]，因全濁擦音緊接半元音的介音，摩擦系數增強，至於使聲母消失，變而爲喻母出現於三等的部分，以 [-j] 起首，與另一部分由 [*zɦ] 演變而來以 [-i] 起首者對立，此便是喻三、喻四之分。

（4）齒音

①齒音中古有齒頭及正齒之分，齒頭音精清從心邪五母，正齒音照穿牀審禪五母。正齒音五母又各具兩類不相系聯的反切上字，即所謂照二照三之分，故中古齒音有三系不同讀音。在上古音方面，自清儒錢大昕以來，發現正齒音的照三系源出於舌頭，與照二系出於齒頭，兩者宗祧各異，更加深二類正齒音讀音不同的觀念。

②照二的源頭爲齒頭音，已是無可置疑的共識。因此，中古照二系諸母 [tʃe-]、[tʃhe-]、[dʒhe-]、[ʃe-]、[ɑe-]，其上古音爲 [*tsr-]、[*tshr-]、[*dzhr-]、[sr-]、[zr-]，除禪二的中古音 [ɑe-] 及其上古音 [*zr-] 外，照三出於舌頭音，雖然也有小部分出於齒音的精清從心邪，其中審禪二母，更全部分別爲心與邪的變音，即使同時與舌頭音發生關聯，如禪字从單聲，單之一

字有端、禪兩音，可擬爲帶心母或邪母的複母或詞頭現象，與趨从肖聲、襑从尋聲、綏从妥聲等情形相同，應不得爲審禪二母出於舌頭的法；塞音的端透定泥，也必然不能產生擦音的審母或禪母，而部分照三系聲母源出於精系，表現在諧聲字、同源詞以及異文假借中的情況，十分明白。如：《詩・車鄰》的「寺人之令」，毛《傳》云「寺人，內小臣」，而《周禮・序官》「寺人」鄭《注》云「寺之爲言侍也」，寺侍二字分別屬邪母及禪三。

③龍宇純認爲，中古照三系聲母與照二系同爲 [tʃ-]、 [tʃh-]、 [dʒh-]、[ʃ-]、 [ʒ-] 五音，其中三等 [tʃ-]、 [tʃh-]、 [dʒh-] 三者各有兩個來源，其中絕大部分來自具 [s] 或 [z] 成分的 [*t]、 [*th]、[*dh]，小部分來自 [*ts]、[*tsh]、[*dzh]，都是受介音 [j] 影響的結果；[ʃ] 和 [ɑ] 兩音，則全由 [*s]、[*z] 分別變出，原因仍爲介音 [j] 引致的分化。由於秦以前都是籠統的上古音時代，更由於漢語的歷史悠久，使用的地域廣闊，不同的時空層面，有不同的上古音面貌，中古時期的正齒音，有的已在上古音中出現，正齒音的化成，並非都是上古音之後的事，而由具 [s] 或 [z] 成分的舌頭音變出的正齒音，其時代竟還早過自齒頭音所變出者。

（5）邪母與喻四

①中古邪母通常被認爲只見於三等韻，此一觀念不僅誤解了中古音，更使上古聲母的認知受到嚴重影響。韻圖中的邪母一貫列在四等地位，便是邪母中古爲四等讀音的證明。反觀上古音，丙類韻的邪母字因受介音 [j] 的影響，變爲三等的禪母，乙類韻的邪母字，又因介音 [r] 的影響，變爲二等的禪母。中古禪母有二等字，且照二既出於精，已知禪二有字，便不得一等無邪母，從實際資料中，此雖不如乙類韻邪母之明確，但仍可於早期反切見其蹤跡。

②龍宇純引李方桂對上古邪母與喻四擬音而論：

上古 *r->中古 [ji-] （喻四等）

上古 *r+j->中古 [zj-] （邪）

此擬音三項疑點：其一，學者大都同意邪母上古與中古相同，其音爲 [*z]，與心母爲 [*s] 兩者清濁擦音相對，正如喉音之有曉有匣。今以邪母爲 [*r]，既與心母不相副，也與喉音之有兩擦音生態不平衡，然而，李說雖於喉音也取消了與曉母相對的匣母，以之併於群母，不足援爲理據。其二，若要邪與喻四

合爲一音，龍宇純認爲，凡言上古音，應以確知的中古音爲基礎，向上追溯，沒有必須改動的憑證，即以中古音爲上古音，而不輕言變革，否則任何學者所定的演變規律，都將是各說各話，永無交集。其三，[r] 的音值，與來母的 [l] 音十分接近，但從實際情況而論，喻四、邪母與來母之間的諧聲行爲卻並非如此接近，此論是否得宜，仍待查考。

③關於喻四的擬音，長久受到「喻四歸定」說的影響，圍繞著定母尋思，以喻四與定母同音，卻不能闡釋後來演變的不同，即使以送氣不送氣區別，也與唇音牙音僅有一全濁塞音不同而窒礙難行。因此，龍宇純認爲，若將喻四擬作 [*zɦ]，且由《說文》中發現許多字中有喻四與精系、見系、影系及端系中的透定二母相互諧聲的現象，當與精系字諧聲時，則有 [z] 的成分得以聯繫；當與見系字、影系字諧聲時，則有待匣母 [ɦ] 聯繫；若與透定二母往還時，因透定二母並爲送氣音，清聲母送氣成分本同曉母，與 [ɦ] 相近；全濁聲母送氣成分又因受濁流影響，變同於 [ɦ]。因此，透定二母所以多有與喻四字諧聲的狀況產生，是因二者都是送氣音與 [*zɦ] 的 [ɦ] 成分或同或近的緣故所致。此外，還有「喻四與邪、禪關係」、「喻四字又讀匣母或喻三」、「喻四字與精系及照三間的諧聲行爲，或一字二音」等論點，都能支持喻四上古當構擬爲 [*zɦ] 複母之說。

④龍宇純認爲，中古精清從心邪五母，上古與中古完全相同，仍爲 [*ts]、[*tsh]、[*dzh]、[*s]、[*z] 五音，且並甲、乙、丙、丁四類韻俱全。舉 [*ts] 以賅其餘，示其韻類之分配及演變情況：

甲類韻 [*tsφ]　→ [tsφ] 一等

乙類韻 [*tsr]　→ [tse] 二等

丙類韻 [*tsj]　→ [tsj] 三等

丁類韻 [*tsi]　→ [tsi] 四等

總結龍宇純上述整體言論，上古單一聲母實際擬音情況爲：

唇音：[*p]、[*ph]、[*bh]、[*m]

舌音：[*t]、[*th]、[*dh]、[*n]、[*l]

牙音：[*k]、[*kh]、[*gh]、[*ŋ]

　　喉音：［*ʔ］、［*h］、［*ɦ］

　　齒音：［*ts］、［*tsh］、［*dzh］、［*s］、［*z］

共計二十一個，並甲、乙、丙、丁四類韻俱全。此外，中古喻四上古爲兼具邪、匣兩成分的複母，當擬音爲［*zɦ］爲宜。

【頁 381～410】

三、上古韻部及擬音

（一）論古韻應分幾部

　　龍宇純認爲，從以《詩經》韻爲主的周代古音研究古韻應分幾部而言，當以廿二部的劃分較爲適當。實因之、幽、宵、侯、魚、佳、脂、微、祭、歌、元、文、眞、耕、陽、東、中、蒸、侵、談、葉、緝的廿二部，系自清儒顧炎武以來的研究結晶。整體觀之，除去宵部無陽聲，侵部、談部無陰聲，以及歌祭兩部同配一個元部而言，仍有探索的空間。除此之外，宵部陰聲原與談部互爲陰陽，到周代因爲「音變」而脫離了對當關係，其入聲亦葉部所分化，侵部陰聲則周代已轉入幽部，此種音變變化雖然已經無法復原，但演變跡象仍有痕跡可循，至於歌與祭本爲一部，此亦無有疑慮。

　　龍宇純認爲，有學者主張併中於侵、或倡中爲蒸合口，亦或倡言陰、陽、入三分爲部者，易使人產生混淆之嫌。尤其是陰、陽入三分爲部之說，實際而言，陰聲的去聲與入聲是密不可分，故有僅具去入二聲的祭部，而陽聲與陰聲或陽聲與入聲之間則交通極少，兩者相去甚遠。陰、陽、入三聲既各自有其韻尾，以入合於陰且入與陰音值不同，與入聲陰聲分立爲部略無異致；而入與陰合，以別於陽，適可表示三者間關係疏密有殊，是其分不若其合。是故，論古韻分部仍從廿二部的類稱爲宜。

（二）論對轉旁轉及音有正變

　　所謂「對轉與旁轉」（亦指正對轉及近旁轉），在學者心中是等量齊觀，尤其以從事訓詁與文字研究者更奉之爲圭臬。「對轉」指的是某陰聲（含入聲）韻部與其相對的某陽聲韻部之間音的轉換，兩者既同元音，又復韻尾具發音部位相同的對當關係，於是產生了韻尾的轉換現象。「旁轉」指的是兩個陰聲韻部或兩個陽聲韻部之間音的轉換，無論前者後者，若非元音不同，既是韻尾發音部位異樣，不得隨意改換其元音或韻尾之某甲或某乙。然而，學者一方面依從古

韻分部之實，另一方面又於旁轉說居之不疑，不悟其間的矛盾，如此便使一直以來的古韻分部成就，變得毫無意義。

「旁轉」觀念的形成，從《詩經》及經傳中不同韻部間的或體、諧聲、叶韻及異文、假借等都可以找到不少證據，但是，此些證據眞能成立「旁轉」之說？試以兩點說明：

①《說文》中的古字，有許多原係出於許愼的「篆定」，許愼根據己身對文字形構的了解，恣意將隸書改寫爲小篆，然而，所謂的古文與篆文本不屬同一系統，篆文亦缺無從壁中「古文」之理。因此，若從《說文》書中尋例來說明「旁轉」，是不甚可靠。

②《說文》中亦有若干涉及不同韻部的諧聲字，這是無法予以否認的。如琨或作瑻，昆聲屬文部，貫聲屬元部，分別爲陰聲、入聲、陽聲兩不同部互諧之例。又如《詩·齊風·南山》：「蓺麻如之何？衡從其畝。」《釋文》云：「韓詩從作由，曰南北耕曰由。」此分別爲不同部的叶韻或異文，後者所涉韻部與調同二字相同，聲母則猶冀字从異聲，因爲喻四上古爲 $[{}^*zh]$ 複母，$[z]$ 與 $[ts]$ 音近。至於假借，如「帥」字，《詩·野有死麕》叶脫帨吠，帥與帨同字，本音當屬祭部，音「舒芮切」。經傳則用爲帥領、將帥之義，等同於「率」字，又當屬微部，音「所類切」。所以「蟀」字於《說文》同「螁」字，而「臂」即爲「膊」字或體。上述案例便是由「旁轉」說而來，但是否眞能建立旁轉說，仍有因難，若由「諧聲」而言，「諧聲」可能涉及「方音」，詩韻也可能有叶韻本質的問題，只不過爲個別的語音現象，如此是無法歸納出兩個韻部的整體情形。

另一方面，相同條件的語音，是不會出現不同演變。凡不同語音演變，必逆推其鎭同語音條件，以爲分化說明。其理論基礎在於，應是以同一地區同一語言爲對象而言，如果考慮到不同地區有不同方言，更經過可能發生的彼此影響與統合，或許便不是上述原則所能規範。舉例來說：

> 《方言·卷十一》：「蠅，東齊謂之羊。」羊蠅雙聲且並爲收 $[-ŋ]$ 的
> 陽聲，當是一聲之轉，不同方言的人聽齊人語，音如自己的羊字，
> 於是用羊字書寫；在齊人的方言地區，其實寫的還是蠅字。《廣韻》
> 陽韻「與章切」蛘下云「蛘，蟲名」，正是《方言》的「羊」轉注加
> 了虫旁，成爲專字。

由上述例字而論，對於《廣韻》一書而言，表面上收了「蠅」和「蛜」兩個不同的文字，實際只是同一「蠅」字的兩個不同讀音；若將《廣韻》當作一個方言地區看待，便成為一個「蠅」字有兩個讀法。此種現象，只是「方音」的變異與綜合，進一步而言，此並非從遠古發展到《方言》所屬的漢代，或從漢代發展到《廣韻》才可能出現，此種現象在周代早已發生，且發生在實質上的同一方言地區。是故，凡後世不同的音變，如果無法得知其先有何分化條件時，可將其視為是同一音的不同變化，正音與變音統合在同一方言區裡，如以今國語語音而論亦然，在聲母方面，《廣韻》桓、洹、貆、獂與完、莞、丸、紈、萑等字原本共用一「胡官切」，今則「桓洹」二字保有「匣母」讀音，只不過濁音化清，「完莞」等字則聲母失落。韻母方面亦同，如碑本與陂同為「彼為切」，今則碑讀 [ei]，而陂讀 [i]，聲母、聲調都不相同。由此可推論，少數字音偶有無法理解解釋者，可視為是「音變」所致，古今情況未必不同，毋須強加解釋。

因此，龍宇純認為，正音與變音當如何認定，依理一切自應依「古音」為斷，同者近者為正音，反之為變音；雖變音多、正音少，亦不例外。但整體的演變，如上古魚部元音為 [a]，今國語凡甲類韻字讀 [u]，雖是變音，可以正音視之。以下以「之」、「幽」二部陰聲字為例，此以「之」部詳述之。

〔之部〕

（1）甲類字

此類字後世以入咍韻（舉平以賅上去入）為正音，唇音明母或入侯韻為變音。如母與畝字本入厚韻，然方言早已讀近於候，故金文「母」字用為禁止之詞，後書作「毋」字，古韻本屬侯部。因為或用魚部歌無字兼代，後來與無字同入虞韻。又如鸚鵡字本與母同音，後亦作「鷡」，音「文甫切」，行徑與毋字相同。可見母字在周代，因本義借義的不同，古韻分屬之或侯部。

（2）乙類字

此類字依齒音（開合，無合口音）與唇、舌、牙、喉之不同為分化條件。前者入之韻的二等，後者入皆韻，形成互補狀態，自以入「之韻」為正音，入「皆」則為音之變。

（3）丙類字

此類字以入之韻的三等為正音。唇音則或入脂、或入尤，且以入脂韻者為

變音，入尤韻的更是變中之變。如以秠、合、痞三字爲例，此三字並見於脂尤兩系統，前者重脣、後者輕脣，顯然開合不同即其分化所由。因此，漢語開合雖無明顯的辨義作用，但實際上漢語確實有開合不同的讀法。除此之外，在牙音與喉音方面，此類字有因讀合口變入脂韻，也有變音入尤韻的情形，此都當是方音變化不同的結果所致。

（4）丁類字

此類字中古入之韻的第四等，無變音；入聲亦全入職類的第四等，一無例外。

（三）論各韻部的擬音

各韻部如何擬音的問題，首先要就陰聲字具不具塞音韻尾加以討論。龍宇純對於此問題曾作二文探討：

第一：提出 [*-b]、[*-d]、[*-g] 尾學說不能成立之論。龍宇純此論遭王力反對，某些學者舉出以漢藏語比較而論，藏語僅有公元後七、八世紀的資料，所有的一套 [-b]、[-d]、[-g] 尾，相當於漢語入聲的 [-p]、[-t]、[-k]，如此能否作爲漢語陰聲曾有濁塞音韻尾的證有，仍有待討論。

第二：龍宇純在〈上古陰聲字具輔音韻尾說檢討〉文中指出，[*-d]、[*-g] 尾的說法，主因學者有感於中古入聲只配陽聲不配陰聲，上古則陰聲與入聲關係密切，又且各韻部有其固定的相配入聲陽聲範疇。顯示上古陰聲性質必有其不同於中古的地方，中古陰聲爲開尾，故上古必是塞尾；入聲既收 [-p]、[-t]、[-k]，收 [-p] 的入聲無相配的陰聲，與 [-t]、[-k] 相配的陰聲，便認定原具 [*-d] 或 [*-g] 尾。爾後，學者又於微祭二部發現了「諧聲時代」侵緝、談葉的陰聲字，以爲原收 [**-b] 尾，到《詩經》時代才由 [**-b] 變成了 [*-d]，因此分別入微或祭部。

實際上，中古入聲不配陰聲的認知，原是個誤解。龍宇純引陸志韋《古音說略》當中的言論：

> 《切韻》的陰聲，跟入聲 [-p]、[-t]、[-k]，陽聲 [-m]、[-n]、
> [-ŋ] 相對待。在中古化們是開音綴，在上古大多數可以配入聲，那
> 就應當是 [-b]、[-d]、[-g] 了。

針對此論點，龍宇純又提出兩點補充：

第一：古人以呼吸二字言氣之吐納、以曉母 [h] 音表喉間氣流聲。如：呼

字荒烏切、吸字許及切，二字擬音 [huo] 和 [hjep] ，驗之脣吻，可以發現與
人類呼吸時發出的聲息絕相似，但這對呼字而言，必須是開尾的讀法，否則，
[huo] 的後面繫以 [-g] 尾，就無法形成如此感受。另外，以曉母 [h] 音表喉間
氣流聲，如：《廣雅·釋詁二》諸言喘息之字：喘字昌沇切，喙字凶穢反，咭字
虎夬反，欻字虎夾反，欸字漢佳反，欨字苦訝反。喙咭欻欨四字並曉母，喘欨二
字並送氣音，送氣音即是含曉母成分，由見呼吸二字讀曉母並非偶然。至於吸
為氣之吸入，而亦讀送氣音，則是漢語不用吸入音，故需使用送氣音表示。

※補充：龍宇純此點說明，可參見〈古漢語曉匣二母與送氣聲母的送氣成分——
從語文現象論全濁塞音及塞擦音為送氣讀法〉一文。

第二：陰聲字加以不同部位的塞音尾，原意是為限制其與入聲及陽聲轉換
的範圍，用以解釋何以同元音的韻部並非彼此間都可以發生轉換現象。如：之
部與文、侵，幽部與侵、緝，以及魚部與元、歌、祭、談、葉之間都有交往現
象，特別是幽部與微、文之間音轉的接觸，更是頻繁，如：鬼侯即九侯、追琢、
敦琢同彫琢，而敦字除音都昆切，《釋文》又音都雷反，或即云音彫，在在都說
明陰聲字必不得具塞音尾。

經過多方探討考證，龍宇純認為，上古陰聲塞尾之說必非實情，此外，並
為上古各韻部的元音及韻尾作出擬音：

陰聲（含入聲、除葉與緝，不另立類名）	陽　　聲
之部 [ə] 、 [ək]	蒸部 [əŋ]
幽部 [əu] 、 [əuk]	中部 [əuŋ]
宵部 [ɑu] 、 [ɑuk]	
侯部 [u] 、 [uk]	東部 [uŋ]
魚部 [ɑ] 、 [ɑk]	陽部 [ɑŋ]
佳部 [e] 、 [ek]	耕部 [eŋ]
脂部 [ei] 、 [et]	眞部 [en]
微部 [əi] 、 [ət]	文部 [ən]
祭部 [ɑi] 、 [ɑt]	元部 [ɑn]
歌部 [ɑr]	
葉部 [ɑp]	談部 [ɑm]
緝部 [əp]	侵部 [əm]

　　表中原則上仍以不帶韻尾及帶 [-u] 韻尾的陰聲，與帶 [-k] 尾的入聲及帶 [-ŋ] 尾的陽聲相配，而帶 [-i] 尾的陰聲，配帶 [-t] 尾的入聲及帶 [-n] 尾的陽聲。這樣的相配原理是因為，不帶韻尾的陰聲，發聲時口腔通道及口型近於收 [-k] 和收 [-ŋ] 的入聲及陽聲，不近於收 [-t] 和收 [-p] 的入聲，及收 [-n] 和收 [-m] 的陽聲，而收 [-u] 和收 [-i] 的陰聲所以分別配收 [-k] 和收 [-t] 的入聲，及收 [-ŋ] 和收 [-n] 的陽聲，自然是因為發音部位顯然相近所致。此外，不可忽略的是，說讀 [-ə]、讀 [-ɑ] 或讀 [-e] 的陰聲可配讀 [-ək]、讀 [-ɑk] 或讀 [-ek] 的入聲，並非說其間具備了當然的相配條件，而是因為這種陰聲字中，有一類去聲字與入聲調值相同，更由於漢語入聲塞而不裂的特性，使得兩者十分相似。至於表中的「祭部」形成有去入兩聲的現象，調值不同的平、上陰聲字，實際與入聲關係十分薄弱，故發展為歌部以幾乎僅有平上二聲，而與祭部兩分。因此， [-ə] 與 [-ək] 等的相配，便可清楚明白。

　　再者，表中針對歌部和魚部的擬音也需要再說明。魚部與歌、祭、元三部之間有所接觸是不可否認的，因此，歌祭元三部的元音當為後元音 [ɑ] ，與魚陽部一致當為合理，而歌部則需擬為具 [-r] 尾以別於魚部。但是，這個後元音 [ɑ] 只在無韻尾或韻尾為 [-u]、 [-ŋ] 或 [-k] 之前保持原狀，若韻尾 [-i]、 [-n] 或 [-t] 在 [-r] 之前，則變讀為 [a] 。是故表中將魚部擬音為 [ɑ] ，為的是魚部陰聲如膚、甫、賦之類字，中古變讀為輕唇，其先並非合口，主要元音必當是圓唇。然而，歌部具 [-r] 尾是因為歌部一方面必須與魚部具有適當關係，另一方面又要與祭部、元部形成一結構整體。假若魚部可以縛以 [-g] 尾，歌部不需有 [-r] ，已與魚部分別；但魚部縛以 [-g] 尾，等於斷絕了與歌祭元三部間的往來，而祭部與歌部同配一元部，是個不可改變但絕不合理的狀況。從《詩》韻看，歌與祭部間並無叶韻之例，群經諸子亦然，歌與祭部是不可合併，因為在二部產生變異之時，應當有某種條件的不同使其離析為二而呈現了互補狀態。是故，在擬音表中，雖然歌部與祭部同配一元部，但 [-r] 尾僅見於歌部，而不見於祭部。

　　宵部 [ɑu]、 [ɑuk] 擬音及侯部東部元音擬音 [u] 也需說明。不論上古音的擬音為何，都不應該以上古音為準而輕易更改中古音。如以侯部為例，中古音侯韻韻母為 [-u] ，東韻元音及韻尾為 [-uŋ] ，如此擬音是合理的，上古侯部

和東部並沒有改易元音的理由，故一切依中古擬音爲基礎。至於宵部上古擬音爲 [ɑu]、[ɑuk]，則是因爲宵部與談部、葉部其先具陰、陽、入聲的關係所致。然而，宵部無陽聲且侵談兩部無陰聲，此現象本不應爲漢語的原始狀態。龍宇純引龔煌城所言而論：元部字有的曾是宵部的陽聲，從數量而言，宵元兩部關係不謂不密，只是漢語的轉語不必具陰陽入三聲關係，若要肯定元部字爲宵的陽聲，非有若諧聲、叶韻、讀若，假借等足以說明韻母關係的資料不可。例如：

> 《說文》：「繳，帛雀頭色也。糸，爵聲。」案：此與「緅，帛戾艸染也」一例，分別以雀與戾爲聲訓，戾即艸部莫字，本借戾或蟄字爲之，是宵談互爲陰陽聲之證。段云：「今經典緅字許無，繳即緅字也，〈考工記〉：三入爲纁，五入爲緅，七入爲緇。注：緅，今禮俗文作爵，言如爵頭色也。〈士冠禮〉爵弁服，注：爵弁者，其色赤而微黑如爵然，或謂之緅。依鄭，則爵緅繳三字一也。」案爵緅繳偏爲語轉，當以爵爲其始稱，緅是轉入侯部的稱謂，與繳不同字，故鄭云「或謂之緅」。

如上所論，宵部原來確當爲談部陰聲，本音陰聲爲 [ᵃᵃaw]，入聲爲 [ᵃᵃap]。其後 [ᵃᵃaw] 受幽部影響變爲 [ᵃau]，[ᵃᵃap] 部分變讀爲 [ᵃᵃaup]，更因 [u] 的位置近於舌根，[ᵃᵃaup] 變爲 [ᵃauk]，部分保留 [ᵃᵃap] 不變，於是成爲宵部與談、葉的兩分。

（四）論幽部與微部文部的音轉

自宋保《諧聲補逸》即已發現幽部與微部、文部間曾有過交集，至近人章炳麟《國故論衡》又略有發現。以下舉一、二例說明之：

（1）琱，治玉也，從玉，周聲。都僚切

彫，琢文也，從彡，周聲。都僚切

凋，半傷也。從仌，周聲。都僚切

案：琱彫實同一語，琢是其轉入侯部之音。《詩·棫樸》「追琢其章」，毛云「追，彫也」，追彫一語之轉。《釋文》音對迴反。〈有客〉「敦琢其旅」，鄭云「言敦琢者，以賢美之，故玉言之」，《釋文》「敦，都回反，徐又音彫」，不僅敦與彫爲語之轉，又直以敦之音同彫。舌音

無合口四等音，故四等的彫音轉爲合口而讀一等。〈行葦〉「敦弓既堅」，《釋文》「敦音彫，徐又都雷反」，與此同。凋字，《廣韻》都聊切凋下云凋落，灰韻都回切磓下云落，疑凋磓一語之轉。

（2）磓，所以舂也。从石，隹聲。都隊切

案：《說文》舂下云「擣粟」，擣字都皓切，疑磓之語出於擣，但有靜動之別。

　　總結而論，幽部轉入微文部的音變可解釋爲：幽部陰聲爲 [ˀəu]，因爲央元音前發生圓唇作用，形成 [u] 介音，使原來的 [-u] 韻尾異化爲 [-i]，於是變爲微部合口陰聲；更由 [-i] 變而爲 [-n]，即是文部的合口音。此種情形，很容易聯想到之部陰聲字的轉入微文部。之部陰聲字讀音 [ˀə]，先是 [ə] 後產生圓唇作用，形成 [-u] 韻尾而音同於幽，再而 [ə] 前的幽部陰聲字產生介音 [u]，更而韻尾 [-u] 異化爲 [-i] 進而變入微部、文部。

【頁 410～441】

四、結　論

　　全篇論述點至上述第三大點已談論完成，但後續仍有三點較爲重要的補充說明，在此說明如下：

　　（1）前述論及之部字經幽部轉讀微文部時，多次提及 [-ə-] 元音前後會產生一個合口的 [u]，此情形產生的機理是毋需特別理由，因爲開合口的轉換屬偶然發生，如國語的橫與薛，即是例子。此外，央元音本就是個不前不後、不高不低，以及不圓唇亦不展唇的中性音，假設其前或後偶因口型的略微變動，發生圓唇作用而產生帶 [u] 的成分，似又言之成理。

　　（2）關於 [-b]、[-d]、[-g] 尾後的送氣音爲 [ɦ]，不爲 [h] 的問題。龍宇純補充說明道，此問題只是由於聲母濁流的影響而然，本與次清聲母的 [h] 爲同一音，即同一音位，然而，並、定擬音 [bh-]、[ph-] 中，兩個 [h] 發音的不同，亦非一般使用語言的人所能覺察。正如一般說國語的人，總以爲五虎的「五」便是五人的五，而不知實同無虎無人的「無」；即使分析語音的人，也必以五虎的「五」歸同五人的五，而不歸同無虎無人的「無」。所以，[bh-]、[dh-] 和 [gh-] 的 [h]，觀念上是不同於 [zɦ] 中的 [ɦ]，[bh-]、[dh-] 和 [gh-] 中的 [h]，只是與次清聲母不異的「送氣音」，反觀 [zɦ] 中的 [ɦ]，則是複輔音

聲母的第二成分，在語音演變上，[zɦ] 中的 [ɦ] 是聲母失落而爲 [ɸ-]，[bh-]、[dh-] 和 [gh-] 中的 [h]，則是無論如何變化，而俱不離其爲塞音的本質。

關於韻部擬音，在主要元音方面常擬出不同於各家常有的 [-i-] 元音之問題。龍宇純認爲，在各家擬音如高本漢、王力或董同龢等人，在主要元音的擬音方面俱無以 [i] 爲主，以 [i] 爲主要元音的擬音者，唯獨李方桂將後來無入一等韻的佳耕、脂眞四部元音擬爲 [i]。然而，由《詩經》語料得知，其多處呈現佳與歌的協韻，非 [i] 與 [a] 的不同所能釋疑，如此一來，就只有脂與眞或是唯一可以考慮給以 [-i-] 元音的兩韻部，且龍宇純檢驗《詩經》中的脂微協韻超過五十次之多，因而將擬音擬爲 [-ei] 及 [-əi]；至於同爲具塞尾的 [-id] 與 [-əd]，更只能突顯 [i]、[ə] 元音的差異，不若 [-ei] 及 [-əi] 之能呈現尾音的相同，因此，不將脂眞兩部以 [i] 元音爲擬音。[i] 元音在原始漢語中，也許曾經以主要元音出現過，若就以此點將其用以處理以《詩經》爲主的周代上古音韻部，似乎有待再進一步的考證。另外，龍宇純又從諧聲字來看待此問題，如《說文》恩从因聲，烏痕切；吞从天聲，吐根切；因、天古韻並屬眞部，若其上古元音爲 [i]，不當中古讀一等韻，由此便證李方桂擬眞部元音爲 [i]，仍有討論的必要，又佳韻字類出佳部，脂部亦不少字入皆韻，佳皆二韻屬蟹攝二等，若又由此擬脂部、佳部元音爲 [i]，甚不合理。

【頁 442～462】

〈古漢語曉匣二母與送氣聲母的送氣成分——從語文現象論全濁塞音及塞擦音爲送氣讀法〉

一、前 言

（一）上古漢語全濁塞音並、定、群三母及塞擦音從母，究竟送氣不送氣，兩種主張都有，至今似不能定案。高本漢及董同龢等擬爲送氣音，陸志韋、李榮等則主不送氣。李榮《切韻音系》曾特別就高本漢列舉的五點理由一一加以破解，並提出「梵文字母對音」、「龍州僮語漢語借字」及「廣西徭歌」，證成上古漢語全濁塞音並、定、群三母及塞擦音從母爲不送氣說。陸志韋《古音說略》亦言：「有了不送氣的，就沒有送氣的。爲上古音選擇符號，就不得不採取不送氣的，斷不能採取送氣的。」李氏和陸氏二人的語言理論，大抵以爲漢語既只

有一套全濁塞音及塞擦音，便當爲不送氣讀法，理不應擬爲送氣音。

（二）今漢語吳方言就是一個異數，如趙元任先生在《現代吳語的研究》中所記，全濁塞音及塞擦音便是送氣音，又如楊劍橋《漢語現代音韻學》二章一節中談到：「到了八世紀不空和尚的《瑜珈金剛頂經釋字母品》，漢語全濁聲母字專門對譯梵文全濁送氣音，這說明當時漢語全濁聲母已變成送氣。」這裡可能仍然牽涉到方言問題，不必八世紀前的漢語便沒有全濁聲母讀送氣的。另外還有李如龍、辛世彪〈晉南關中的全濁送氣與唐宋西北方音〉一文，都在討論此問題。更如王力於《漢語語音史》中提出不同於趙元任所言之看法，王力認爲，從音位觀點看，濁音送氣不送氣，在漢語裡是「互換音位」，因此對濁母一概不加送氣符號，此外，不論是講中古音還是上古音，如果能說出送氣音的理由，既不該堅持某種學理而予以排拒。李榮則認爲，現知的上古音，究竟其全濁塞音及塞擦音爲送氣音，抑爲不送氣音，還是要讓材料自己去講話，任何語言理論都可能無法含概古今中外的一切語言。

（三）龍宇純針對此問題提出自己的觀點：

「同源詞」、「聯綿詞」、「諧聲字」，以及「同字異音」等古漢語語文中，往往發音部位不同的兩音發生關聯，而其一爲「曉母」，其一爲他部位的次清聲母，或兩者都爲不同部位的次清音，顯然其中次清聲母的送氣成分，便是這些現象所由構成的要素。因爲送氣成分彼此固無不同，與「曉母」亦同爲一音，是故以「曉母」爲 [h] ，則唇、舌、牙、齒各部位的次清音，便分別爲 [ph] 、 [th] 、 [kh] 、 [tsh] ，此種標音爲單一音，有時只寫作 [pʼ] 、 [tʼ] ，以與 [p] 、 [t] 等不送氣音相區別，但常會忽略到，在古漢語語文中，送氣成分可以顯示其獨立存在，與以「曉母」或其他部位次清聲母起首的另一音，產生某種特殊關係。然而此種現象，少數也可以見之於「曉母」與「全濁塞音」及「塞擦音」之間，或「塞音」及「塞擦音」之次清音及全濁音之間。又如全濁音的送氣成分自與次清相同，但受「濁母」的影響， [h] 濁化爲 [ɦ] ， [ɦ] 便是與「曉母」相對的「匣母」讀音，所以與其產生語文關係的正是「匣母」。而龍宇純此種觀點，在其另一篇文章〈上古清唇鼻音聲母說檢討〉中亦有所說明。在本文中，龍宇純分別就「同字異音」、「同源詞」、「聯綿詞」及「諧聲字」四項一一予以說明，除此之外，亦可由許慎《說文解字》「同部中義同義近字」來探知，送氣聲母的

送氣成分，並非僅止附著於塞音或塞擦音用以區別語音，在表達語音的功能上，與「曉匣」二母同有其獨立特行的積極存在意義。

【頁463～473】

二、內文說明

以下分別就「同字異音」、「同源詞」、「聯綿詞」及「諧聲字」四項一一予以說明。

（1）同字異音

「同字異音」原是漢字司空慣見現象。同形異字若「月夕」、「帚婦」之類外，通常詞性、意義的變化，或者文字的假借為用，甚至有因諧聲偏旁引起的誤讀，都在聲、韻相近的範圍之內，不致成為無可理喻。早期字少，出現聲或韻相遠的假借或可視為例外。至於同為一字，意義略無不同，韻母相同或不同而明為音轉，其聲母則發音部位絕無關係，此種情況則不應全無道理。適巧此時或一者為送氣音，一者為「曉母」或「匣母」，或兩者同為送氣音，並大抵清濁相副，然則其送氣音的送氣成分，必是兩音所由形成的主軸，應不待煩言。此種情形，文中列舉二十一例，在此以一例說明。如：

极。《說文》：「极，驢上負也。木，及聲。」其輒切。案：「极」即今之「笈」字，《廣韻》「笈」字有「其立」、「其劫」、「巨業」及「楚洽」四音，三「群母」，一「穿母」，義並同。

（2）同源詞

同源詞的認定，除去意義必須相同，還須具有語音關係。語音關係含有三種情況：一為聲韻俱近，如：走趨。二為雙聲，如：婆娑。三為疊韻，所謂「疊韻相迻」的主張，理論上是不能成立的，但有兩點不在此限。其一，本由複聲母發展而來，如：命與令或蘇與瀝。其先分別為 [ml-]、[sŋ-] 複母，從一音節演化而為單一聲母之二音節。其二，其一者為送氣聲母，一者為曉或匣母；或二者並為送氣讀音。「二者並為送氣讀音」即為本文所要討論的重點。此種情形，文中列舉二十二例，二種案例，在此各舉一例說明。如：

①發生於次清塞音或塞擦音與曉母之間

如：熥與烘。

《集韻》東韻「他東切」：「熥，以火煖物。」案：今謂「以火煖物」為「烘」，

相當於《廣韻》「呼東切」訓「火兒」的烘字之音，即此「燶」字送氣成分之別
爲音節。

②形成於全濁塞音之間

如：團與丸、圓。

《說文》：「團，圓也。从囗，專聲。」度官切。又：「丸，圓也。从反仄。」
胡官切；「圓，天體也。从囗，䍙聲。」王權切。案：團丸圓三字古韻同屬元部，
團丸二字且同爲甲類韻，圓屬丙類韻略有不同，當爲一語之轉音；又變易而爲
文部之圓，中古與圓同王權切。《說文》搏下云「以手圓之也」，籌下云「圓竹
器也」，並以圓字爲聲訓，與團下云圓同，或許君早已體會出「定匣」二母間的
聲音關係；搏籌二字並音「度官切」。

　※龍宇純〈上古音芻議〉一文中，分上古音爲甲、乙、丙、丁四韻類，分
別爲介音 [-ϕ-]、[-r-]、[-j-]、[-i-] 的不同，中古變爲一、二、三、四等
韻。

（3）連緜詞

「連緜詞」分雙聲及疊韻兩類，構成連緜詞的要素，自然便是聲母的雙聲
或韻母的疊韻條件。「聲母的雙聲」不是本文所論及的，「韻母的疊韻」通常不
更注意其彼此間聲母上的關係，如：

　　判渙。《詩·訪落》：「繼猶判渙。」《毛傳》云：「判，分；渙，散也。」

　　案：「判渙」爲疊韻詞，不當分訓。判字「普半切」，渙字「火貫切」，

　　古韻同屬元部，聲母 [ph] 與 [h] 有重疊關係。

又如兩者間聲母上 [h] 或 [ɦ] 音素的重疊，顯然爲其構成上不同缺少的要素，
如：芳香、葩花等字之間的孳生關係，即使說此類連緜詞的兩音節出於一音節
的敷衍，不必即爲妄言。此種情形，文中列舉二十三例，分六種案例討論：

①兩音節環繞於全濁塞音及擦音之間，擦音音節在後

如：徘徊。

《說文》未收此二字。《荀子·禮論》云：「今夫大鳥獸……過故都則必徘
徊焉。」楊注云：「徘徊，回旋飛翔之貌。」案：二字古韻同微部，《廣韻》灰
韻徘字「薄回切」，徊字「戶恢切」。

②全濁塞音及曉母構成，曉母音節在後

如：炰烋。

《詩・蕩》:「女炰烋于中國」,《毛傳》云:「炰烋猶彭亨也。」《鄭箋》云:「炰烋,自矜氣健之貌。」《釋文》:「炰,白交反;烋,火交反。」案:烋又爲休美字,讀「虛尤切」(見《集韻》)或「香幽切」,而《釋文》此云「火交反」,正與炰字疊韻。

③全濁塞音及曉母構成,曉母音節在前

如：虺隤。

《詩・卷耳》:「我馬虺隤」,《毛傳》云:「虺隤,病也。」《釋文》:「虺隤,呼回反,徐呼懷反;隤,徒回反,徐徒壞反。」案:虺隤二字古韻同微部。

④全濁塞音及匣母構成,而匣母音節居前

如：餛飩、餫飩。

《廣韻》魂韻「餛」及「飩」下並云「餛飩」,「餛」或作「餫」;餛字「戶昆切」,飩字「徒渾切」。案:餫飩即渾沌孳生語,轉注易以食旁表義。在不分匣與喻的方言區,或書作「雲飩」。

⑤全濁塞音或塞擦音構成,發音部位全不相同,而同具送氣成分

如：雜遝、雜沓。

《漢書・司馬相如傳》:「雜遝膠輵以方馳。」〈揚雄傳〉:「駢羅列布,鱗以雜沓兮。」案:雜字「徂合切」,遝沓二字「徒合切」,三者古韻並屬緝部。

⑥特殊情況:其一爲全濁塞音,其一爲具 [ɦ] 成分的複母喻四,兩者韻部亦不同

如：權輿。

《爾雅・釋詁》:「權輿,始也。」案:此詞出《詩・權輿》:「于嗟乎承權輿」,權字「巨員切」,輿字「以諸切」。前者全濁塞音,後者讀 [zɦ] 複母,全濁音送氣成分受塞音影響濁化,同於 [zɦ] 的 [ɦ] ,形成兩音節的部分重疊;韻母則一元部、一魚部,兩者主要元音相同,結構與跋扈相彷彿。〈釋草〉又云:「其萌虇蕍」,論者謂權輿爲虇蕍之音借,不知虇與蕍韻母視權、輿又遠,虇蕍當出權輿之後,其第二音節已自魚部變入侯部。

(4)諧聲字

《說文》對諧聲下定義爲:「形聲者,以事爲名,取譬相成。」取譬,是說

聲符與所諧之字，不必聲韻母完全相同；按之《說文》中形聲之字，往往如此。但既是音的譬況，亦自不得聲母或韻母兩方有任何一方的絕對遠隔，而必須是兩方兼顧。所謂諧聲字與聲符字的關係，聲和韻兩方面，與由《詩經》韻所得之古韻部，及以三十六字母爲基礎，參考異文、假借等資料所得之古聲類，分別相合，已經得到相當證明。《說文》諧聲字，表面雖然也能見到一些僅具疊韻關係，聲母全然無涉的例子，除去由於小篆的形變，或者許愼本人的誤說，以及確知爲複聲母或詞頭的原因，其餘大抵不出聲母同屬次清或全濁讀音範圍，包括「曉母」和「匣母」在內。從此等諧聲字看來，全濁塞音及塞擦音之爲送氣讀法，其聲母方面的譬況，即憑恃 [h] 或 [ɦ] 的相同相近爲之表達，已是十分顯明。在「同字異音」例子中，其始或即屬於此類，其後始產生與聲符字發音部位相同的另一讀音。在諧聲字部分中，文中列舉六十八例，此處以一例代表。如：

> 啖。《說文》：「啖，啖也。口，炎聲。」徒敢切。案：炎字「于廉切」，上古屬匣母。

然而，《說文》中自有發音部位無干，且無關於曉、匣二母及送氣音；或雖含曉、匣二母或送氣音而並不能以之說解的諧聲字例。前者如更从丙兵永切聲古行、古孟二切；後者如穴从八博拔切聲胡決切。一些較爲特殊的狀況，如果仍未發現原因，以例外視之即可，終不致因此少數字無解，確立諧聲字不須聲母相關的理論，而影響將「諧聲」用「曉匣」二母或送氣音作爲聲母聯繫的觀點。

三、結論補充

高本漢根據印歐語渾變的通例，將中古全濁聲母擬構成送氣音。濁送氣音的演變，一方面可以變成今音的送氣，一方面可以變成今音的不送氣，而古印歐語的不送氣濁音，則沒有這種演變。聯繫到漢語，在北京話中，全濁聲母平聲送氣，仄聲不送氣。北京話以外的其他方言中，也有這麼變的，與印歐語通則很像，所以亦可擬成濁送氣音。

※結論補充一段亦可參見馮蒸教授〈新學術之路〉一文，引述王靜如先生之語。

【頁 473～499】

〈上古漢語四聲三調說證〉

一、前　言

上古漢語具四聲，經過清儒江永、王念孫、江有誥、夏燮等人論述之後，已獲致學界公認。齊梁時代興起的「平上去入說」，當時不僅用以各表一調類，也必然同時具有摹擬調值情狀的作用。然而，至今除根據現代漢語可以知道所謂入聲，原先帶有 [-p]、[-t]、[-k] 尾外，其餘究竟怎樣的平，怎樣的上、去，以及入聲的高低讀法爲何，都已全無可考。

現今討論聲調的學者如李方桂等人，主張上古漢語四聲的分別，可能來自「不同輔音韻尾」的演變，其先並非以調的高低爲分，但又認爲那是《詩經》以前時代的事，且在漢語本身已無法推測出來。本文著重探討的重點，屬於以《詩經》爲主材料的周秦時段的上古音，與古漢語是否有過不以聲調區別語義的階段、及不同聲調是否由不同輔音尾演變而來等問題不產生任何關聯。本文主要焦點是由《詩經》叶韻處著眼，雖以平上去入各自分韻爲常態，亦時見異調相叶之例，尤其在「平與上」或「去與入」之間，有頗頻繁的交往，如「去與入」的關聯，形成祭部、「平與上」形成歌部，如此顯示此時期四聲必是高低音的分別，而非輔音尾的不同。

本文所謂「《詩經》叶韻」之「叶韻」，指的便是「韻母尾音的諧詥」。沒有韻尾的，韻母尾音便是主要元音；具有韻尾的，韻母尾音便是韻腹與韻尾的結合音，尤其韻尾相同的重要性更勝於韻腹，韻頭是完全不須計較的。故，韻尾相同且韻腹相近是可以相叶；韻腹相同但韻尾相異者，則不可以假借。由此點看來，《詩經》時代的四聲，決不得爲「輔音韻尾」的不同。以下便針對此問題進一步說明。

【頁 501】

二、內文說明

對於《詩經》叶韻平上、去入之間多有往還，段玉裁提出「古但有平入二聲，上聲備於《三百篇》，去聲備於魏晉」的說法，頗爲學界所接受。段說的前提必須是：「證明『上去』二聲如何自『平入』變出」。段玉裁對自己的言論指稱：「平稍揚之則爲上，入稍重之則爲去。」如此解釋的矛盾點在於：若平上去入是本有之四聲，用以說明兩兩之間的差異是可以的；如其以爲上去二調即是平入稍揚、

稍重的結果，則絕不可。原因在於，上去二調如果是平入稍揚稍重的結果，只能形成不自覺的個別字偶然變讀，無法產生原本沒有的新調；能變化出來新調的稍揚稍重的讀法，必是在一定的條件下自然演變而成。王力認為是因為「元音停留時間長短不同」所致，但此論無法交待對屬陽聲去聲的來源，因此仍不被接受。

如何肯定《詩經》時代有四聲，與何以出現不同字調之間的叶韻，以及特多的「平與上」和「去與入」的韻例？龍宇純認為要先有如下的認識：

①平聲為平調。

②上聲為升調或降升調，其最後的高度同於平。

③去聲為降調，其最後的高度視平聲為低。

④入聲調形同去聲，而具塞音韻尾。

在此認識之下，若平上去三聲韻母全同，只有聲調高低的差異，所以有相互叶韻的例子；而上聲尾音高與平同，於是平上之間有較多於「平去」或「上去」的次數；去入調值既同，雖然入聲具輔音尾，卻由於其塞而不裂，只是一種態勢的特質，並不清楚發音，對沒有韻尾或收 [-u] 尾的「之、幽、宵、侯、魚、佳」六部字而言，在聽覺上的「去聲」與收 [-k] 尾入聲無強烈差別，即使為收 [-i] 尾的「脂、微、祭」三部而言，也因 [-i] 與入聲 [-t] 尾發音部位相同而相近，於是又別有「去入」多互叶的韻例出現。另外，由於《詩經》多用以歌唱，並非全然口誦，為符合其音樂性，字音不能盡用本調，而必須作高低不同的調整，是故《詩經》偶有不堅持「叶韻必須同調」的作法產生，然而，使用近體詩的叶韻與元曲作比較，最能突顯此意。

上述四點除法「去入同一調值」說似乎較為虛幻外，其餘都可說是從平上去入四字的意義而得。然而，「去入同調」之說看似虛幻，卻反而是其中最合理且可獲得證實的論點。過往的學者曾利用少數一字含去入二讀的現象，作為去入同源的憑依，本文則使用「一字二調」證成去入調值的相同。龍宇純使用「『一字二調』證成去入調值的相同」之構想為：

> 將《集韻》中所有具平入、上入及去入的三種一字二音完全輯出，
> 較其數量多寡。若大致相同，則「去入同調」說自不得立；反之，
> 三者之中以去入為多，且是比例懸殊，因為平上去三聲韻母相同，
> 所以形成此一結果，必是其彼此間調值與入聲有或同或異的差別有

以致之。至於爲何選用《集韻》而不採用《廣韻》？是因爲《廣韻》沿襲《切韻》「捃選精切」的規則，許多不同的讀音遭到排拒；反觀《集韻》則本質上即爲廣蒐集，儘量保存不同的讀音，決不得凡軼出《廣韻》的音切，此都是短時期的語音變化，更何況《集韻》書中所載錄之音讀，都可由《爾雅》、《方言》郭璞音、《廣韻》曹憲音或陸德明《經典釋文》等書得到印證，因此其利用價值甚高。

由上述引文可得知龍宇純使用《集韻》而不使用《廣韻》作爲探討文本的原因。但是，使用《集韻》爲討論底本時，仍有幾點要特別注意：

（1）《集韻》收字繁雜，一字數音或因「義同換讀」之情形普遍，不得不察。

（2）《集韻》中有索引編者不辨形近，誤將甲形作乙形標示或誤將「同形異字」混二爲一者，亦不得不察。

（3）本文使用《集韻》作爲探討底本，只是要經由大體的對比，以辨別平上去三聲與入聲間的關係孰爲疏密，平上去三聲與入聲間聲母不同的，又爲共有的現象，不致形成有所偏頗的狀態，因此採用「聲母全同」的標準。

（4）在韻母部分，由於本文是以《集韻》書中同一字兼讀平入、上入及去入的資料爲討論主軸，但因爲主要目的在討論上古聲調，便不能只以表示《集韻》時期陰聲入聲的相配關係，劃界自限，而必須一面考慮到《集韻》各韻相配的可能，一面還要顧慮到各字的古韻來源。

經由整理研究發現，平上去三聲無論爲陰聲、爲陽聲，其韻母皆相同，所以形成各自與入聲關係疏密的不同，當然就在於「調值」。是故，「去入同調」的「四聲三調」說無疑得到證明，且所謂的「四聲三調」又可知其自周秦以來既已如此。

【頁 501～525】

三、結　論

上古漢語「四聲三調」說是無所疑慮，且其時代可推自周秦以降即已有之。

【頁 525～526】

〈先秦散文中的韻文〉

一、前　言

本文所討論的對象是清儒江晉三先生所集《先秦韻文》一書，此外，並深

入探究這些先秦散文中的韻中所顯示的各種現象或問題。

【頁 182】

二、辨認韻文的尺度標準

前人研究《詩經》韻腳，分析古韻爲若干部。他們所研究的是哪些字與哪些字在《詩經》時代可以叶韻的問題。然而，由於韻書分韻與《詩經》叶韻有很大差異，因此仍會產生困難。但現在要向「先秦散文」中尋求韻文，有了前人研究好的《詩經》韻部爲基礎，應該不會產生很大的問題，目前產生的問題在於：「先秦散文中，是否每句凡句末一字韻同」。「散文」與詩不同，詩本身是一種叶韻的文體，散文根本是不需要叶韻，作者要在其中夾雜一些韻文固然可以，但非必需。故在散文中儘管有一些句尾韻母相同，有時卻不易肯定即是韻文，因那也可能只是一種無意的巧合所形成。

第一個被考慮辨認韻文的尺度標準即是「句數長短」的問題。除了一連有很多句之外，凡是三個韻同的三句或兩兩韻同的四句以上的，都可以認爲是「韻文」。反之，如只是兩個韻同的文句，便認爲是偶合。如《荀子‧宥坐》：「吾有恥也，吾有鄙也，吾有殆也」，三句的「恥、鄙、殆」同爲之部，所以是韻文；《老子‧鑒遠》：「不出戶，知天下；不窺牖，知天道」，四句中戶、下與牖、道兩兩同部，也可認爲是韻文。但如同《老子‧鑒遠》篇這樣的巧合是較少的。因此，「句數長短」便可作爲辨認韻文的最低標準，不夠這個標準的認爲是巧合。除了「句數長短」的辨別方式外，文中又提出了另外三種辨認方法，以下便就此三項方法說明。

（一）文意的斷連

句子末一字或句尾虛字上一字的韻母相同時，要決定是否爲韻文，首先要注意這些句子文意是否一氣，再看它們是否文章已盡，自成一個段落。如果不是一氣的，已經可以確定那不是韻文。如果是一氣的，參考下一尺度標準也相合；或者雖不合於下一尺度，而其同韻文句相當長，在四五句以上，即可以決定那是韻文。但是，如果這些句子文意未盡，要加上其上或其下某些句子文意才成一個小段落，而那些句子末尾一字卻都不是同韻的，依然可以斷定那不是韻文。如：《荀子‧不苟》篇「君子易知而難狎」一節不是韻文，更是因爲自「君子易知而難狎」至「言辨而不亂」，在文意上是一個段落，而「亂」字與它相偶

· 287 ·

的句子「交親而不比」的「比」字韻母不同（案：句中「亂」字即使果當作「辭」，亦是如此），此例便不是韻文。

清儒江晉三先生似乎沒有注意到這點，在集《先秦韻文》一書時，不免把原是韻的不敢收錄，把不是韻的附會成了韻文。如：《老子・守微》章云「其安易持，其未兆易謀，其脆易破，其微易散。爲之於未有，治之於未亂。合抱之木，生於毫末。九層之臺，起於累土。千里之行，始於足下。」其中「合抱之木，生於毫末」分明與「九層之臺」以下四句兩兩平列爲一節。末字倘入韻，應與土下二字爲韻，末字既與土下二字韻異，便自然不是入韻的。然而，江晉三卻見於「末」字與上文「散亂」二字韻近，便說「末」字與「散亂」爲韻，此不免過於主觀。

（二）語句結構的相同或文句的平行相當

諸書韻文除極少數語句結構不一致或部分不一致者外，可以說百分之九十凡韻文語句結構上下相同。這一現象實在可以作爲一個很好的衡量韻文的尺度標準。尤其對於短的如四句兩韻，如：《莊子・秋水》的「昔者堯舜讓而帝，子噲讓而絕；湯武爭而王，白公爭而滅。」、或兩句的韻文，如：《六韜・文韜・文師》的「非龍非䮆，非虎非罷。」等例，更具有決定性的作用。除此之外，「語句結構的相同或文句的平行相當」這一尺度，也可以發現一些便不平常的韻文。普通常例，凡是句法整齊總共爲偶數的韻文，不論奇數句是否入韻，偶數句總是入韻的，但是像《莊子・人間世》的「已乎已乎，臨人以德。殆乎殆乎，畫地而趨。」這幾句話是在一段韻文的中間，它們是韻文，本來是較易發現的，然而也只有在「語句結構的相同或文句的平行相當」這一尺度下才顯出其毫無可疑。然而，這一個尺度也是江晉三先生忽略的地方，實不可不察。

（三）上下文或他篇類似文句的比較

首先要指明，這裡所謂「上下文的比較」與第二點所論的尺度是不同的。第二點所論的尺度是從「語句結構的相同」或「語句的平行相當」，去辨認某些相同或相當的語句彼此都是韻文，「上下文或他篇類似文句的比較」這一個尺度所要談論的，則是比較上文或下文絕對可靠的韻文，或者比較他篇類似的文句，從而確定本身是韻文。

有了「語句結構的相同或文句的平行相當」和「上下文或他篇類似文句的

比較」這兩個尺度，差不多是否韻文的問題，都能從而認定，然而有時還是不免於猶豫，尤以處理較爲例外的「叶韻」時爲然。這時，便要參考比較有關的上下文不同，更具體地說，如果這時有與此文平行的上文或下文可作參考，而它們是絕對可靠的韻文，那麼此文亦是韻文；否則也就不是。例如：

> 《管子・牧民》：不務天時，則財不生。不務地利，則倉廩不盈。野蕪曠，則民乃菅。上無量，則民乃妄。文巧不禁，則民乃淫。不障兩原，則刑乃繁。

此例中前四句「生」和「盈」古韻同「耕部」，正好與文義之自成一節相當，「生」和「盈」爲韻也應當是無疑問，而句法結構的兩兩相對，也可以從而確定。中間「野蕪曠，則民乃菅」兩句，「曠」在陽部、「菅」在元部。元陽二部通常是不叶韻的，然而，此兩句與前四句及後六句都是平行的，上下文既都是韻文，是故此亦當是韻文。這裡須要說明的是，雖說「元陽」二部通常是不叶韻的，但二部主要元音都是 [a]，韻尾元部爲 [n]、陽部爲 [ŋ]，亦同爲舌鼻音，音並不是完全不近，所以古書裡並非沒有「元陽」二部叶韻之例，亦偶有此例。

　　另外，「比較上下文的用字不同」，也可以用來確定韻文。如：

> 《六韜・虎韜》一則曰：或擊其內，或擊其外，三軍疾戰，敵人必敗。一則又曰：或陷其兩旁，或擊其前後，三軍疾戰，敵人必走。《豹韜》說：中外相應，期約相當，三軍疾戰，敵人必亡。

此例三節中外與敗同「祭部」，後與走同「侯部」，當與亡同「陽部」，然而此算不算韻文？如單獨觀之，韻既只有二字，語句結構也不盡相同，實在不能確定是韻文。但是，一經比同而觀，卻可以發現一點：「敵人必敗」、「敵人必走」與「敵人必亡」，在文義上可以說是沒有什麼區別，然而前言外，則後言敗；前云後，則後云走；前用當，則後用亡，於韻都正相合。由此亦可推知其亦是韻文。因此，「比較上下文的用字不同」仍不失爲辨認韻文的辨法之一。

【頁 183～190】

三、諸書叶韻的比較研究

　　龍宇純在本節中著重在將諸書的韻文嚴密地整理出來，並作一全盤的比較，從中找尋出某一專書的特色，或某幾種專書的共同特色，尤其是「某幾種專書的共同特色」，此還能在地域或時間上發現其關係，那確實是一件極有意義

的工作。因為這種整理方式，不僅是對某時代或某方域語音的特色能夠有一通盤了解，對某文籍作成時代或其真偽問題的了解亦能有所助益。

【頁190～202】

四、幾項叶韻的申述

本部分主要針對一些特殊的叶韻情形作一番討論。

（1）「之文」通叶。

「之文」通叶的例子可查《逸周書・太子晉解》篇：「師曠謦然又稱曰：『溫恭敦敏，方德不改，聞物（下闕），下學以起，尚登帝臣，乃參天子，自古誰能』。」《說文》云：「敏」从每聲，每與改、起、子、能同「之部」。參查《詩・甫田》三章云：「曾孫來止，以其婦子，饁彼南畝，田畯至喜，攘其左右，嘗其旨否。禾易長畝，終善且有，曾孫不怒，農夫克敏。」本段語句以「敏」與「之部」字叶。又可再見《生民》首章云：「克禋克祀，以弗無子，履帝武敏，歆；攸介攸止。」本段語句仍以「敏」叶「之部」諸字，且「敏」與「拇」同。是「敏」字古韻亦可屬「之部」之證據。因此，本例亦可以視作純粹的「之部叶韻」。

（2）「脂緝」、「微緝」與「祭緝」通叶。

「脂緝通叶」之例可查《莊子・齊物論》的「叱者，吸者」句。「微緝通叶」之例可查《管子・弟子職》的「既徹并器，乃還而立」句及《莊子・天運》的「孰噓吸是，孰居無事而披拂是」句。「祭緝通叶」之例可查《管子・侈靡》的「潭根之無伐，固事之毋入」句。此四者經龍宇純考證皆為韻文無疑。龍宇純引董同龢《中國語音史》第九章中所言，由「諧聲字」觀之，「脂微祭」三部字，在《詩經》韻早期情形，往往與「葉緝」二部產生通叶之例。例如在《詩・雨無正》：「叶退遂瘁答退」亦正是「微緝通叶」之例。又如「立」字在金文與「位」字不分，參《詩・大明》篇：「天位殷適」即「天立殷敵」；《板》篇：「無自立辟」，漢石經「立」作「位」；《周禮・小宗伯》：「掌建國之神位」故書「位」作「立」，可證《管子・弟子職》的「既徹并器，乃還而立」句中的「器立」是韻。然而，當中的「立」字卻不能讀為「位」，所以是「微緝通韻」。《莊子》「叱吸」或「吸拂」為韻，恰好都有「吸」字，可以互證，亦確無可疑。

（3）「魚脂」借韻。

「魚脂借韻」之例可查《靈樞・決氣》的「中焦受氣，取汁變化而赤，是

謂血」句。句中「赤血」爲「魚脂借韻」（案：「魚脂」二部音實不近），唯此文上下並爲韻文；而下文云：「壅遏營氣，今無所避，是謂脈。」文句以「避脈」爲韻，入韻之句平列相當，因此大致可信。

【頁 203～204】

〈上古音中二三事〉簡介

一、前 言

本文爲龍宇純針對其〈上古音芻議〉中的觀點進一步補充，可細分爲三部分來論說：第一部分爲「照三系音值問題」、第二部分爲「喻四字音值問題」及第三部分爲「輕唇音見於上古漢語的問題」，以下分就此三部分說明。

【頁 296】

二、照三系音值問題

龍宇純在〈上古音芻議〉一文中指出，照三系源出於「端系」，是從清代以來學者的共識。更詳細而言，「照穿床」三者分別源於「端透定」，其原因是帶 [s] 或 [z] 複母或詞頭的端等三母受介音 [-j-] 影響的結果，且並非全部如此，也有少數分別來自「精清從」，更有少數來自帶 [s] 或 [z] 的「見溪群」。「審禪」二母則全部是「心或邪」的變音。然而，照三系字上古的讀音，即是學者所擬中古照三系的舌尖面塞擦音及擦音。此外，中古音照二和照三的分別，其差異在於介音 [-e-] 和 [-j-]，聲母本自相同，故字母家各自只有一個字母。另外，舌尖面塞擦音和擦音的出現於漢語，屬於照三的比照二且爲時尚早。《切韻》系韻書直至《廣韻》還保留了齒音類隔，表示精變照二至此仍未完成，便是最好的證明。至於「《切韻》系韻書直至《廣韻》還保留了齒音類隔，表示精變照二至此仍未完成」一語，在〈上古音芻議〉中並未詳述，在本文中有進一步論說，如：

①《詩·蝦蝀》：「崇朝其雨。」《毛傳》說：「崇，終也。從旦至食時爲終朝。」《河廣》：「曾不崇朝」，《鄭箋》也說：「崇，終也。」這是以崇爲終的假借。崇字「鋤弓切」，終字「職戎切」，古韻同中部，一床二，一照三，床二古屬從母。

②《方言》：「撏，取也。」郭音撏「常含反」，當是憑上字定韻母等

·291·

第的「例外反切」，音同《廣韻》的「視占切」，《廣韻》又見「徐林切」，爲一音之變。

上述第一例爲典籍中的「異文假借」，第二則爲「一字二音」之例。此些例子自聲母而言，都往來於精系與照_二_系之間，表示兩者當是 [ts] 與 [tʃ] 等的不同，如果照_二_系是如學者所擬中古的 [tɕ] 系之音，必不能產生如此的交互現象。

【頁 296〜300】

三、喻四字音值問題

上古喻_四_字究竟讀作何者，是個棘手的問題。龍宇純在《上古音芻議》一文中已考慮到喻_四_可以同時與齒音及牙喉音發生關係，擬其音值爲 [zɦ] 複母，兩個成份分別與「邪匣」同音，以之解釋上述現象。以下分別說明之：

①喻_四_的讀音必與齒音相關

如：《禮記·檀弓》：「其愼也，蓋殯也。」鄭注說：「愼當爲引，禮家讀然，聲之誤也。」案：愼字「時刃切」，引字「余忍切」。引聲的矧字「式忍切」，與愼字聲僅清濁之異。

②喻_四_讀音應具有同於喻_三_的成份

如：《爾雅·釋詁》：「悠，遠也」。案：遠字「雲阮切」，悠字「以周切」，《漸漸之石》云：「山川悠遠」，兩者蓋一語之轉。又《方言》云：「遙，遠也。」遙字「餘昭切」，古音遙悠當爲一語，二字同幽部。

③喻_四_與齒音，包括精系及照_二_系渾然一體，又與牙喉音密不可分

如：衍聲。衍字「以淺切」，愆字「去乾切」，籲字「諸延切」。

敫聲。敫字「以灼切」，一面諧牙喉音，激字「古歷切」，竅字「苦弔切」，邀字「於霄切」，覈字「下革切」；一面諧繳字音「之若切」。

【頁 301〜303】

四、輕唇音見於上古漢語的問題

「上古無輕唇音」，從錢大昕提出之後，幾乎是無人不同意的。以下舉例說明，輕唇音見於上古漢語的問題，如：

①《說文》：「誹，謗也。」又：「謗，毀也。」誹字「方味切」，毀今作毇，「許委切」，二字古韻同微部。

②《説文》：「鑇，鐵也。從金，賁聲，讀若熏。」《集韻》文韻鑇字「符文切」及「許云切」兩見，一輕唇、一曉母。小徐云：「讀若訓」，《全王》、《廣韻》、《集韻》問韻訓字細並有鑇字。《廣韻》符分切鑇下云：「《説文》曰鐵類，讀若熏，又音訓。」亦並與《集韻》音同。

輕唇音一般認爲由重唇音變化而來，此自無可懷疑。只是輕唇音首見於漢語的何代，仍是個可以討論的議題。從唐寫本《守溫韻學殘卷》的三十字母，到早期韻圖如《韻鏡》中的三十六字母，充其量不足百年歲月，必不是輕唇音可以由無到有而完成音變的。鄭康成注《檀弓》「涒其宮而豬焉」說：「豬，都也，南方謂都爲豬。」雖然無法知道其「南方」的確切所指，但二千年後，依然有讀「知」如「端」的「南方」存在。此説明「方言」的穩定性，可歷數千年而保持不變。然則由三十字母餐有重無輕，及至三十六字母之兼該輕重，非時爲之，而是「地」的不同，是可以想見的。

【頁 304～306】

五、結　論

講論音變，不能單純只以時間去貫串，有時仍要考慮到可能爲「空間」的變換。又如上述所言，鄭康成所説：「南方謂都爲豬」的話，是猶謂其時「北人」的「知端」已分。鄭的時代去先秦未遠，也許這並非只是漢時現象。陳敬仲易「陳氏」爲「田氏」，也許只是「介音」的改變，不敢説定是「聲母」的不同，周秦時代的「上古音」，究竟有無出現舌上音，仍是有待商榷的議題。

【頁 306～307】

〈古韻脂眞爲微文變音說〉

一、前言：脂真微文分四部的始末與是非

「眞與文」（案：文或可稱諄，文中皆統一使用「文」表示）必得分爲二部，可從兩方面看：

（1）《詩經》二部總數一百一十四次叶韻，除〈碩人〉的倩、盼，〈正月〉的鄰、云、慇，並自爲韻，計眞部七十八次，文部三十四次；其中「鄰字」見於奇句，或本非有意選擇的韻字，理應剔除不計；「盼字」從分，究爲會意、形

聲疑莫能定，屬元屬文非無可爭。然則真文之間，可視作並無合韻；即二者並計之，亦不過為例外而已。

（2）清儒江有誥曾言：「真與耕通用為多，文與元合用較廣，此真文之界限也。」可見兩部的分立，是合乎事實的。另外，微部與文部是一陰一陽兩個平、上、去聲搭配一個入聲的結構，脂與真的關係理應相同為真。

從「合韻」觀點來看「真文」之間的情形，雖然楚漢之疆甚嚴，脂與微的糾結卻緊密得難以分解。兩種計法可探知：一是據《古韻譜》所放，去其不可信者，兩部叶韻總數約二百一十次，合韻之數五十；王力所計則是總數一百一十次，合韻二十六次，都居總數的四之一，現象為其他各部間遠不能及。無怪乎王力為倡導「脂微分部」之有力人物，其言：「上古脂微兩部的韻母並不相同」。這種韻母的不同，當然不在介音，也必不在韻尾，應當是「韻腹」的相異。「韻腹相異」當是韻部的不同，但王力的缺點在於無法堅持「脂微」應當要分開，王力觀點直到董同龢使用「《廣韻》重紐」概念，才將「脂微分部」的理念確立。然而，《廣韻》重紐本與「脂微分部」不相干，據重紐之不同以分「脂微」，將破壞諧聲系統，使從同一聲符的字古韻不得同部，如此一來，會對古韻分部產生困擾。以下便就此困擾進行進一步的討論商榷。

【頁 308～309】

二、脂真微文四部在結構與諧聲上所存在的問題

「脂真」少合口，「微文」少開口，所顯示的結構性差異，應該是容易被發覺的。王力和董同龢兩人離析《廣韻》或著眼相關各韻諧聲分布狀態時，都曾注意到開、合口的不同，卻不曾覺察出上古時期兩部結構的異樣。

王力曾言：「關於脂微分部，用不著每字估價，只須依《廣韻》的系統細加分析，考定某系的字在上古當屬某部就行了。」但是，此說仍會產生缺陷，是故王力又再訂定了分部三標準以補其缺失：

1. 《廣韻》的齊韻字屬於江有誥的脂部者，今仍認為脂部。

2. 《廣韻》的微、灰、咍三韻字屬江有誥的脂部者，今改隸微部。

3. 《廣韻》《廣韻》的脂、皆兩韻是上古脂微兩部雜居之地；脂皆的開口呼在上古屬脂部，脂皆的合口呼在上古屬微部。

然而，王力的說法是否能將應屬「脂部」或「微部」的字完全適當處理，

仍令人懷疑，其後董同龢使用「重紐」觀點，及後世跟尋段玉裁「一聲可諧萬字，萬字而必同部」的概念而作的「諧聲表」等，對於「脂微分部」的問題皆有其再檢視討論的必要。

【頁 310～313】

三、脂真微文四部中問題字檢討

本部分著重討論「脂真微文四部」中所收有問題字，以下分別就文中所論各部有問題字予以述明。

（一）脂　部

「脂部」諧聲表如下所示：

妻	皆	厶	禾	夷	齊	眉	尸	夒	卟	伊	犀	犀
◎	几	豕	氏	肯	比	米	介	豊	死	臮	美	水
矢	兒	履	癸	夂	豕	匕	◎	示	閉	二	戾	利
希	棄	四	惠	計	医	繼	自	凵	霆	至	燊	季
◎	悉	八	必	寅	吉	戩	質	七	卩	日	栗	柒
亠	銍	畢	一	血	逸	抑	丿	失	頁	劓		

關於「脂部」的問題字共有：夒、水、癸、惠、季、八、穴、矞、血等九字。如以「季」字為例：王力〈諧聲表〉將此字置於「脂部」，與其所論的「《廣韻》的脂、皆兩韻是上古脂微兩部雜居之地；『脂皆』的開口呼在上古屬脂部，『脂皆』的合口呼在上古屬微部」之語相違背。《說文》季下云：「從稚省，稚亦聲。」王力及董同龢兩人皆據「稚聲」入「季」於脂部。但「稚季」聲母相遠，韻亦開合不同，許說不足為憑。當即以「禾」為聲，本在歌部，轉音入微，與「委」字從「禾」聲由歌入微行徑相同；中古入「至韻」，亦與妥聲之綏入「脂韻」同。〈皇矣〉叶季、對，〈陟岵〉叶季、寐、棄、對字屬「微部」，寐從未聲亦「微部」，《廣韻》季、寐同隸「至韻四等」，是季字原在「微部」之證。季聲之「悸」〈芃蘭〉叶遂字，遂亦在「微部」。

（二）微　部

「微部」諧聲表如下所示：

飛	自	衣	襄	綏	非	枚	㪔	口	幾	隹	累	希
威	回	衰	肥	乖	危	開	◎	鬼	晶	尾	虫	罪
委	毇	火	卉	◎	叀	貴	氣乞	旡	胃	未	位	退
隶	崇	出	尉	對	穎	内	㝊	器	配	冀	耒	叔
彖	畏	◎	卒	率	术	出	兀	弗	叟	㐭	勿	由
ㄊ	乙	乀	骨	帥	鬱							

（1）關於「微部」的問題字共有：器、乙二字。如以「乙」字爲例：此字董同龢列於「微部」，列部的方法即是採用「重紐」觀點。乙、一二字《廣韻》同在「質韻」，而有不同反切，韻圖分見影母三、四等。一字古韻屬「脂」，有〈素冠〉叶韡、結、一可證，故以乙字隸於「微部」。然而，龍宇純認爲此觀點不足可取。因爲《詩》韻無乙字，〈高唐賦〉叶室、乙、畢，其韻在「脂部」應可參考。《說文》失字說以乙爲聲，其字王力及董同龢兩人都收在「脂（質）部」。失聲的「秩字」，〈賓之初筵〉、〈嘉樂〉分叶抑、怭或抑、匹，是其韻屬「脂部」之驗。失與乙聲母不相及，許愼說法之諧聲雖可疑，因其說必建立在韻母之上，不影響其對乙字歸部的參考價值。王力〈諧聲表〉收乙字於「質部」，合其分部的「《廣韻》的脂、皆兩韻是上古脂微兩部雜居之地；『脂皆』的開口呼在上古屬脂部，『脂皆』的合口呼在上古屬微部」之說法。至於乙、一二字屬對立的重紐，原亦只是與音愔、邑揖等相同，有介音的差別，與「脂微」之分了無所關。

（2）例外情形：　、隶、畀、鼻等四字，不一定涉及「脂微」的音韻結構，是否收在「微部」有其討論空間，需特別注意。

（三）真　部

「眞部」諧聲表如下所示：

秦	人	頻	寅	冎	身	旬	辛	天	田	千	令	因
真	匀	臣	民	𡩋	申	玄	◎	丐	扁	引	㞢	尹
◎	舜	信	命	㐁	米	印	疢	佞	晉	奠	閵	

「眞部」合口呼的「尹聲」應改隸文部，「玄」、「　」二聲列眞部無可疑，但此情形亦值得留意。如以「尹」字爲例：此字在王力〈諧聲表〉中收「眞」

或「文」不定。《漢語音韻》列「尹聲」於文部，並加注云：「尹聲有君」。《詩經韻讀》則「尹聲」在眞部，「君聲」則別見於文部，此歸部方式與董同龢相同。然而，詳看「君聲」歸文部無可疑，《詩》韻「君字」、「群字」並可爲證。《說文》君下云從尹口，段注加云：「尹亦聲。」照過去「喻四歸定」的說法，「尹」與「君」聲母相遠。龍宇純擬上古喻四爲 [zɦ-] 複母，君字「尹亦聲」說成爲可能，舉從與聲、姬從臣聲等例不爲少。《荀子・大略》：「堯學於君疇」，《韓詩外傳・卷五》、《新序・雜事第五》、《漢語・古今人表》並作「尹壽」。然則「尹字」古韻當在「文部」無疑。

（四）文　部

「文部」諧聲表如下所示：

塵	屍	昏	夒	豚	辰	先	囷	春	屯	門	分	孫
賁	君	員	翼	昆	章	丏	川	雲	存	巾	侖	堇
壹	文	豩	軍	斤	丗	熏	筋	飧	蚰	尊	肙	◎
盾	㐱	寽	勹	壺	·丨	本	允	◎	艮	刃	寸	囷
奮	胤	薦	容	困	开						

「文部」中的例字「塵」和「开」二字應改入眞部。

（五）其他如「勹」、「丨」、「　」、「豩」等字，僅見用爲文字部件或偏旁，不爲字，不應該列入討論。

【頁 313～322】

四、脂眞爲微文變音說

承上文所論，「脂部」可以說一無合口音字，「微部」則僅有少數開口音字，形成幾乎爲開、合口互補的狀態；「眞部」與「文部」的情形也大致相同。這一現象，龍宇純認爲應當可理解爲：「『脂眞』應爲『微文』的變音」所致。以下便舉若干實例說明「『脂眞』應爲『微文』的變音」。

（1）諧聲

如《說文》訓殿爲擊聲，此字不僅如許愼所說以從屍聲，實從屍的語言變出。屍義爲髀，或書作臀，《急就篇》：「盜賊繫囚榜笞臀」，「臀」與「榜笞」平列，「臀」即與「殿」同。但屍字徒渾切，古韻屬文，殿字堂練切，通常從屍聲歸部，不知其已因屬丁類韻而變入眞部。「澱」與「淀」同字，「淀」從耕部

定爲聲，是爲其證。

（2）異文

如〈雨無正〉、〈召旻〉說「旻天疾威」，毛公鼎說「敃天疾畏」，敃即《說文》敃字，敃與旻，畏與威並爲異文，敃從民聲，旻從文聲，其始應同部，其後敃字產生了音變而轉入眞部。

（3）連語

如《詩經》每以「豈弟」二字連言，如〈蓼蕭〉之「孔燕豈弟」，〈泂酌〉之「豈弟君子」，其義爲樂易，解者說以爲疊韻連語，而「豈」與「弟」有微部、脂部的不同。實因弟字屬丁類韻音有變易，其始本都在微部，所以構成連語，故其義不可分別訓釋。

【頁 322～326】

五、脂微、真文的分部原則

首先列出「脂部」、「微部」、「眞部」及「文部」之諧聲表，如下所示：

1.「脂部」諧聲表：

妻	皆	厶	禾	卟	夷	齊	眉	尸	伊	犀	犀	自
師	尼	◎	几	氏	黹	比	米	豊	死	弟	美	矢
兕	履	夊	豕	匕	旨	◎	示	閉	二	次	戾	鰲
利	希	棄	器	四	計	繼	自	昪	鼻	匹	豑	至
致	爢	弟	嚳	細	◎	悉	必	寶	吉	壹	戔	質
七	切	卩	卽	日	栗	桼	畢	一	逸	疾	抑	乙
失	頁	劍	肖	屑	血							

2.「微部」諧聲表：

飛	追	歸	衣	褱	綏	非	枚	敳	口	韋	幾	隹
累	希	雷	威	夒	回	衰	肥	開	◎	鬼	晶	尾
虫	罪	皐	委	毇	火	卉	癸	水	豈	◎	夬	貴
乞	旡	旣	愛	豢	胃	彙	未	位	退	隶	崇	尉
對	頛	內	李	妃	配	冀	末	叔	畏	惠	季	錄
眔	◎	卒	率	帥	术	出	兀	弗	旻	卨	裔	聿
勿	由	骨	鬱	八	穴							

3.「真部」諧聲表：

秦　人　千　頻　寅　肖　身　旬　勻　辛　亲　天　田
年　令　因　真　臣　臤　民　芋　盡　津　申　陳　塵
桑　玄　◎　丏　賓　扁　引　夬　圣　參　亞　◎　辡
信　卂　命　丙　閵　進　米　印　疢　胤　薦　佞　晉
奠　殿

4.「文部」諧聲表

屍　昏　慶　豚　辰　先　困　屯　春　門　分　孫　賁
君　員　霥　昆　臺　敦　兩　川　云　存　巾　侖　堇
壹　文　軍　斤　盟　熏　筋　飧　蜦　尊　奔　殷　◎
盾　夂　晉　壺　本　允　癸　尹　舛　免　準　◎　艮
刃　寸　圂　奮　糞　容　困　昏

　　龍宇純認為「脂微」、「真文」的分部原則應該是：凡有叶韻、假借、異文、轉語等直接資料可證的，當然必須根據這些資料，考慮各字的韻部應該如何歸屬。不過，這中間也有分量輕重的不同。如以「叶韻」來說，從來認作分部的一項最重要依據。像「脂微」兩部合韻頗多，而且像「祭部」與「脂部」主要元音不可謂近，但仍可在《正月》中找到相叶之例，可見古人於叶韻有時只取韻尾相同，元音同近與否可以不計。

　　其他又如「假借」與「異文」，二者理論上應為同音，既使不然，必得兩音相近。所以「假借」、「異文」的重要性，應該高出「叶韻」。至於沒有任何直接資料可用，其分韻可以在此，也可以在彼，今以為當悉視「開合口」的不同以為依歸，開口的歸「脂真」、合口的歸「微文」。屬《廣韻・微韻》的開口字，當然歸在微部。

【頁 326～331】

附錄二：龍宇純著作目錄

　　本附錄是根據龍宇純先生著作《絲竹軒小學論集》及《龍宇純先生七秩晉五壽慶論文集》中所整理的相關資料為底本，加以彙編統合。依據龍宇純先生

的著作成果可以分爲五個部分：（一）專書（二）單篇期刊論文（三）單篇文集論文（四）單篇會議論文（五）擬出版而未出版著作，按其年代先後排序，並以表格方式呈現之。

1. 「專書」部分：分爲音韻、文字、詩學、經學思想、綜合文集等五類，依年代先後排列。

2. 「單篇期刊論文」部分：分爲音韻、文字、訓詁、經學思想、詩學等五類，依年代先後排列。

3. 「單篇論文集論文」部分：分爲音韻、文字、訓詁、詩學及其他等五類，依年代先後排列。

4. 「單篇會議論文」部分：分爲音韻、文字及其他等三類，依年代先後排列。

5. 「擬出版而未出版著作」部分：分爲音韻、文字訓詁等二類。

一、專書：共9本

（同一著作出版兩次包含以上者，僅計一本）

（一）音韻學類

書　　名	出　版　社	出版日期	備　　註
《韻鏡校注》	臺北：國立臺灣大學中國文學系	1963	1.《韻鏡校注》於1954年榮獲中央研究院歷史語言研究所傅斯年獎學金。 2.《韻鏡校注》是龍宇純於大學三年級寒假完成。
《韻鏡校注》	臺北：藝文印書館	1964	
《唐寫全本王仁昫刊謬補缺切韻校箋》	香港：香港中文大學	1968	
《中上古漢語音韻論文集》	臺北：五四書店	2002	本書集結龍宇純先生在期刊或會議所發表關於音韻學中古音及上古音相關文章。

（二）文字學類

書　名	出　版　社	出版日期	備　註
《說文讀若釋例》	臺北：國立臺灣大學中國文學系	1957	本書是龍宇純的碩士論文，由董同龢先生指導完成。
《中國文字學》	香港：著者發行	1968	本書最先出刊由龍宇純先生自行發行。
《中國文字學》	臺北：著者發行，由臺灣學生書局經銷	1984	修訂本。
《中國文字學》	臺北：著者發行，五四書局經銷	1994	1.定本。 2.本書另有韓文譯本。

（三）詩學類

書　名	出　版　社	出版日期	備　註
《絲竹軒詩說》	臺北：五四書店	2002	1.本書爲龍宇純先生《詩經》學方面著作，包含論文及講詞。 2.本書也是龍宇純先生關於京戲文學的著作。

（四）經學思想類

書　名	出　版　社	出版日期	備　註
《王弼及其易學》	臺北：臺灣大學文學院	1977	本書由林麗眞著，龍宇純先生主編，另收錄於國立臺灣大學文史叢刊第 47 集。
《白話史記》	臺北：河洛出版社	1979	本書由龍宇純先生翻譯
《荀子論集》	臺北：臺灣學生出版社	1987	本書爲龍宇純先生《荀子》學方面著作，包含相關批評論說及解譯。

（五）綜合文集類

書　名	出　版　社	出版日期	備　註
《絲竹軒小學論集》	北京：中華書局	2009	本書內容包含音韻學、文字學、訓詁學及龍宇純先生對中國學與國家及京劇相關發表文章集結。

二、單篇期刊論文：共 49 篇

（一）音韻類

篇　　名	期　　刊	日期	備　　註
〈英倫藏敦煌《切韻殘卷》校記〉	《中央研究院歷史語言研究所集刊外編》（頁 803～825）	1961	收於《絲竹軒小學論集》聲韻學編內。
〈先秦散文中的韻文（上）〉	《崇基學報》第 2 卷 2 期（頁 137～168）（香港，中文大學）	1962	1.本篇論文講述先秦韻文的用韻情形及相關押韻問題。2.收於《絲竹軒小學論集》聲韻學編內。
〈先秦散文中的韻文（下）〉	《崇基學報》第 3 卷 1 期（頁 55～67）（香港，中文大學）	1963	1.本篇論文講述先秦韻文的用韻情形及相關押韻問題。2.收於《絲竹軒小學論集》聲韻學編內。
〈先秦韻讀補正〉	《崇基學報》（香港，中文大學）	1963	
〈例外反切的研究〉	《中央研究院歷史語言研究所集刊》第 36 卷 1 期（頁 331～373）	1965	收於《中上古漢語音韻論文集》中古音部分。
〈《廣韻》重紐音值試論兼論幽韻及喻母音值〉	《崇基學報》第 9 卷 2 期（頁 164～181）（香港，中文大學）	1970	收於《中上古漢語音韻論文集》中古音部分。
〈讀《嘉吉元年本韻鏡跋》及《韻鏡研究》〉	《大陸雜誌》第 40 卷 12 期（頁 18～23）	1970	收於《絲竹軒小學論集》聲韻學編內。
〈試說《詩經》的雙聲轉韻〉	《幼獅月刊》第 44 卷 6 期（頁 29～33）	1974	
〈有關古韻分部內容的兩點意見〉	《中華文化復興月刊》第 11 卷 4 期（頁 5～10）	1978	收於《中上古漢語音韻論文集》上古音部分。
〈上古陰聲字具輔音韻尾說檢討〉	《中央研究院歷史語言研究所集刊》第 50 卷 4 期（頁 679～716）	1979	收於《中上古漢語音韻論文集》上古音部分。

篇名	文集	日期	備註
〈陳澧以來幾家反切系聯法商兌並論切韻書反切系聯法的學術價值〉	《清華學報》第 14 卷 1、2 期合刊（頁 193～205）	1982	收於《中上古漢語音韻論文集》中古音部分。
〈從臻櫛兩韻性質的認定到韻圖列二四等字的擬音〉	《中央研究院歷史語言研究所集刊》第 54 卷 4 期（頁 35～49）	1983	收於《中上古漢語音韻論文集》中古音部分。
〈閩南語與古漢語〉	《高雄文獻》17、18 期合刊（頁 1～19）	1983	
〈再論上古音-b 尾說〉	《臺大中文學報》1 期（頁 151～185）	1985	收於《中上古漢語音韻論文集》中古音部分。
〈支脂諸韻重紐餘論〉	《漢學研究》第 13 卷 1 期（頁 329～348）	1995	收於《中上古漢語音韻論文集》中古音部分。
〈上古音芻議〉	《中央研究院歷史語言研究所集刊》第 69 卷 2 期（頁 331～397）		收於《中上古漢語音韻論文集》上古音部分。

（二）文字學類

篇　　名	文　　集	日期	備　　註
〈評「釋《詩經》中的士」〉	《民主評論》第 8 卷 2 期（頁 24～25）	1957	
〈「造字時有通借證」辨惑〉	《幼獅學報》第 1 卷 1 期（頁 1～5）	1958	收於《絲竹軒小學論集》文字學編內。
〈說帥〉	《中央研究院歷史語言研究所集刊》30 周年專號（頁 597～603）	1959	收於《絲竹軒小學論集》文字學編內。
〈說慶（婚）〉	《中央研究院歷史語言研究所集刊》30 周年專號（頁 605～614）	1959	收於《絲竹軒小學論集》文字學編內。
〈說贏與嬴嬴〉	《大陸雜誌》第 20 卷 2 期（頁 4～9）	1959	收於《絲竹軒小學論集》文字學編內。
〈《說文》古文字子字考〉	《大陸雜誌》第 21 卷 2 期（頁 91～95）	1960	收於《絲竹軒小學論集》文字學編內。

篇　　名	文　　集	日期	備　　註
〈釋夷居夷處〉	《大陸雜誌》第 21 卷 10 期（頁 4～18）	1960	
〈文字學論稿初輯〉	《崇基學報》（香港，中文大學）第 5 卷 1 期	1965	
〈析《詩經》「止」字用義〉	《書目季刊》第 18 卷 4 期（頁 10～31）	1985	
〈試釋《詩經》「式」字用義〉	《書目季刊》第 22 卷 3 期（頁 5～19）	1988	
《《說文》讀記之一》	《東海學報》33 期（頁 39～51）	1992	
《《詩》「彼其之子」及「於焉嘉客」釋義〉	《中央研究院中國文哲研究集刊》3 期（頁 153～171）	1993	
〈說簠匜𠤎及其相關問題〉	《中央研究院歷史語言研究所集刊》64 卷（頁 1025～1064）	1993	收於《絲竹軒小學論集》文字學編內。

（三）訓詁學類

篇　　名	文　　集	日期	備　　註
《《墨子》閒詁補正》	《學術月刊》第 4 卷 3 期（頁 25～40）	1955	
《《韓非子》集解補正上》（下）》	《大陸雜誌》第 13 卷 2、3 期（頁 6～11、25～31）	1956	
〈反訓〉	《華國》（香港，中文大學）第 4 卷（頁 22～42）	1963	收於《絲竹軒小學論集》訓詁學編內。
〈論聲訓〉	《清華學報》第 9 卷 1、2 期合刊（頁 86～95）	1971	收於《絲竹軒小學論集》訓詁學編內。
〈正名主義之語言與訓詁〉	《中央研究院歷史語言研究所集刊》第 54 卷 4 期	1974	收於《絲竹軒小學論集》訓詁學編內。
〈說「呧訾栗斯、喔咿儒兒」〉	《臺大中文學報》2 期（頁 107～122）	1988	收於《絲竹軒小學論集》訓詁學編內。
〈廣「同形異字」〉	《文史哲學報》36 期（頁 1～22）	1988	收於《絲竹軒小學論集》訓詁學編內。

〈說《論語》「史之闕文」與「有馬者借人乘之」讀後〉	《中國文哲研究通訊》第 3 卷 4 期（頁 83～97）	1993	收於《絲竹軒小學論集》訓詁學編內。
〈先秦古籍文句釋疑〉	《中央研究院歷史語言研究所集刊》第 74 本第 1 分	2002	

（四）經學思想

篇　　名	文　　集	日期	備　　註
〈荀卿非思孟五行說楊注疏證〉	《華國》（香港，中文大學）第 54 卷（頁 1～4）	1968	
〈《荀子・正名篇》重要語言理論闡述──從學術背景說明「名無固宜」說之由來及「名固有善」說之積極意義〉	《文史哲學報》第 18 卷（頁 443～455）	1969	
〈讀《荀子》札記〉	《華國》（香港，中文大學）第 6 卷（頁 1～42）	1972	
〈《荀子》後案〉	《中央研究院歷史語言研究所集刊──慶祝建國六十周年專號》（頁 657～671）	1972	
〈《荀子》眞僞問題〉	《中山學術文化集刊》30 期（頁 107～125）	1983	
〈《荀子》思想研究〉	《中山大學學報》2 期（頁 1～18）	1985	
〈荀卿子記餘〉	《中央研究院中國文哲研究集刊》15 期（頁 199～259）	1999	

（五）詩學類

篇　　名	文　　集	日期	備　　註
〈讀詩管窺〉	《中央研究院歷史語言研究所集刊》第55卷2期（頁225～243）	1984	
〈也談《詩經》的「興」〉	《中央研究院中國文哲研究集刊》1期（頁117～133）	1991	本文獲得民國81及82二年度傑出研究獎及優等獎數次。
〈《詩經》「于以說」〉	《東海中文學報》12期（頁13～18）	1998	
〈讀《詩》雜記〉	《中國文哲研究通訊》第12卷1期（頁111～141）	2002	

三、單篇論文集論文：共 24 篇

（一）音韻類

篇　　名	文　　集	日期	備　　註
〈上古清唇鼻音聲母說檢討〉	《屈萬里先生七秩榮慶論文集》（頁67～81）	1978	收於《中上古漢語音韻論文集》上古音部分。
〈論照穿牀審四母兩類上字讀音〉	《中央研究院第一屆國際漢學會議論文集》（頁247～265）	1981	收於《中上古漢語音韻論文集》中古音部分。
〈李登聲類考〉	《臺靜農先生八十壽慶論文集》（頁51～66）	1981	1.收於《中上古漢語音韻論文集》中古音部分。 2.《臺靜農先生八十壽慶論文集》由臺北：聯經出版事對公司出版。
〈切韻系韻書兩類反切上字之審察〉	《毛子水先生九五壽慶集》	1987	《毛子水先生九五壽慶集》由臺北：幼獅文化事業公司出版。
〈中古音的聲類與韻類〉	《第四屆國際暨第十三屆全國聲韻學學術研討會論文集》（頁3～15）	1995	1.收於《中上古漢語音韻論文集》中古音部分。 2.本文在第四屆國際暨第十三屆全國聲韻學學術研討會議中發表講演。

篇　名	文　集	日期	備　註
〈古漢語曉匣二母與送氣聲母的送氣成份——從語文現象論全濁音及塞擦音爲送氣讀法〉	《紀念許世瑛先生九十冥誕學術討論會論文集》（頁 217～264）	1999	收於《中上古漢語音韻論文集》上古音部分。
〈上古漢語四聲三調說證〉	《中上古漢語音韻論文集》	2000	
〈陳澧反切系聯法再論〉	《北京大學紀念王力教授百歲冥誕論文集》	2000	收於《中上古漢語音韻論文集》中古音部分。
〈內外轉名義後案〉	《中上古漢語音韻論文集》	2001	
〈上古音中二三事〉	《邵榮芬教授八秩榮慶論文集》	2002	1.《邵榮芬教授八秩榮慶論文集》由北京：首都師範大學出版。 2.本文另收錄於《絲竹軒小學論集》聲韻學編內。
〈古韻脂眞爲微文變音說〉	《絲竹軒小學論集》		
〈論重紐等韻及其相關問題〉	《中上古漢語音韻論文集》		1.本文榮獲民國76及77二年度傑出研究獎。 2.本文也收錄於1989年《中央研究院第二屆國際漢學會議論文集》內。

（二）文字學類

篇　名	文　集	日期	備　註
〈甲骨文金文字及其相關問題〉	《中央研究院歷史語言研究所集刊——故院長胡適先生紀念論文集》（頁405～433）	1963	收於《絲竹軒小學論集》文字學編內。
〈論《周官》六書〉	《清華學報——慶祝李濟先生七十歲論文集》（頁203～209）	1965	

〈釋甲骨文 亞 字兼解犧尊〉	《沈剛伯先生八秩榮慶論文集》	1976	收於《絲竹軒小學論集》文字學編內。
〈說「匪鱮匪鳶」〉	《王靜芝先生八秩壽慶論文集》（頁73～84）	1995	《王靜芝先生八秩壽慶論文集》由臺北：輔仁大學出版
〈釋厡、厡、厡、昃、夋〉	《絲竹軒小學論集》		

（三）訓詁學類

篇　　名	文　　集	日期	備　　註
〈比較語義發凡〉	《許世瑛先生六秩誕辰論文集》（頁105～123）	1970	1. 收於《絲竹軒小學論集》訓詁學編內。 2.《許世瑛先生六秩誕辰論文集》由臺北：淡江大學出版。
〈關於古書假借的幾點淺見〉	《第一屆國際暨第三屆全國訓詁學學術研討會論文集》（頁7～19）	1997	收於《絲竹軒小學論集》訓詁學編內。
〈古文字與古經傳認知之管見〉	《絲竹軒小學論集》		

（四）詩學類

篇　　名	文　　集	日期	備　　註
〈〈詩序〉與《詩經》〉	《鄭百因先生八十壽慶論文集》（頁19～35）	1985	1.《鄭百因先生八十壽慶論文集》由臺北：臺灣商務印書館發行。 2. 本文又另收錄於《文史論文集》內，頁19～35。《文史論文集》由臺北：臺灣商務印書館發行。
〈《詩》義三則〉	《王叔岷先生八十壽慶論文集》（頁242～264）	1993	
〈試說《詩經》的虛詞「候」〉	《絲竹軒詩說》	2002	《絲竹軒詩說》由臺北：五四書店出版。

（五）其他類

篇　　　名	文　　集	日期	備　　　　註
〈京劇尖團音淺說〉	《絲竹軒小學論集》		收於《絲竹軒小學論集》外編。連續刊登於《臺灣申報》二期。

四、單篇會議論文：共 3 篇

（一）音韻類

篇　　　名	會議名稱	日期	備　　　　註
〈從音韻的觀點讀《詩》〉	《中國與文學學術會議大會講演論文》	1999	

（二）文字學類

篇　　　名	會議名稱	日期	備　　　　註
〈從兩個層面談漢字的形構〉	《中央研究院第三屆國際漢學會議文字學組講演論文》	2000	收於《絲竹軒小學論集》訓詁學編內。

（三）其他類

篇　　　名	會議名稱	日期	備　　　　註
〈中國學與國家〉	《韓國第廿一屆中國學國際學術會議基調講演論文》	2001	收於《絲竹軒小學論集》外編。

五、擬出版而未出版著作：共 3 本

著作名稱	作者或編者及所包括的時期、出處	日期	備　　　　註
1.《廣韻校記》	未刊		
2.《絲竹軒語文論集》	龍宇純文字及訓詁方面的論文集結		預定 2003 年出版
3.《說文讀記》	尚在撰述